La vuelta completa

Seix Barral Biblioteca Breve

Juan José Saer
La vuelta completa

Diseño de colección:
Josep Bagà Associats

© 1966, 2001, Juan José Saer

Derechos exclusivos de edición
en castellano reservados para
Argentina, Chile, Paraguay y Uruguay
© 2001, Grupo Editorial Planeta, S.A.I.C. / Seix Barral
Independencia 1668, 1100 Buenos Aires

ISBN 950-731-304-4

Hecho el depósito que indica la ley 11.723
Impreso en la Argentina

A mi amigo Mario Medina

Pulsa, dignoscere cautus,
quid solidum crepet,
et pictae tectoria linguae.

PERSIO, *Satyra V*

EL RASTRO DEL ÁGUILA

Justo cuando la alta puerta giratoria lo despidió suavemente dejándolo en el vasto hall del Correo Central, Rey dejó de oír el bullicio interminable y confuso proveniente de la terminal de ómnibus, en la vereda de enfrente, y alzando la cabeza de un modo súbito vio que Tomatis se hallaba del otro lado del salón, junto a los buzones de madera lustrada, en compañía de un tipo muy joven, que Rey jamás había visto con anterioridad, y que los dos lo contemplaban. Tomatis comenzó a sonreír efectuando un demorado ademán con la mano, en la que al parecer sostenía un sobre cerrado. Rey guardó en el bolsillo de su saco las dos cartas dejándolas deslizar al interior y empujándolas después suavemente con la palma de la mano. Tomatis y el otro, vestidos de sport, con idénticos sacos azul marino de sarga y estrechos pantalones de franela gris, se destacaban contra la suave y fina luz de la mañana que penetraba en el salón a través de los amplios ventanales del edificio de Correos. Tomatis avanzó a su encuentro, con el brazo extendido, sonriendo. Rey le estrechó la mano.

—¿Qué es de su vida? —dijo Tomatis.

—¿Y de la suya? —dijo Rey con un tono vagamente irónico, desligándose del apretón de manos.

Tomatis enrojeció. Rey miró al otro por encima de su hombro, sintiendo sobre el rostro la mirada de Tomatis. El tipo joven tenía sucios los bordes del cuello de la camisa y miraba distraídamente hacia la terminal de ómnibus. Parecía melancólico.

—Siempre igual —dijo Tomatis, mezclando a sus palabras una sonrisa pesada.

Rey observó que Tomatis dirigía unas miradas furtivas hacia el bolsillo en el que acababa de guardar la correspondencia.

—Me alegro mucho –dijo–. El otro muchacho, ¿cómo se llamaba? El otro, el alto, el diletante. ¿Barco?

—Barco, sí –dijo Tomatis.

—Sí –dijo Rey–. Barco. Eso mismo. ¿Cómo sigue? ¿Bien?

—Perfectamente –dijo Tomatis.

—Me alegro muchísimo –dijo Rey.

Tomatis inició una sonrisa confusa, enrojeciendo más todavía. Sus ojos cálidos parecían tristes y desilusionados, pero enseguida dejó de sonreír, pareció a punto de suspirar aunque no lo hizo, y mientras volvía la cabeza hacia el sol de la calle, y, más allá, hacia el atenuado tumulto de la estación de ómnibus, su rostro fue invadido por una leve sombra gris. Hizo silencio. Después de un momento se volvió hacia Rey y lo miró; Rey comenzó a sonreír malévola y tiernamente cuando sus lentas miradas se encontraron.

—Usted no se afloja nunca –dijo Tomatis con voz sombría.

Rey lo palmeó en el brazo un par de veces, pero Tomatis permaneció tenso e inmóvil.

—Cuando tenga mi edad –dijo Rey–, usted va a ser igual que yo. Va a dejar de tirárselas de santo.

Tomatis miró el sobre que llevaba en la mano, al parecer sin leer el nombre y la dirección escritos con una letra irregular pequeña y confusa, no tan confusa como para impedir que Rey alcanzara a leer el nombre de la destinataria, aunque sí lo suficiente como para no permitirle descifrar la dirección y el destino. Después cambió el sobre de mano, guardándolo en el bolsillo de su saco azul marino, echó una mirada distraída al rostro de Rey, y volvió la cabeza suavemente hacia la calle.

—Ustedes creen que el mundo es una jungla a su disposición, por donde sus excelencias pasan inventando la simpatía –dijo Rey con voz clara, lenta, precisa y serena–. Estoy hasta la coronilla de todos ustedes. Pueden guardarse en el culo su simpatía.

—Es injusto y lo sabe –dijo Tomatis, sin dejar de mirar la calle.

Rey permanecía con su dura mirada fija en el rostro de Tomatis: había algo dulce, desesperado y melancólico en sus facciones y entonces Rey desvió la mirada observando al tipo más joven que se hallaba detrás de Tomatis y que ahora lo contemplaba con desconcierto y asombro.

—¿Usted también es un franciscano de la nueva generación? –le dijo, por sobre el hombro de Tomatis.

El tipo joven sonrió, enrojeciendo, y tartamudeó algo, pero Rey dejó de prestarle atención.

—¿Vieron qué sol el de esta mañana? –comentó. Se aproximó a los buzones de madera lustrada, buscó el que tenía encima una pequeña placa de bronce con la inscripción CIUDAD en letras mayúsculas, sacó los sobres cerrados del bolsillo, leyó el nombre de uno de ellos, Marcos Rosemberg, introduciéndolo en la boca del buzón y dejándolo caer, leyó el nombre del otro, Clara L. de Rosemberg, efectuando enseguida la misma operación y se volvió pasando junto a Tomatis y al otro que habían permanecido inmóviles, en la misma posición en que se hallaban en el momento en que él se había aproximado a los buzones, y caminando con lentitud y desgano, alto y grueso, vestido con sobria elegancia, atravesó el amplio y desierto hall con las manos en los bolsillos del pantalón, se coló en una de las estrechas secciones de la puerta giratoria y enseguida ganó la calle.

El tumulto de los altavoces de la terminal anunciando la llegada y la partida de los ómnibus, y propalando avisos comerciales y música popular, mezclado al murmullo humano, llenó los oídos de Rey y absorbió durante un instante su atención. Por un momento no oyó otra cosa, mientras se dirigía con lentos pasos hacia la calle principal, llena de gente, dejando atrás la ancha vereda del edificio de Correos, hecha de grandes lajas irregulares de una piedra lisa y blanca sobre la que la luz de la mañana de marzo reverberaba. Rey se detuvo sobre el cordón de la vereda antes de cruzar, aguardando el paso de un lento convoy de automóviles, ómnibus y camiones, y contempló los grandes y viejos árboles de la plazoleta, en la vereda de enfrente, en una de cuyas esquinas un charlatán callejero peroraba salmódicamente para un grupo sonriente de curiosos. Cuando el último de los vehículos pasó junto a él alejándose hacia el norte de la ciudad, Rey cruzó la calle con la cabeza elevada, mirando el turbio cielo de un azul puro, detrás y encima de los árboles.

Dejó atrás la plazoleta cruzándola en diagonal hacia la esquina del hotel, y pasó junto al grupo de curiosos reunidos alrededor del charlatán, un tipo vestido con ropas chillonas y un viejo pajizo fuera de temporada que rugía con voz ronca una interminable letanía. Al llegar a la esquina de la plazoleta Rey miró su reloj pulsera: eran las once y veinticinco. Cruzó la calle penetrando en el frío hall del Palace. Era un recinto pequeño y oscuro de zócalo de mármol blanco, con una escalera blanca que ascendía a los pisos superiores formando una espiral en cuyo centro la jaula del ascensor comenzaba a elevarse en el momento en que Rey entró. Una puerta doble encortinada de voile conducía al comedor, todavía desierto. El portero de uniforme gris, que llevaba puesta una gorra militar, hizo una pequeña reverencia cuando Rey pasó a su lado. El mostrador del conserje se hallaba a un costado de la entrada; en el otro extremo del pequeño recinto había unos sillones de cuero, uno de los cuales se hallaba ocupado por una mujer de edad, llena de pulseras, que hojeaba un ejemplar de *Vea y Lea*.

El conserje se hallaba haciendo unas cuidadosas anotaciones en el registro. Alzó la cabeza sonriendo hacia Rey; era un hombre bajo y calvo, de modos muy afectados, y estaba vestido con un ajado traje azul de tela ordinaria. Rey lo miró, entrecerrando un ojo.

—Rey, César —dijo.

El conserje sonrió confundido, y algo molesto.

—No tenemos habitaciones —dijo.

—¿No? —dijo Rey, metiendo la mano en el bolsillo del pantalón, sin dejar de mirar a los ojos al conserje. Éste desvió furtivamente la mirada hacia el bolsillo.

—¿Cuántas camas? –dijo.

—Yo duermo en una sola –dijo Rey, mirándolo con un leve destello malévolo en los ojos.

El conserje trataba de evitar su mirada.

—Voy a ver si me queda alguna –dijo.

Rey sacó del bolsillo de su pantalón algunos billetes: había de mil, de quinientos, de cien y de cincuenta.

—No revise. Le quedan –dijo, mirando los billetes y acomodándolos con lentitud. Retiró uno de cien y lo arrojó sobre el mostrador, guardando el resto en el bolsillo. El conserje empalideció y miró rápida y furtivamente hacia la mujer que leía *Vea y Lea* en el otro extremo del hall. Por la expresión del conserje Rey adivinó que la mujer no había advertido nada. El conserje agarró nerviosamente el billete, lo estrujó y ocultó detrás del mostrador; sus labios temblaban de un modo imperceptible y sus pequeños ojos ágiles estaban húmedos y rojos de furia.

—Quiero una buena habitación, con balcón a la calle –dijo Rey con voz áspera.

—Con balcón a la calle no le puedo asegurar, señor –murmuró el conserje–. Menos en el primero y en el segundo.

—No me interesa en qué piso –dijo Rey–. Quiero balcón a la calle.

El conserje miró hacia el tablero de llaves. Fue una mirada rápida y superflua, como si ya supiera qué habitación tenía libre, y al hacerlo metió de paso la mano en el bolsillo del pantalón.

—Habitación veintiuno. Tercer piso –dijo.

—Está bien –dijo Rey. El conserje se quedó mirándolo. Parecía sorprendido, ofendido.

—¿Y? –dijo Rey, en voz alta.

El conserje miró hacia la mujer de edad, detrás de Rey. Éste era demasiado alto como para permitirle mirar por sobre su hombro, de manera que el conserje debió inclinarse un poco hacia un costado para hacerlo.

—Sí, sí –dijo confundido y presuroso, tomando una lapicera y disponiéndose a escribir.

—Rey, César —dijo Rey.

—¿Edad?

—Treinta y tres años.

—¿Ocupación?

—¿Esto qué es? ¿Un juzgado? —dijo Rey con malhumor—. Ninguna.

El conserje lo miró.

—Tenemos que poner algo —dijo.

—Ponga publicidad —dijo Rey.

El conserje escribió, lentamente: publicidad. Rey supervisó la anotación con una expresión de impaciencia y desconfianza.

—¿Procedencia? —dijo el conserje, sin mirarlo, mientras escribía.

—Ciudad —dijo Rey.

El conserje lo miró otra vez, sorprendido y a punto de estallar. Estaba lívido.

—Ciudad —repitió.

—Sí —dijo Rey—. Ciudad. ¿Por?

—Por nada —dijo el conserje, anotando.

El ruido del ascensor descendiendo comenzó a oírse, aproximándose: era un murmullo uniforme, más que mecánico. La jaula de hierro se detuvo en la planta baja; Rey se volvió: un hombre de más de sesenta años, de cara delicada y rosada, vestido con un traje oscuro, corrió las rejas, se volvió para cerrarlas, y después se aproximó al mostrador, con lentos pasos de cardíaco. Efectuó un silencioso saludo con la cabeza, entregando la llave al conserje. La mujer de edad se puso de pie dejando el ejemplar de *Vea y Lea* sobre la mesita de fumar, y después se alisó el vestido en la falda; el hombre saludó, tomó el brazo de la mujer y ambos salieron a la calle con un paso lento y tieso.

El conserje los siguió con la mirada hasta que desaparecieron a través de la puerta de calle. Después se volvió hacia Rey.

—¿Tiene documentos? —dijo, sin mirarlo, fijando su atención en los sucios cantos del registro de pasajeros, hurgándolos nerviosamente.

—No —dijo Rey.

El conserje hizo una última y débil tentativa.

—¿Equipaje? —murmuró.

Rey lo contemplaba con ininterrumpida y malévola ironía.

—Tampoco —dijo, de un modo preciso y demorado.

El conserje dejó la lapicera sobre el mostrador. Su cara estaba hinchada y lívida por la ira, y sus pequeños ojos se habían vuelto todavía más pequeños detrás de los pómulos temblones e irascibles, y entonces comenzó a golpear con los nudillos el borde del mostrador, mirando con una furiosa y grávida atención cómo y dónde colocaba cada golpe. Rey continuaba contemplándolo con los ojos entrecerrados y chispeantes, unos ojos que emitían un brillo frío, y parecía aguardar que el otro estallara.

—Voy a salir ahora —dijo por fin, con dura expresión, después de un prolongado silencio.

Se volvió con su paso tranquilo y pesado, metiendo las manos en los bolsillos del pantalón, y salió a la calle, al tibio sol de marzo que tocaba con una luz suave las vastas copas de los árboles. Rey llegó a San Martín y anduvo un par de cuadras entre la multitud que llenaba la calle y las veredas. Se detuvo en una esquina y permaneció largo tiempo con la cabeza alzada, las manos en los bolsillos del pantalón, con aire plácido y pensativo. Su áspero rostro moreno parecía hecho de cuero, un cuero duro, opaco y mal trabajado. Después pareció dejar de reflexionar, sacudió débilmente la cabeza, y cruzó a un bar en la vereda de enfrente, buscando con la mirada el teléfono desde la puerta. Una joven de suéter verde se hallaba hablando, con la mano sobre el auricular, a modo de bocina. Rey esperó. Por fin la joven colgó el tubo. Rey echó una moneda de un peso en la ranura, miró a su alrededor y discó un número. El grave timbre del teléfono sonó tres veces antes de que atendieran.

—¿Marcos? —dijo Rey—. César.

—Ah. —Marcos carraspeó y agregó—: ¿Sí?

—Estoy en el centro —dijo Rey—. ¿Qué te parece si almorzamos juntos dentro de un rato?

—¿En casa?

—No, en el centro. Es una invitación mía —dijo Rey, sonriendo al aparato.

—De todas maneras, yo te presté la guita —dijo Marcos, en medio de una risita seca y breve.

—Lo que sea. ¿Te espero? ¿En la galería?

Marcos permaneció un momento en silencio.

—De acuerdo —dijo al fin—. Dentro de media hora.

Rey miró su reloj pulsera, cambiando de mano el auricular: eran las doce y diez.

—Perfectamente. Hasta luego —dijo, y colgó el tubo.

Salió del bar y se encaminó a la galería, en la próxima cuadra. La multitud parecía haber aumentado en los últimos minutos y Rey subió de la calle a la vereda mirando con plácido abandono a todos lados. Las mujeres se hallaban vestidas con ropas otoñales de vivos colores y los hombres vestían en su mayoría de sport. Rey se detuvo ante una vidriera a contemplar un deslumbrante pullover blanco. Era una prenda agradable y cara. La miró largo rato, después se aproximó al espejo de la vidriera y se observó con tiesa demora: el rostro áspero, la recta nariz saliente, los ojos alertas y fríos. El nudo de su sobria corbata verdosa era del tamaño de una aceituna, ajustado en el vértice del angosto cuello de la camisa, confeccionada con una tela suave de color semejante al del marfil. Rey retocó con sus largos dedos oscuros el nudo de la corbata y tironeó levemente el pañuelo que emergía del bolsillo superior de su saco de franela gris. Se miró los zapatos: eran marrones y pesados, de gruesa suela de goma y se hallaban lustrados con sumo cuidado y perfección. La expresión que adoptó Rey al continuar caminando en medio de la multitud hacia la galería no parecía ser de satisfacción o de paz sino de reto y desprecio. Bajó a la calle y anduvo bajo la fina luz solar media cuadra hasta llegar frente a los amplios pasillos de la galería, de los que emergía una música atenuada, apenas audible entre los pasos arrastrados y las voces de la multitud que recorría los pasillos deteniéndose frente a las vistosas vidrieras de los pequeños locales iluminados. La gente conversaba también en grupitos de paso, formados aquí y allá a lo largo del pasillo. Rey avanzó a través de los grupos oyendo más claramente la música. Al caminar observaba con distracción los pequeños locales elegantes, arreglados de acuerdo al gusto porteño, y seguramente francés, en cuyos altos cristales su maciza figura se reflejaba de un modo impreciso.

Llegó al bar, pidió un café y se dirigió a una de las mesas del patio, cercana al ventanal que daba sobre el último pasillo transversal de la galería: desde ahí podía contemplar a sus anchas la gente que pasaba. Casi todas las mesas se hallaban ocupadas. En el fondo del patio, en una mesa ubicada a pleno sol, estaba Tomatis en compañía del tipo joven con el que Rey lo había visto en el Correo. Había dos más con ellos: Barco, con barba de tres días, abrigado con un viejo pullover borravino de gruesa lana, sentado mirando hacia el ventanal, en posición tal que sus miradas se encontraron y Barco lo saludó con una seria inclinación de cabeza en el momento en que Rey se dirigía a sentarse. El otro tipo era Pancho Expósito: estaba vestido con un sobrio traje oscuro, casi negro, tan envarado que parecía venir del Registro Civil, y permanecía sentado con un codo apoyado sobre la mesa, la cabeza sostenida con la palma de la mano, en actitud remota y pensativa. Rey respondió al saludo de Barco con una seña imprecisa, hecha con la mano libre, y depositando el café con sumo cuidado sobre la mesa se sentó mirando hacia el pasillo, dando la espalda al grupo. Tomó el café amargo, de a cortos sorbos, y cuando dejó definitivamente el pocillo vacío sobre el plato encendió un Pall Mall que sacó de un paquete brillante y armado, volviéndolo a guardar en el bolsillo interior de su saco. Apagó la llama del fósforo con un soplo que salió mezclado a la primera bocanada de humo, un chorro espeso que se dispersó lentamente en el aire quieto.

Rosemberg apareció alrededor de la una menos cuarto: había mucha menos gente en el patio a esa hora, después del cierre de los comercios. Sin volverse Rey pudo oír la voz de Barco, resonando en el fondo del patio, en el instante en que se ponía de pie y extendía la mano a Marcos, sonriendo. Rosemberg, se la estrechó. Al soltársela, lo miró de arriba a abajo con una expresión de asombro burlón y exagerado.

—Al diablo —dijo—. Qué aspecto.

Su voz era aguada, infantil. Miró el pocillo vacío.

—¿Nada de alcohol?

—Absolutamente nada —dijo Rey—. Mi última gran borrachera tuvo lugar el miércoles.

Marcos comenzó a contar con los dedos, de pie, sonriendo.

—Jueves, viernes, sábado —dijo—. ¿Qué es lo que pasa?

Rey se sentó. Miró a Marcos, sonriendo: Marcos era mucho más bajo que él, y mucho más delgado: vestía un saco sport de color márfil sobre una remera verde; llevaba pantalones grises de franela. Tenía una cara rubia, blanca, unas entradas notables en la frente marmórea, y unos finos y sedosos bigotes rubios bajo la nariz ligeramente aguileña. Sus ojos azules no eran fríos sino penetrantes y lentos, reflexivos y melancólicos.

—No pasa nada —dijo Rey, mirándolo.

Marcos se sentó. Jugaba con un pequeño llavero cargado de llaves, sacudiéndolo rítmicamente.

—¿Le avisamos a Clara? —dijo.

—No —dijo Rey.

Hicieron silencio. Rey comenzó a hablar después de un momento. Lo hizo con suavidad, sonriendo para sí mismo.

—Tenía ganas de charlar un rato con vos —dijo, encendiendo un cigarrillo, sin mirar a Rosemberg. Éste lo escuchaba con atención; en un momento dado se distrajo para saludar con la mano, de un modo displicente y rápido, hacia el grupo que se hallaba detrás de Rey, en el fondo del patio—. Hace tiempo que no salimos a comer juntos —dijo Rey—. Hace seis meses por lo menos.

—Por lo menos —dijo Marcos.

—Como en las viejas épocas —sonrió Rey.

Marcos miraba el nudo de la corbata de Rey.

—De veras —dijo. Y enseguida—: ¿Qué pasaba ayer, que entraste como una tromba a pedirme esa plata?

—No pasaba nada —dijo Rey—. Tenía ganas de tener un poco de dinero.

—¿Para?

—Para tenerlo, nada más. La guita me pone eufórico. Esta semana gasté más de la cuenta. Quedé seco. Además, me gusta explotarte.

Marcos se cruzó de piernas, carraspeó.

—Ya lo sé –dijo.

—Sí –dijo Rey–. Por eso me gusta hacerlo. Debo ser uno de los pocos que lo consigue, ¿no?

—Efectivamente –sonrió Marcos.

—Te inquieta el hecho de que yo desaproveche mis condiciones. Te hace sentir culpable, ¿no es cierto?

—Si no hiciera ya veinte años que nos conocemos –dijo Marcos–, empezaría a sentirme molesto.

Rey sonrió, mirando la brasa de su cigarrillo, soplándola levemente.

—Tenés demasiados escrúpulos para ser judío. Pertenecés a esa clase de judío que más me hace sentir miedo.

Marcos sonreía, y comenzó a enrojecer.

—Creo que este asunto ya lo hemos tratado otras veces –murmuró.

Rey continuó como si no hubiese oído nada.

Actuás como diciendo: "atención, yo no soy como mis paisanos". Es una actitud temible.

—Claro, sí. Lógicamente –dijo Marcos, condescendientemente–. ¿Vamos a comer?

Se guardó el llavero en el bolsillo y se acomodó el cuello de la remera sobre el del saco color marfil. Enseguida miró hacia la mesa del grupo de Tomatis por sobre el hombro de Rey.

—Ahí están tus admiradores –comentó.

—Sí –dijo Rey, con un movimiento de cabeza, áspero y distraído–. Acabo de cruzarme con Tomatis en el Correo.

—Son buena gente –dijo Marcos–. Te tienen en un concepto muy elevado.

Rey se echó a reír: lanzó una franca y larga carcajada que pareció sorprender y divertir a Marcos, que se quedó mirándolo con un amago de sonrisa en el rostro.

—No sé por qué –dijo Rey–. No he hecho más que emborracharme un par de veces con alguno de ellos.

—Ya lo sé —dijo Marcos—. Pero te han leído.

—Esos cuentos estúpidos, moravianos, en un diario de provincias. De los veintitantos años. Estos tipos se empeñan en sostener una campaña de buena voluntad. Van a salir adelante: van a terminar fundando una revista de estudios literarios, especializados.

Marcos hizo unos gestos confusos, de duda y protesta.

—Lo que sea —dijo—. No me parece tan absurdo.

—No, por supuesto —dijo Rey—. Siempre que no sea un tipo como yo el que lo haga.

Marcos sonrió pensativo, reflexionando sobre lo que se hallaba a punto de decir, y después de un momento alzó la cabeza, retomó una actitud ágil y externa, y lo dijo:

—A veces pienso que nuestras crisis más graves son pura y exclusivamente consecuencia de nuestra vanidad.

—Por supuesto —dijo Rey, mirándolo con calma—. Excelente criterio. Lástima que no corra conmigo. Estoy diciéndote la pura verdad, de veras. Me gustaría tener todavía un poco de aliento para mentir, pero para eso se necesita energía y esperanza. No digas macanas, Marcos. No sólo no he escrito, sino que ni siquiera lo he intentado. Más todavía: cada vez que pienso en la literatura, empiezo a echar espuma por la boca.

—¿Qué tenés contra la literatura?

—Nada —dijo Rey. Se inclinó hacia Marcos, y entrecerró los ojos—. Contra la literatura nada. Es contra la vida. Se puede vivir con humildad, o con un fantástico sentimiento de omnipotencia, como los grandes hombres. Se pueden entregar setenta años a cambio de una docena de libros, o como hace la mayoría, a cambio de un sitio tan cálido, cómodo y agradable que su mero contacto elimine en forma inmediata cualquier atisbo de pensamiento independiente. Yo soy mucho más ambicioso, porque no soy ni un gran hombre ni un hombre demasiado estúpido: pretendo vivir, y que la gente viva a mi alrededor. ¿Te das cuenta? Yo no soy humilde: soy terriblemente orgulloso. Hubiera querido aprovechar de alguna manera mis setenta años.

—Es absurdo –dijo Marcos–. Ningún adulto puede pensar seriamente de esa manera.

—Por Dios, Marcos. El adulto paradigmático con el que estás llenándote la boca no existe: son todos unos lactantes, incapaces, desamparados y miedosos, que empiezan a involucionar después de los veinte años. Siento compasión por todos ellos.

—¿También por mí? ¿Por Clara?

—También por ustedes. Por mí también.

—¿Y para qué vivir, entonces?

Rey lo miró. Sonrió.

—Eso se arreglará a su debido tiempo –dijo.

Marcos movió negativamente la cabeza, sonriendo. Rey no lo miraba ahora. Había inclinado la cabeza y contemplaba el pocillo de café con aire pensativo. La música de los altoparlantes internos de la galería había terminado. La voz de Marcos sonó suave.

—Sigue siendo pura novelería –dijo–. He podido comprobar que los individuos de tu clase tienen todo demasiado mezclado en la cabeza. No han ganado ningún terreno sobre la realidad.

Rey habló con un tono melancólico, sin dejar de mirar el pocillo vacío.

—Está hablando tu peligrosa mentalidad de judío –dijo.

Rosemberg enrojeció vivamente: se miró las pálidas y rubias uñas de la mano derecha, y habló mientras lo hacía.

—Lógicamente. Pasémoslo por alto.

—Lo que más me molesta es que has conseguido curarte. Yo creía que solamente los incomparables canallas lo conseguían. Antes no eras así.

—¿No? ¿Cómo era? –sonrió pacientemente Rosemberg.

—No eras un abogado con el cerebro perfectamente dividido. Tenías un desorden mucho más fenomenal en la cabeza: podías haber hecho algo desesperado y grande.

—¿Desesperado y grande como qué?

—Desesperado y grande como un libro capital, por ejemplo.

Marcos sonreía.

—Tu condición de judío –dijo Rey.

—Cada vez que pronunciás la palabra judío siento unas ganas terribles de acostarte de una trompada —dijo Marcos.

—Tu condición de judío era inmejorable para intentar la empresa. Preferiste curarte. La política vino al pelo.

—Eso ya lo dijiste en otra parte: que el mejor camino que puede elegir un canalla es hacer una carrera brillante en una profesión que no le interesa. Yo elegí la política por una cuestión de responsabilidad.

—Me revientan los tipos que hablan de responsabilidad —dijo Rey—. Tu caso especialmente.

—Estás fresco. Estás tranquilo y normal —dijo Marcos, mirando paternalmente a Rey, a los ojos—. ¿Eso no es un intento de responsabilidad?

Rey emitió una risita breve y áspera, horrible.

—No seas estúpido, Marcos.

—Sin embargo —murmuró Marcos con aire pensativo—, la política es útil. Todos no podemos hacer grandes cosas. La historia de pronto quiere que una generación, que toda una generación arda y estalle para nada.

—Eso no interesa —dijo Rey—. Eso es otro asunto. Primero hay que determinar si la vida merece ser vivida.

Marcos suspiró.

—Crea que sí —dijo.

—¿En base a qué hechos?

—En base a ninguno, pongamos. ¿En base a qué hechos podés decidir lo contrario?

—Sea como sea, no se puede vivir sin cuestionar primero la validez total de la existencia humana.

—Bravo, perfecto —dijo Marcos, algo acalorado—. ¿Y el paraíso de los tontos? Los tontos no cuestionan la vida.

—Los tontos no pertenecen al mundo de los hombres.

—¿Y la esperanza? La esperanza existe, se tiene esperanza.

—Es un espejismo, que uno puede describir científicamente.

Marcos se inclinó aún más hacia Rey, hablando de un modo rápido y urgente.

—Perfecto —dijo—. ¿Y esa ciencia?

—Trabaja a base de convenciones. Pero el sentido último de la realidad no lo puede penetrar.

—Al diablo —dijo Marcos—. Así que nada. ¿La felicidad no es posible?

—En absoluto.

—¿Pero no hay momentos? ¿Ningún momento en el que uno pueda sentirse elevado y libre?

—Si uno está alerta no puede haberlos. Uno puede sentirse en paz por descuido. Nada más.

—¿Y por qué tiene que estar alerta uno? ¿alerta contra qué?

—Alerta contra los sueños, contra la esperanza, contra todo. Si uno vigila en todo momento, y encima halla la paz y continúa viviendo, entonces no es un hombre: es un superhombre. Escapa al ámbito de la humanidad.

Marcos razonaba furiosamente a medida que interrogaba.

—No estoy jugando al ping-pong —dijo—. Estoy tratando de desenredar este rompecabezas. Sé que es difícil particularizar; por lo general hablamos de cosas muy vagas. Me gustaría saber cuáles son los obstáculos que impiden vivir. Nosotros hablamos mucho siempre, y nunca sabemos claramente de qué. ¿Qué es? ¿La muerte? Si ésa es la causa, yo te puedo asegurar que es al revés: el hombre ha crecido porque le ha sido impuesta la muerte, y las mejores cosas que ha hecho las ha hecho porque estaba seguro de que iba a morir. El hecho de que la muerte venga hacia él...

Rey hizo una mueca de malhumor y desprecio.

—Tu estúpido racionalismo te impide ver que la muerte es obra del hombre. Quisiera saber de dónde han sacado los tipos como vos la idea de que la muerte es algo exterior al hombre. Se muere cada hombre, cuando él quiere, *porque* él quiere. Y cuando no muere porque él quiere, es porque lo mata otro hombre, otro como él, y porque él mismo ha producido las circunstancias. La guerra es una prueba no sólo de que la muerte es obra del hombre, sino de que el hombre quiere morir: en la del treinta y nueve murieron millones y millones de seres humanos. ¿Quién es el culpable de eso? ¿Dios? Sabemos que Dios no existe. Estamos aislados en nuestra condición humana: es un circuito cerrado en sí mismo y de todo lo que pasa adentro somos responsables. ¡Qué estupidez! ¿Cómo voy a tenerle miedo a la muerte? Los hombres no tienen miedo a la muerte: tienen miedo de sí mismos. Yo tengo miedo de mí mismo. Tienen miedo de no poder vivir, no porque la vida merezca ser vivida, según ellos, sino porque si descubren que tal vez no podrían vivir, se encontrarían ante un abismo esencial: el abismo donde se reúnen todos los abismos. Los hombres no buscan la felicidad, como se ha venido creyendo hasta la fecha: lo que hacen sencillamente es escapar del horror. ¿Puede haber algo más absurdo que considerar la muerte como algo exterior a nosotros, como algo trascendente? ¿La bomba atómica, algo trascendente? Por favor, Marcos, por favor. ¿Cómo se te puede ocurrir que soy capaz de tragarme esa píldora? ¿La bomba atómica obra de Dios? ¿En qué plan hay que intercalarla? La creación del mundo, Dios, los planes que no tienen en cuenta nuestras concretas personas presentes, todas esas paparruchas no son enigmas propuestos a la inteligencia, que la inteligencia deba resolver, sino materia para nuestra fantasía, nuestra esperanza y nuestros sueños. Todo es humano. La muerte es algo propio del hombre. Tomemos un caso: la guerra atómica puede destruir a la humanidad en un par de horas –señaló con la mano la mesa del fondo del patio; Marcos miró hacia allí–. Barco dijo una vez en chacota que cavando convenientemente en distintos puntos del planeta, y enterrando un determinado número de bombas atómicas en cada punto, de manera que puedan hacerse estallar simultáneamente, podría dirimirse la cuestión oriente-occidente partiendo la tierra exactamente por la mitad. Como chiste es de gusto dudoso. Como ilustración de la condición humana es excelente. Nadie sabe con claridad qué es lo que quiere. Las bombas atómicas las han hecho; *están ahí,* como se dice. Me gustaría saber con qué fines las han hecho. Por supuesto, hablarán del progreso de la ciencia y etcétera, pero vos sabés bien la solvencia que tiene en el fondo toda esa charlatanería seudomoral y seudocientífica al mismo tiempo. Han hecho las bombas atómicas y yo me pregunto para qué diablos. Hay muy pocos, o quizás ninguno, entre los hombres, que pueden dar cuenta de sus actos. En realidad creo que ningún hombre sobre la tierra puede responder completamente por sus propios actos. No, en serio. Yo no le tengo miedo a la muerte. Cuando se es joven, tal vez... uno en realidad sabe muy poco, y casi nada aprendido por sí mismo, y puede tenerle miedo a las fantasías que uno mismo ha tejido. Pero cuando empieza a destejer la maraña y va abriéndose paso lentamente, uno termina por descubrir al fin que la maraña desemboca en el desierto.

Marcos lo escuchaba con atención: no lo miraba. Había sacado nuevamente el llavero del bolsillo, y con el borde de una llave se limpiaba una uña: una uña limpia y blanca, perfectamente recortada, que no necesitaba limpieza en absoluto.

–Es cierto –continuó Rey, mirándolo con los ojos muy abiertos en una expresión como de perplejidad–. Siempre hablamos de lo que no podemos soportar, pero nunca decimos con claridad de qué se trata. Creo que no lo sabemos, y me parece que da lo mismo, que ni siquiera hace falta saber a qué le tenemos tanto miedo: da lo mismo que sea a una pulga o a Dios Padre en persona. Amamos de igual manera: el objeto no interesa para nada. Los hombres son unas antenas mezquinas vueltas hacia sus propias intensidades. Los objetos en los que las descargan son hipócritas invenciones, pero te lo puedo decir: detrás de todo ese *camouflage* hay un hombre desnudo y solitario en medio de una penumbra que lo aterra, un hombre que no sabe hablar, que no sabe nada, y que no hace más que aguardar con impotencia y espanto que se desencadene la catástrofe. ¿Cómo puedo tenerle miedo a la muerte? Hablamos de Dios, de Satanás, ese ángel caído, hablamos de progreso, de arte y de ciencia, de una serie de platos sólidos que repartimos ceremonialmente y nos tragamos con obediencia y seriedad pero nada de eso nos produce en el fondo ningún placer. Al contrario. Todas esas cosas nos hacen sufrir, y enseguida nos decimos que es la grandeza del hecho lo que lo exige y lo justifica. Es falso. Es completamente falso. Sufrimos porque no sabemos qué es en realidad lo que estamos haciendo. Sufrimos porque somos tan ignorantes, tan estúpidos, tan perversos, perversos, sí, ésa es la palabra, que sabiendo que no nos decidimos de una vez por todas a negarnos a vivir, nos infligimos esos castigos por habernos sorprendido pensando secretamente una cosa tan horrible. Yo no le tengo miedo a nada que esté fuera de mí mismo. En absoluto. Lo que pasa es que siento compasión y dolor por la humanidad, por toda la humanidad. Ésa es toda la cuestión.

–Me parece el colmo de la infantilidad. En el partido…

–Al diablo con el partido, Marcos. Yo firmé tu ficha de afiliación. Ése no es el problema. Si alguna vez la humanidad deja de darse la cabeza contra la pared, como ha venido haciéndolo hasta ahora, no habrá partidos, ni políticos, ni nada. Habrá exclusivamente hombres. La política padece de una sola plaga: los políticos. De otra manera podría tratarse de una actividad interesante.

Marcos sonrió.

–En eso estamos completamente de acuerdo –dijo–. En todo lo demás… Sí, ya sé: soy un judío de la peor calaña. ¿Puedo hablar, Adolfo Eichmann?

Rey lo miró con dulzura, y sonrió con pesadumbre:

–Ah, soy tan estúpido a veces. Pero es algo que no puedo controlar.

–Me entristece que un hombrón de tu clase piense de esa manera –dijo Marcos, mirando en diferentes direcciones, como si de pronto hubiera comenzado a buscar a alguien. Sus ojos azules brillaban cálidamente, muy abiertos–. Tu pensamiento es canallesco y primario. Sí. Ya lo sé. Es tu pensamiento y te importa un comino lo que pueden opinar de él los demás. Eso es intrínseco a tu pensamiento. Tu pensamiento se jacta de ser el depositario de toda la desesperación humana. Por algunas crisis… ¡pero no, qué digo! es jactancia: pura jactancia, y falta de control, a lo sumo, en el fondo. Tiene sentido, por supuesto. Pero si se pretende hacernos tragar la píldora de que ése es el único terreno en que el pensamiento pueda caminar, y por qué no decirlo, la desesperación también…, yo te puedo asegurar que se está equivocado… –continuó mirando en forma distraída a su alrededor, e hizo silencio. Después de un momento, se volvió hacia Rey, y repitió–: Te puedo asegurar que estás equivocado. ¡Tu dichosa desesperación! Cuando se tiene nuestra edad, y se está viviendo todavía en medio de una desesperación tan, qué diríamos…, tan evidente, y tan insoportable, o se es un canalla o se es un hipócrita. Hay clases de desesperación, como hay clases de hombres. César Rey no se entrega: él ha marcado para siempre a la especie humana con el estigma de la irracionalidad. El hombre es incapaz de superar las condiciones de su propia conciencia. Deberías advertir que una observación semejante es ya el comienzo del fin de ese caos. Me hablás de desesperación: ¿una falta total de paz, supongo? ¿La misma que cuando éramos más jóvenes nos hacía esperar el amanecer borrachos, en la orilla del río, alzando una botella vacía contra la mañana, gritando malas palabras, sin parar, una tras otra, sin importarnos un comino de los madrugadores que nos miraban con una rabia bastante justificada, cuando pasaban en bicicleta para el trabajo? Esa falta de paz, ahora, pensándolo bien, no iba acompañada de una aspiración a la paz, sino todo lo contrario: era un negarse a aceptar una serenidad hipócrita. Eso de insultar a la aurora era un acto simbólico. Excelente para nuestra edad, no te lo niego. No podíamos hacer otra cosa, y a veces, te aseguro, extraño esa época de locura. Pero los actos simbólicos no tienen nada que ver con la acción: son exactamente lo contrario. Hay que ser muy ingenuo o muy cochino para vivir exclusivamente de actos simbólicos. La crisis, ojo, es una especie de momento simbólico: una tentadora intensidad para un corazón irresoluto. Me encantan estas frases redondas que te hacen chispear de satisfacción. Ahí está todo en conflicto, mezclado como en una coctelera. Uno tiene la obligación de separar su parte de caca y tratar por todos los medios de hacerla digerible. De otra manera es un inútil o un canalla.

–Gracias –sonrió Rey–. Muchas gracias.

–Sabés que no estoy tratando de ofenderte –dijo Marcos–. Al contrario. Serías tan, pero tan útil a todos nosotros si fueras capaz de hacer cosas sin separarte de tu perspectiva. Me hablás de desesperación, y yo me río. ¡Qué César, éste!, pienso. Él cree que yo me puedo olvidar de ciertas cosas. ¿Cómo se te puede ocurrir eso de mí? Los tipos que terminan con la desesperación no son como yo, ya deberías saberlo. Son "curados", como vos decís. A propósito: has impuesto el término entre los de la nueva generación. Los muchachos lo repiten. Los "curados", o los que nunca han estado "enfermos", se especializan en sí mismos y escriben libros sobre la desesperación. Sobre eso no se puede escribir. Pero ellos, en Inglaterra, en Francia, en Italia, y a veces, algún tarambana vividor de por aquí, ganan dinero con eso. Son esos intelectuales bien vestidos que vemos aparecer en las revistas, a la vuelta de la página de sociales. Son hipócritas y también hombres de buen juicio, con un grado suficiente de cinismo que les permite llenar doscientas páginas de papel sobre un tema que da solamente para una exclamación insoportable, como la tuya. Pensándolo bien, el hecho de que nunca hayas escrito nada te hace infinitamente superior a todos ellos. El comentario más extenso que puedo admitir sobre la desesperación es un grito. Por eso te quiero y te escucho. No sos como los que se "curan". Ésos son unos benditos, limpios, y almidonados canallas. No tienen desesperación en absoluto, son unos infelices que tienen la cabeza llena de quimeras personales que nunca podrán realizar, la mayoría de las veces por falta de dinero, y en todos los casos por falta de voluntad o de sentido común. Más todavía: desprecian la desesperación, porque les gusta tirárselas de vivos, por el mismo mecanismo que hace que un industrial desprecie a un poeta, creyendo que él y no el poeta es el que está pisando tierra firme, por el simple hecho de que gana mucho dinero, como si acumular dinero no fuese la más demencial de todas las actividades. Si yo despreciara la desesperación sería hoy por hoy un individuo por el estilo. Soy judío, no te olvides: como todos los tipos que soportan una carga ancestral, tengo una inevitable tendencia a tratar de sobreponerme, por orgullo o no sé qué. Sobreponerme a cualquier cosa. Eso a la larga termina por darle un fundamento sólido a tu existencia. Te puedo asegurar que pase lo que pase, nunca vas a verme tomando cócteles en ninguna embajada. No estoy dispuesto a vivir de esa manera, y te puedo decir por qué: por pura desesperación.

"No, no te rías. Nunca he sentido el mundo tan incierto, tan peligroso y tan indigno de atención como en estos momentos. Y es justo ahora cuando trabajo con mayor fiebre, con mayor energía, y, lo que es mucho más terrible, con mayor desesperación. Si quisieran venderme el mundo, en este momento no daría cinco centavos por él. Tengo la sospecha de que la historia va a fracasar; no sé por qué. Puede tratarse de esa cosa oscura, de la que vos hablabas recién, contaminando mi pensamiento. Pero sea como sea, aunque el mundo estalle, hay demasiados crímenes que vengar. Esos crímenes tienen que ser vengados aunque la historia fracase, aunque no exista ninguna de esas posibilidades con las que tanto soñamos. La ansiada sociedad perfecta, el reino de la libertad, es tan remota hoy como la posibilidad de la existencia de Dios, aunque los tontos se traguen la píldora: pero para determinados tipos, los tipos como yo, tiene que ser el pretexto para, o bien vengar Auschwitz y los crímenes de Chicago, la crucifixión de Cristo y de Sócrates, la semana trágica, todas esas injusticias tan mezcladas y sin embargo cometidas por la misma clase de individuos, de tal manera que pueda encontrarse el camino que ordene el mundo al fin, o bien, si la injusticia persiste y uno se estrella trágicamente contra ella, facilitar la coyuntura que nos permita hacer estallar la humanidad de una vez por todas. Recién decías que las bombas atómicas estaban hechas, y que nadie era capaz de responder para qué. Yo puedo respondértelo: o bien somos capaces de dominarlas, o bien estallará la humanidad en mil pedazos. Están hechas para eso: el hombre ha llegado al momento en que debe elegir entre sí mismo o su propia negación. Esa perspectiva ha impuesto un trabajo en mí por encima de la desesperación, porque debo probar, en el trabajo de todos los días, que esa desesperación es la consecuencia provisoria de un estado de cosas provisorio. Los tontos afirman que el demonio es una coartada del capitalismo. Se olvidan de observar que el capitalismo es una coartada del hombre. Debemos probar, o intentar probar, que el hombre puede vivir sin ninguna de esas coartadas, que las ha elaborado por desorientación, por ignorancia y estupidez, por infantilismo, y no porque esté encadenado a ellas de un modo fatal, o porque carezca de otras posibilidades. Lo único que puede echar abajo esa creencia estúpida es la conducta, que pesa sobre los hechos creando hechos nuevos que poseen un sentido diferente. Tu clase de desesperación lleva implícito el grave defecto de que no pesa nada sobre los hechos. Eso me la hace en gran medida sospechosa, no por la desesperación en sí, sino por ese sello de cosa irresoluta que salta tan a la vista. No quiero mandarme la parte, pero mi situación es infinitamente más incómoda que la tuya.

Marcos hizo silencio. Rey lo miraba: comprobó cómo las mejillas de Rosemberg, que se hallaba con los ojos bajos, mirando exactamente el centro de la mesa, comenzaron a enrojecer. Cuando continuó hablando el tono de su voz fue más grave, más cálido: estaba hablando al parecer como para sí mismo.

—De cada mil niños que nacen en el norte del país, se mueren doscientos debido a las condiciones de sanidad social. En eso estamos de acuerdo sobre tu concepción de la muerte —dijo—. La diferencia estriba en que yo quiero hacer algo para cambiarlo, porque sé que es posible. Probablemente tu modo de pensar se diferencia del mío en que yo le doy una gran importancia a los medios materiales con que cuenta cada individuo antes de emitir una opinión sobre él en cualquier esfera de su persona. Hasta que no haya resuelto todos su problemas materiales el hombre no podrá ser plenamente responsable, de modo que no es posible decir todavía la última palabra sobre él. Además, yo considero que en determinados aspectos el hombre ha progresado, pero el egoísmo y los intereses de algunos, y la cobardía y la ignorancia de otros, ha impedido que ese progreso sea algo más que el privilegio de los más ricos o de los más prepotentes. En este momento, esos problemas materiales son tan importantes como los más complicados y serios problemas espirituales. No sé qué pensarán del asunto determinados filósofos que me inspiran, desde otro punto de visia, una gran admiración y un gran respeto. Pero al advertir que desconocen por ejemplo, que en cualquier país de América funciona un régimen, que funcionaba en Europa hace aproximadamente mil años, y que el confortable progreso del cual él goza en cualquiera de las ciudades de Europa a donde va a pasar sus vacaciones, no es más que un vampiro espléndido que aprovecha parasitariamente ese régimen, no puedo menos que sentir odio por su indiferencia y compasión por su ignorancia. ¿Cómo podemos, sin ser unos soñadores del diablo, unos mentirosos o unos snobs, plantearnos el problema de los límites de la vida si no nos planteamos antes el carácter real de la vida misma? ¿Quién me va hacer tragar a mí que se puede estar en el límite sin estar en el centro? Nosotros estamos adentro, y lo que pasa más allá de la periferia (porque la existencia es un círculo cerrado, ya lo sabemos, una trampa en la que hemos caído y a la que estamos condenados sin apelación posible, y de la que ni siquiera la muerte nos salva, por una razón que no vale la pena explicar ahora), y lo que pasa más allá de la periferia, todo eso no puede ser más que el objeto de una reflexión circunstancial, para uso de la vida humana. Es una especie de país exótico al que uno va de vacaciones por una semana, por un mes a lo sumo, quince días al año. Pero uno no puede vivir allí siempre. Yo no puedo admitir que se busque a Dios desconociendo el crimen y la injusticia, ni tampoco que se exija a Dios la responsabilidad de las cosas humanas. Si Dios existe, tiene tan poco que ver con todo eso, y es tan diferente a todo lo que se ha venido pretendiendo hasta la fecha que debiera ser, que su sola existencia convierte a muchos de los mejores hombres que ha tenido la humanidad en unos tontos, o lo que es peor, en unos canallas.

"Nosotros vivimos en América, en la Argentina, en esta ciudad. Estamos ahora en este bar. Es un sábado del mes de marzo del año mil novecientos sesenta y uno: ése es el terreno real donde deben comenzar todas las preguntas y todas las investigaciones. Una de las excelencias de la realidad es su carácter eminentemente democrático: cada una de sus manifestaciones posee la misma importancia. Hay quien cree que la historia tiene inclinaciones de dama del gran mundo y se ocupa nada más que de las ciudades elegantes y cosmopolitas: ya hemos visto lo que han dado esas ciudades elegantes y cosmopolitas: han dado los Hitler, los Mussolinis, el streep-tease, los prostíbulos, las drogas, todas fantasías de niños de pecho que han envilecido a la humanidad y la han rebajado hasta ese punto en que el hombre se hermana con las bestias de hábitos más horrendos. Pero hay un detalle muy importante: nadie puede escapar de los demás, y hay una mezcla tan grande entre lo que pertenece a la conciencia de uno y a la conciencia de otro, que el peor de los hombres está marcado de cerca por la conciencia del mejor de los hombres. Si nos mantenemos lúcidos a pesar de todo, podemos atrapar la conciencia de la humanidad para la libertad, atraparla como a un moncholo en la red y darle un sentido elevado, hacerla conciencia de sí misma. Y para eso no podemos irnos demasiado lejos de lo que conocemos: yo soy judío: debo luchar contra mis propias cargas, ya llevo conmigo un lastre demasiado grande como para saber que no debo perder el tiempo. Tengo una mujer y un hijo de seis años, y un amigo de la juventud, casi de la infancia, llamado César Rey, que hace diez años me afilió a un partido político, y hoy me recrimina burlonamente mi posición. Tengo una hermana casada con un paisano joyero, que no se visita con mi familia: hay una serie de individuos, como esos atorrantes que están sentados allá en el fondo, algunos de los cuales son útiles y algunos de los cuales son unos incomparables charlatanes que, conociéndome de vista, o habiendo cruzado conmigo no más de diez palabras, dicen a mis espaldas: "Ese judío". Vos conocés la costa: no necesito contarte que por ahí hay miles de personas, miles y miles, que viven en condiciones generales no ya infrahumanas, sino extrahumanas. En la ciudad misma: cinturones de villas miserias, injusticia, humillación, prepotencia y desprecio. "Mozarts asesinados", como decía Saint-Exupery: y cada uno de esos hombres, los pobres tanto como los ricos, los comerciantes florecientes o los intelectuales como nosotros, los muchachos obreros de los barrios, los pescadores, los peones, los desechos humanos carcomidos por los vicios y por las enfermedades, cada uno de ellos posee una excelsitud que es al mismo tiempo su condena: su propia unicidad. Tenemos que trabajar sobre la base de esa unicidad, sin perderla de vista, en favor de esa unicidad: el mundo de cada hombre es su cuerpo, su cara, su tierra, su ciudad, su "ambiente" como se dice ahora, y no podemos alejarnos mucho de todo eso porque entonces nos perderíamos para siempre. Tu desesperación. Sí, sí. Yo la comprendo perfectamente. Y la admito también, porque te conozco desde que éramos tan jóvenes. Pero como te digo, hay clases y clases de desesperación, y la que me invade cuando cada hombre se pierde es la peor de todas. Entonces el corazón padece una fatiga que es la fatiga de todo, que no excluye nada de lo que te rodea. Tu terrorismo moral es diferente. Y lo observo con paciencia, y con simpatía, pero te aseguro que si uno no intenta lograr un mínimo de efectividad sobre el mundo, su cabeza termina por estallar: es imposible continuar soportando la existencia.

Marcos hizo silencio: estaba rojo y excitado; Rey lo observaba sonriente y pensativo, y oyó, proveniente de la mesa del grupo de Tomatis, unas sonrientes palabras dichas por Barco en voz alta, cuyo significado no entendió. Marcos miró su reloj pulsera:

–¿Vamos yendo? –dijo.

Se levantaron. Marcos separó la silla de la mesa para hacerlo y volvió a colocarla cuando estuvo de pie, con distraída aplicación, mirando hacia la mesa del grupo de Tomatis, y saludando con la mano. Rey a su vez hizo una inclinación de cabeza sin preocuparse si alguno del grupo de la mesa del fondo, sobre la que la luz solar reverberaba, respondía al saludo. Comenzaron a caminar a través del pasillo ya desierto de la galería hacia la calle, con lentitud, entre los pequeños locales de cristal iluminados por luces de colores. Marcos apenas llegaba al hombro de Rey. Caminaba con una cuidadosa falta de armonía que no revelaba torpeza sino inocencia y aplomo. Rey lo tomó del brazo y lo sacudió levemente. Marcos sonrió.

–Buena manija –dijo.

Rey lo soltó, sonriendo. Se miró de paso en las vidrieras de un comercio de artículos de caza y pesca. Su imagen, repetida en el cristal, parecía un evanescente espectro atravesando una hilera de redes y cañas laqueadas.

—Todo ese panfleto humanístico patriótico que acabás de largar requiere como base una carga determinada de convencimiento, cosa de la que yo, por supuesto, no tengo un gramo —dijo Rey—. De todas maneras me alegra.

—Lo que no puedo admitir es tu falta de espontaneidad —dijo Marcos mirando pensativamente hacia la calle.

—Soy espontáneo cuando tomo. Y te puedo asegurar que lo que sale a flote en ese mar de alcohol no son justamente bendiciones.

Al llegar a la vereda Rey observó que la calle se hallaba casi desierta y mecánicamente miró su reloj pulsera comprobando que era más de la una y media. El sol, descendiendo del cenit, en un cielo límpido, ahora azul claro, derramaba en la calle una luz ligeramente más rojiza que la de la mañana. La hilera de comercios en la vereda de enfrente proyectaba una angosta sombra fría.

—No tengo hambre —dijo Rey.

—¿Y si tomamos unas copas?

Rey dudó. Su rostro se ensombreció.

—Imposible —dijo.

Se habían detenido en la vereda en medio de la luz solar ahora más cálida: se hallaban parados frente a frente, muy cerca uno del otro, y en tanto Rey miraba la calle por sobre la cabeza de Marcos, con una expresión melancólica y distraída, Rosemberg lo observaba con atención, con una sonriente y pensativa curiosidad, mientras hacía sonar de un modo mecánico las llaves que sacudía rítmicamente en la palma de la mano.

—¿Ni siquiera un campari?

—Ni siquiera —dijo Rey.

—¿Un whisky, un vodka, una ginebra?

—Nada.

—¿Por?

Rey lo miró. Los ojos de Marcos, los cálidos ojos azules permanecieron un segundo fijos, destellaron, y enseguida se desplazaron nerviosamente.

–Tengo algo que hacer esta noche. Quiero estar fresco. –Rey giró de un modo súbito y comenzó a caminar.– Vamos al Cleveland –dijo.

Marcos lo siguió. Debía hablar con la cabeza permanentemente alzada debido a su estatura. Rey sacó un cigarrillo y lo encendió, arrojando el fósforo encendido y guardándose la caja en uno de los bolsillos laterales del saco.

Marcos miró lentamente a su alrededor.

–Es un otoño espléndido –dijo.

–Espléndido, sí –dijo Rey, con el cigarrillo pendiendo de los labios.

–Hay otro sábado de otoño, hace diez años, una mañana. ¿Te acordás?

–¿Cuál de ellas? –dijo Rey con voz áspera, retirando lentamente el cigarrillo de sus labios.

–Esa mañana que fuimos a pescar a Colastiné.

–¿Cuándo te leí *El pájaro profeta*?

Marcos sonrió.

–Exactamente –dijo.

Rey se volvió hacia Marcos con expresión extrañada, confundida, y llena de seria sorpresa.

–¿Cómo te acordaste de eso? No he podido sacármelo de la cabeza en toda la mañana.

–La atmósfera huele igual. El sol es el mismo. Y es un sábado. Debe ser eso.

Rey suspiró: su voz sonó melancólica y suave.

–No. Es otra cosa.

–*El pájaro profeta*. La apoteosis de Juan Pérez. Jamás voy a olvidarme de ese cuento. No sé si era bueno –Marcos descendió a la calle para dar paso a una pareja que caminaba lentamente en dirección contraria. Rey se arrimó a la pared. Marcos subió nuevamente a la vereda y continuó hablando cuando se juntaron–. Si estaba bien escrito, quiero decir. Era bueno.

–No podía ser bueno si no estaba bien escrito.

—Sí, lógicamente. ¿Cómo era que se llamaba el personaje?

—Manuel —dijo Rey—. No. No. Miguel.

—Eso. Miguel. Un empleado de tienda con exagerado sentido del deber que oye por casualidad *El pájaro profeta* a través de una ventana. ¿Cómo se te ocurrió?

—Qué sé yo. Una esquina, una ventana, la pieza de Schumann, y la necesidad de hacer algo nuevo. Cuando uno se da cuenta ya está hecho —dijo Rey sonriendo.

Llegaron a la esquina y doblaron hacia la izquierda avanzando por la transversal.

—Tampoco voy a olvidarme de la mañana en que me lo leíste —dijo Marcos.

—Yo la tuve olvidada por mucho tiempo, hasta hoy —dijo Rey. Miró a Marcos de reojo y comprobó que éste miraba al fondo de la calle, con la boca abierta, y una expresión pensativa. El perfil de Marcos era semejante al de un pájaro: un pájaro rubio y pacífico, algo bobo—. Y hoy reapareció, completa. No he pensado en otra cosa en toda la mañana. Es curioso.

—Es la atmósfera —dijo Rosemberg—. Cada mañana las notas del pájaro profeta volando desde la ventana. Hasta que el hombre se detuvo —Marcos se volvió entusiasmado—. ¡Es una idea extraordinaria! —exclamó.

—El único trabajo literario que logró conmoverme —dijo Rey sonriendo—. Eso significa que era bastante malo.

—Al diablo —dijo Marcos—. El primer día un momento para pensar: "Lo mismo que escuché ayer, deben estar ensayando". El segundo día un minuto, "para ver cómo era".

"Me acuerdo como si estuviera leyéndolo ahora: el tercer día de un modo súbito, agarrado por la música. ¡Dénnos tiempo, parece querer decir el cuento, y haremos de cada uno un hombre! Hasta que el empleado de tienda, que nunca se había detenido en su trayecto al trabajo, por temor o estupidez, golpeó la puerta de la casa y le pidió permiso al músico para escuchar la pieza entera, viéndolo tocar. Era así, ¿no? ¿Y el músico? Un maldito, un desorbitado. "¿De veras que le gusta cómo lo toco?" "Me gusta mucho, mucho, muchísimo. Pero claro, yo no sé nada de música." "¿Quiere un café?" "No, gracias." "Bueno, le voy a decir la verdad: no es café, es cereal tostado." A pesar de todo, ese músico estaba lleno de simpatía humana. ¿Qué hiciste con ese cuento?

—Lo quemé –dijo Rey.

—Ah, claro –dijo Marcos con seriedad–. Sí. Exactamente. Sin embargo, estaba lleno de simpatía humana. Terminaba con que al empleado lo echaban de su puesto, ¿no? Sí. Y el músico le pedía prestados unos pesos y desaparecía sin dejar rastro. *El pájaro profeta.* Yo hubiera dado años de mi vida por escribir un cuento así. Lógicamente, no soy capaz.

—A esta altura la literatura me resulta un tema de conversación muy poco familiar.

—El momento indicado para comenzar a escribir.

—¿Te parece? –dijo Rey mirando a Marcos con curiosidad–. Sin embargo aquella mañana yo estaba metido hasta el cuello en la atmósfera de la literatura. A nuestra edad ya no es posible: hace falta una buena dosis de ingenuidad, o de inocencia, o no sé qué. No pescamos nada esa mañana. Andábamos buscando una salida a lo Thoreau.

En la transversal no había sombra: al fondo de la calle se divisaban unos árboles de hojas amarillentas hendiendo el firme cielo, recortados contra las chimeneas y los mástiles de los barcos anclados en el puerto, visibles detrás de un pequeño edificio gris, perteneciente a la subprefectura. Marcos miraba en esa dirección. Rey en cambio contemplaba al pasar las vidrieras de los comercios con una fugaz curiosidad fragmentaria que le hacía mover constantemente la cabeza de un lado al otro. La calle soleada se hallaba limpia y desierta y sobre el pavimento azul la tibia luz otoñal producía reflejos tornasolados en unas manchas de lubricante.

—Todo lo que quieras –dijo Marcos–. Pero es una de las mejores mañanas que he pasado en mi vida.

—Vos y tus recuerdos –dijo Rey, suspirando distraído.

—Una mañana así vale una vida.

—Todos los hombres las viven. No hacen tanta cáscara por eso.

—Cada cual vive sus propias mañanas: ésa es nuestra. Creíamos en un montón de cosas. Además, no eras tan cabeza dura todavía. Me entristece tu actitud.

—Me arrepentiré, padre —dijo Rey, tratando de contener la risa.

Marcos reía.

—¿Y hasta cuándo te da tiempo tu dichosa unicidad para esperar la decisión de esos canallas tus semejantes? —dijo Rey.

Marcos todavía se reía, sacudiendo la cabeza, cuando llegaron al restaurante: el Cleveland se hallaba semivacío. El recinto era angosto y largo, y estaba lleno de mesas de todos colores, preparadas sin mantel. A la izquierda de la entrada se hallaba un alto mostrador de vicri multicolor, flanqueado de taburetes. Detrás del mostrador, sobre una repisa extensa de seis estantes, se exhibían botellas de vino y licor prolijamente alineadas. Sobre la otra pared había una sección de reservados con asientos y espaldares de cuero rojo y mesas angostas y largas, como tablas de planchar, sostenidas por unos caños niquelados que se hundían en el mosaico negro del piso. Rey saludó de paso al cajero, un individuo de bigotes, que miraba obtusa y desconfiadamente a todos lados.

Se sentaron, uno frente al otro, Rey dando la espalda a puerta de entrada.

—No tengo hambre —dijo.

Marcos paseó su mirada satisfecha por el local.

—¿A pesar de este olorcito? —dijo.

Rey no lo escuchaba: observaba una estría del salero, un recipiente panzón de vidrio tosco, cuya tapa agujereada era de un color rojo vivo. Pasó una uña por la sucia hendidura para separar de ella alguna sustancia adherida.

—¿Y Clara? —dijo, sin dejar de prestar atención a su tarea.

—Puedo llamarla por teléfono —dijo Marcos.

—No. Me voy enseguida. —Rey miró su reloj:— Tengo una cita a las tres. —Miró a Rosemberg de un modo súbito:— ¿Qué harías sin Clara?

El mozo se aproximó en ese momento. Era un hombre bajo, maduro, muy delgado, de mejillas amarillas y chupadas.

Tenía unos ojos atentos y profundos, estrechamente reunidos junto a la nariz. No dijo nada: los miró con el menú en la mano extendida. Marcos agarró la hoja de papel y la estudió: Rey lo miraba. Después volvió la cabeza y contempló al mozo: éste no le sacaba los ojos de encima.

—Amarillo, asado —leyó dubitativamente Marcos. Y al mozo—: Amarillo asado.

—Yo también —dijo Rey, infantilmente.

Marcos pidió también una botella de vino blanco. El mozo se alejó caminando con gran lentitud: Rey lo observaba.

—Sería imposible para mí vivir sin Clara —dijo Marcos, y entonces Rey volvió la cabeza hacia él pero no miró sus ojos sino exactamente su mentón—. Aparentemente…

—¿No piensan viajar? Hace tiempo que no salen de la ciudad. Clara tiene la aspiración de un cuerpo desnudo, tostado y húmedo, cerca del mar, revolcándose voluptuosamente en la arena bajo la luz de la luna. Es bellísima Clara.

—Aparentemente —dijo Marcos, mirando el hule verde de la angosta mesa del reservado—, nuestras relaciones están rodeadas por una atmósfera de frialdad, pero mi casa…

—Clara me ha dicho —dijo Rey—… la costa del Brasil, me dijo.

—Sin ella, mi casa. Se hundiría.

—¿El vientre cálido, como de costumbre? ¿El claustro oscuro hasta donde no llegan las contrariedades del mundo? —sonrió Rey, mirando burlonamente a Rosemberg. Pero éste no sonreía. Estaba pensativo.

—Esa pequeña judía. Dejó todo para casarse conmigo. El padre de Clara era usurero.

—Ya lo sé —dijo Rey.

—Clara es esencial para mi casa.

—Tu casa, maldito —sonrió Rey, con una sonrisa áspera y forzada—. Tu maldita casa.

—En efecto —dijo Marcos—. Mi maldita casa.

—¿Cómo sabe cada uno cuando el otro tiene ganas? Porque los amantes simplifican mucho la cuestión. Lo hacen aunque no tengan ganas. Se juntan para eso. Pero ustedes, después de ocho años, ¿cómo saben?

—No seas estúpido, César. Te digo que es así, Clara es así.

—¿Al chico, lo mandan de paseo? El matrimonio tiene aspectos canallescos.

Marcos miró el salero de tapa roja que Rey hacía rodar suavemente sobre la palma de la mano. Después miró al apretado y elegante nudo de la corbata de Rey, sobre el suave cuello marfilino, mientras Rey iba siguiéndolo cuidadosamente con la mirada, hasta que vio los ojos azules de Marcos, muy despejados y abiertos, fijos en los suyos.

—Lo pienso a menudo —dijo Marcos, mirándolo.

Rey lo miraba.

—Ya lo sé —dijo Rey—. Mis intempestivas entradas a tu casa, a cualquier hora: una falta de respeto a la santa institución.

—No es eso: te gusta Clara.

Rey desvió la mirada durante un momento. Al volver a fijar los ojos en los de Marcos comprobó que éste se hallaba todavía mirándolo, que no había dejado de hacerlo durante el tiempo en que duró su risa.

—Por supuesto que me gusta —dijo Rey. Golpeó el pupitre de la mesa con la palma de la mano, dos veces, suavemente—. Por supuesto.

—Clara es… cálida. Vive más intensamente que yo —dijo Marcos—. Me da vuelta para el lado que quiere.

Rey lo observó con curiosidad. Se miró el dorso de la mano.

—¿Te acuesta todas las noches? ¿Te canta algo?

—Mi viaje a Francia —dijo Marcos—. Me gustaría saber cómo lo pasaron ustedes. Ese mes fue terrible para mí. Yo siempre pensé que durante treinta días, ustedes… Yo no creo que la fidelidad… Pero creo que… La fidelidad. ¡Sí! Bueno, lógicamente. Estoy pasándome de la línea. Lo lamento.

Las pálidas mejillas de Marcos adquirieron un tinte púrpura cada vez más pronunciado: primero fue una especie de eczema, que se transformó de un modo gradual en una mancha rojiza; su mirada brillaba, recorriendo lenta y obstinadamente el pecho de Rey.

—Eso que uno no sabrá nunca —murmuró.

–Una de las desventajas del matrimonio –dijo clara y orondamente Rey, cruzándose de brazos y echándose contra el respaldar de tenso cuero rojo–. ¿Pagarías porque te lo dijera? Pagarías. Treinta días con sus noches. Vos mismo me lo dijiste: no la dejes sola. Cumplí el pedido al pie de la letra.

–Hubo un momento –dijo Marcos. Rey dejó el salero, mirando fugaz e impacientemente hacia el mostrador. Marcos vaciló, continuando enseguida–: Hubo un momento en que yo pensé: "Ojalá César la quiera".

–¿Sí? –dijo Rey. Sacó su atado de Pall Mall.

–Sí –repitió Rosemberg–. Ojalá la quiera. Pueda ser que él se salve así.

–Ahá –dijo Rey.

Marcos lo miraba. Parecía conmovido.

–Si César la quiere, pensé, aunque Clara me abandone (porque Clara te quiere, Rey; te quiere de veras), yo sería capaz de resistir. En serio que te quiere. Basta oírla hablar de vos para darse cuenta. Clara es el... fundamento de mi casa. Si mi hijo muriera, yo haría otro. Pero si Clara. Es horrible. Esa judía flaca, algo estúpida, esa tonta, alocada. Es todo para mí. Sin embargo, yo he llegado a pensarlo: "Ojalá la quiera". No he hablado nunca así, Chiche, con nadie: a veces en la cama, ella se acuesta de espaldas, mirando el techo, fijamente, y yo sé en qué está pensando. En quién está pensando.

Marcos hizo silencio de golpe. Sus mejillas estaban enrojecidas. Se inclinó a través de la mesa y tocó el brazo de Rey; éste miró hacia el mostrador, después a Marcos.

–César –dijo Rosemberg, inclinado–. ¿Qué está por suceder?

–¿Qué?

–¿Qué está por suceder? ¿Por qué nos acordamos al mismo tiempo de esa mañana de otoño? Son diez años. Es una coincidencia extraña. ¿Qué traman?

–¿Qué? –repitió Rey, comenzando a sonreír de un modo malévolo. Al mismo tiempo su expresión era de intensa sorpresa.

—¿Quiénes? –dijo.

—Clara. Vos y Clara. Ese mes, ¿qué hicieron?

El mozo se aproximaba sorteando las mesas vacías. Traía platos, cubiertos, copas y una botella de vino blanco.

—¿Ese mes? –dijo Rey observando al mozo. Éste distribuyó los platos, las copas y los cubiertos, unos ante Rosemberg y los otros ante Rey, y enseguida se dedicó a descorchar la botella de vino. Lo hizo sin esfuerzo, con una indolente y rutinaria pericia. Pasó la palma de la mano sobre el pico de la botella y después la dejó sobre la mesa.

—Gracias –dijo Rey. Después se dirigió a Marcos, mientras el mozo se alejaba–. La vida está hecha de cosas muy pequeñas.

—Sí –dijo Marcos, pensando en otra cosa.

—Ahora estamos arreglados –dijo Rey–. Nuestro héroe mítico se acaba de convertir en un hombre. Es la primera vez en, ¿cuántos?, sí, en veinte años que el tarro se destapa.

—He pasado dos años pensando en esos treinta días. Hablar hoy del asunto tiene su significación.

—No sé –dijo Rey–. Estarán por suceder grandes cosas.

—No sé –dijo Rosemberg. Abrió con amplitud los brazos, sonrió–. No sé nada.

—Nadie sabe nada, te dije –dijo Rey en tono de broma–. ¿Ves? Es lo que yo digo. No puedo decirte qué pasó. ¿Por qué no le preguntás a Clara?

—Las mujeres mienten. Ésa es toda la cuestión.

—Sí. Las mujeres mienten. Los hombres, en cambio, se limitan a no decir la verdad, César Rey tanto como los demás. (Acabo de desdoblarme, ¿lo notás? Recién me avivo.) Ese "ojalá él la quiera" me gustaba.

—Yo resistiría. Es muy difícil, ya lo sé, pero yo hubiera resistido. Te siento mucho más débil que yo, y además, Clara, echada de espaldas, en la cama, mirando el techo... Clara es incapaz de ocultar nada. Cuando me miente siento fatiga. No rabia. Fatiga.

—Ustedes van a viajar tarde o temprano. Yo no cuento para nada. Clara va a estar por fin desnuda, húmeda y tostada bajo la luna –dijo Rey, con perfecta tranquilidad–. Yo no cuento para nada.

Marcos lo miró. Agarró con un ademán sorpresivo la botella de vino, pero ya Rey había puesto la mano en la boca de su copa.

–Yo no quiero –dijo.

–¿Nada? ¿Ni un trago?

Marcos hizo un gesto y llenó su copa. Dejó la botella, miró el dorado vino en su copa y bebió un largo trago. Dejó la copa.

–Rico vino –dijo–. ¿Se acostaron?

–¿Quiénes? –dijo Rey, mirando hacia la caja.

–Vos y Clara. ¿Se acostaron?

–¿Cómo acostaron? –dijo Rey–. ¿En qué sentido?

Marcos volvió a llenar su copa.

–No te hagas el estúpido –dijo, controlando la cantidad de vino que dejaba caer con la botella inclinada sobre su copa.

–¿Por qué querés saberlo justamente hoy?

–¿Por qué te negás a tomar alcohol?

–Hace desde el miércoles que no tomo un trago.

–¿Qué están tramando? –rió Marcos.

–Salimos todas las noches durante ese mes. Era pleno octubre.

Marcos depositó la copa sobre la mesa, con expresión grave y atenta, casi cortés.

–Qué íbamos a hacer –dijo Rey–. Charlábamos, charlábamos, charlábamos. Una noche nos emborrachamos. Ella te lo contó. Ni siquiera la besé. ¿Qué te parece?

Marcos tomó otro trago largo de vino.

–Nada –dijo, sosteniendo el vaso alzado, y después bebió otro trago.

–De buena gana me hubiera acostado con ella.

–Sí –dijo Marcos–. Pero no lo hicieron.

–Tu mujer es bastante calentona, por otra parte –dijo Rey–. No. Esa noche no nos acostamos. Yo mismo la deposité sobre tu propia cama. Pero no pasó nada.

–Así lo espero –rió Marcos.

—Tomá vino –dijo Rey, sonriendo.

—Ustedes los desesperados arreglan las cosas con mucha facilidad –Marcos se llevó la mano a la frente; la palpó con la yema de los dedos–. Esto se llama cenestesia. Hace tiempo que no la sentía. Si el mundo estalla en mil pedazos… Clara y vos se reirían de mí.

—No habría tiempo.

—Sobraría –dijo Marcos–. Y yo no podría soportarlo.

—Tomá vino, héroe mítico –dijo Rey.

Marcos sonrió, simpáticamente, y se bebió todo el vino de la copa.

—Semítico –corrigió–. Ustedes estarían desnudos, echados bajo una palmera. –Después murmuró pesadamente:– César, ¿el mundo, estallará?

—No sé –dijo Rey.

—Así nomás: una corazonada. ¿Estallará? ¿Cuál es tu opinión?

—Barco tiene la respuesta –dijo Rey–. Él lo calculó todo.

—Las ciudades son tan sólidas –dijo Marcos con una entonación nostálgica, melancólica.

—La gente verdaderamente "bien" no podrá sobrevivir. Nadie que esté a tono va a ser capaz de perderse el espectáculo. Claro, que no va a haber palcos preferenciales. Todos vamos a estar metidos en la función.

—Mi hijo, por ejemplo, ¿lo verá?

—No sé –dijo Rey.

Marcos miró a su alrededor, balanceándose.

—Tengo hambre –dijo.

—Me gustaría verte ebrio.

—Clara –dijo Marcos–. Me gusta recordar esa mañana de marzo. ¿Te gustaría tener veinte años?

—No –dijo Rey.

—A mí sí. Me gustaría tener veinte años. Me gustaría no haber conocido a Clara: no soy tipo para una relación de esa clase. Clara es una mujer para un tipo como vos. Ese mes era otoño en París. Eran unos días grises, lluviosos. Yo andaba paseando por la ciudad con otros delegados, y había un pensamiento malsano que no podía sacarme de la cabeza. "¿Quién me mandó a meterme en este asunto? Quiero estar en mi casa", pensaba yo. "Quiero estar con mi mujer." Pensaba que era la primavera aquí: "Maldita cultura, maldita política", pensaba. No estaba bien, por supuesto. Pero me acordaba de ustedes: me los imaginaba sentados en la vereda de un café, bajo los árboles, cerca del río, de noche, déle charlar. Pensaba que Clara estaría así a sus anchas. En serio, César. Ahí fue cuando llegué a la conclusión de que habría preferido que la quisieras. "Ahora estoy aquí", pensaba. "Después vendrán otros congresos. Más importantes tal vez. Yo podría resistir. Pero César sin Clara, se hunde. Sin vuelta de hoja." Ésa es la composición de lugar que me hacía. ¿Vos podrías vivir sin Clara?

–Por supuesto –dijo Rey.

–Yo no soy más que el marido. En su imaginación ella… –Marcos se tocó la frente con los dedos–: La maldita cenestesia –dijo–. Es canallesco. Hacía años que no la percibía. Clara, en su imaginación, quién sabe… Las mujeres son así.

–Pero si Clara es el sol de tu casa, si es el resplandor angelical de tus inmediaciones –dijo Rey con una risita.

–No, en serio –dijo Marcos con un gesto melancólico.

Tomó vino y volvió a llenar su copa.

–Ella tiene presente cosas referentes a tu persona, que vos ni siquiera debés recordar que hiciste. En serio. Es extraño cómo se vive. Ella está prendida de una serie de fantasías, menos: de fragmentos de fantasías relacionadas con tu persona; y bueno, de eso vive.

–Estás inflando el problema de un modo tan exagerado que va a terminar reventando igual que nuestro bendito mundo –dijo Rey.

Marcos miró a su alrededor.

–Tengo hambre –murmuró. El vino le había mojado levemente los suaves bigotes rubios y ahora brillaban húmedos.

–Ya está –dijo Rey haciendo un ademán semejante al de los prestidigitadores en la última fase de una prueba, consistente en extender el brazo hacia el mostrador, la palma de la mano hacia arriba, señalando al mozo que se aproximaba sorteando las mesas, con la fuente de pescado sostenida por debajo con las dos manos. La depositó sobre la mesa: eran dos amarillos enteros, cuidadosamente colocados en la fuente de aluminio, rociados con una salsa dorada. Humeaban; y eran a la vista, muertos y cocidos lentamente, siniestros y hermosos al mismo tiempo, con sus cabezas vencidas y ciegas. Marcos se refregó infantilmente las manos, mirando la fuente con ojos entusiastas.

–Masticando, mis ideas se refrescarán –dijo. Tomó el tenedor y el cuchillo y alzó uno de los pescados, calzando el cuchillo por debajo del vientre del animal, y sosteniéndolo por arriba con el tenedor. Lo sirvió en el plato de Rey. Rey lo miró cortésmente, pero Marcos se hallaba ya efectuando una operación igual a la primera con el amarillo restante, y sirviéndoselo en su plato–. Avanti –murmuró.

Rey permaneció sin moverse: observó cómo Marcos daba vuelta el pescado, abierto en el vientre, del que asomaba un relleno preparado a base de cebollas, y cómo al hacer presión con los cubiertos, la estructura del pescado, salvo la cola y la cabeza, se desmoronaba como si el animal hubiese estado hecho de papel mojado. Marcos recolectó unos humeantes trozos con el tenedor y se los llevó a la boca.

Rey miró su propio plato; tomó el tenedor y separó una porción pequeña de carne que se llevó a la boca con desgano.

–Delicioso –dijo Marcos, después de tragar su primer bocado. Señaló a Rey con el tenedor–. Indefinible –dijo–. Ésa es la característica fundamental de tu desesperación.

–Al diablo –dijo Rey–. ¿Cómo es eso?

Marcos se sirvió vino, con gran rapidez.

–No tiene importancia –dijo, dejando la botella sobre la mesa.

No hablaron casi nada durante la comida. Rey apenas si tocó el pescado. Observó en cambio cómo Marcos devoró el contenido de su plato, y cómo después le pidió permiso, retiró el plato de delante de Rey, y se comió el resto del pescado. Rey lo miraba con aire divertido, y su expresión derivó en asombro cuando Marcos terminó la primera botella de vino y pidió otra. Terminaron de almorzar a las dos y media, según pudo comprobar Rey consultando su reloj pulsera. Después de cruzar los cubiertos sobre el segundo plato, Marcos se recostó con satisfacción sobre el respaldar de cuero rojo.

—Me gustaría tener a Clara aquí con nosotros —dijo—. Sería mucho más divertido.

—Tenemos que irnos ya —dijo Rey.

—¿Ya?

—Tengo que hacer a las tres —dijo Rey.

—¿Ya? ¿Tan pronto? —exclamó alegremente Marcos. Y después, con un tono completamente diferente, algo complacido—: Estoy algo ebrio.

Rey sonrió.

—Ya sé —dijo.

—No mucho —dijo Marcos efectuando un breve ademán consistente en mostrar la palma de la mano, durante un momento—. Un poco nada más. Y me resulta inconcebible que no hayas tomado una sola gota de alcohol.

Rey estaba riéndose; trató de cruzarse de piernas, sin conseguirlo. Sus largos muslos tropezaban con el borde de la mesa.

—No he podido sacarme ese sábado de la cabeza en toda la mañana. ¿Vamos?

Llamó al mozo, que se hallaba de pie junto a la caja mirando hacia la mesa. Echando un rápida ojeada a su alrededor, Rey comprobó que el local se hallaba vacío. El mozo vino con la adición en la mano. Rey le pagó.

Cuando el mozo se alejó miró a Marcos.

—¿Vamos? —dijo.

Marcos no lo oyó: miraba el centro de la mesa con una sonrisa pensativa, los ojos ligeramente entrecerrados, el pelo rubio algo revuelto: un mechón le caía sobre la pálida sien izquierda.

—Clara es el fundamento de mi casa —murmuró, sin moverse—. Es difícil. En todos estos años he estado esperando de un momento a otro que ella me dijera… Bueno. Sí, ya sé. Hablamos de amor; es otra cosa —elevó la mirada hacia Rey—. Un cuerno la vela –dijo–. Me parece que estoy charlando demasiado. ¿Vamos?

Se levantaron y salieron. Marcos caminaba con alguna dificultad, no demasiado visible. El sol derramaba sobre la calle su luz clara, fina e inalterable. En la vereda Marcos se detuvo, sacudiendo el índice ante el rostro de Rey.

–Ah, desgraciados –dijo–. Ah malditos.

Rey se reía.

–Daría mucho por saber qué pasó ese mes –dijo Marcos–. Hablamos de amor –su voz era lenta, trabajosa y pesada–. Es una estupidez. Uno juega su carta, y nunca sabe si ha ganado. Consiste en eso. No es amor.

Los ojos de Marcos chispeaban: no sonreían.

–Los quiero a los dos, César –dijo–. En la misma medida.

–Gracias –dijo Rey con pulcra frialdad.

–Si han hecho algo durante ese mes estoy en tus manos –dijo Marcos–. El orgullo, sí. Lo que sea. ¿Qué hicieron? ¿Se acostaron? La mentira... es algo que no puedo soportar. –Con las manos se palpó la cabeza, después el pecho, con gran rapidez, por sobre el saco, como si estuviera buscando algo en los bolsillos.– Otra vez, la cenestesia. Se llama así. Es repugnante. Tiene que llegar un momento en la vida de la humanidad en que nadie sienta necesidad de recurrir a la mentira. Estoy hablando demasiado. ¿Vamos? ¿Te arrimo a alguna parte? Tomo un taxi, voy en seguida para casa.

Dio dos pasos en una dirección. Rey quedó inmóvil, contemplándolo: los elegantes pantalones de franela se le habían aflojado ligeramente, y presentaban los fundillos algo caídos. El costoso saco sport color marfil le quedaba un poco amplio, Marcos se detuvo y volvió, mirando a Rey, sonriendo.

–En la misma medida, de veras –dijo, y se lanzó con el brazo extendido, el tenso puño hacia Rey. Éste abarajó el golpe en el aire, agarrando a Marcos por la muñeca.

–Bueno –dijo–. Bueno, viejo.

No hizo fuerza. Retuvo a Marcos solamente.

–De acuerdo. Basta –dijo éste.

Un individuo bien vestido los contemplaba desde la desierta vereda de enfrente, en medio del sol, proyectando una larga sombra sobre la cortina metálica de un garaje. Rey le dirigió una lenta e inquisitiva mirada, sin soltar a Marcos, y el individuo continuó caminando, flanqueado por su sombra.

—No es el momento —dijo Rey, soltándolo.

Marcos se acomodó con torpeza el pelo, la ropa, sonriendo. Su rostro se hallaba sumamente encarnado.

—Hasta luego —dijo pasando junto a Rey.

Rey quedó inmóvil, sin volverse. Hizo un gesto y caminó en dirección contraria unos pocos pasos. Se detuvo y se volvió: Marcos se alejaba caminando con lentitud, de un modo inseguro, el delgado cuerpo ligeramente encorvado.

—Eh, Marcos —llamó Rey, con voz suave.

Marcos alzó la mano sacudiéndola en el aire a modo de saludo, sin detenerse ni darse vuelta. Rey lo maldijo tiernamente en voz baja y se volvió otra vez siguiendo su camino, regresando a San Martín por la misma lateral que había recorrido en compañía de Marcos alrededor de una hora antes. Rey se desabrochó el saco y se detuvo un momento en la esquina mirando el fondo de la calle principal, extensa, lisa y recta, estrictamente regular: los letreros luminosos apagados brillaban al sol, inmóviles y superpuestos, de infinitos colores y tamaños y formas, como una serie de quietos estandartes elevados sobre la ciudad. De vez en cuando pasaba rápidamente un coche, haciendo sonar la bocina en la bocacalle. Rey miró su reloj pulsera comprobando que faltaban veinte minutos para las tres y después comenzó a caminar por la vereda del sol hasta la galería, penetrando en uno de los pasillos, desiertos, fríos y oscuros, con los pequeños letreros luminosos y las luces interiores de los locales apagados. Llegó al bar, completamente desierto, salvo la cajera vestida con un guardapolvo verde, que leía una revista de historietas detrás de la caja registradora, y el encargado de la cafetera, un muchacho de rostro liso y tostado vestido con una casaca blanca de camarero. Rey pidió un café en la caja. La chica lo atendió y continuó leyendo su revista. Rey se acomodó sobre el alto mostrador de rafia amarilla y aguardó que el mozo lo sirviera. Entregó su vale y recibió un pocillo caliente y humeante. Echó un terrón de azúcar en el café y lo revolvió con aire distraído: después se lo bebió, de a pequeños sorbos, con gran lentitud, sin depositar el pocillo sobre el plato hasta que no estuvo vacío. Encendió un cigarrillo, echó una mirada a los estantes llenos de botellas, unas repisas de vidrio apoyadas sobre las paredes revestidas de un material negro parecido al mármol, y después alzó la cabeza y contempló el bajo artesonado de madera laqueada, agradable a la vista. El patio estaba también desierto. Se asomó, en la actitud de quien se halla perdiendo el tiempo deliberadamente, viendo cómo la parte anterior del patio, cercana a los ventanales que daban sobre el último pasillo transversal de la galería, se hallaba a la sombra, y cómo la parte posterior, cerrada por un alto muro blanco, refulgía intensamente bajo la luz solar. Sobre el incandescente muro permanecía inmóvil una santarrita con un penacho de flores violetas florecidas tardíamente. Rey fumó durante un momento en el patio, mirando hacia el muro por sobre la vacía y ordenada multitud de mesas de todos colores, con una mano en el bolsillo del pantalón y la que sostenía el cigarrillo humeante elevada en el aire. Después regresó, saludó con una inclinación de cabeza al encargado de la cafetera, y avanzó por el sombrío y ancho pasillo de la galería hacia la calle que, iluminada por la luz solar, contrastaba intensamente con la penumbra de la galería. Se detuvo en la vereda. Después de dejar pasar un par de automóviles distinguió al fin la visera ajedrezada de un taxi y le hizo una seña alzando el brazo. Mientras el coche se detuvo diligente y lentamente junto al cordón de la vereda, Rey dio una pitada a su cigarrillo y lo arrojó sobre las baldosas amarillas: el cigarrillo continuó emitiendo desde el suelo una pequeña columna de humo azul que se elevaba intacta en el aire inmóvil. Rey subió al asiento trasero del coche.

—A la plaza España —dijo, expeliendo todavía un resto de humo. El coche reinició la marcha en primera velocidad, avanzando hacia el norte por San Martín. Siete cuadras después dobló hacia el este. Entraba un aire frío por la ventanilla, y Rey se apoyó sobre el desvaído fieltro gris del respaldo del asiento trasero; después comenzó a rebuscar cambio en sus bolsillos, incorporándose. Sacó un billete de diez y uno de cinco del bolsillo del pantalón y los retuvo en la mano; se miró la mano: unos dedos largos, delicados, oscuros. El taxi se detuvo al fin en una esquina. En diagonal, cruzando la calle, estaba la plaza. Rey pagó al chofer y descendió sin esperar el vuelto, mirando por encima del coche hacia la plaza, y cuando el coche arrancó, doblando otra vez hacia el centro, Rey bajó a la calle y cruzó en diagonal hacia la plaza, con su paso orondo, aplomado y tranquilo.

Los vastos árboles de la plaza se hallaban inmóviles. Apenas puso el pie en la vereda de la plaza, Rey se metió las manos en los bolsillos del pantalón y comenzó a caminar con aire contemplativo: observó los árboles, y detrás, en medio de un claro rojizo, de polvo de ladrillo, la construcción circular y amarillenta destinada a la banda municipal. Una pareja conversaba instalada en un banco cercano. Rey se detuvo junto a la fuente. Era rigurosamente circular, a ras del suelo, y el agua corría por la boca de cuatro cabezas de endriago, de piedra, idénticas, dispuestas simétricamente. En el centro de la fuente había una náyade de piedra de tamaño natural, desnuda, y se hallaba expuesta en actitud de secarse una pantorrilla, de manera que aparecía inclinada y tenía una tela apoyada sobre el muslo, con la que se secaba. La tela caía del muslo a la pantorrilla, velando el pubis como por descuido. Rey se aproximó observando con demorada atención la figura de piedra, sobre la que venía a dar, sin tocarla, o rozándola apenas por detrás, una rama de uno de los árboles cercanos, contra cuyo vivo verdor la estatua resaltaba. Rey observó las manchas de tierra y suciedad que cubrían la extensión de la figura: la cabeza, algo atenta a la acción de secarse, se hallaba ligeramente inclinada, pero la expresión del rostro, debido tal vez a la ciega dureza de los ojos de piedra, era como de desaliento o como de abandono. El pelo se hallaba recogido sobre la nuca en un trabajado rodete cuyos pliegues aparecían ennegrecidos por el sedimento del polvo. Uno de los pechos, hermosos y regulares, algo abultados, aparecía cachado cerca del pezón, de manera que ahí la piedra quebrantada, falta de pulimento, era áspera y más sucia que el resto del cuerpo. Rey paseó con lentitud alrededor de la figura, y cuando dio la vuelta, quedando bajo la rama verde, observando la perfecta espalda y las suaves nalgas manchadas, y el medio perfil del rostro y la cabeza, su posición era exactamente la opuesta a la que se hallaba en el momento de detenerse, y tal que, levantando la vista hacia la calle pudo ver cómo Clara detenía el pequeño coche color celeste junto al cordón de la vereda de la plaza, y le hacía una rápida y sonriente seña con el brazo, sin detener el motor.

Rey se aproximó con lentitud, mirando sin dejar de sonreír a Clara, que también sonreía. Se inclinó asomándose por la ventanilla del coche. Clara había apoyado el brazo derecho sobre el respaldar del asiento, y se había echado con displicencia, apoyando la espalda contra la portezuela: también el rostro y los brazos aparecían requemados por la luz solar, de modo que sus ojos verdes, y su verde vestido de jersey parecían más vivos contrastando con la tonalidad de la carne, que aparecía como laqueada.

—Hola —dijo Clara, sonriendo, mirándolo.

—Hola, flaca —dijo Rey, con voz suave.

Clara hizo una tranquila seña con la cabeza.

—¿Cómo anda tu querida estatua? —dijo.

Rey se volvió para mirar la figura de piedra.

—Cada vez más sucia —dijo, volviéndose hacia Clara.

—¿Vamos? —dijo Clara.

Rey no se movió.

—¿Y Marcos? Almorzó conmigo.

—Salí antes de que llegara —dijo Clara—. ¿Vamos?

—Sí —dijo Rey, con aire distraído—. El sol está demasiado fuerte. —Abrió la portezuela, se sentó junto a Clara, y trató de acomodar sus piernas en el exiguo espacio de la cabina. El brazo de Clara pasaba por detrás de su hombro. Ella no se había movido: lo miraba. Rey miró la calle a través del parabrisas.

—César.

—En dos días el tiempo ha cambiado tanto —dijo Rey—. Ya es otoño. A la tardecita va a hacer mucho frío. —Sacudió la cabeza hacia la plaza.– Pero esa estatua vive todavía en pleno verano: ¿ves esa rama verde que la rodea? En la fuente ya hay algunas hojas amarillas.

Clara continuaba mirándolo con una especie de expectativa, fastidio y desencanto al mismo tiempo: mantenía abierta la boca, un poco torcida por la expresión, y sus ojos verdes se hallaban ligeramente entrecerrados. Después su expresión cambió, se hizo risueña.

–Sos porquería, Chiche, eh –dijo.

Rey se volvió hacia ella riendo, sacudiendo la cabeza. Alzó la mano y le tocó la cara, suave y lentamente. Clara besaba y mordía con suavidad los largos dedos oscuros.

–¿Vamos? –dijo Rey.

Clara sacudió la cabeza, como quien lo hace para despejarse, cerrando repetidas veces los ojos, y como tragando saliva, y después se enderezó sobre el asiento. Rey le ofreció un cigarrillo; lo rechazó y arrancó. Cuando el pequeño coche celeste dejó atrás la plaza, después de la bocacalle, Rey echó la primera bocanada de humo, y arrojó el fósforo por la ventanilla. Permaneció con el cigarrillo pendiendo inclinado de los labios. Después se volvió para mirar a Clara, que se hallaba como sobre ascuas sobre el asiento y vigilaba sin distraerse el regular tránsito de la calle, bordeada sobre las veredas por dos hileras de ligustros raquíticos con una pequeña fronda esférica cuidadosamente podada. Al conducir, Clara sonreía pensativa: Rey observó sus pies, tostados, requemados, enfundados en unos pequeños zapatos blancos sin taco. Después la mirada de Rey fue ascendiendo hasta los brazos, delgados y tostados, de uno de los cuales colgaba una pulsera de plata, llena de pequeñas medallas; de su cuello pendía un collar similar, con medallones de mayor tamaño: los arabescos del metal, ennegrecidos, contrastaban con sus opacos destellos grises. El collar bailoteaba sobre el exiguo escote del vestido cuando Clara se inclinaba. Rey sonrió, como para sí mismo, echando una ráfaga de humo gris que el viento que se colaba a través de la ventanilla dispersó en forma inmediata. El coche llegó al bulevar y dobló a la derecha, en dirección al puente colgante.

En el bulevar el tránsito era más intenso.

—Marcos tomó unas copas de más hoy al mediodía —dijo Rey.

—¿Sí? —Clara no interrumpió su vigilancia. El coche corría a cuarenta kilómetros por hora, según marcaba la aguja roja del velocímetro. A lo largo del bulevar las copas de los árboles parecían ásperas y verdes formaciones rocosas; el coche iba dejándolas atrás.

—Me gusta tu cara —dijo Rey. Al hablar, el cigarrillo se movió en sus labios y un fragmento de ceniza cayó sobre la solapa del elegante saco gris. Rey se pasó repetidas veces la mano por la solapa, hasta hacer desaparecer la ceniza. Después miró a Clara y nuevamente el bulevar, y el capot del automóvil: las junturas niqueladas refulgían al sol.

—¿Después de dos años todavía? —dijo Clara—. Ya estoy un poco vieja.

—De cualquier manera me sigue gustando —Rey suspiró—. Ahora todo es prácticamente inútil. No se puede vivir.

Clara conducía con pericia, hablaba con pericia.

—Yo pienso bastante seguido en el suicidio —dijo, sonriendo.

—Ya lo sé —dijo Rey—. Pero el tuyo es un problema demasiado estúpido, como si no supieras que nos acostamos por debilidad.

—Yo no —dijo Clara—. Yo te quiero.

—Sí, es igual —dijo Rey. La miró con curiosidad—: ¿No te humilla saber que estoy aquí por debilidad?

—No —dijo Clara—. No me humilla.

—Y tu marido, la situación de tu marido, ¿no te humilla?

—Tampoco —dijo Clara—. No me humilla.

—Claro —dijo Rey, con una súbita y leve exasperación—. Lógicamente. Una judía.

Clara sonrió, indomable.

—Tampoco me humilla lo que acabás de decir. Me humillaría no oírte hablar nunca más de esa manera.

—Un cuerno la vela —dijo Rey, arrojando el cigarrillo por la ventanilla—. Pura charlatanería.

—Es igual —dijo Clara. Y después de un breve silencio agregó—: Es igual. No me fatigues.

Durante dos cuadras, que el coche ganó sobre el asfalto azulado del bulevar, bajo las vastas copas de los árboles inmóviles, Rey y Clara guardaron un reflexivo silencio.

—Marcos quería saber si durante su viaje a Francia nos acostamos: tuve que hacer un esfuerzo terrible para no decirle la verdad —sonrió Rey—. Quisiera saber por qué no se lo dije, por qué no se lo he dicho todavía. El nuestro es el caso más estúpido que he conocido en mi perra vida. Marcos es un gran muchacho. Te quiere mucho.

—Ya lo sé —dijo Clara—. Yo también lo quiero mucho, a mi manera, se entiende.

Rey rió tiernamente: le dio un golpe suave en el hombro, y Clara sonrió satisfecha sin dejar de observar el tránsito.

—Ramerita —dijo Rey.

—Marcos habla todo el santo día de responsabilidad: me gustaría saber qué pasa si yo lo abandono. ¿Todo el mundo será lo mismo?

—Es un problema de ambiente —dijo Rey, sonriendo.

Ahora podía divisarse el puente colgante: los altos mástiles de hierro negro, oxidado en partes, brillando al sol, los gruesos y tensos cables. El coche se aproximaba a regular velocidad, y el puente crecía de un modo gradual, como si los altos mástiles estuvieran desplazándose contra el celeste metálico del cielo. Rey desvió la mirada a un costado y pudo comprobar cómo la estrecha y nítida sombra del coche los acompañaba.

—Un día espléndido —dijo, volviéndose para mirar a Clara. Esta movió las piernas, descubriendo un poco más sus pétreas rodillas color cognac, y el coche aminoró la marcha.

—Me gustaría saber cuáles son en realidad tus problemas —dijo Clara. El coche entró en el puente: estaba desierto. Sobre el río la luz solar emitía unos raros reflejos corpusculares, como unos virus observados a través de la lente de un microscopio. Sobre el puente el automóvil parecía marchar con mayor sobresalto, debido al ruido del maderamen. Sin embargo avanzaban más lentamente.

–Tu marido los califica de indefinibles. Puede ser. Pero subsisten.

–Tendrías que probar el psicoanálisis –rió Clara.

–Es muy torpe eso, Clara –murmuró Rey, con reprobación, sin dejar de mirar el río. Junto al somero muelle del Yatch Club, unas estrechas embarcaciones se balanceaban de un modo imperceptible, agitando apenas la superficie quieta del agua. Sobre el muelle mismo caían las copas de unos enormes sauces evanescentes, entre cuya fronda se divisaba fragmentariamente el techo de tejas rojas del Yacht Club. Había unas mesas vacías a la sombra de los árboles, en una terraza de cemento.

El automóvil dejó atrás el puente y tomó con suavidad la primera curva de la carretera de la costa, abierta entre los sauces, cuya sombra daba sobre un angosto riacho de aguas oscuras. La sombra del coche se alargó, debido al leve cambio de dirección, y Rey observaba cómo la superficie accidentada de la banquina deformaba sin plan alguno la recortada mancha negra.

Clara comenzó a canturrear, distendiéndose sobre el asiento, y disminuyendo la atención del volante.

–Oh, sol, oh soool –canturreó. Enseguida echó a reír. Después adquirió el tono propio de quien se sumerge en una conversación animada–. Acabo de leer un libro estupendo: un manual de economía. No entendí un rábano. Es lo único que puedo leer: las novelas me duermen.

–Suele suceder –dijo Rey, con voz seria.

–Estaba en el escritorio de Marcos; me llamó la atención la primera frase: es lo único que recuerdo. Era… No. ¿A ver? Sí. Era: "Antes de preguntar a cada hombre lo que piensa habría que preguntarle cuánto dinero tiene en el bolsillo: eso echaría una luz considerable sobre su manera de pensar". Es todo lo que he podido retener de las doscientas páginas.

Rey miraba desplazarse los sauces junto a la carretera; algunas de sus finas ramas tocaban casi el automóvil, cuya sombra se quebraba fugazmente sobre ellas.

–La economía está de moda, ¿no? –dijo Clara.

—Sin embargo esa frase te gustó —dijo Rey, con expresión de haber ganado algo.

—Odio la riqueza. Amo el bienestar.

—Por supuesto —dijo Rey.

—Una vez un hombre quiso matar a papá por cuestiones de dinero. A mí no me importaba que lo matara. Pero la humillación que sentí aquella vez no he podido dejar de sentirla hasta hoy. Ahora mismo, al contártelo… Yo estaba con él. Era en el mercado de abasto: papá hacía las compras para casa en el mercado de abasto por una pequeña diferencia de precio. Yo tenía doce años. Papá le había cobrado un interés descomunal por un préstamo al hombre ese. Después lo embargó. El hombre juró que lo iba a matar donde lo encontrara. Lo quería estrangular: lo agarró del cuello y empezó a apretar. Me acuerdo que yo lloraba y lloraba. Papá empezó a ponerse lívido, y las venas de la cara empezaron a hinchársele. Yo lloraba. Pero no de miedo, sino de vergüenza. Al final los separaron: el hombre se echó a llorar, y se lo llevaron preso. Papá no decía nada. Antes de que se lo llevaran el hombre lo insultó de arriba a abajo y me miraba con un odio terrible. Yo hubiera querido que la tierra me tragara. Se había formado un grupo de curiosos, y uno de los que los habían separado comentaba con otro que los había separado para que el otro hombre no se perjudicara, porque estrangular a papá, o a cualquier otro judío, dijo, era hacer un beneficio a la humanidad. Deseé que papá estuviera muerto. Siempre pienso en él: me pregunto qué sentía por la riqueza, a qué le tenía miedo. Tenía guardados miles de pesos y vivíamos amontonados en un par de piezas. No he visto hasta ahora nada más absurdo que eso. No le puedo encontrar explicación.

Clara hizo silencio durante un momento. Rey la escuchaba pensativo.

—Cuando leía ese libro pensaba en la historia de los Grandes Almacenes Rey —dijo.

Rey rió:

—Ah, eso —dijo—. Lo que queda de los Grandes Almacenes Rey, que no es mucho, pero que tampoco es demasiado poco, tarde o temprano… Mientras tanto, la Agencia sirve bastante. Fiore es un socio excelente. Hace todo el trabajo. Tiene problemas y los esquiva trabajando.

–Parece un buen chico. ¿La mujer es…? ¿Cómo se llama?

–¿Homosexual? ¿Marta? No: no sé qué es. ¡Qué es…! Qué absurdo. Es una expresión canallesca.

La hilera de sauces quedó atrás: el riacho quedó atrás, desapareciendo con ellos. Ahora se trataba de una extensión como de cañada, llena de matorrales de pajabrava, que se agrupaban alrededor de unos quietos esteros. Junto al terraplén unos ranchos de paja y barro, irregulares y precarios, se apoyaban unos a otros, dando una sensación tan grande de debilidad que parecían consistir solamente en un frente de papel pintado, como los decorados teatrales. Unos niños harapientos y descalzos, agrupados junto al camino, miraban pasar los automóviles. Rey los observaba con ligero interés.

–El único pecado verdadero y horrendo es la frialdad –comentó como si acabara de sacar una conclusión–. Me gusta tu forma de ser, tan espontánea –Rey señaló con la cabeza hacia el parabrisas como indicando el sitio al que se dirigían–. Estando aquí, una vez, pensé que tal vez algo habría sido posible. Pero Marcos, Marcos, siempre de por medio. Hoy me hizo una confesión bastante extraña: me dijo que él podría soportar que vos y yo le hiciéramos la trastada.

–Oh sol, oh soool –canturreó Clara, sin oírlo. Bailaba con un contoneo suave sobre el asiento–. *Solé-iiilll.*

–Clara, estúpida –dijo Rey.

Clara lo miró sin dejar de moverse sobre el asiento.

–¿Qué pasa, diga? –dijo.

Pasaron un puente breve, una alcantarilla: una estrecha franja de agua, como la de una *maquette,* pasaba por debajo. Era clara.

–Estúpida –repitió Rey, con rostro risueño.

–*Solé-iiilll* –canturreó Clara, mirando el camino.

Rey ya no estaba risueño. Meditaba.

–La fidelidad es lo peor que hay –dijo.

Clara respondió con un ligero tono de reproche, sin mirarlo, como si advirtiera algo equívoco en las palabras de Rey.

–La frialdad, la fidelidad, la libertad, la caridad. Criaturas de treinta y tantos años como nosotros, no deberían hablar de esas cosas. Al fin de cuentas, ni siquiera sé lo que quieren decir. A veces hago alguna cosa bien hecha, en favor de los demás, y enseguida pienso: ...¿Será esto que *ellos* llaman la *caridad*? En serio: no sé nada de esas cosas.

–Yo tampoco: pero pesan tanto sobre nosotros como el cuerpo que estamos obligados a soportar –dijo Rey, con una risa quebradiza. Miró el camino, después la cañada–. ¿No llegamos nunca? Me gustan tus collares, tus pulseras, tu vestido. Todo. Es una verdadera lástima que tengamos que...

Clara lanzó una exclamación.

–¡César! –gritó, señalando el camino.

Una perdiz cruzaba la franja de asfalto dando saltitos y cuando el coche se aproximó alzó vuelo planeando con gracia y firmeza a ras de la pajabrava, desapareciendo de pronto entre los matorrales.

–¿Viste? –dijo Clara, volviéndose a mirar a Rey.

Éste se hallaba mirando el vacío, con expresión pensativa. El semblante de Clara se ensombreció.

Pasaron el control caminero, un pequeño refugio retacón con frente de cristal, de estilo moderno, en cuyo interior un oficial se hallaba sentado ante un escritorio. Al costado del refugio había un trecho de hierba y un sencillo mástil con una quieta bandera replegada. Un agente de policía, con un registro bajo el brazo, les hizo un saludo amistoso cuando pasaron. Rey contestó sacudiendo el brazo con displicencia. Del control caminero partía el camino a Colastiné. Rey miró la recta franja azulada, perpendicular a la carretera principal, perderse en la plácida y soleada llanura. La luz solar brillaba intensamente ahora: el aire colándose por la ventanilla impedía percibir el calor.

–Hubo un tiempo en que yo no percibía las cosas –dijo Rey–. Las leía. Trataba de encontrar en la realidad las cosas que había leído. Me parece que fue por eso que me cansé de la literatura. Sé imaginarme la vida como una sala llena de relojes que dan la hora al mismo tiempo, pero cada uno una hora diferente. En los últimos años, me parece, no he hecho más que tratar de cerrarme todos los caminos. Me parece que lo conseguí. No sé por qué he puesto tanto empeño.

Clara lo escuchaba: cruzaron un ómnibus plateado, con franjas rojas. Se dirigía a la ciudad, y unas humildes caras curiosas los observaban desde las ventanillas.

—A medida que el tiempo pasaba, iba dándome cuenta de que yo me lo estaba buscando.

—Estás hablando como si hubiera pasado todo —dijo Clara.

—Ahora sí —dijo Rey—. Hoy vamos a acostarnos por última vez.

Clara hizo un gesto de desagrado. Su pulsera tintineó, produciendo un sonido opaco. Rey miró la joya.

—No me interesa —dijo Clara—. Yo sabía. Hoy o cualquier otro sábado, es lo mismo. Estoy al tanto de tu falta de coraje.

—Las mujeres apelan siempre al coraje de los hombres para perderlos —dijo Rey—. De no haber sido por Marcos habríamos estado juntos desde hace tiempo. Ahora estarías completamente arrepentida.

—Es para cosas así que hay que tener coraje —dijo Clara, con leve desprecio—. No tengo miedo.

—No seas estúpida.

—Es la tercera vez —rió Clara—. Tomo nota.

—Estúpida. Cuarta vez. Tomá nota —dijo Rey.

—Si no te quisiera —dijo Clara— me darías pena.

—Estúpida —Rey miraba a Clara con furia. Después sus facciones se aflojaron, y comenzó a mirar por la ventanilla. Suspiró—. Yo también te quiero, Clara —dijo.

—Ya lo sé —dijo Clara. Su rostro temblaba—. Antes era tan diferente.

—La primera fase de la desesperación se inventa unas salidas absurdas: se habla de momentos mágicos —dijo Rey—. Se cree que unos minutos de placer pueden justificar setenta, ochenta años de vida. Cuando pienso en los momentos de verdadera felicidad que he experimentado en toda mi vida tiemblo de espanto y de remordimientos: yo no sabía nada de nada.

Clara lo interrumpió.

—Ahí está Giménez en persona —dijo.

—¿Eh? —dijo Rey.

El hotel era una construcción angosta y baja separada del camino por un vasto espacio de tierra arenosa, cubierta por unos pastos grises y ralos. Tenía un letrero luminoso sobre el alero y el único cuerpo edificado se hallaba flanqueado por dos altos portones de cinc pintados de marrón. La habitación del frente tenía una amplia ventana a través de la cual podía verse en el interior el fragmento de una abarrotada biblioteca. Debajo de la ventana, en el suelo, había un pequeño cantero de malvones. Gabriel Gíniénez se hallaba de pie junto a la ventana mostrando una larga vara a un tipo joven vestido con un saco azul marino y unos grises pantalones de franela. Cuando el coche salió del camino y avanzó más pesadamente sobre el espacio de tierra arenosa hacia el portón entornado, Giménez y el otro alzaron la cabeza hacia ellos. Rey advirtió entonces que el tipo de saco azul marino era el mismo que había visto esa mañana en compañía de Tomatis, en el hall del Correo Central. Clara detuvo el pequeno automóvil junto a Giménez. El rostro de éste emergió a través de la ventanilla.

—¿Toman sol? —dijo Clara.

—Conversábamos —dijo Giménez—. ¿Cómo les va?

El otro tipo permanecía alejado del grupo. Rey veía solamente su pecho.

—Bien, por supuesto —dijo Clara.

Giménez se dirigió a Rey.

—¿Cómo llegó el miércoles?

Rey respondió con una sonrisa algo confusa. El motor se hallaba en marcha y el coche vibraba.

—Entero —dijo.

—Macanudo —dijo Giménez—. ¿Bajan?

—No —dijo Rey—. Queremos descansar. La señora…

—Bueno, perfecto —dijo Giménez, sin detenerse, desapareciendo del marco de la ventanilla. Reapareció delante del coche, junto al portón, y abrió sin apuro la gran lámina de cinc. El coche arrancó. Rey miró al compinche de Tomatis. El tipo miraba a Clara. Al transponer el portón, Giménez les hizo una seña. Clara frenó.

—Vayan donde quieran —dijo Giménez asomándose fugazmente por la ventanilla—. Está todo desocupado.

—Gracias —dijo Rey.

El coche avanzó con facilidad por un camino de cemento sobre el que desembocaba una hilera de habitaciones idénticas. Al final del pasaje había unos pinos y un recinto amurallado sobre el que no había una sola mata de pasto. Clara detuvo el automóvil junto al tapial del fondo, de culata. Del otro lado del patio arrancaba el camino de salida, que moría en el segundo de los portones, y sobre el que desembocaba una serie de habitaciones idénticas a las primeras. Sus puertas se hallaban entornadas, pintadas de un color gris opaco.

Descendieron. Clara recogió su cartera y saltó agilmente fuera del coche. Rey lo hizo con mayor lentitud, encendiendo un cigarrillo. Se encontraron junto a la parte delantera del automóvil, cuyas molduras niqueladas brillaban al sol. Caminaron separados, lentamente, hacia la segunda hilera de habitaciones. Sólo sus sombras se tocaban: unas sombras breves y tenues proyectándose una encima de la otra sobre la tierra arenosa.

Clara espió la primera de las habitaciones.

—Aquí ya estuvimos —dijo—. No me gusta.

—Son todas iguales —dijo Rey.

—No me gusta —dijo Clara, y se adelantó a la segunda.

Entró, empujando la puerta: la hoja gris retrocedió dócilmente. Rey miraba a Clara con el cigarrillo suspendido en posición oblicua entre los labios. Guiñaba sin cesar un ojo por los efectos del humo, que ascendía en una azul columna serpeante ante su áspero rostro. Entró detrás de Clara, cerró la puerta, y dio dos vueltas a la llave. La habitación se hallaba fría y oscura, pero la luz del día se colaba a través de diversos resquicios de la puerta y de la claraboya del baño y todos los objetos eran perfectamente visibles. Recordaba las habitaciones oscurecidas por medio de cortinas, en verano, a la hora de la siesta, para evitar que penetre la claridad.

Clara se sentó en la cama, una cama de dos plazas cubierta por una pesada colcha floreada. Había una mesa de luz con un velador, y mesas y sillas de tipo moderno, con patas de fino caño negro.

—Ya deberías estar desnuda –dijo Rey–. Somos amantes, no olvides. Nuestra finalidad es copular.

—Andá al diablo –dijo Clara–. No ensucies todo. Vení.

Rey se aproximó.

—Sentate –dijo Clara.

Rey se sentó a su lado; la cama crujió.

—Desnudate –murmuró.

Clara se puso de pie y se sacó el vestido, quedando en enaguas. Dobló cuidadosamente el vestido de jersey y lo depositó en el respaldo de una silla. Después se sacó los zapatos y se volvió, descalza, hacia Rey.

—No –dijo Rey–. Todo.

—Después –dijo Clara–. Ya va.

—Ahora –dijo Rey–. Todo.

Clara se quitó la suave enagua blanca. Tenía bombacha y corpiño verdes, del mismo tono del vestido.

—¿Es un uniforme? –rió Rey.

—¿Está bien así? –dijo Clara.

—Todo –dijo Rey–. El collar y la pulsera también.

—No tengo vergüenza –dijo, acomodando toda la ropa en la mesa y la silla. Rey observaba cómo dos franjas de piel blanca, casi rubia, contrastaban con el tono color coñac del resto del cuerpo; una, más angosta, abarcaba los senos; la otra era más ancha y se formaba sobre el pubis y el trasero, desde el ombligo hasta el arranque de los muslos–. El bronceado desparejo no queda bien. Debí salir desnuda al sol.

Rey meditó un momento, sentado sobre la cama, con las manos colgando entre las piernas: sostenía el cigarrillo entre los labios.

—El gusto por la desnudez es considerado natural en las

mujeres, y perverso en los hombres –dijo–. Me gustaría saber por qué.

Clara avanzó. Rey la miraba. Clara se detuvo junto a Rey. Sus rodillas se tocaban. El blanco vientre de Clara se hallaba muy próximo al rostro de Rey.

–Clara –dijo Rey, apoyando el rostro contra el vientre, y rodeando con los brazos la cintura de Clara–. Clara. Clara.

Después Clara sacó una pequeña toalla del cajón de la mesa de luz y saltó de la cama, dirigiéndose al baño. Rey, echado en la cama, fumando pensativo, observaba el cielorraso de la habitación. Se hallaba cubierto por la colcha floreada; su ropa colgaba de una de las sillas. Oyó el murmullo de la ducha y los difusos pasos de Clara en el interior del baño. Rey se levantó y se vistió, quedando en mangas de camisa. Sobre la silla quedaron el saco y la elegante corbata verdosa. Rey se detuvo junto a la mesa, observando con atención el collar de Clara. Lo agarró, mirándolo, cerca de la cara, y después se acercó a la puerta y la abrió: la tibia claridad solar penetró en la habitación. Rey observó con mayor cuidado el collar, a la luz. Tanteó su peso. Era sólida plata trabajada y el destello del metal era firme y atenuado. Rey estudió los medallones, cuyos arabescos, enredados y difíciles, carecían de significado. Miró el cielo azul desde la puerta, con el collar amontonado en la palma de la mano en actitud pensativa, permaneciendo inmóvil alrededor de cinco minutos, hasta que Clara asomó detrás de la puerta del baño. Rey se volvió.

–Cerrá la puerta –dijo Clara.

Rey obedeció. Clara salió del baño desnuda. Comenzó a vestirse con rapidez.

–Voy a charlar un rato con Giménez –dijo Rey–. Te espero allá.

Dejó el collar sobre la mesa.

–Chiche –dijo Clara.

Rey la miró. Clara le tiró un beso con la mano.

–Putita –dijo Rey, sonriendo, abriendo la puerta, sin hacer mucho caso de Clara.

Esta reía.

Rey cruzó el despejado recinto pasando frente al automóvil estacionado de culata contra el bajo tapial de ladrillos rojos y polvorientos. El tapial parecía mucho más antiguo que el resto del edificio. Después avanzó a través del camino abierto junto a la primera hilera de habitaciones. Oyó la voz de Giménez, proveniente del cuarto delantero. La puerta se hallaba entornada; la empujó y penetró en la habitación. Giménez se hallaba en medio de la habitación, calentando una panzuda copa de cognac con las manos. El otro tipo se hallaba sentado en un sillón de cuero rojo junto a la biblioteca. La ventana estaba abierta, de manera que Rey pudo ver el espacio de tierra arenosa frente a la casa y más allá la cinta azul del camino, enmarcados en un vasto rectángulo soleado. Del otro lado del camino, había una casa cuyas paredes encaladas eran apenas visibles tras una pesada e intrincada vegetación.

–Ah –dijo Giménez.

Tenía un pullover de blanco cuello alto, muy viejo y algo sucio, y ocultaba sus ojos detrás de unos lentes oscuros; su pelo rubio se hallaba algo desordenado y era abundante y áspero como el de un adolescente. Las mangas del pullover le quedaban algo largas, lo que le daba un aire aniñado. Rey observó sus bigotes: eran sedosos, rubios y ralos, y caían por debajo de las comisuras de los labios de un modo ligeramente achinado. Aparentaba unos treinta años.

–Hablábamos de usted –dijo Giménez–. Leto me dijo…

Leto se paró: era el joven del sillón rojo.

–…que lo vio esta mañana.

–¿Esta mañana? –dijo Rey mirando a Giménez–. ¿Dónde?

–Ah –dijo Giménez–. Antes de que me olvide. Rey, Leto.

Rey esperó que el otro se acercara y recién entonces estiró la mano. Se estrecharon.

–Encantado –dijo Leto. Su voz era ingenua, pero no estúpida.

–Sí –dijo Rey, volviéndose a Giménez.

–En el correo, dice –dijo Giménez–. ¿Un cognac?

–Yo estaba con Tomatis –dijo Leto.

–¿Era usted? –dijo Rey–. No lo reconocí.

—Era yo –dijo Leto–. El franciscano de la nueva generación, como dijo usted.

Giménez se echó a reír.

—Yo me reía –dijo–. ¿No quiere un cognac?

—No, gracias –dijo Rey.

—¿Un whisky? ¿Una ginebra?

—No gracias –rió Rey–. Nunca tomo estando sobrio.

—¿De veras que no? Bueno. Siéntese –dijo Giménez bebiendo un trago de cognac.

Leto se volvió y alzó de sobre una mesa una copa idéntica a la de Giménez. Rey lo observó: era delgado y tenía una cara triangular, cuyo vértice era el mentón; pero sus ojos eran grandes y cálidos, y los párpados presentaban un doble pliegue horizontal delicado y atrayente. Parecía un tipo bastante decente, un tipo tranquilo. Tenía muchísimo cabello, peinado con raya, y tirado desordenadamente a un costado. La raya unida a una entrada profunda y triangular parecía un río delgado volcándose en el denso y amplio mar de la frente. De perfil, sin embargo, Leto presentaba rasgos ligeramente equinos: era más bien bajo, y tenía las piernas torcidas enfundadas en los estrechos pantalones de franela ordinaria.

Leto bebió.

—Después lo vi en el bar de la galería –dijo.

—Sí –dijo Rey–. También estuve.

—Tomatis lo ponderó muchísimo, dice Leto –dijo Giménez.

—¿Sí? –dijo Rey.

Se hallaban los tres parados en medio de la habitación. Giménez y Leto eran casi de la misma estatura. Rey les llevaba más de una cabeza.

—Sí –dijo Leto.

—Tomatis es un buen muchacho –dijo Rey con aire pensativo.

—Excelente, claro que sí –dijo Giménez–. ¿De veras que no quiere un trago de cognac? ¿Tibio?

—Hoy no, gracias –dijo Rey, tocando con suavidad el brazo de Giménez. Después echó una lenta mirada a la alta biblioteca–. ¿Vamos al sol? –dijo.

–Cierto –dijo Giménez–. Hay que aprovecharlo.

Rey fue delante, seguido por Leto y Giménez; éste se retrasó cerrando el portón de cinc. Rey y Leto quedaron en medio del amplio espacio soleado. Leto traía su copa de cognac y la sostenía entre los dedos, ciñéndola con la palma de la mano.

–Usted es de afuera, seguramente –dijo Rey, como por decir algo.

–Sí.

–¿Y qué hace aquí?

–Vivo desde hace un par de meses –dijo Leto.

–¿Solo? –dijo Rey.

–No. Con mi madre.

–Ah. Sí, claro –Rey quedó pensativo. Pensaba en otra cosa.

Un camión lleno de tarros de leche pasó trabajosa y ruidosamente por la carretera, en dirección a la ciudad. Rey contempló cómo se alejaba. En dirección contraria avanzaba un automóvil negro, cuya pintura refulgía al sol. Giménez se unió a ellos, copa en mano.

–¿Así qué un franciscano de la nueva generación? –dijo, riendo. Rey sonreía.

–De veras. Y me dejó bastante confundido –dijo Leto.

–¿Le dije eso?

–Sí.

–Leto –dijo Rey–. Italiano.

Hicieron silencio. El coche negro pasó frente a ellos a gran velocidad. Leto se hallaba de espaldas al camino, mirando hacia el edificio del motel. Se volvió cuando pasó el automóvil. Los tres lo miraron alejarse.

–Italiano, sí –repitió Leto.

Giménez señaló el horizonte, detrás de la casa semioculta entre los árboles.

¿Conoce por esos lados? –preguntó a Rey.

–Sí. He ido –dijo Rey.

–Pasa el Colastiné por ahí –explicó Giménez a Leto.

–¿Es un río? –dijo Leto, mirando en la dirección que Giménez acababa de señalar. Era una planicie verde interrumpida de vez en cuando por pequeños grupos de árboles, o por casitas blancas, de techo rojo, muy precarias. Desde el horizonte mismo parecía comenzar a ascender un tenue y estrecho celaje. Pero el cielo se hallaba espléndido y celeste, y el sol, comenzando a declinar, parecía una áspera piedra incandescente, llena de destellos metálicos.

–Es un brazo del Paraná –dijo Giménez.

–Sí –murmuró Rey. Observaba el horizonte, pensando en otra cosa, alto, en mangas de camisa, las manos en los bolsillos del pantalón. Leto lo observaba de un modo furtivo de vez en cuando. Rey miró su reloj pulsera; eran las cinco menos veinte. Volvió a meter la mano en el bolsillo del pantalón–. ¿Trabaja? –preguntó a Leto.

–No –dijo éste, enrojeciendo de un modo súbito–. Todavía no. Justamente estoy a la pesca de algo.

–¿A qué se dedica? –dijo Rey.

–En realidad –dijo Leto–. Por ahora…

–¿Qué edad tiene?

–Veintitrés –dijo Leto.

–Está bien –dijo Rey–. No tendrá inclinación por la literatura supongo –sonreía de un modo burlón. Leto desviaba la vista.

–Me interesa –dijo.

–Rey sospecha cosas terribles de la literatura –dijo Giménez, sin mirar a ninguna parte.

–Usted es un piola –dijo Rey sonriendo simpáticamente. Y a Leto–: Este Giménez es un vivo número uno.

Leto no lo miraba, observó Rey. Miraba directamente detrás suyo, con gran atención, hacia el portón del motel. Rey se volvió: Clara salía en ese momento y su vestido verde de jersey resaltaba contra la oscura chapa de cinc. Clara alzó el brazo por sobre su cabeza, saludando, y avanzó lenta y trabajosamente por el espacio de tierra arenosa; estaba resplandeciente a la luz solar, y sonreía guiñando los ojos. Los tres se volvieron hacia ella, en semicírculo. Los tres sonreían. Clara se detuvo frente al grupo.

Rey sacó la mano del bolsillo y esbozó un ademán explicativo.

—Estaba contándole a Leto lo vivo que es Giménez.

—Ah, sí —dijo Clara—. Es cierto. El motel está muy bien organizado —Clara y Leto se miraban.

—No —dijo Rey—. Yo decía en general. No por eso.

—También —dijo Clara, sin dejar de mirar a Leto.

—Clara, por favor —dijo Rey—. ¿Vas a dejar de una vez por todas de provocar a cada hombre que se cruza en tu camino?

Clara se echó a reír, tocándose el pelo. Leto se puso muy colorado.

—Además no trabaja —dijo Rey—. Leto. Clara.

Se estrecharon las manos.

—Encantado —dijo Leto.

Clara le sonrió, sin responderle. Después se colgó con aire mimoso del brazo de Rey.

—César es muy bromista. Es muy liberal —dijo.

—Yo le preguntaba si sentía inclinación por la literatura —informó Rey a Clara—. Dice que le interesa.

—César ya no escribe —dijo Clara—. A mí las novelas me dan sueño.

—¿De veras? —dijo Giménez, con súbito interés.

—Cada vez vienen más aburridas —dijo Clara.

Leto sonrió con aire confuso.

—Puede ser —dijo. Y enseguida—: ¿En qué sentido aburridas?

Clara meditó un momento.

—Qué sé yo —dijo—. Aburridas.

—Supongo que Clara querrá decir que ya no son excitantes —explicó Rey, acomodándole el pelo cariñosamente—. Nunca lo fueron, por otra parte. Clara busca excitaciones, como la mayoría de la gente desocupada.

—¿Y por qué tienen que ser excitantes? —preguntó Giménez, bebiendo.

—¿Pero si no entretienen, para qué sirven? —dijo Clara.

—Qué sé yo —dijo Giménez—. A mí me produce tranquilidad la lectura.

—La cocaína también produce tranquilidad, claro —dijo Leto, de un modo pensativo—. Sin embargo, la literatura es otra cosa.

—Claro –dijo Rey–. Deme un cigarrillo.

Leto buscó en el bolsillo interior del saco azul y sacó un paquete de Saratoga. Ofreció a Rey y a Clara. Los dos aceptaron. Se guardó el paquete después de colocarse un cigarrillo entre los labios, mientras sostenía la copa de cognac en la otra mano.

—Deme un traguito –dijo Clara.

Leto le dio la copa. Clara se bebió todo el contenido de un solo trago, y después chasqueó la lengua.

—Delicioso –dijo.

Leto encendió un fósforo y tocó con la llama el cigarrillo de Clara, después el de Rey, y enseguida el suyo. Después sacudió el fósforo y lo arrojó apagado. Después miró a Clara.

—Deme, si quiere –dijo, señalando la copa vacía con la cabeza.

—Está bien –dijo Clara. Se había separado de Rey y ceñía la copa con la palma de la mano, como queriendo calentarla.

—¿Quiere cognac? –dijo Giménez.

—No, gracias –dijo Clara.

Hicieron silencio durante un momento.

—¿Y usted es amigo de toda esa barra? –preguntó Rey, señalando con la cabeza en dirección a la ciudad.

—A Tomatis lo conozco desde hace mucho tiempo. Viaja seguido a Rosario –dijo Leto–. A Barco lo conocí allá, hace cosa de un año. Estaba con Tomatis.

Giménez se echó a reír.

—Esos dos hace diez años que no se despegan –dijo.

Rey sonrió.

—De veras –dijo.

—Un poco menos de un año –dijo Leto–. Unos diez meses.

—Tomatis tiene talento –dijo Rey.

—Es un poco pedante –dijo Clara–. ¿No les parece que el sol está calentando demasiado?

—No, es un tipo excelente –dijo Giménez.

—Está escribiendo una novela histórica –dijo Leto.

—¿Una qué? –dijo Rey.

—Bueno, sí –dijo Leto, sonriendo–. Es una manera de decir; ya sé que no hay novelas históricas.

–¿No les parece que está haciendo demasiado calor aquí? –dijo Clara.

–Podemos ir a la biblioteca –dijo Giménez.

–No hace falta –dijo Rey–. Ya nos vamos.

–¿Por qué no se quedan a cenar con nosotros esta noche? –dijo Giménez.

Clara lo miró, incrédula.

–¿Qué? –exclamó.

Giménez sonreía: se adivinaba una mirada chispeante y burlona detrás de sus anteojos oscuros. Rey, próximo a él, lo miró: los espejuelos reflejaron su rostro dos veces, resaltando contra un cielo verdoso, como en una imagen de diapositivo.

–Yo decía –sonrió Giménez.

Rey miró a Leto.

–¿No le decía yo hace un momento? Giménez es un vivo de primera.

–No, por Dios, no vaya a pensar que… –protestó juguetonamente Giménez.

Rey sonrió y palmeó dos veces a Giménez.

–No, en serio –dijo, afectuosamente–. Nos gustaría pero no podemos. Clara tiene que preparar la cena de su marido.

Clara se hallaba mirando el camino en ese momento. Se volvió de un modo súbito y sus ojos emitieron un breve destello.

–Voy a tener que darte una cachetada –murmuró, con gran lentitud, mirando fijamente a Rey.

Rey ni siquiera la miró. Fumaba mirando a Leto.

–El adulterio tiene sus propias leyes, como el matrimonio –explicó con gran tranquilidad–. Clara es la mujer de mi mejor amigo.

–César –dijo Clara.

–No puedo permitir que mi mejor amigo se quede sin cenar por culpa mía.

Leto carraspeó.

–Claro –dijo en voz muy baja, sin mirar a ninguna parte.

Giménez se volvió hacia el camino, mirando el horizonte.

–César –dijo Clara. Su rostro temblaba.

Rey fumaba. Echó el humo, y arrojó el cigarrillo lejos, hacia el camino.

–Las mujeres son muy, pero muy, bueno, ya me entiende –dijo Leto–. Clara no se distingue mucho de la mayoría.

Clara le pegó en la cara. Como lo hizo con la mano con la que sostenía el cigarrillo, éste voló chocando contra la solapa de Leto, produciendo un leve tumulto de chispas y cenizas. Leto saltó hacia atrás, sacudiéndose con rapidez la solapa. El rostro de Rey se hallaba rojo en una mejilla y completamente pálido en la otra. Tenía el pelo revuelto y se metió las manos en los bolsillos del pantalón. Clara se alejó hacia el motel.

–¿De manera que con su madre? –dijo Rey, con afectado interés.

–¿Quiere un cognac? –dijo Giménez.

Rey no le hizo caso. Hablaba con Leto, pero no lo miraba. Sus ojos enfocaban exactamente la blanca fachada de la casa oculta entre los árboles, más allá del camino, por encima de la cabeza de Leto.

–Deme un cigarrillo –dijo Rey, con voz temblona. Oyó el golpe del portón al cerrarse con violencia, pero su expresión no se modificó en absoluto.

Leto le dio un Saratoga y se lo encendió con la brasa del suyo. Rey se encogió un poco y echó el humo.

–¿Así que una novela histórica? –dijo.

–Sí –dijo Giménez–. Está visitando el Archivo Provincial día por medio.

–Interesante –dijo Rey, llevándose el cigarrillo a los labios, y sacudiendo la cabeza de un modo pensativo. Dio dos pasos hacia el camino, quedando cerca de la dura franja azulada, y silbó un trozo de tango.

–¿Más cognac? –dijo Giménez a Leto detrás suyo.

Rey se volvió.

–Deme un trago –dijo.

–Enseguida –dijo Giménez, volviéndose hacia el motel. Hizo dos o tres pasos.

Rey dudaba.

—Espere —dijo. Giménez se detuvo—. Deje. No quiero, gracias.

Se puso el cigarrillo entre los labios, aproximándose a Leto. Se hallaban dispuestos en triángulo, a una distancia regular uno del otro, y Giménez era el que se hallaba más alejado. Parecían hallarse en una posición ritual, inmóviles, mirándose bajo el sol; Rey parpadeaba. Las sombras de los tres se proyectaban hacia el este, en dirección contraria a la ciudad.

—El sol está fuerte —dijo Giménez.

—Sí, de veras —dijo Rey, mirando el horizonte, el tenue y naciente celaje.

—¿Hay inconveniente en que pasemos a la biblioteca? —dijo Giménez.

Rey lo miró, echando el humo y sacándose el cigarrillo de los labios.

—¿Qué? —dijo—. Sí, por supuesto.

Fueron caminando los tres con lentitud hacia el motel: Rey en el medio, algo encogido, y se desplazaban con largos pasos pesados sobre la tierra arenosa. Ahora el dificio del motel proyectaba una estrecha franja de sombra fría sobre el frente. Cuando estuvieron a tres metros del portón éste se abrió chirriando y Clara reapareció. Rey notó que se había puesto el collar con los medallones de plata y que parecía excitada y ansiosa. Emergió desde detrás del portón y parecía querer atajarles el paso. Los miraba: a Rey, a Leto, a Giménez, y había colocado una mano entre sus pequeños senos, con un ademán débil y delicado. Los tres se detuvieron. Clara parecía más reducida y solitaria contra el fondo del oscuro portón desnudo.

—Hola —dijo. Su rostro temblaba.

—Hola —murmuró Rey.

Clara se dirigió a Leto y a Giménez.

—César es el mejor… es la mejor persona del mundo —dijo—. Yo fui una estúpida… Porque César…

Se echó a llorar, débilmente. Rey pasó a su lado sin decir una sola palabra, rozándola de paso, dirigiéndose al interior del motel. Los otros dos lo siguieron. Clara permaneció inmóvil, llorando.

La biblioteca estaba fría, demasiado ventilada. Giménez cerró la ventana, y vista a través de los vidrios la luz solar pareció más tensa y fría en el exterior. Los vastos anaqueles de la biblioteca, cargados de libros, quietos y sombríos, llegaban hasta el techo. Rey fue a echarse en un diván forrado con una tela de vivos colores, estampada con figuras geométricas.

—¿Le interesa la publicidad? –preguntó a Leto, que permanecía de pie junto al diván, mientras Giménez echaba cognac en las copas vacías. Puedo conseguirle un empleo.

—Por supuesto –dijo Leto.

—¿Tiene algo que hacer hoy? –preguntó Rey–. Puede venirse con nosotros, y lo presento ahora mismo.

—Vine a pasar el fin de semana –dijo Leto, arrimando el sillón de cuero rojo al diván y sentándose frente a Rey.

—Tome –dijo Giménez, entregándole su copa llena otra vez hasta la mitad de cognac. Leto la tomó, bebió un trago, arrugando un poco la cara, y volvió a mirar a Rey.

—Pero voy, por supuesto, aunque no quisiera… –dijo, volviéndose de un modo rápido e imperceptible, como haciendo alusión a Clara, y poniéndose enseguida colorado.

Rey sonrió.

—No se preocupe –dijo.

—El lunes sería igual para mí –dijo Leto.

—Pero no para mí –respondió Rey.

Hicieron silencio.

—Como todos los intelectuales, usted debe tener una pésima opinión de la publicidad –dijo Rey de pronto.

—Es por un mecanismo defensivo –sonrió Leto.

Rey respondió de un modo pensativo.

—Es cierto, de veras –dijo. Y cambiando de tono, mirando a Giménez que los observaba desde detrás de los lentes oscuros, apoyado con indolencia contra la pared, calentando la copa entre las manos, con una sonrisa apagada–: Giménez siempre se retira a su cubil cuando hay mucha gente a su alrededor.

Giménez sacudió lenta y levemente la cabeza, como quien agradece y aprueba, pero no dijo nada. Rey miró a Leto sacudiendo la cabeza hacia Giménez.

–Es un vivo –dijo, riendo, y sus ojos chispearon–. Es un tipo simpático.

Giménez bebió sonriendo, y parecía hallarse mirando el contenido de la copa elegante y panzona.

–En pedo no –dijo Rey, explicándole a Leto–. En pedo es diferente.

–¿Herr Puntilla? –preguntó Leto, entrando en el juego.

Rey meditó, y sus ojos chispearon.

–Algo así, exactamente. Yo no. Yo soy de mala bebida.

–Rey ha roto más de una cara encontrándose en mal estado –dijo Giménez–. El miércoles sin ir más lejos, estuvo a punto de cansarse de mi propia cara y borrarla. ¿Se acuerda?

–Por supuesto –dijo Rey con tono afectuoso y al parecer sincero–. La próxima vez que me emborrache terminaremos el trabajo. Nunca me gusta dejar nada por la mitad.

Giménez se aproximó.

–Excepción hecha de una brillante carrera literaria –dijo, con deliberada precisión y lentitud.

Rey no contestó. Habló dirigiéndose a Leto.

–¿Usted tiene que preparar algo? Lo esperamos. De lo contrario nos vamos enseguida –miró su reloj–. Son las cinco.

Se puso de pie, abrochándose las mangas de la camisa.

Leto también se paró y se quedó mirando a través del ventanal.

Rey salió de la biblioteca y atravesó el patio, pasando junto a la hilera de puertas entornadas, y dando la vuelta por detrás, penetró en la habitación. Clara se hallaba sentada sobre el borde de la cama desordenada, con la cabeza apoyada en la palma de la mano mirando con expresión infantil y desabrida la pared del cuarto. Rey entró y se dirigió a la silla de la que colgaban el saco y la corbata. Recogió la corbata y pasó al cuarto de baño, encendiendo la luz. Se detuvo frente al espejo, y enseguida se alzó el cuello de la camisa, pasando por detrás la corbata, haciendo con rápida y cuidadosa pericia un nudo apretado y pequeño. Después abrochó el cuello y lo bajó, ajustando el nudo, oyendo cómo Clara canturreaba en la habitación. Con sus largos dedos oscuros acomodó la corbata: sus labios se hallaban apretados y en sus alertas ojos fríos sorprendió una mirada vagamente melancólica. Fue al inodoro y orinó largamente. Después escupió. Al salir nuevamente a la habitación pudo comprobar que Clara se hallaba de pie, apoyada en el vano de la puerta, observando el cielo.

—Vámonos —dijo Rey.

Clara se volvió, y pasando junto a Rey recogió de encima de la mesa la cartera, grande y blanca, con un broche dorado en el medio, y regresó nuevamente rozando al pasar el alto cuerpo de Rey. Rey estaba colocándose el saco.

—Clara —dijo Rey, quedando inmóvil con el saco a medio calzar. Clara salió de la habitación sin responderle. Rey sonrió y se calzó el saco del todo, palpándose los bolsillos: las llaves y las monedas tintinearon en el interior. Cuando salió de la habitación, Rey vio a Clara dirigiéndose hacia el automóvil: se balanceaba con un paso lento y displicente, y sacudía la cartera con un movimiento pendular. Rey la maldijo con la mirada y se volvió hacia el portón, con paso rápido, y al llegar junto a la gran hoja de cinc pintado, descorrió el pesado cierre de hierro y abrió el portón. Las bisagras del portón chirriaron al desplazarse la pesada hoja. Rey la mantuvo abierta contra el muro poniéndole delante una gran piedra que aproximó haciéndola rodar con el pie. Oyó el motor del automóvil en el momento en que Leto y Giménez aparecieron junto al portón viniendo desde el frente de la casa. Leto traía un par de libros en la mano.

—¿Listo? —dijo Rey, sonriendo, sacudiéndose las manos. Después habló a Giménez—: ¿Cuánto le debo?

—Hoy nada —dijo Giménez.

—¿Cómo nada? —dijo Rey, metiendo la mano en el bolsillo del pantalón.

—Nada —dijo Giménez.

Rey hizo un gesto y sacó la mano del bolsillo.

—Gracias —dijo. Miró a su alrededor. La sombra del frente de la casa se había alargado. Desde el fondo, el pequeño coche celeste avanzaba con gran lentitud, en primera velocidad. Los tres salieron del vano del portón para darle paso. Clara detuvo el coche en el amplio espacio frente a la casa, sin apagar el motor.

Rey estrechó la mano de Giménez.

–Chau, hasta la vista –dijo.

–Buena suerte –dijo Giménez.

–Gracias por los libros. Hasta el lunes –dijo Leto.

Rey abrió la portezuela trasera y le indicó a Leto que se sentara. Leto penetró en el coche y Rey cerró la puerta, entrando después a la cabina delantera y sentándose junto a Clara.

–Leto va con nosotros –dijo.

–Estupendo –dijo Clara, sonriendo mecánicamente. Se asomó por la ventanilla y saludó a Giménez que se hallaba parado junto al coche. Después partió, ascendiendo trabajosamente por el espacio de tierra arenosa y cambiando de velocidad al comenzar a rodar por el asfalto. Rey observó a Clara y después se volvió hacia Leto. Miró los libros que Leto llevaba sobre las rodillas.

–Conrad –leyó–. ¿No está algo pasado de moda?

Leto sonrió, con gran timidez.

–No creo –dijo.

–Usted tiene aire de ser uno de esos canallitas éticos –sonrió Rey.

–No es necesario que lo insultes, ahora –dijo Clara.

Rey se volvió hacia ella.

–No lo insulto –dijo–. Él sabe.

Avanzaban hacia el oeste, de modo que la luz solar penetraba en el coche a través del parabrisas; era un luz ya gruesa, áspera y algo dorada.

–Ya sé –sonrió Leto, sin dejar de mirar por la ventanilla. Evitaba al parecer cruzar miradas con Rey. Éste se acomodó también sobre el asiento y observó el camino a través del parabrisas. No volvieron a cruzar una sola palabra durante todo el trayecto. El coche pasó junto al control caminero, después saltando y estremeciéndose sobre el puentecito bajo el cual corría la estrecha cinta de agua ahora más oscura, lívida, después frente a los ranchos encimados al borde del camino ante los cuales un grupo de niños y perros se hallaba reunido, y después rodó costeando la hilera de sauces cuyas copas caídas la dorada y áspera luz del sol nimbaba y atravesaba. Después tomó la suave curva previa al puente, a cuya izquierda el techo del Yacht Club veteaba de rojo la copa de los árboles, y enseguida penetró en el puente, haciendo sonar y resonar la plataforma de madera embreada bajo la cual el río corría lentamente quebrando los reflejos solares, hasta que aminoró la marcha, salió del puente, y comenzó a rodar por el bulevar en dirección al centro.

El tránsito había disminuido bastante en la ciudad y los edificios y los árboles impedían ya el paso de la luz solar, de modo que la fría atmósfera presentaba ya una tonalidad levemente azulada. El coche dejó el bulevar tomando San Martín hacia el sur, en dirección al centro.

—Nos bajamos en la galería —dijo Rey a Clara.

Cuando el coche se detuvo frente a los anchos pasillos de la galería, Rey se inclinó hacia Clara y la besó en la mejilla, con fugaz ternura.

—Hasta pronto, Clara —dijo.

Clara no respondió. Aguardó en silencio, con una expresión de impaciencia en el rostro.

—Muchas gracias —dijo Leto, abriendo la portezuela y bajando a la vereda.

—Está bien —dijo Clara, sin mirarlo.

Rey observaba a Clara.

—Clara —dijo—. Te puedo asegurar…

—De acuerdo —dijo Clara, sin dejar de mirar la calle a través del parabrisas.

—No —dijo Rey—. No.

Abrió la portezuela, sacudiendo la cabeza, y apoyó los pies en la vereda. Después bajó y cerró la portezuela detrás suyo. El pequeño coche celeste arrancó, alejándose calle arriba. Rey quedó inmóvil observando cómo desaparecía doblando en la primera esquina. Se volvió hacia Leto: éste revisaba con prolija atención los libros.

—Mejor dejamos la entrevista para el lunes —dijo.

Leto lo miró.

–Es lo mismo –dijo, y volvió a revisar los libros con idéntico cuidado.

Rey lo miró con mayor atención: se hallaban a medio metro de distancia uno del otro y Rey le llevaba algo más de una cabeza. Algunos individuos tiesos y maduros, endomingados, acompañados de sus mujeres o solos, paseaban con vacua lentitud por las veredas, deteniéndose de vez en cuando frente a alguna vidriera.

–Vea –dijo Rey–. No va a haber entrevista. ¿Qué sé yo quién es usted?

–Yo no le pedí nada –dijo Leto, hojeando el ejemplar en rústica, bastante ajado, de *Lord Jim*.

–Sí. Sí –dijo Rey–. Usted no me pidió nada. Ya lo sé. Ustedes nunca piden nada. Son muy machitos ustedes.

–No, Rey, vea… –dijo Leto.

Los ojos de Rey emitían unos rápidos y filosos destellos.

–Sí, ya sé –dijo–. Ya sé.

–Usted está nervioso –dijo Leto.

–¿Vos, a mí? –dijo.

Rey se aproximó y lo agarró de las solapas, sacudiéndolo levemente.

–¿Vos, a mí? –repitió, soltándolo.

Los ejemplares cayeron al suelo; uno era *Lord Jim,* de Conrad. El otro era el *Baudelaire,* de Sartre. El *Lord Jim,* rodó hasta la calle. Leto estaba rojo y confuso. Rey lo sacudió con lentitud y furia.

Leto se agachó y recogió los libros, revisándolos. Se hallaba sumamente agitado.

–Es igual –dijo.

Rey lo miraba.

–Mocoso –dijo, furiosamente.

Leto retrocedió dos pasos. Miró a Rey, tranquilo.

–Usted es un… débil –dijo.

–Te voy a romper la cara –dijo Rey.

Leto se adelantó de nuevo, quedando a menos de cincuenta centímetros de Rey, de tal manera que éste, para alzar la mano, hubiera debido pasar forzosamente por su cara. Se miraban.

—Usted va a salir adelante —dijo Leto—. Usted tarde o temprano va a salir adelante. Tomatis dice que usted es...

—Te callás —dijo Rey.

El rubor se intensificó en las pálidas mejillas de Leto.

—Dice que usted es un tipo excelente. Y si él lo dice —dijo Leto, volviendo la vista hacia la calle—, si él lo dice, yo le creo.

El rostro de Rey permanecía tenso, oscuro.

—Una vez le di una paliza a un boxeador profesional —dijo—. Lo tuvieron que hospitalizar.

Leto sonrió, aprobando, cerrando los ojos y volviendo a abrirlos.

—Tipos así necesita la literatura —dijo—. Con tipos así podríamos salir adelante.

El rostro de Rey se distendió.

—Es mejor que te vayas, pibe —dijo, con cierta petulancia.

—Usted conoce bien a Quevedo —dijo Leto—. Quevedo debió haber sido un tipo como usted. Quevedo soportó la encerrona. ¿O se piensa que era un imbécil?

Rey se reía.

—La compañía de toda esa gentuza te ha dejado mal de la cabeza —dijo—. Chau.

Bajó a la calle, cruzándola, y deteniéndose en la vereda de enfrente. Se volvió. Leto lo miraba, inmóvil.

—¿Un cognac? —gritó Rey.

—Sí —dijo Leto—. Excelente.

Rey observó a Leto mientras cruzaba la calle desierta. Leto movió la cabeza una y otra vez, y se aproximó con bastante rapidez, acomodando los libros uno encima del otro, varias veces durante el breve trayecto hacia Rey, y éste tuvo tiempo de observar sus piernas torcidas, enfundadas en los estrechos, cortos, y gastados pantalones de franela.

Los pequeños letreros luminosos se hallaban encendidos, y en el interior de los espaciosos pasillos la atmósfera era más cálida, y más pesada que en la calle. El bar estaba semidesierto. La chica del guardapolvo verde atendía la caja, sentada sobre un alto taburete de asiento amarillo. Hojeaba todavía su revista de historietas.

—¿Whisky? —dijo Rey.

—Bueno —dijo Leto, mirando a su alrededor.

Rey pidió whisky y café; pagó con cien pesos. La chica manipuló la caja y después entregó a Rey el vuelto y el vale de la consumisión.

—Yo lo hacía un gran bebedor a usted —dijo Leto, señalando con la cabeza el café de Rey en el momento en que se sentaban a una de las mesas del pasillo. Leto se sentó sin soltar su vaso de whisky puro. Rey permaneció también con el pocillo de café en la palma de la mano.

—Hoy es mi día franco —dijo.

Leto tomó un trago, paladeando la bebida.

—He decidido no tomar alcohol hoy —dijo Rey.

—¿Por?

Rey dejó el pocillo sobre la mesa.

—Tengo un asunto importante entre manos —dijo.

—¿Algún negocio?

—Depende de cómo se mire —dijo Rey, sonriendo.

—¿Qué tiene contra la literatura? —dijo Leto.

Rey interrumpió su sonrisa y volvió a comenzar enseguida

—Es la segunda vez en el día que me hacen la misma pregunta —dijo. Enseguida dejó de sonreír y dijo—: En este momento nada.

—¿Piensa escribir alguna vez?

Rey buscó cigarrillos. No respondió. Miró hacia el bar, y después ofreción un Pall Mall a Leto. Éste aceptó, y enseguida buscó fósforos y encendió los dos cigarrillos.

—No —dijo Rey, echando la primera bocanada de humo—. Bueno. No sé.

Leto se inclinó hacia él, a través de la mesa.

—Dígame —dijo—. ¿En qué anda?

Rey miraba la brasa de su cigarrillo, cruzado de piernas; el café se enfriaba en el pocillo. Ya no humeaba.

—Siempre me gustó meterme en la vida del prójimo —dijo–. Me parece que es una gran virtud. Cuando usted tenga mi edad…

–Eso ya lo dijo esta mañana –dijo Leto.

–Sí –dijo Rey–. Usted va a entrar en crisis dentro de poco. Me gustaría saber cómo se las va a arreglar.

–Me parece que para cosas así el hombre ha inventado actividades como la literatura –dijo Leto–. Si usted hubiera escrito sobre su crisis, tal vez yo hubiera podido ahorrarme la mía.

–Nunca se sabe –dijo Rey, sonriendo.

–Puede ser que usted se ría de mí. Pero yo pienso en Baudelaire y se me pone la carne de gallina. Yo todavía creo en esos altares patéticos.

Rey suspiró; habló con cierta petulancia.

–A los veinte años uno está preguntándose a cada momento para qué, y vive de todas maneras, porque en el fondo siente algo así como vergüenza de su propia necesidad de absoluto. ¿Por qué se tiene que sentir vergüenza de necesitar una respuesta absoluta para una pregunta absoluta? Después de hacer todo el rodeo con ese lastre, se llega a un punto en que parece imposible dar un paso más. Y entonces retorna la misma pregunta: "¿Para qué?". Hay cosas muy grandes hechas a pesar de esa falta de respuesta, y uno piensa que tal vez esas cosas tan grandes sean respuestas parciales y humanas a preguntas de otra índole. Sin embargo, ¿qué peso puede tener en el contexto de una vida como la mía o como la suya una de esas obras monumentales que a sus ejecutores les han producido la ilusión de una realización casi cósmica, como si hubiesen cumplido un mandato urgente y esencial, no ya de sí mismos, sino de todo el bendito universo? Ninguno. Casi ninguno. Es tan absurdo. No pasan de ser una simple experiencia. *La Pasión según San Mateo*, escuchada como una *jam session*, un viernes santo, tomando whisky o cognac en compañía de dos o tres mujeres. Como experiencia tal vez no sea más rica que el whisky, o el cognac, o las mujeres. Es casi lo mismo.

Leto no dijo nada; miró a Rey.

–Uno se pregunta para qué –dijo éste–. Y cuando cree haber dado con la respuesta exacta y verdadera, significa que ha empezado a mentirse.

—Todo eso es muy cierto. Es muy cierto —dijo Leto, sacudiendo la cabeza, pensativo.

—Completamente —dijo Rey.

—Pero a veces —dijo Leto.

Rey sonrió.

—¿A veces qué? —dijo.

—A veces uno es dado vuelta por algo tan inesperado que siente unos deseos terribles de creer en Dios.

—¿En Dios?

—Lo que sea —dijo Leto.

—Es lo más cómico e inesperado que he oído en los últimos treinta y tres años.

—Yo soy católico —dijo Leto.

—¿Qué? ¿Usted? ¿Católico?

—Todavía soy católico. Voy a misa. Pero siento que voy a dejar de ir porque estoy empezando a creer en él.

—¿En Dios? —repitió Rey.

—Llámelo como quiera —dijo Leto. Y pensó algo, al parecer muy gracioso, ya que lanzó una carcajada que fue disminuyendo gradualmente, hasta apagarse. Entonces dijo con melancolía—: Además tengo simpatías socialistas.

Rey hizo un gesto de cómica contrariedad, de desconfianza.

—Ahora no va salir diciéndome también que se llama Napoleón Bonaparte.

Leto volvió a reírse, tímida y simpáticamente.

—No —dijo—. Nada de eso.

Rey lo miró con seriedad, con aire perplejo.

—Pero viejo —dijo—. Dios no existe.

—Eso es lo que nos venimos diciendo desde hace mucho tiempo. Como medida práctica me parece excelente. Pero, metidos en el fondo de la cuestión, y una vez que los problemas prácticos se han resuelto, y en nombre del progreso y la practicidad empiezan a llenar el mundo de cosas tan absurdas como radios portátiles, licuadoras, anillos de diamantes, revistas verdes y otras paparruchas, para detener esa avalancha impresionante de salvajismo no hay más remedio que recurrir a Dios. De acuerdo a lo que el hombre ha logrado en el plano material, nadie tendría que pasar hambre ni morirse por falta de asistencia médica. Ya no hace falta inventar más nada. ¿Hay una prueba más evidente del estado egoísta y canallesco en que vive la humanidad que la mera comprobación de que mientras las fábricas de automóviles lanzan un modelo más lujoso cada año, el fazendeiro brasileño que cambia su automóvil todos los años para cargarlo de rameras tiene un cementerio particular donde entierra a los peones que él mismo asesina? Ahora no hay que inventar más nada. Hay que distribuir lo ya inventado. Y para distribuirlo me parece que no hay ninguna razón que obligue a negar a Dios. No tiene nada que ver con el asunto. Después de todo, yo, que creo, puedo asegurarle que es Él el que ha puesto en nosotros el sentido de la historia y nos ha hecho llegar a este punto. Y si alguien opina que Él existe, pero que no ha hecho más que crearnos, no cabe duda de que nos ha dado tanta libertad que ha permitido que los mismos individuos que en este momento lo están negando sean al mismo tiempo los únicos que tienen un concepto claro acerca de lo que es justo y humano. No entiendo por qué debemos negar a Dios. Nadie ha podido llegar más allá del protozoario. A mí no me cuesta nada dar un paso más. Y le puedo asegurar que si Él nos ha puesto en la cabeza la idea de la justa distribución, es porque la considera elevada, posible y necesaria. Y yo lucho por ella en nombre de Dios.

Rey se rió.

—Usted es un demente —dijo.

—No —dijo Leto—. Soy un solitario.

Meditó un momento; después dijo:

—Hasta hoy, la ausencia de Dios ha sido mí única compañía.

—Lo dice lo más campante —dijo Rey, mirándolo con curiosidad.

—No sé por qué hay que decirlo de otra manera. En un principio fue la ausencia de Dios lo que creó mis ideas socialistas; pero ahora que he comenzado a vislumbrar el desaliento, es la existencia de Dios lo único que puede sostenerme.

–Como claro está claro –dijo Rey.

–Me alegro.

–¿Piensa llegar a alguna parte?

–No, a ninguna –dijo Leto.

–¿Qué clase de vida lleva?

–Llevo la vida del cachorro intelectual, adherido a su familia de un modo parasitario. Sin ningún remordimiento consciente. Cuando me siento mal, entro a una capilla de barrio, al atardecer, y me quedo media hora solo, arrodillado, sin rezar. Después salgo, y busco a alguien en el centro para que me pague unas copas, o me invite con un cigarrillo.

–¿Y si lo encuentra?

–No fumo –Leto se rió–. Pero medito, medito, y vuelvo a meditar. Y llego a la triste conclusión de que mis peores defectos y mis peores virtudes están radicados en esa falta de necesidad que caracteriza todo lo que hago.

Rey asumió una expresión pensativa: hizo un ademán perplejo con la mano.

–Me llama la atención cómo usted hace una hora, cuando estábamos con Giménez y Clara, parecía un perro tímido, cómo recién intentó hacerse martirizar para salvarme, y cómo ahora, que habla de Dios, presenta un aspecto tan duro y tranquilo como si no tuviera alma.

Leto enrojeció nuevamente.

–Yo también me lo pregunto muchas veces –dijo. Se tomó el resto del whisky de un trago: miró a Rey cortés y tranquilamente, con el alto vaso vacío en la mano–. ¿Me paga otro? –dijo.

–Sí, por supuesto –dijo Rey, sonriendo sorprendido.

–Si me da cambio voy a buscarlo –dijo Leto.

Rey le dio un billete de cien pesos y Leto se puso de pie, sonriendo, efectuando una leve reverencia.

–La familia agradecida –dijo, dirigiéndose al bar. Rey permaneció fumando con aire pensativo, semisonriente, con los ojos entrecerrados; el cigarrillo pendía de sus labios. La gente paseaba por la galería cada vez en mayor número, pero todavía se trataba de parejas aisladas que caminaban con gran lentitud y que se detenían frente a los pequeños locales contemplando las mercaderías en exhibición.

–Todos éstos pasan la vida juntando guita para tener un entierro mejor que el del vecino, un entierro de primera –comentó Leto al regresar con su whisky, cabeceando hacia una pareja que pasaba del brazo frente a ellos; se sentó y dejó un rollo de rojos billetes de diez pesos sobre la mesa.

Rey permaneció sin recoger el dinero; no le sacaba la vista de encima; observaba el cuello sucio de la camisa, el saco azul ajado. Leto sonreía satisfecho con su vaso de whisky y el doble pliegue de sus párpados, marcándose y remarcándose, daba a su rostro una expresión extraña, una expresión que casi no podía vincularse a los rasgos. Rey le dio una última pitada al cigarrillo y lo arrojó, echando el humo en una larga y espesa bocanada gris.

–Tomatis ha leído cosas suyas –dijo Leto–. Dice que hay garra. ¿Por qué no escribe?

–No sé –dijo Rey, con aire pensativo–. ¿Usted escribe?

–Me interesa la literatura –dijo Leto.

–¿Por qué?

–Ya le dije –dijo Leto–. La gente se siente siempre peor que su prójimo. La literatura puede demostrar que todos somos iguales. Además puede registrar experiencias de un individuo y hacerlas material utilizable por todos los demás.

–No deja de ser una teoría –dijo Rey–. ¿Y el que escribe, qué aprovecha?

–Nada –dijo Leto–. Qué va a aprovechar.

–Usted es algo estúpido –dijo Rey.

–Bastante –dijo Leto–. Pero si uno sacara provecho de todo lo que hace, estaría arreglado.

–¿Qué lee usted? –dijo Rey–. ¿Fioretti?

–A veces –sonrió Leto–. Y Genet, también.

–¿Qué planes tiene para el mes qué viene?

–Ninguno.

–¿Y para el año que viene?

—Ninguno, tampoco –dijo Leto.

—¿No se las andará tirando de santo, no?

Leto suspiró; los pliegues de sus párpados se atenuaron; sus párpados se distendieron.

—No –dijo, con gran seriedad mirando el vaso mientras lo hacía girar distraídamente sobre la mesa.

—Si puedo –dijo Rey– el lunes le voy a arreglar el asunto de la agencia.

Leto lo miró directamente a los ojos y se quedó mirándolo.

—No mienta –dijo.

Rey lo miró sorprendido.

—¿Por?

—Usted se va de viaje esta noche.

Rey se sobresaltó, mirándolo con sonriente y perpleja curiosidad.

—¿De viaje? ¿Esta noche? ¿Dónde? –dijo.

—Es notable –dijo Leto, pensando en otro cosa–. El whisky despierta mi inteligencia.

—No se haga el vivo. Los santos no hablan nunca de sí mismos.

—Eso es lo que usted se cree –dijo Leto.

—¿De dónde sacó que me voy de viaje?

—Es tan evidente –dijo Leto–. Debe tener listo el equipaje. ¿A quién piensa darle el esquinazo?

—A ver, suponiendo que sí, ¿de dónde lo dedujo?

—Qué sé yo –dijo Leto, riendo–. Mi penetración es la de un simple genio de provincias, no se me puede pedir tanto.

Rey hizo silencio durante un momento, mirando hacia el patio. La atmósfera era completamente azul.

—Acertó –dijo.

—Tengo mucho talento –dijo Leto.

Rey estaba pensando en otra cosa.

—Cuando no trata de explicar nada –dijo– el hombre es… hombre.

Leto bebía su whisky con lentitud, con un marcado aire de bienestar y satisfacción.

—Guárdese esos pesos –dijo Rey, agarrando los billetes y dejándolos nuevamente sobre la mesa, junto al primer vaso vacío. Leto los miró, sin estirar la mano, aceptándolos con un gesto.

—Gracias –dijo–. La familia agradecida.

—Ahora me voy –sonrió Rey, poniéndose de pie.

Leto hizo lo mismo.

—No se moleste –dijo Rey, estirando la mano.

Leto se la estrechó.

—Buena suerte –dijo, y bebió un trago.

—Chau, pibe –dijo Rey.

Leto se sentó. Rey recorrió el ancho pasillo iluminado, con paso rápido, y llegó a la vereda. Allí se detuvo un momento. Los letreros luminosos se hallaban encendidos, manchando la atmósfera cada vez más oscura, de un intenso azul, con unos evanescentes resplandores verdes y rojos, violetas y amarillos. Rey reanudó su paso con mayor lentitud: su rostro, a la luz de las vidrieras de los comercios alineados a todo lo largo de la calle principal, presentaba un aspecto menos tenso, y un poco más ajado. Una sombra verdosa de barba incipiente y áspera oscurecía sus mejillas. A medida que anochecía la calle iba llenándose de gente: matrimonios y grupos de muchachos vestidos cuidadosamente, niños, vendedores de globos y praliné, soldados de paso hacia la estación de ómnibus, todos dando el paseo obligado antes de la cena, recorriendo una y otra vez la calle principal para contemplar las vidrieras vistas ya cientos de veces, saludando con tiesura a grupos de conocidos, de vereda a vereda, con un aire al mismo tiempo vacuo y ansioso. Rey dejó San Martín caminando en dirección al hotel, y al llegar comprobó que el hall se hallaba todavía más frío que a la mañana, y la luz encendida, un globo que emitía un vivo resplandor blanquecino, era refractada en manchas rosadas por la superficie del brillante zócalo de mármol blanco. En el último peldaño de la escalera se hallaba parada una joven baja, vestida con un suéter amarillo, muy estrecho, y unos ajustados pantalones rayados. La joven fumaba con un exagerado aire de impaciencia. Dos hombres conversaban sentados en los sillones de cuero, en el otro extremo del recinto. Rey fue hacia el mostrador del conserje comprobando que no se trataba del mismo individuo de la mañana: éste era un tipo flaco, de anteojos, con las mejillas chupadas y una expresión dura en el rostro, una servicialidad de piedra.

–Veintiuno –dijo Rey.

El conserje observó el tablero y retiró la llave, que colgaba de una pesada ficha de plomo.

–Gracias –dijo Rey, agarrando la llave.

Rey se volvió hacia el ascensor y corrió las dos puertas plegadizas, guiñando el ojo a la joven de suéter amarillo. Ésta sonrió.

–Ramerita –dijo Rey, en voz baja, entrando en el ascensor, y cerrando detrás suyo las dos puertas. Oprimió el botón del tercer piso, un gastado tarugo cilíndrico de madera mechado en un tablero de bronce, y cuando el cubículo comenzó a ascender se apoyó contra el espejo, observando con fugaz atención cómo el ascensor ganó el primero y el segundo piso y cómo se detuvo en el tercero, dando una leve sacudida. El ascensor desembocaba en un pequeño hall solitario, amueblado con una mesita y tres sillones de cuero negro. Sobre la mesita había una maceta panzona con una planta de anchas hojas grisáceas, y Rey la observó de paso, con interés, después de cerrar nuevamente las puertas plegadizas del ascensor detrás suyo. Del hall partían dos pasillos, uno perpendicular al otro. El primero era visible hasta su término desde el ascensor y estaba malamente iluminado por unas pequeñas lámparas adheridas al techo. El otro pasillo se extendía a la izquierda del ascensor y al comenzar a recorrerlo Rey pudo comprobar que remataba en una alta ventana a través de la cual era visible el aire azul, ya casi negro, y unos árboles, los de la plazoleta de la vereda de enfrente, que permanecían quietos y oscuros envueltos en la penumbra del anochecer. La habitación número veintiuno era la última del pasillo, a la izquierda, y Rey introdujo, la llave en la cerradura, la hizo girar, y abrió la puerta. La penumbra de la habitación contrastó de inmediato con la sucia iluminación del pasillo. Rey palpó la pared, junto al marco de la puerta, hasta encontrar la llave de la luz, encendiéndola. La habitación se iluminó. Estaba minuciosamente limpia, como un cuarto de sanatorio, y tenía piso de mosaicos verdosos. Se hallaba amueblada con un juego standard de tipo provenzal: una cama baja de madera oscura y trabajada, cubierta con una sobrecama de cretona floreada; un alto ropero barnizado, sin luna, cuyas puertas se hallaban llenas de arabescos y estrías, y una mesa pequeña con una silla adicional, ubicadas bajo una ventana similar a la del pasillo, que daba a la calle, al parque, ya que a través de los vidrios podían divisarse las quietas copas de los árboles. Al lado de la cama había una mesa de luz con un pequeño velador de pantalla apergaminada y un cenicero de loza blanca. Del otro lado, junto al ropero, la puerta del cuarto de baño se hallaba entornada. Rey se volvió, sacando la llave de la cerradura, y volviendo a introducirla por adentro. Después cerró la puerta, haciendo girar la llave.

Fue al cuarto de baño, encendió la luz y lo examinó. Había una bañera embutida y una serie de canillas y llaves cromadas. Las paredes estaban revestidas de azulejos blancos, muy brillantes, y sobre el blanco lavatorio empotrado, Rey vio su figura reflejada en un amplio y pulido espejo de botiquín. Rey levantó la tapa del inodoro, pintada de blanco, y escupió en el interior. El espejo lo reflejó al regresar, el rostro cansado y sombreado por la incipiente barba verdosa, el pelo ralo y oscuro algo desordenado, y el cuarto de baño se desvaneció cuando Rey atravesó el hueco rectangular de la puerta y apagó la luz al pasar. Rey se detuvo un momento al pie de la cama, con un aire vagamente indeciso, y después se llevó la mano a la frente con rapidez, tocándola con los dedos, y dejando caer la mano enseguida. Después de un momento volvió a efectuar el mismo ademán, pero con una lentitud casi torpe. Como se hallaba de pie bajo la lámpara, su frente resaltaba pálida y brillante, y sus ojos se hallaban ocultos por dos redondas y densas masas de sombra, en tanto que la recta nariz proyectaba una breve sombra sobre los labios, cerrados y rígidos, como si Rey hubiese sufrido una súbita puntada. Al tocarse la sien con los dedos, la mano proyectó su sombra sobre el rostro; después

Rey dejó caer el brazo nuevamente y metiendo la mano en el bolsillo exterior del saco rebuscó algo en su interior, y al hallar el objeto lo sacó del bolsillo apretado en el puño. Abrió la mano y miró el objeto: retrocediendo un poco para exponerlo mejor a la luz: era una hoja de afeitar, sin uso, envuelta todavía en una etiqueta roja. Rey la observó como si meditara sobre ella, y después de un instante, dando unos lentos pasos, fue y la depositó cuidadosamente sobre la mesa. Después se quitó el elegante saco de franela gris y lo arrojó con marcado descuido sobre la cama. El saco golpeó en el borde y cayó al suelo, junto al ropero. Se sacó también la corbata y la colocó en el respaldar de la silla. Después volvió al centro de la habitación y desabrochándose las mangas de la camisa se las recogió descuidadamente hasta el codo, dirigiéndose otra vez al cuarto de baño. Encendió la luz y el reluciente y frío cuarto de baño emergió nuevamente, refractando sobre los azulejos y las instalaciones la luz eléctrica. Rey hizo girar la canilla del agua caliente y puso la mano bajo el chorro de agua, probando su temperatura. La retiró y volvió a colocarla dos veces, esperando. Después el agua empezó a echar un tenue vapor y Rey retiró la mano, sacudiéndola varias veces, y tomando con la mano seca una toalla blanca del toallero, se secó con gran lentintud y minuciosidad y colgó la toalla nuevamente en el travesaño de madera blanca. Apagó la luz, y en el instante en que el cuarto de baño se desvanecía, Rey atravesó por segunda vez el hueco rectangular de la puerta, y rodeando el pie de la cama fue hasta la mesa de luz y encendió el velador. El efecto de la pantalla apergaminada producía una luz más dorada y como más cálida. Rey se sentó en el borde de la cama, sobre la colcha floreada, pero se levantó enseguida, y dirigiéndose a la pared de enfrente apagó la luz central; regresó, proyectando una inmensa sombra sobre la pared y el cielorraso, y volvió a sentarse en el borde de la cama, cerca de la mesa de luz, de manera tal que la luz del velador a través de la pantalla apergaminada, daba a su rostro una tonalidad más brillante y más viva, haciendo relucir su vasta frente ahora pálida. Rey se echó pesadamente sobre la cama, apoyando la cabeza en la almohada y encimando las manos sobre el pecho: contemplaba fijamente el cielorraso, con los ojos muy abiertos, y permanecía inmóvil: sólo su pecho se elevaba y descendía rítmicamente, impulsado por la respiración, y de pronto Rey separó una mano del pecho y se rascó la sien con aire distraído. Se movió apoyando los pies sobre la colcha, con los zapatos puestos, y volvió a colocar la mano encima de la otra, en el centro del pecho. Sus ojos, después de observar durante largo tiempo el cielorraso, se entrecerraron de un modo gradual, dando a su rostro una expresión intrigada y pensativa. Quedó así casi un minuto: después, suspirando, respirando profundamente, se movió, haciendo crujir la cama, y se volvió con movimientos pesados, quedando en posición supina, dando la espalda al velador, con un brazo estirado a lo largo del cuerpo, la mano entrecerrada, y el otro brazo colgando fuera de la cama. Todavía efectuó unos movimientos lentos y pesados, unas contorsiones incómodas. Después quedó completamente inmóvil: la luz del velador proyectaba su confusa y enorme sombra sobre el ropero de oscura madera trabajada; su respiración se hizo nasal, profunda y regular; estaba dormido. Permaneció en esa posición casi diez minutos, sin moverse, respirando regularmente, la cabeza aplastada contra la almohada, los ojos cerrados, y la boca ligeramente abierta. Después cambió de posición, volviéndose, dormido, y quedando boca arriba con las piernas separadas. Colocó una mano sobre el pecho, rascándose lenta e ineficazmente, y dejó el otro brazo fuera de la cama. Después de un modo súbito, se incorporó, estirando el brazo hacia adelante, y gimiendo y sacudiendo la cabeza, sin abrir los ojos. Tenía el pelo aplastado en la nuca y en los flancos del cráneo y respiraba, gimiendo, y permaneció un momento con el brazo débilmente extendido hacia adelante, hasta que los músculos de todo su cuerpo parecieron distenderse, y cayó nuevamente de espaldas, volviendo a quedar inmóvil.

Despertó mucho más tarde; miró su reloj al abrir los ojos, inclinándose ligeramente hacia la luz del velador, y pudo comprobar que eran las once y diez. Se incorporó con rapidez y permaneció sentado en el borde de la cama, con los antebrazos apoyados en los muslos, y las manos colgando entre las piernas. Parecía agobiado. Su rostro se hallaba algo hinchado, y tenía una expresión idiota, incomprensiva, y el pelo, revuelto sobre el cráneo, proyectaba una sombra breve sobre su cara. Respiró profundamente dos o tres veces, como para estimular sus pulmones; después se levantó, y acomodándose la camisa debajo del pantalón de un modo negligente, y ajustándose el cinto, se dirigió hasta la mesa ubicada bajo la ventana, de la que recogió la hoja de afeitar para observarla cuidadosamente y volver a dejarla enseguida en su lugar. Echó una mirada a través de la ventana, estirándose por sobre la mesa: vio las copas de los árboles, quietas, tocadas por la luz de un globo de alumbrado, que permitía discernir borrosamente unas miríadas de pequeñas y sucias hojas verdes. Estirándose más, con el vientre tocando el canto de la mesa y el rostro casi pegado al vidrio vio una de las esquinas de la plazoleta, la que había estado ocupada durante la mañana por el charlatán callejero. Dos o tres coches pasaban en dirección a la estación de ómnibus, y había una cantidad regular de gente pasando por las veredas.

Rey se retiró de la ventana, y deteniéndose junto a la mesa procedió a sacarse el reloj pulsera, depositándolo con sumo cuidado junto a la hoja de afeitar. Después se pasó la mano por el pelo, tratando de acomodárselo, y se dirigió al cuarto de baño. Encendió la luz, y la reluciente instalación emergió súbitamente ante él, y Rey se vio entonces reflejado en el espejo del botiquín: la sombra de su barba era más oscura, y sus ojos estaban rojizos e hinchados; también los labios aparecían hinchados, y Rey notó que el labio superior se elevaba junto al paladar, en un leve rictus tenso, de perplejidad catastrófica. Instintivamente se llevó la mano a la boca y se tocó el labio con la yema de los dedos, con una especie de lento y sordo extrañamiento. Después se aproximó al espejo y vio los pliegues de su rostro, menos ásperamente distribuidos que de costumbre; unas pequeñas estrías se ramificaban en la piel desde el ángulo de los ojos. Rey las tocó con la yema del índice. Vio sus orejas, su nariz, la frente, ampliada por la calvicie poco avanzada:

después se miró la mano, la yema de los dedos. Regresó a la habitación dejando la luz encendida, y fue hasta la puerta que daba sobre el pasillo, probando el picaporte. Estaba cerrada con llave. Miró hacia la ventana. El negro marco en cruz dividía el paisaje en cuatro rectángulos iguales, y ahí estaban resaltando los árboles contra el fondo del correo iluminado, las copas tocadas por el resplandor de la luz blanquecina del globo del alumbrado público. Volvió al cuarto de baño, puso el tapón de goma en el orificio de desagüe y abrió la canilla de agua caliente, observando el chorro de agua hasta que comenzó a exhalar un vapor tenue. Cuando el lavatorio se llenó de agua hasta una altura de aproximadamente veinte centímetros, Rey cerró la canilla, probó la temperatura del agua con los dedos, y los retiró rápidamente, sacudiéndolos y frotándolos contra el pantalón. Volvió a la habitación, sacó la corbata de la silla, dejándola sobre la mesa, y llevó la silla al cuarto de baño, acomodándola junto al lavatorio, regresando enseguida a la habitación, y dirigiéndose enseguida hacía la mesa, de donde levantó la hoja de afeitar, volviendo con ella al cuarto de baño. Se sentó, desapareciendo del espejo. En el espejo solo quedó una porción del limpio cielorraso, de una blancura agrisada.

Rey se sentó y apoyó un codo en el borde del lavatorio, sosteniendo la cabeza con la mano, aparentemente con reflexividad y pesadumbre. Cerró los ojos apretando la hoja de afeitar en la mano libre, que colgaba desvalidamente entre sus piernas. Después, con un ademán singularmente brusco, Rey giró hacia un costado sobre el asiento, estiró ambos brazos y aproximó las muñecas al rostro, para contemplarlas con mayor atención. Con el dorso de la mano con la que sostenía la hoja de afeitar se acarició lentamente la muñeca del otro brazo, y en el momento en que lo hacía su expresión fue volviéndose ingenuamente malévola, como si una pátina de decisión y fortaleza estuviera sirviéndole para encubrir algún otro sentimiento. Después desenvolvió la hoja de afeitar, hizo una pelota con el papelito rojo, arrojándola desde donde estaba a la bañadera, y miró la hojita pequeña y dorada. Rey observó con atención una vena gruesa y oscura que corría sinuosamente por su muñeca y después pasó la hojita, sin cortarse, como rascándose con ella, por la superficie despejada, tensa y oscura de la carne. Después movió lentamente la cabeza contemplando el cuarto de baño a su alrededor, como si hubiese oído pasos, o como si acabara de ocurrírsele algo, o estuviera comenzando a ocurrírsele, y después se puso de pie, fue hasta el inodoro, levantó la tapa, dejó caer la hojita en el interior, bajó la tapa nuevamente, dejándola golpear con estrépito, y enseguida tiró la cadena. Después fue y sacó el tapón de desagüe del lavatorio, y quedó esperando mientras el agua se escurría.

De golpe, sus gestos y sus movimientos se volvieron más precisos, más demorados y más tranquilos. Cuando el lavatorio estuvo vacío, abrió la canilla del agua fría y se lavó la cara. Después de secarse abrió el botiquín y encontró un trocito de peine negro con el que se asentó cuidadosamente el pelo. Después arrojó el peine en el interior del lavatorio. Su expresión era tranquila. Se alejó del botiquín en dirección a la puerta, pero en el momento en que estaba a punto de apagar la luz se detuvo, se volvió, y observó su propia imagen en el espejo: dos gotitas de agua se deslizaban por su frente dejando un par de frágiles y leves estelas brillantes. Rey saludó a su propia imagen alzando la mano, con una sonrisa muy leve, no de la boca, sino de los ojos, que se iluminaron de pronto con un riente destello, y apagando la luz entró en la habitación atravesando el hueco de la puerta, en el momento en que el cuarto de baño desaparecía detrás suyo.

Fue directamente hacia la llave de la luz y encendió la lámpara principal. Después se encaminó con tranquilos y lentos pasos hacia la mesa, mientras se alzaba y se abrochaba el cuello de la camisa, y tomando la corbata, se hizo el nudo con rapidez y descuido, mientras observaba las copas de los árboles de la plazoleta de enfrente, tocados con levedad por la luz del globo del alumbrado público, resaltando contra las ventanas iluminadas del correo. Alzó el reloj pulsera de encima de la mesa y lo ajustó a su muñeca. Después se abrochó las mangas de la camisa, buscó el saco en el suelo, lo sacudió malamente y se lo puso. Apagó la luz del velador, abrió la puerta, sacó la llave, y dejando la luz de la habitación encendida, y la puerta abierta, se encaminó a través del pasillo en dirección al ascensor.

Descendió al piso bajo, pagó la habitación y salió a la calle. El aire estaba frío. Miró su reloj en el portal del hotel: eran las doce menos veinte. Había una larga hilera de coches estacionados frente al hotel, y un tránsito bastante regular a pesar de la hora. Dobló en la esquina en dirección a San Martín, con rápidos y largos pasos. La calle principal se hallaba muy iluminada, y por las veredas circulaba muchísima gente. Rey se dirigió a la galería, y apenas comenzó a recorrer uno de los anchos pasillos en dirección al bar, pudo oír el murmullo de los altavoces mezclados al ruido de los pasos y al murmullo de la conversación de la gente, que paseaba observando las vidrieras. La galería estaba muy iluminada, y cuando Rey llegó al bar, miró la larga hilera de mesas ocupadas y sonrió con una sonrisa creciente y simpática cuando comprobó que Leto estaba sentado en la misma silla en que lo dejara cuatro horas antes, y que su mesa estaba llena de copas vacías. Leto no advirtió su llegada, porque contemplaba fijamente el vacío. Rey se aproximó y quedó de pie junto a Leto. Éste alzó súbitamente la cabeza y lo miró. Rey observó que Leto tenía el ejemplar de *Lord Jim* en la mano, sobre la falda, señalando una página con el índice.

Rey sonreía.

—Cambié el whisky por ginebra —dijo Leto—. Usted me dejó setenta pesos; a siete pesos, son diez ginebras. Tomé ocho: hay fondos para dos más. Lo invito.

Los ojos de Leto se hallaban ligeramente brillantes, ligeramente enrojecidos. Su rostro pálido había adquirido cierto color. Pero sus gestos eran tranquilos.

—El lunes voy a conseguirle el empleo en la agencia —dijo Rey.

—¿No viaja? —dijo Leto con expresión perpleja e incrédula.

Rey se sentó; suspiró.

—No —dijo—. Ya no viajo.

Leto paseó su mirada desolada por las mesas vecinas.

—No me lo consiga —dijo—. Si trabajo me voy a echar a perder.

—¿Pero, y su madre? —dijo Rey.

—Tiene un amante, no se preocupe —dijo Leto—. Eso de que los hijos deben proteger a sus madres lo inventó una madre maltratada, no un hijo díscolo. Prefiero meditar antes que trabajar, y acostado es como mejor medito. El día que empiece a trabajar voy a empezar también a querer tener cinco o seis trajes, calzoncillos de seda y camisas de seda. La riqueza es la forma más astuta de la irresponsabilidad. Yo tengo gustos sencillos, sabe. ¿Así que no viaja? Excelente. Tendría que darme su dirección; de vez en cuando puedo visitarlo, vaciarle alguna botella.

Leto hablaba con seriedad, no sonreía.

—Cuando quiera. Mi mujer lo va a recibir con gusto.

—¿Usted es casado?

—Bueno. No pasé por el civil ni por la iglesia pero, en fin, ella se va a trasladar a mi casa con todos sus chirimbolos.

Leto arrugó la frente.

—¿Clara? ¿Cuándo? —dijo.

—Mañana —dijo Rey.

Leto sonrió, hizo un gesto pensativo.

—Mire usted —dijo.

—¿Tiene sueño? —dijo Rey.

—No. Puedo acostarme a cualquier hora y levantarme a cualquier hora. No tengo obligaciones.

—¿Qué le parece si vamos por ahí? —dijo Rey.

Leto bebió su último trago de ginebra y se puso de pie, acomodando los libros.

—Excelente —dijo.

Salieron. Primero fueron al Cleveland sentándose en el mismo reservado de cuero rojo en el que Rey había estado con Marcos al mediodía. Rey se sentó en el lugar en que había estado Marcos y Leto ocupó el lugar de Rey. Cuando pidieron la primera botella de vino tinto, y Rey se sirvió la primera copa, un chorro rojizo, oleoso y brillante, miró su reloj pulsera y dijo:

—Ya pasó la medianoche.

Tomaron dos litros de vino durante la comida. Rey observaba a Leto comer: lo hacía con una diligencia casi infantil, masticando lenta y cuidadosamente cada bocado, quedando a veces con el tenedor cargado elevado, mirando las instalaciones del local y las mesas vecinas. El doble pliegue horizontal de sus párpados se acentuaba de vez en cuando, y entrecerraba los ojos, demasiado inclinado sobre el plato, como si desconfiara de la comida, dando vuelta una y otra vez cada bocado para mirarlo detenidamenle antes de llevárselo a la boca. Después se levantaron, algo chispeantes, y el frío aire nocturno les dio en pleno rostro, cuando estuvieron en la calle. Comenzaron a caminar sin rumbo fijo, con lentos pasos: Leto se metió las manos en los bolsillos del pantalón, los libros bajo el brazo, y se contemplaba los viejos y sucios zapatos al caminar. Salían de un bar y entraban en otro: estuvieron en un barcito moderno, ubicado en pleno centro, un barcito instalado con mesas y sillas de colores en el que se oía permanentemente una música arrastrada y monótona. Tomaron un par de ginebras y se corrieron al bar de la estación de ómnibus desde el que se divisaban los sucios, fríos y desiertos andenes, y fue allí donde Leto comenzó a hablar sin parar, poniéndose rojo y salpicando con gotitas de saliva el rostro de Rey, que lo escuchaba semisonriente y semipensativo, acodado en la mesa, con el elegante saco gris manchado de bebida, café y cenizas de cigarrillo, y la creciente barba oscureciéndole cada vez más las mejillas. Leto se puso a hablar de la conciencia, gesticulando como un verdadero exaltado. "¡La conciencia! –gritaba–. ¡La conciencia! ¡Ése es el problema!" Rey no sabía bien de qué estaba hablando, pero lo escuchaba todavía cuando se hallaron parados en medio de los desiertos andenes, en el aire frío, pisando las sucias plataformas manchadas de lubricante, y siguió escuchándolo cuando quince minutos más tarde, sin saber cómo, se encontraron sentados en la penumbra del cabaret Copacabana, oyendo la orquesta típica. Leto todavía hablaba cuando las luces se encendieron para dar comienzo al varieté, y cuando el varieté pasó, y las luces se apagaron nuevamente, Leto recomenzó un inacabable monólogo lleno de risas, quejas, gritos, amenazas, metáforas y exclamaciones, como si durante los veinte minutos que duró el varieté, y en cuyo transcurso permaneció en silencio, mirando hacia la pista, alguien lo hubiese tenido amordazado, dejándolo libre de un modo inmediato en el momento de apagarse las luces. Parecía no ya no interesarse por el ambiente en que se hallaban, sino más bien ni siquiera haber advertido el ambiente en que se hallaban, y cuando salieron del cabaret, alrededor de las cinco de la mañana, y el aire frío de la madrugada les dio otra vez en el rostro, Leto se calló al fin y caminó lentamente junto a Rey, después de haberse alzado el cuello de su ajado saco de sarga azul para protegerse del frío, llevando los libros bajo el brazo y las manos metidas en los bolsillos del pantalón. La ciudad estaba desierta, las calles muertas. La luz sucia de cada esquina manchaba tenuemente la oscuridad; pero las duras estrellas, en el cielo tenso y negro, parecían trocitos de hielo verde incrustados en una capa de alquitrán helado.

A las seis y media fueron a desayunar a una confitería del centro, una confitería regularmente opulenta, llena de arañas y espejos, y unos jarrones con plantas artificiales, abierta desde muy temprano para atender a los últimos calaveras, no a los madrugadores, y se ubicaron junto a un amplio ventanal que daba hacia el este, de modo que desde allí, fumando entre los restos del café, la manteca y las tostadas, meditando cada uno en sus propios asuntos con expresión somnolienta, pudieron ver cómo el alba del domingo primero fue gris, luego verdosa, más adelante azul con prístinos tintes rojizos en la parte del cielo que permitía ver las construcciones portuarias y el edificio del correo, los árboles, y cómo finalmente, y de un modo tan súbito que los sorprendió, en la calle todavía húmeda se instaló la mañana, muy límpida, derramando sobre la ciudad una luz amarilla gruesa y porosa.

A las siete y media Rey observó que Leto dormitaba. Tenía la cabeza algo inclinada sobre el pecho y la punta de los dedos apoyada sobre el borde de la mesa. Su cigarrillo totalmente consumido humeaba en la ranura del cenicero. Rey se levantó y se dirigió al teléfono, balanceándose ligeramente: tenía el pelo revuelto y el rostro pálido y afinado. Introdujo una moneda en la ranura y discó el número de Rosemberg. El timbre sonó siete veces antes de que atendieran. Por fin descolgaron el tubo y oyó la voz pesada y perpleja de Marcos.

—Ah, Marcos —dijo Rey.

—¿Qué? ¿Quién es? ¿César? —dijo Rosemberg—. ¿A esta hora?

Rey sonrió como si el otro estuviera delante.

—¿Estás despierto? —dijo—. ¿Bien despierto?

—¿Eh? —exclamó Marcos. Enseguida el tono de su voz cambió—. Sí —dijo—. ¿Qué pasa?

—Ayer a la mañana te mandé una carta. Posiblemente la recibas mañana. ¿Puedo pedirte que me la devuelvas sin abrir?

Marcos demoró un instante en responder. Al hacerlo, su voz sonó débil. Carraspeó.

—Sí, por supuesto —dijo.

Hicieron silencio.

—Hay una para Clara, también —dijo Rey.

—César —dijo Marcos.

—Para eso hablo con Clara, ¿no te parece? —dijo Rey.

—César —dijo Rosemberg—. Ayer me pasé un poco de la línea. No quería pegarte. No sé qué quería.

—Nunca se sabe —rió Rey—. ¿Podés llamar a Clara? ¿Duerme?

—No, no —respondió Marcos—. Está aquí. En realidad, yo no quería…

—Está bien, hombre —dijo Rey—. No hay problema.

—Tomé demasiado vino —dijo Marcos.

—Es claro —dijo Rey con voz tranquila.

—No estarás ofendido —dijo Marcos.

—No, hombre —dijo Rey—. Qué voy a estar. ¿Clara está visible?

—Sí, aquí le dejo el teléfono. ¿Querés comer hoy con nosotros?

—No, hoy no puedo. Otro día en todo caso.

—Perfecto —dijo Marcos, con una voz algo quebrada—. Hasta luego, viejo.

—Chau —dijo Rey.

Enseguida oyó la voz de Clara.

—¿Qué pasa? —dijo Clara.

—Quiero verte ahora —dijo Rey.

—¿Ahora? —dijo Clara.

—Ahora, sí.

—¿Dónde estás?

—En el Montecarlo.

—¿Estás borracho?

—No —dijo Rey—. Bueno, sí. Algo.

Clara respondió con voz distraída, como pensando en otra cosa.

—No, no estás —dijo.

—Te espero, entonces —dijo Rey—. Traé con vos ese collar de plata. Quiero verlo.

—¿Qué le digo a Marcos? —dijo Clara.

—Si te pregunta dónde vas, le decís que vas a verte conmigo. Si te pregunta cuándo volvés, le decís que no sabés cuándo. ¿Está ahí?

—No. Está en el baño.

—Dentro de media hora —dijo Rey.

—Hasta luego.

Rey cortó la comunicación sin saludar, regresando a la mesa. Leto dormía. Rey sonrió.

—Eh, fray Junípero —dijo.

Leto se despertó con algún sobresalto; después sonrió.

—Hola —dijo. Miró hacia la calle, la luz dorada—. Linda mañana.

—¿Qué importancia tiene un collar de plata, muy trabajado, lleno de medallones con arabescos? —dijo Rey.

—Ninguna —dijo Leto, seriamente, mirando hacia la calle—, si dejamos de considerar que en tanto Clara Rosemberg lo usa al cuello, un avestruz se lo hubiera comido.

—Yo pensé exactamente lo mismo en el hotel, anoche —dijo Rey.

CAMINANDO ALREDEDOR

Como al otro día empezaban los exámenes Pancho se volvió temprano de la playa, a la tardecita. Aunque era marzo, el termómetro había marcado treinta y nueve grados cuatro décimas a las dos y media de la tarde; el crepúsculo fue largo y pesado. Y como los últimos rayos solares se colaban en el oeste a través de unos densos celajes de un tinte gris verdoso, en el momento en que Pancho dejó la playa el amplio espacio abierto del río permanecía quieto y como manchado por una luz oscura.

Pancho tomó el ómnibus en la parada, en el extremo de la costanera, cerca de la rambla, y sentado en el último asiento, jugando distraídamnte con el boleto (arrollándolo y desenrollándolo, una y otra vez, con sus ásperos y mochos dedos de uñas desparejamente recortadas) oyó los altavoces de la playa municipal que propalaban una música rápida y vaga que el cálido aire quieto disolvía. Por fin el ómnibus arrancó y Pancho se pegó a la ventanilla tratando de que la brisa provocada por el desplazamiento del vehículo le diera en el rostro, y contemplando a todo lo largo de la costanera, con expresión melancólica, cómo el río se aproximaba o se alejaba de la barranca, describiendo unas suaves curvas, obligando a la barranca a avanzar o a retroceder, y cómo más allá del río en las lejanas colinas brumosas sobre las que se agrupaba Paraná, como debido a un efecto mágico, y por cierto arbitrario, la luz del sol, sobreponiéndose a la gruesa y oscura muralla de nubes, pasaba por encima de ella limpia y dorada, y a través de un cielo rosa pálido tocaba la colina con unos rayos de luz clara que estallaban convirtiéndose en una especie de humo azul. Después el ómnibus pasó frente a la boca del puente colgante, todo de cables, hierro y maderamen, rodó por el bulevar casi quince cuadras, hacia el muro de nubes inmóviles, y doblando hacia el centro por una calle ancha, avanzando con lentitud en medio de un tránsito ruidoso y variado, se detuvo siete cuadras después, en la esquina de la plaza España, donde Pancho descendió, encorvándose un poco para pasar la angosta y baja portezuela del ómnibus, y saltando torpemente a la vereda. Caminó media cuadra, en dirección contraria a la plaza, hacia el grávido celaje de un color parecido al que adquiere un muro gris cuando el tiempo lo cubre de una delgada pátina de musgo, y entró en su casa, empujando la alta y trabajada puerta de gruesa madera barnizada, abierta entre dos balcones bajos de balaustrada de bronce, abiertos en una gris fachada típica de las casas construidas alrededor del año treinta, productos de un bienestar reciente otorgado por el comercio, y de un gusto recargado.

La casa estaba sola: Pancho pasó por el living, separado del resto de la casa por una alta mampara de vidrios granulados azules y dorados, y fue directamente a su habitación, la última de una serie de cuatro, aparte del baño y de la cocina, que desembocaban sobre una larga galería techada embaldosada con unos viejos mosaicos rojos agrietados y descoloridos. La habitación era bastante amplia y se había vuelto más espaciosa para Pancho desde que dos de sus cinco hermanos, todos casados, que habían vivido con él en la pieza, se habían mudado de casa con sus nuevas familias, permitiendo a Pancho retirar sus viejas camas de hierro, cambiar la suya por una de madera más moderna, e ir aditando diferentes objetos y muebles hasta haberla convertido en lo que era con relación a la casa, una isleta de contemporaneidad rompiendo el orden de un archipiélago montado según la moda del año veinte. La cama era sencillamente un diván de madera clara adosado a la pared y cubierto con una colcha de vivos colores; sobre la cama, bajo una repisa de un metro de largo llena de libros, se abrían en abanico tres retratos clavados a la pared por medio de chinches doradas: un primitivo daguerrotipo de Nietzche en el que la cabeza del viejo emergía en medio de un evanescente óvalo grisáceo, uno más elevado de Sigmund Freud en el medio, con su blanca barba de eremita o profeta, y en el otro costado ese retrato clásico de Dostoievski en el que el hombre aparece vestido con una prenda que parece ser algo así como un impermeable moderno de corte inglés, o un *fumoir*, cruzado de piernas, las manos de flacos y huesudos dedos entrecruzadas en la rodilla. Sobre la pared opuesta al diván se alzaba una biblioteca de dos metros de largo, y alta hasta el techo, cubierta de libros. En el medio de la habitación, con una ubicación bastante incómoda, dada sin preocupación estética alguna, más próximo a la biblioteca que a la cama, había un escritorio de madera clara con una silla detrás, de madera clara, tapizada con un plástico de color azul. En una de las esquinas de la habitación, la más cercana a la puerta, había un sillón de lectura, tapizado con una áspera tela roja, y a su lado una lámpara de pie, muy moderna, con dos pantallas giratorias, una amarilla y otra azul. Detrás del escritorio, cerca de la cama había un ropero sin luna, con un afiche de turismo clavado por medio de chinches: el afiche era también de vivos colores, representando muy vagamente el mar y la playa, y en su pie figuraba la parca leyenda:

VERANEE EN MAR DEL PLATA

Pancho se afeitó y se dio un baño, vistiéndose con unos livianos pantalones de poplin gris y una camisa blanca, y salió en dirección al centro. Había engordado algo durante el último tratamiento, llevado a cabo en Buenos Aires hasta dos meses antes, y tenía un aspecto algo cómico con su cabeza rapada, demasiado pequeña para su alto cuerpo. Sus extremidades eran demasiados finas comparadas con el tronco, que parecía una arpillera rellenada apresuradamente con trapos viejos. La camisa y los pantalones le quedaban demasiado estrechos, como había sucedido siempre con su ropa, desde que era adolescente, aunque para esa época había sido flaco, regular y flexible como una vara de alambre. En realidad Pancho nunca se había preocupado mucho por su aspecto personal, y la imagen que todo el mundo tenía del Pancho de siempre, era la de un individuo alto y encorvado, vestido bastante incómodamente, y sin tener en cuenta la moda para nada, siempre con barba de por lo menos dos días, paseándose con distracción y lentitud por las calles del centro. A pesar de todo, había algo en el rostro de Pancho que agradaba: tal vez su frente plana, recta como un muro, tal vez sus dulces ojitos castaños, perplejos e ingenuos, o tal vez esos remotos e interesados gestos de que se valía para indagar una y otra vez, mil veces, cualquier asunto que le llamara la atención. Porque a Pancho en realidad siempre le habían interesado muy pocas cosas, y cuando escuchaba algo que podía relacionarse con ellas, era capaz de pasarse una noche entera indagando detalles sobre el asunto.

Pancho llegó al centro alrededor de las ocho; dio una rápida vuelta por la galería y después siguió hacia el sur. Anduvo casi una hora por las angostas calles de grueso empedrado, pasando frente a casitas nuevas con jardines frontales ahogados de retamas, campánulas y santarritas, y contempló con placer, y no sin nostalgia, las viejas esquinas sin ochava acabadas en el filo atenuado de las casas de adobe y techo de tejas, las viejas casas coloniales mechando de vez en cuando las largas veredas. El barrio viejo de la ciudad, y también la zona del puente, por la libre amplitud del espacio sobre el río, eran los lugares preferidos por Pancho, y cuando le daba el esquinazo a Barco y a Tomatis, cosa que ocurría bastante seguido, Pancho paseaba por ellos horas y horas, alto, amorfo y encorvado, con la cabeza rapada y una barba de tres días, las manos metidas en los bolsillos del pantalón, o entrecruzadas en la espalda. De vez en cuando, al atardecer, se detenía frente a una puerta abierta y observaba el interior de la casa: un patio con aljibe y galería, y una cargada glicina o una parra llenando el patio de sombra.

Como eran casi las nueve, Pancho no se detuvo ante ninguna puerta, y más de una vez debió bajar a la calle para no tropezar con los grupos de personas sentadas en la vereda, conversando en voz alta, e interrumpiendo por un momento su conversación para verlo pasar. Al fin Pancho terminó por fastidiarse y regresó al centro caminando. Estaba empapado de sudor, y su camisa presentaba dos manchones húmedos bajo los brazos y un manchón de mayor tamaño en la espalda, donde se había adherido a la piel. Unas enloquecidas nubes de insectos pululaban alrededor de los focos de las esquinas, chocaban estallando contra ellos, y llenaban el asfalto arrastrándose con las alas rotas, hasta que pasaba algún automóvil que se encargaba de triturarlos. Pancho miró el cielo antes de llegar al centro: estaba estrellado. No soplaba ninguna brisa. Pero el aire estaba muy pesado, muy oscuro, como si fuese de brea tibia, sucio de algo parecido al polvo o al humo, el vaho de la humedad. Las veredas estaban todavía tibias, igual que las fachadas de los edificios. Y en un momento dado, al entrar por segunda vez en la galería, antes de regresar a su casa, Pancho se palpó el rostro con el dorso de la mano y lo encontró tan húmedo y caliente que creyó tener fiebre. La segunda vuelta que dio por la galería fue tan rápida como la primera. No habla nadie, salvo, claro está, los monótonos e idénticos clientes que Pancho conocía de vista y ni siquiera saludaba. *Nadie* era para Pancho la ausencia de Barra, de Barco o de Tomatis, o de algún otro tipo entre los pocos con los cuales Pancho conversaba.

Salió de la galería, regresó a su casa, y fue directamente a la cocina, abriendo la heladera: rebuscó en su interior con la mirada durante un momento, y por fin sacó un poco de queso, unas uvas, y una botella de vino blanco. Depositó cuidadosamente los alimentos sobre la mesa, una mesa cubierta con una carpeta de plástico floreado, y como oyó ruidos en la parte delantera de la casa, fue y comprobó que sus padres acababan de regresar. Besó a su madre (una mujer gorda, una española de unos sesenta años que había reducido el plan de su vida a cocinar y limpiar la casa durante la mañana, dormir la siesta por la tarde, sentarse en la vereda al anochecer, y visitar a algún pariente de vez en cuando) a su padre (un hombre delgado y alto, muy cuidadoso en el vestir, que se había jubilado diez años atrás como gerente de una compañía de seguros y vivía de su pensión y de la renta que le dejaban un par de casas), y regresó a la cocina.

Se sentó, sirviéndose un vaso de vino frío, y bebió un trago; después cortó una rebanada de queso, la subdividió en una serie de filetes, y fue tragándolos uno a uno, masticando con aire pensativo; al hacerlo, los músculos de su rostro, en especial los de las sienes, cerca de los pómulos, se movían creando sobre la piel unas hondas depresiones y unas tensas protuberancias. Después hizo a un lado el plato de queso y atacó las frías y duras uvas mandándose una tras otra a la boca, con rapidez y abandono. Al terminar se sirvió otro vaso de vino y se lo bebió de un trago. Después recogió las cosas, las guardó nuevamente en la heladera, pasó un trapo húmedo sobre la carpeta de plástico floreado, y fue y se lavó la boca y las manos en el cuarto de baño. Con la toalla se secó el sudor de la frente y del cuello y después se lavó la cara. Salió del baño y fue a su habitación, encendiendo la luz y quedando de pie junto al escritorio, como si estuviera tratando de recordar algo. Buscó un papel sobre el escritorio, la notificación de los horarios de exámenes, comprobó el del día siguiente, jueves doce de marzo de mil novecientos sesenta y uno, a las ocho horas, Literatura Argentina, y volvió a dejarlo sobre el escritorio, entre otros papeles y unos libros dispersos que atiborraban el pupitre. Después apagó la luz y salió nuevamente a la calle. El aire continuaba caliente e inmóvil. Eran las diez y media; tomó San Martín, avanzando hacia el sur, y llegó al centro. Caminaba con mayor lentitud que durante su primera caminata, y su andar evidenciaba la pesadez inequívoca de quien acaba de comer. Por fin llegó a la galería, pasó al bar, y deteniéndose un momento en el hueco de la amplia mampara de acceso al patio, en medio de una apagada y confusa música de tango proveniente de los altavoces, examinó las mesas ocupadas por hombres jóvenes en mangas de camisa o con remeras de todos colores, y mujeres con vestidos livianos, tratando de descubrir a alguno de sus amigos en alguna de las mesas. No vio a nadie. Fue a la caja, pidió un café y una ginebra, se los bebió, esperando junto al mostrador, y como después de media hora no apareció nadie, salió por tercera vez de la galería, para no volver ya esa noche, y abandonando San Martín tomó por una lateral más oscura, caminando varias cuadras hacia el oeste, y donde terminaba el asfalto y comenzaba el empedrado, sobre una vereda ancha, arbolada y oscura, llamó a una casa que se comunicaba a la calle por medio de un zaguán en cuyo fondo había una puerta de hoja doble con vidrios granulados de color rojo, a través de los cuales se colaba desde el interior una luz sucia.

El llamador era una pesada mano de bronce que daba sobre una placa redonda de bronce: Pancho dio tres golpes que retumbaron en el interior del zaguán e hicieron vibrar los vidrios de la puerta cancel. Demoraron en atender; al cabo de un minuto la puerta cancel se abrió trabajosamente y por la exigua abertura apareció la cabeza de Dora. Pancho se aproximó atravesando el zaguán.

–Hola –dijo.

Dora le abrió la puerta; era una chica de unos veinticinco años, baja, de pelo oscuro, y estaba vestida con una solera verde que dejaba al descubierto sus hombros tostados, y unos ajustados y viejos pantalones negros. Estaba en chinelas. Dora quedó de pie en el living, mirándolo sonriente, y Pancho cerró con distraída suavidad la puerta detrás suyo. Enseguida se metió las manos en los bolsillos del pantalón, y quedó de pie cerca de Dora, en medio del living. Dora le llegaba al pecho.

–Te esperé toda la tarde –dijo Dora con voz algo áspera.

–Fui a la playa.

Los ojos de Dora relampaguearon. Miró a un costado, como buscando algún objeto.

–¿Solo? –dijo.

–Seguro –dijo Pancho–. Solo.

Y pasando junto a Dora salió al patio. La casa era demasiado grande para Dora y su prima. Estaba semivacía. Dormían juntas en la misma habitación, en sendas camas turcas, y tenían algunos chirimbolos en la cocina. El patio era de mosaico y estaba completamente vacío, excepción hecha de una mecedora de lona anaranjada, y un tarro lleno de tierra del que emergía una planta de grandes hojas lisas. Pancho fue y se sentó en la mecedora estirando las piernas y rodeando las rodillas con los brazos.

—¿Cuándo empiezan los exámenes? –dijo Dora.

—Mañana –dijo Pancho.

—Podríamos ir a la playa este fin de semana –dijo Dora.

—Podríamos –dijo Pancho.

Hicieron silencio. Pancho miró el cielo que estaba estrellado pero empañado por un vaho de humedad. Después se rascó la coronilla de la cabeza; después la rodilla.

—¿Tu prima? –dijo Pancho.

—Salió con el novio. Fueron temprano a la playa.

—No los vi –dijo Pancho. Y después de un momento agregó–: Mucha gente.

—¿Querés tomar algo?

—¿Hay algo?

—¿Mate?

—No. Algo frío.

—Un poco de vino –dijo Dora.

—Podría ser –dijo Pancho.

Dora se levantó, y Pancho la contempló mientras se alejaba: los ajustados pantalones le marcaban las nalgas. Dora encendió la luz de la cocina y Pancho la oyó manipular con copas y botellas, viendo de vez en cuando proyectarse su sombra en el rectángulo de luz que daba sobre el patio. Pancho se levantó y fue a la cocina. Dora quebraba un trozo de hielo golpeándolo con la punta de un tirabuzón. Daba la espalda a la puerta. Pancho la tomó por los hombros con suavidad, se apretó contra ella y la besó dos o tres veces en la nuca. Dora dejó el tirabuzón y el hielo, se volvió besando a Pancho en la boca, y lo abrazó fuertemente. Pancho se separó.

—Dame vino –dijo, saliendo nuevamente al patio.

Desde allí se dirigió al dormitorio, encendiendo la luz. Había dos camas, una contra cada pared, un viejo ropero con luna, una mesa justo debajo de la lámpara, y dos o tres sillas diseminadas por la habitación. Sobre la mesa había papeles y apuntes mimeografiados de Derecho, y contra la pared, sobre la cama de Dora, un pequeño anaquel hecho de madera de cajones, conteniendo libros de Derecho y literatura. Pancho se sentó en la cama y apoyó la espalda contra la pared, debajo del anaquel. Cerró los ojos. Permaneció un momento en esa posición, hasta que oyó a Dora aproximarse (el suave bisbiseo de sus chinelas) y entonces se incorporó un poco y se sentó en el borde de la cama. Dora se quitó las chinelas casi sin interrumpir su paso, y avanzó descalza. Traía dos vasos de vino tinto. Le dio uno a Pancho y se sentó junto a él, apoyando el codo sobre la almohada. Pancho bebió un largo trago, arrugando la cara.

—Tenés los pies sucios —dijo.

—Sí. No me bañé todavía —dijo Dora, moviéndose con alguna indolencia para mirarse los pies—. Estudiaba cuando llegaste.

—¿Pensás recibirte alguna vez?

—Mientras tenga el giro —dijo Dora— no hay problemas.

—Buena manija —dijo Pancho, terminando el vino y dejando el vaso en el suelo, entre sus pies.

—¿Cómo está el río? —dijo Dora, mirando a Pancho a través de su vaso, cerrando un ojo.

—Muy crecido. Una semana más y llega al murallón.

—¿Mucha gente?

—Bastante —dijo Pancho.

Dora hacía rodar con lentitud y suavidad el vaso frío sobre su mejilla. Tenía el pelo cortado a lo varón.

—Te noto decaído —dijo.

Pancho la miró, con aire entre ofendido e inquisitivo.

—No pretenderás que mueva la cola —dijo.

Dora se rió: fue una risa seca, breve y perezosa, nada feliz.

—No —dijo—. Por supuesto.

—Ya lo sé —dijo Pancho—. Debería ser más efusivo, etcétera. Bueno. Resulta que no soy efusivo. No hay vuelta que darle.

—Nunca te lo exigí, por otra parte —dijo rápidamente Dora.

—Es verdad —dijo Pancho—. Lo reconozco.

—Ya lo sé —dijo Dora.

Pancho le sacó el vaso de la mano y se bebió un trago, devolviéndole el vaso.

—Al fin de cuentas… —dijo.

Se puso de pie.

—¿Te vas? —dijo Dora.

—Sí —dijo Pancho—. Estoy bastante inquieto esta noche.

Dora se puso de pie, se acercó a él.

—¿Te espero mañana?

—Si termino temprano sí; si no, no —dijo Pancho.

Dora se calzó las chinelas y lo acompañó hasta la puerta. Atravesaron el patio, después el living vacío, y en el zaguán Pancho rozó con sus labios la mejilla de Dora. Después salió a la calle sin volverse.

Caminó lentamente a través de la sucia oscuridad de las calles desiertas, bajo los quietos árboles. Su cuerpo proyectaba una estrecha sombra al pasar bajo los faroles de las esquinas, y al dejarlos atrás, la sombra se desplazaba rápidamente adelantándose a Pancho. Al acercarse a la próxima esquina, la sombra comenzaba a girar con lentitud hasta quedar nuevamente detrás de Pancho, convirtiéndose en un informe montoncito oscuro a sus pies, al pasar él justo debajo del farol, y comenzando otra vez a alargarse más y más a medida que se alejaba de la esquina, adelantándosele. La noche evolucionaba con lentitud. De vez en cuando Pancho se topaba con una familia sentada en la vereda, hamacándose lentamente, sin hablar, las mujeres con livianos batones floreados, y los hombres en traje pijama. Aunque podía haber cortado camino por las transversales, Pancho dio un rodeo por el centro para dirigirse a su casa. Muchos de los letreros luminosos se habían apagado, y la calle principal se hallaba oscura, aunque todavía mucha gente caminaba con lentitud por sus veredas. Cuando estaba llegando a su casa Pancho notó que comenzaba a temblarle el labio inferior. Era un tic que se presentaba de vez en cuando: con intermitencias, el labio inferior comenzaba a darle unos suaves y sostenidos tirones. El tic le duraba a veces días enteros.

Llegó a su casa, empujó la trabajada y pesada puerta entomada, y avanzó a tientas por el zaguán en penumbra. Se sentía completamente mojado por el sudor. Comenzó a desabrocharse la camisa en el living, y después avanzó en puntas de pie, a través de la galería. Al encender la luz de su habitación estaba ya con la camisa hecha una pelota en la mano. La arrojó sobre el sillón de lectura. Su rostro brillaba, y su espalda, de piel bastante lechosa a pesar de haber frecuentado el sol durante la temporada, estaba llena de gotitas de sudor. Pancho se secó malamente el rostro con la palma de la mano, con una expresión de desagrado y fatiga. Después sacudió la mano delante del rostro como si estuviese tratando de espantar una nube de mosquitos. Fue hasta el diván, recogió la sobrecama, le dio un par de distraídos puñetazos a la almohada, y la acomodó en la cabecera. Después se sacó los pantalones, apagó la luz y se acostó sin taparse.

Poco a poco sus ojos fueron habituándose a la oscuridad, y al cabo de un rato comenzó a distinguir la silueta de los muebles, y a través de la puerta entreabierta, una porción del brumoso cielo estrellado.

Pancho se movió inquieto en la cama, y las maderas, al parecer demasiado tensas, crujieron. El labio inferior continuaba temblándole con levedad. Y como cuando cerró los ojos, durante un momento, apretó también fuertemente los labios, y como el labio inferior continuaba temblándole a pesar de que lo apretaba rabiosamente contra el labio superior, Pancho volvió a abrir los ojos, aflojó los labios, y quedó mirando hacia la puerta del patio, el cielo estrellado. Después se incorporó, sentándose en el borde de la cama, y apoyando los codos sobre los muslos, se sostuvo la cabeza con las manos. Enseguida se volvió y palpó las sábanas: estaban completamente humedecidas. Pancho chasqueó la lengua. La casa se hallaba en silencio. Se levantó y encendió la luz, quedando de pie junto a la puerta, rascándose la nuca: los calzoncillos, demasiado largos y caídos, le dejaban al aire el ombligo, y le llegaban casi a las rodillas. En el pecho tenía un ralo matorral de vello oscuro. Pancho se sentó en la silla frente al escritorio, y echó una mirada al horario de exámenes. Después abandonó la hoja y golpeó rítmicamente el borde del escritorio con el dedo índice. Después silbó por lo bajo y miró hacia la puerta.

Al fin se levantó, apagó otra vez la luz, abrió del todo la puerta, haciendo visible una porción mayor de brumoso cielo estrellado, y volvió a acostarse. Estaba perfectamente seguro de que no dormiría: así era como la cosa empezaba siempre.

Daba vueltas y vueltas en la cama hasta que la luz del alba penetraba en la habitación a través de la puerta; entonces se levantaba, se lavaba la cara, y se iba a dar unas vueltas por la ciudad. La luz solar le permitía abolir ese regusto que le quedaba de las interminables noches, esos fragmentos fijos que parecían instalarse o repetirse regularmente en su retina, o en sus tímpanos, o en el cerebro mismo, con tanta nitidez que desterraban por completo el resto de la realidad. Pero eso era solamente el comienzo, y Pancho, que muchas veces debía acostarse con la luz encendida porque a partir de un punto determinado ya no podía soportar la oscuridad, conservaba todavía lo que podía llamarse algo de fuerzas, porque conociéndose a fondo como se conocía, sabía que se trataba solamente del principio y comparado con lo que se aproximaba resultaba soportable y hasta inofensivo. Esa noche estaba perfectamente seguro de que no dormiría: entonces abrió los ojos, bien abiertos, los pequeños ojos ingenuos que fulguraban como brasas amarillas y húmedas en la penumbra, aguzó el oído, y esperó el alba echado de espaldas en la cama, con la nuca apoyada en el antebrazo, el otro brazo estirado a lo largo del cuerpo. Dos o tres veces creyó haberse dormido; pero se equivocaba. Y al comprobarlo, de un modo súbito, como castigándose por el error, sufría un rápido calambre indoloro en una pierna, y se incorporaba sobresaltado quedando sentado sobre la cama, jadeando y mirando a su alrededor, para garantizarse de que continuaba despierto, lo que resultaba mucho menos complicado y terrible que sentirse dormido y no estarlo en absoluto.

Cuando el alba llegó, Pancho se levantó, se dio un baño, y fue para la cocina. Tomó mate hasta cerca de las siete, y cuando la luz solar, caliente y porosa, dio en el patio, Pancho comenzó a sentir los ojos picantes y los párpados pesados. Se puso corbata y saco, un saco sport liviano, verdoso, que usaba desde hacía por lo menos tres veranos y que tenía los codos y los bordes del cuello gastados. Las mangas le quedaban demasiado cortas, dejando ver sus pálidas y flacas muñecas cubiertas por un vello ralo. Salió de su casa; la mañana, a pesar de la hora, era ya caliente y húmeda. La luz solar, todavía temprana, fulguraba sobre la blanca fachada de una casa en la vereda de enfrente. Pancho comenzó a caminar en dirección a la plaza, pero antes miró en dirección contraria, al oeste, y pudo comprobar que el muro de nubes oscuras, grises, azuladas, inmóviles como un monumento, permanecía allí. Una mujer lavaba la vereda. Pancho llegó a la esquina sorteando tarros de basura, con un aire remoto y abstraído, y tomó un ómnibus inmediatamente. Descendió frente al colegio nacional. Era un edificio gris que ocupaba toda una manzana y estaba rodeado por un jardín con árboles separado de la vereda por una reja pintada de verde que lo rodeaba enteramente. Pancho ascendió la ancha escalinata de cemento que antecedía la puerta principal y penetró en el hall desierto. Tampoco en la galería sobre la que se abrían las puertas de la sala de profesores y el rectorado había nadie. Desde la galería podía verse el patio a través de los vidrios sucios de un amplio ventanal.

El patio era amplísimo y había unos pinos inmóviles plantados en él. En el centro se abría una cancha de básquetbol de ladrillo picado rodeada por una baranda de madera pintada de blanco. Pancho penetró en la sala de profesores y la encontró desierta. Había una gran mesa, con un globo terráqueo en el centro y sillas alrededor. Contra la pared se hallaba el armario destinado a guardar las libretas de calificaciones y encima de él un retrato de San Martín, ya viejo, el de Boulogne-Sur-Mer, en el que el general está de pie sobre un promontorio, apoyado en el cabo de su bastón, y el viento extiende ampliamente su capa.

Pancho se acercó a un sillón de cuero, instalado contra la pared, bajo una ventana que daba a la calle, y se dejó caer en él. A través de la ventana penetraba un rayo de sol que se proyectaba contra la pared de enfrente. A lo largo de toda la trayectoria de la luz miles de partículas de polvo giraban lentamente. Pancho observó el fenómeno con una fugaz curiosidad hasta que llegó su adjunto, el profesor Mercier, y lo saludó cordialmente. Mercier era un hombre bajo, de unos cincuenta años, con el pelo totalmente blanco y una mirada muy estúpida, perceptible a través de unos anteojos de gruesa armazón negra. Tenía la cara redonda y rojiza, y vestía un traje claro de confección. Traía un manual de literatura argentina en la mano. Entró con rapidez y entusiasmo, y haciendo retumbar el piso de madera se aproximó a Pancho con el brazo extendido para estrecharle la mano. Sonreía. Pancho miraba vagamente el haz de luz en el que danzaban las partículas de polvo, y al entrar Mercier apoyó el codo sobre la baranda del sofá, y apoyó la cabeza en la palma de la mano, mirando el piso con melancolía. "¡Expósito!", dijo el profesor Mercier. "¿Cómo le va?" Pancho ni siquiera volvió la cabeza. "No me moleste", dijo. "Pero Expósito…", murmuró Mercier, retirando la mano y comenzando a empalidecer. "He dicho que no me moleste", dijo Pancho, con voz muy suave, sin dejar de mirar el piso de madera. Después se volvió, con gran calma, y miró a su colega parpadeando tranquilamente, y diciendo con gran precisión y lentitud: "¿O se piensa que estoy dispuesto a perder el tiempo oyendo las estupideces que dice sobre literatura?". El profesor Mercier tartamudeaba. "No entiendo su actitud, Expósito", dijo. Pancho lo miró: "Por mí puede reventar", dijo. Enseguida volvió a su posición anterior: apoyó el codo sobre la baranda del sillón, la cabeza en la palma de la mano, y continuó mirando al piso con aire melancólico. El profesor Mercier, pálido y confuso, fue y se sentó a la cabecera de la larga mesa de oscura madera, abrió el libro y comenzó a repasar. De vez en cuando echaba una mirada fugaz y temerosa a Pancho: éste permanecía inmóvil, y en un momento dado el profesor Mercier pudo advertir con sorpresa y espanto que Pancho sacudía pesada y distraídamente la mano ante su rostro, como si estuviera tratando de espantar una mosca. Después comenzaron a llegar los otros profesores, y Pancho se levantó, saludando con frialdad, y se fue a pasear por las galerías con pasos lentos y aire pensativo, pasando entre grupos de muchachos que aguardaban los exámenes y que detenían su conversación durante un momento para verlo pasar. Pancho anduvo por entre los pinos inmóviles, con las manos en los bolsillos del pantalón, observando las largas galerías encolumnadas sobre las que se abrían las puertas de las aulas. Por fin comenzaron los exámenes. Pancho se ubicó detrás del escritorio, entre el profesor Mercier y su otro adjunto, un individuo calvo y serio de aire cadavérico, correctamente vestido, y el primer alumno se presentó a dar examen: era uno de esos pibes delgados, con mucho cabello brillante y ondeado, que había cambiado la voz recientemente, y que, de acuerdo a lo decidido por el bolillero largó una inacabable y mecánica charla sobre Fray Mocho. Pancho permaneció todo el tiempo cruzado de piernas, los brazos cruzados sobre el pecho, mirando fijamente el fondo del aula, más allá de los bancos vacíos. Cuando el alumno se retiró, el profesor Mercier tocó a Pancho suavemente en el codo. Pancho lo miró, sobresaltándose: "¿Eh? ¿Qué pasa?", dijo. "Este alumno…", dijo el profesor Mercier, señalando el tablado vacío frente al pizarrón, donde el alumno había dado su examen antes de salir a la galería a esperar su nota. El profesor Mercier habló a Pancho con aire de duda y desconfianza. "Sí —dijo Pancho—. Está aprobado. Apruebe al que se le de la gana. Pero por favor, no me moleste." El profesor Mercier enrojeció vivamente, miró por detrás de Pancho al otro adjunto, y al advertir que Pancho volvía a clavar la mirada en el rincón más alejado del aula, por encima de los bancos vacíos, se llevó el índice a la sien y lo hizo girar repetidas veces, señalando a Pancho con la cabeza. El adjunto de aire cadavérico asintió, encogiéndose de hombros.

Cuando el último de los alumnos dio su examen, alrededor de las once de la mañana, Pancho se levantó, con aire de ligero mal humor, y sin saludar, mientras los adjuntos firmaban las calificaciones, salió del aula. Atravesó las largas galerías y el hall y ganó la calle. Debido a la proximidad del mediodía el sol derramaba sobre la ciudad una luz cruel. Desde la cima de la escalinata Pancho alzó la cabeza y miró el sol, pero sus ojos picantes y fatigados no pudieron soportar su incandescencia demasiado tiempo. Percibió un disco áspero y amarillo, emitiendo unos afilados destellos crueles en un turbio cielo azul. Cuando abrió los ojos y miró hacia el oeste comprobando que el muro de nubes persistía, más oscuro y más sólido aún que a la mañana, como una cadena de rocas, descendió la escalinata y comenzó a caminar en dirección al centro. Estaba completamente empapado por el sudor, y unas gotas corrían sobre su rostro dejando una gruesa y sucia estela desde la frente hasta la comisura de los labios. Los gruesos pliegues de su cara aparecían marcados y rojizos, y Pancho sentía el peso de su liviano saco verdoso como si la prenda hubiese estado hecha de plomo. Con un pañuelo hecho una pelota arrugada que sacó del bolsillo trasero de su pantalón se secó torpemente el sudor del cuello y del rostro.

Llegó al centro en medio de la confusión de un abigarrado tránsito de automóviles, ómnibus y camiones. Pasó por la galería, tomó un jugo de pomelo helado, y al salir nuevamente a la calle se encontró con Barco: estaba barbudo y agobiado, vestido con una camisa blanca y un pantalón ordinario del mismo color. El pantalón estaba arrugado y lleno de manchas. Barco le estrechó la mano y comenzaron a caminar en dirección al sur. La hilera de casas proyectaba una estrecha franja de sombra sobre la vereda. El sol estaba casi en el cenit.

—¿Cómo andamos? —dijo Barco.

Pancho sonrió con tristeza.

—No pude dormir anoche —dijo.

—¿Vamos al río?

—Está demasiado crecido —dijo Pancho—. Además, Dora quiere ir.

—¿La prima?

—Afila con un diputado —dijo Pancho.

Barco hizo un gesto.

—No soy celoso —dijo.

Pancho rió con distracción y dulzura.

—Podríamos hacer la prueba –dijo–. Aunque es algo estúpida.

—De todas maneras –dijo Barco–, yo no la quiero para que *pensemos* juntos.

—No, por supuesto –convino Pancho, con aire vago.

Se sentaron en un café desde cuyo ventanal se veían los árboles de la Plaza de Mayo, y más allá, la fachada pesada y gris de la casa de gobierno.

—¿Y Carlitos? –dijo Pancho.

—Trabaja –dijo Barco.

Pancho miró la plaza a través del ventanal.

—Andan mal las cosas, Horacio –dijo.

—Ya lo sé –murmuró.

—Qué desapego, Dios mío –dijo Pancho suavemente, suspirando.

Barco tomó un largo trago de cerveza; después dejó el vaso y miró a Pancho.

—Sospecho que vas a internarte en la primera de cambio –dijo Barco.

—Estoy tratando de vencer eso –dijo Pancho–. Es demasiado cómodo.

—Yo también estoy algo deprimido –dijo Barco.

Pancho demostró un atenuado interés.

—¿Qué pasa? –dijo.

Barco sonrió.

—Nada –dijo.

Salieron del bar alrededor de las doce y media, regresando hacia el centro. Se separaron en la esquina de la casa de Barco.

—Mejor dejamos la playa para otro día –dijo Pancho.

—Como quieras –dijo Barco–. De todas maneras yo voy a ir. Si cambiás de idea nos encontramos en la playa.

—Perfecto –dijo Pancho, palmeando a Barco con afecto.

Siguió hasta su casa. Sus padres almorzaban silenciosamente en la cocina: Pancho saludó, besó a su madre fugazmente en la mejilla y se dirigió a su pieza.

La cama estaba arreglada, y en la habitación flotaba un intenso olor a flit. Pancho cerró; la puerta y la habitación quedaron en penumbras. Se desvistió, se puso un pijama que sacó del ropero, y se tiró en la cama boca arriba, contemplando el techo. Por debajo de la puerta se colaba una recta línea de claridad. Pancho se movió sobre la cama tendiéndose de costado y miró en dirección a la puerta. Después cerró los ojos comenzando a respirar profundamente, con un ritmo regular. A los cinco minutos roncaba.

Despertó alrededor de las seis completamente empapado en sudor. Se hallaba echado de costado, de modo que se volvió pesadamente y contempló el techo con ojos perplejos durante un largo momento. Después cerró nuevamente los ojos quedando como adormecido; la penumbra de la habitación se había hecho más profunda, y la línea de claridad que penetraba por debajo de la puerta era de una tonalidad gris, cenicienta. Pancho se levantó y salió a la galería; la luz era gris, casi blanca, y el cielo parecía cubierto no por nubes, sino por un sedimento de ceniza estacionado sobre el planeta. Parecía un polvillo liviano y nocivo enrareciendo el aire.

Pancho se bañó, se vistió, y salió a la calle cerca de las siete. Hacia el oeste el cielo estaba oscuro; el sol no era visible. Pero había luz, una luz gris, penetrante y caliente, y a medida que oscurecía, la atmósfera iba haciéndose más pesada y sucia; parecía podrida, descompuesta. El verano tocaba a su fin, y Pancho, caminando con lentitud por las calles del centro, y siguiendo hacia el sur, observaba los árboles ya exhaustos, con una apariencia de vida exangüe, persistiendo en declinación gracias a una plenitud ya pasada; y observó, respirando el sucio aire de las calles de tosco empedrado, entre cuyas junturas languidecía la hierba, cómo la luz podrida manchaba las cosas con unos destellos viciados y mortales.

Cuando oscureció, Pancho regresó al centro; el cielo estaba negro, brumoso y cubierto, y en todo el horizonte relampagueaba. Pancho pasó por una pizzería, compró pollo frío y una botella de vino blanco, y esperó un taxi en la esquina del mercado. La esquina era la intersección de dos calles ensanchadas, de modo que se abría un amplio espacio de una vereda a la otra. Excepción hecha de la del mercado, en la que Pancho se hallaba de pie aguardando un taxi, todas las esquinas eran casas de comercio con las vidrieras iluminadas. Pancho observó que la vereda sobre la cual se hallaba aguardando era de unas baldosas grises que parecían húmedas y pegajosas, como manchadas de lubricante. Por fin advirtió la lucecita roja de un taxímetro y le hizo señas. El coche se detuvo. Pancho pasó primero por su casa, dejando los paquetes en el asiento trasero del coche, y haciéndose aguardar por él con el motor en marcha recogió del dormitorio su saco sport verdoso y un impermeable, doblándolos sobre su brazo. Después apagó la luz y recorrió rápidamente la galería hacia la calle. La casa estaba a oscuras. Pancho cerró con estrépito la puerta cancel detrás suyo, dejó la de calle entornada, y penetró nuevamente en el coche dando al chofer la dirección de Dora.

El coche corrió hacia el oeste, a través de calles malamente iluminadas por los focos del alumbrado público que proyectaban la sombra espesa de los árboles sobre las veredas. Mucha gente se hallaba sentada en rueda en la puerta de su casa, desde cuyo interior, de vez en cuando, alguna luz sucia emitía un apagado resplandor. En alguna esquina, algún almacencito permanecía abierto, con las vidrieras iluminadas, arrojando a través de la puerta un largo rectángulo de luz sobre las grises baldosas de la vereda. Por fin el coche dobló en dirección al sur, tomando por una calle asfaltada, avanzó unas cuadras, doblando otra vez en dirección al oeste, cruzó una avenida, y en la primera cuadra empedrada, donde terminaba el liso asfalto, tres cuadras después de la avenida, el coche se detuvo a mitad de cuadra, junto a los espesos y negros árboles de la vereda. La alta puerta de la casa de Dora se hallaba abierta, el zaguán iluminado. Pancho pagó el viaje y descendió, acomodando el saco y el impermeable sobre el brazo, y colocando encima de ellos los paquetes de comestibles. Pancho golpeó tres veces el llamador de bronce, y atravesó el zaguán sin esperar ser atendido. Empujó la puerta de vidrios granulados dejándola abierta detrás suyo, y abandonando el living recorrió el patio de mosaicos, yendo directamente al dormitorio de Dora. La encontró en la puerta, justo en el momento en que salía a atender su llamado. Dora estaba recién lavada y peinada, y se había puesto un vestido floreado, ajustado al cuerpo; tenía unos zapatos blancos de altos tacos finos.

—¿Salías? —preguntó Pancho, besándola con suavidad en las mejillas. Dora olía a agua colonia.

—No —dijo Dora—. Te esperaba.

—Traje esto —dijo Pancho entregándole los paquetes envueltos en papel blanco.

Dora palpó el contenido, sonriendo intrigada.

—Pollo —dijo Pancho.

—¿Comemos ya? —dijo Dora.

—Como quieras —dijo Pancho, penetrando en el dormitorio y arrojando sobre la cama el saco y el impermeable.

—Ya vengo —dijo Dora.

Pancho se sentó en el borde de la cama. A través del hueco de la puerta abierta del dormitorio pudo ver cómo un relámpago de intensa luz verdosa iluminaba el patio de mosaicos. Apoyó el codo sobre el muslo y sostuvo la cabeza por el mentón con la palma de la mano, mirando fijamente el patio. Cuando Dora regresó se detuvo en el hueco de la puerta, y a pesar de que en ese sitio obstruía la visión de Pancho, éste ni siquiera levantó la cabeza; parecía no haber advertido su presencia.

—Pancho —dijo Dora.

Pancho respondió sin moverse, sin desviar la mirada siquiera; parecía captado por un poder de atracción irresistible.

—¿Eh? —murmuró, con alguna dificultad, debido a la presión que ejercía la palma de la mano sobre la mandíbula inferior.

Dora se adelantó, cruzando el dormitorio hacia la cama. Se sentó junto a Pancho. Un relámpago de luz verdosa iluminó fugazmente el patio.

—Es terrible comprobar cómo uno llega a un punto determinado —dijo Pancho con voz suave—, y siempre hay algo que lo está esperando y cómo después de examinar bien la cosa, uno llega a la conclusión de que eso lo ha acompañado a uno siempre —se volvió hacia Dora, suspirando, sonriendo, cambiando de tono—: Traje pollo —dijo—. ¿Comemos?

Dora sonrió; se puso de pie.

–¿Me ayudás? –dijo.

Pancho se puso de pie.

–Por supuesto –dijo.

Fueron a la cocina, pasando por el patio oscuro, iluminado de vez en cuando y de un modo fugaz por los relámpagos verdosos. También las luces encendidas del dormitorio y la cocina arrojaban sobre el mosaico dos evanescentes rectángulos de claridad.

–Algún día vamos a casarnos, Dora –dijo Pancho en la cocina.

–No creo, calientasillas –dijo Dora, quebrando trabajosamente el pollo en pequeñas presas.

Pancho lidiaba con la botella de vino, tratando de descorcharla: introdujo el tirabuzón, después sostuvo la botella entre los muslos, y comenzó a hacer fuerza tirando hacia arriba: la sangre afluyó a su rostro, haciéndolo enrojecer, y Pancho cerró los ojos y apretó los labios arrugando toda la cara hasta que el corcho salió produciendo un "flop", seco y rápido.

–Es que no basta que un hombre y una mujer se quieran mutuamente –dijo Pancho con aire pensativo, dejando la botella y el tirabuzón encima de la mesa–. Es necesario que se quieran también a sí mismos, por separado.

Dora se volvió, mirándolo con curiosidad.

–¿Te parece? –dijo.

Pancho miró a Dora: Dora sonreía con los brazos separados del cuerpo, las manos llenas de grasa; Pancho sonrió haciendo un gesto de resignación.

–Es así –dijo.

Después Dora puso la mesa mientras Pancho cortaba unos trocitos de hielo de un pedazo más grande, conservado envuelto en papeles de diario, en el fuentón, sobre unas botellas. Pancho lavó el hielo en la pileta de la cocina, lo puso en un plato y lo depositó sobre la mesa. Enseguida comieron: se sentaron uno frente al otro y masticaron sin hablar durante un largo rato. Pancho se ubicó de espaldas a la puerta percibiendo sin embargo el intenso resplandor verdoso de los relámpagos. Llenó las copas de vino blanco, echó un trocito de hielo en cada copa, y bebieron. Pancho comía con rapidez y concentración muy inclinado sobre el plato, como si una insuficiencia ocular le impidiera distinguir los alimentos desde mayor distancia. Dora lo hacía en cambio con lentitud, con tranquilidad, y de vez en cuando echaba una mirada rápida y sumisa al rostro de Pancho, como tratando de adivinar sus pensamientos. Por fin Pancho cruzó los cubiertos sobre el plato, empujó el plato hacia el centro de la mesa, y después de eructar cubriéndose la boca con la palma de la mano, encendió un cigarrillo. Dora dejó de comer casi inmediatamente.

—¿Y tu prima? —dijo Pancho.

—Fue a pasar el fin de semana al campo.

—¿Con el diputado?

—Sí —dijo Dora—. ¿Por qué no te quedás aquí hasta el domingo?

Pancho sonrió, echando una bocanada de humo.

—Sería un buen ensayo de matrimonio. No sé como voy a sentirme.

—Tengo miedo de quedarme sola de noche. Siento ruidos por todas partes —dijo Dora.

Un relámpago iluminó el patio. Enseguida se oyó un trueno cercano, muy potente.

—Adiós verano —dijo Pancho, poniéndose de pie y dirigiéndose a la puerta de la cocina para contemplar el patio. Permaneció un momento mirando pensativo la oscuridad cerrada. Después se volvió, mirando a Dora—: En otros tiempos yo era diferente. Cuando te conocí hace un par de años, ya había cambiado —después examinó el cielo en el exterior—: Va a largarse —dijo. Arrojó el cigarrillo a la oscuridad del patio y salió detrás con las manos en los bolsillos. Estaba completamente empapado en sudor. En la oscuridad del patio lo envolvió una nube de mosquitos; Pancho la dispersó sacudiendo pesadamente la mano: la luz verdosa de un relámpago lo reveló en medio del patio, dando unos suaves manotazos al aire, delante de su rostro. Después entró nuevamente en la cocina, caminando con lentitud, las manos metidas en los bolsillos del pantalón.

—¿Vamos al domitorio? –dijo Dora–. ¿Llevamos el vino?

—Por supuesto –dijo Pancho, con aire distraído.

Agarró la botella y se dirigió al dormitorio. Dora lo siguió con las copas y el plato de hielo. Dejaron todo al pie de la cama y se sentaron uno cerca del otro, apoyando la espalda contra la pared, justo debajo del anaquel de madera repleto de libros polvorientos perfectamente ordenados. Dora se volvió hacia Pancho y le acarició con suavidad la mejilla, cubierta por una áspera barba incipiente. Sus sombras se proyectaban confusamente sobre la pared. Pancho miró a Dora; y se hallaban tan próximos uno del otro, los dos rostros brillantes por el sudor, húmedos, que Pancho distinguía hasta el último pliegue de la piel de Dora, hasta la última estría de la piel dorada por el sol del verano. El rostro de Dora era ovalado, y el pelo corto lacio y muy negro le caía sobre la frente formando un recto flequillo. El pelo tan corto le daba un aspecto de muchacho, pero su cuerpo redondo y bien formado era abundante y atractivo. Las facciones de Dora eran algo inexpresivas; tenía unos labios finos y largos, la nariz ancha y recta, y unos ojos que pasaban desapercibidos. Pancho se inclinó y besó a Dora en el cuello. Dora lo abrazó; y entonces Pancho deslizó hacia el brazo la parte del vestido que cubría uno de los hombros y comenzó a besar a Dora en la cima de los senos.

Pancho y Dora se hallaban tendidos a lo largo de la cama, más tarde. Pancho estaba cubierto con la sábana hasta la cintura y Dora se hallaba completamente descubierta, desnuda. Los relámpagos eran cada vez más intensos y seguidos y tronaba continuamente. Dora fumaba, mirando el techo. La mano que sostenía el cigarrillo se hallaba elevada en el aire, y de la brasa del cigarrillo ascendía una quieta columna de humo azul; la otra mano descansaba entrecerrada sobre el vientre. Pancho hurgueteaba distraídamente su nariz. Dora se levantó y caminó desnuda por la habitación, pisando descalza. Se quedó mirando el patio desde la puerta. Al cabo de un momento se volvió.

—Llueve –dijo.

Pancho se incorporó.

—¿Llueve? –dijo.

Se levantó y fue hasta Dora: ésta le dio lugar. Pancho rodeó sus hombros desnudos con su brazo y ambos contemplaron la caída del agua durante un momento. Primero fueron unas gotas lentas, espaciadas y pesadas; después comenzaron a caer con mayor rapidez, y el chaparrón fue haciéndose cada vez más intenso, hasta que a la luz de los relámpagos pudieron ver unas densas masas de agua cayendo en el patio sobre un charco profundo en medio de un estruendo que les impedía oír lo que hablaban de vez en cuando. A la luz de los relámpagos, verdosa o azul, el agua parecía más fresca y atractiva. Les salpicaba el rostro y el cuerpo, unas gotas frías que al principio los hicieron estremecer, pero que fueron volviéndose cada vez más agradables, más silenciosamente deseadas, hasta que de un modo súbito, Pancho comenzó a reír, agarró a Dora del brazo y la arrastró consigo hasta el medio del patio, bajo la lluvia; Dora exclamaba y se reía y golpeaba las manos, pero el estruendo de la lluvia apagaba sus gritos. Pancho se limitaba a sonreír y a hacer ademanes torpes y confusos con los brazos hasta que un relámpago de luz azul, una luz dura y prolongada, que pareció permanecer inmóvil y tensa durante un largo momento, mostró a Dora a los ojos de Pancho: estaba quieta, con las manos encimadas en el pecho, metida en el agua hasta los tobillos, y con los ojos cerrados. La duración del relámpago fue suficiente para que Pancho advirtiera que Dora ya no reía ni hacía exclamaciones, sino que parecía pensativa, seria, concentrada, como si estuviera deseando intensamente algo. Tenía el pelo pegado al rostro y a la nuca y su piel brillaba, mojada. Pancho sentía el agua fresca mojando su propia piel, y entonces avanzó dos pasos y abrazó a Dora. No le costó mucho advertir que Dora estaba llorando.

Cuando unos minutos después regresaron al dormitorio, Dora continuaba llorando. Fue hasta el ropero, sacó distraídamente una toalla de un cajón y se la arrojó con suavidad a Pancho, como si hubiese querido desentenderse de todo para llorar a sus anchas; Pancho se acercó a ella y comenzó a secarla.

—No me seques –dijo Dora, sin mucha convicción, pero

sin moverse tampoco–. Cuando me seques voy a tener que vestirme… –hipó– y esto va a terminar –volvió a hipar.

Pancho continuó secándola, imperturbable y sonriente. Dora lloriqueaba por lo bajo. Después dejó de llorar y miró fijamente a Pancho, con la frente arrugada y las cejas reunidas en el arranque de la nariz. Pancho no la miraba, continuaba secándola.

–Yo te quiero, Pancho –dijo Dora, con gestos desconsolados–. Nos enseñan que no se debe decir, que hay que guardárselo por orgullo. ¿Pero qué daño me va a hacer? Ustedes buscan sufrir, no aprovechan cuando se los quiere. ¿Por qué? ¿Por qué buscan sufrir? Los hombres son tan estúpidos. Yo te quiero, Pancho. ¡Ay! Esa toalla. Me hace arder la espalda. Cuando yo me reciba podría mantenerte para que hicieras lo que se te diera la gana. Cuando me reciba podríamos irnos un mes entero al Uruguay, al mar. ¿Qué te parece?

Pancho terminó de secarla, fregándole suavemente los senos por última vez. Después la dejó, y comenzó a secarse a sí mismo.

–¿Y qué haríamos? –dijo, sonriendo.

Los ojos de Dora se iluminaron.

–Nada –dijo, con gran entusiasmo.

Pancho se detuvo y la miró; estaba secándose los brazos y permaneció en esa actitud, inmóvil durante un momento. No sonreía.

–¿Y eso es un programa? –dijo.

Dora vaciló; pareció desconcertarse.

–¿Por qué no? –dijo.

Pancho continuó secándose, sonriendo como para sí mismo. Afuera llovía sin parar. Dora se alejó y sacando del ropero un batón de entrecasa, de una tela floreada descolorida, se lo puso con lentitud, mirando hacia el patio. Pancho se puso el pantalón y la camisa. Estuvieron en silencio un largo rato, mirando llover. Era más de medianoche. Después decidieron acostarse y permanecieron echados largo rato, sin hablar, mirando el cielorraso. Finalmente Pancho se volvió hacia Dora y la miró:

—Es necesario un programa –dijo suavemente–. El que sea –la besó y apagó la luz.

Despertó temprano, comprobando que hacía un poco de frío. A través de la puerta abierta contempló durante un momento la lluviosa mañana gris, y después miró a Dora que dormía con la boca aplastada sobre la almohada, cubierta con la sábana. Pancho saltó de la cama y sus pies descalzos tocaron el mosaico frío, de manera que se sentó en el borde de la cama y se calzó. Después se acomodó la ropa, y frotándose los brazos se dirigió con rapidez al cuarto de baño, dando saltitos. Defecó, después se lavó y se peinó cuidadosamente. Fue a la cocina pasando por el patio, deteniéndose para contemplar el cielo gris durante un momento, el cielo del que el agua caía ahora más silenciosa y fina. En la cocina puso agua a calentar en un pequeño calentador a alcohol, y preparó mate amargo. Cuando el agua comenzó a chillar la retiró del fuego, apagó el calentador y regresó al dormitorio con la pava y el mate, sentándose en el borde de la cama. Sacudió a Dora con suavidad.

—Dora –murmuró.

Dora abrió los ojos sin moverse. Sonrió.

—Yo sabía –dijo.

—No, tonta –dijo Pancho–. Estás dormida.

Dora se incorporó de un salto.

—¿Eh? ¿Qué pasa? –exclamó mirando a su alrededor con aire sorprendido. Después se dio cuenta de la situación y se sentó en la cama. También ella había dormido vestida. Se acomodó el pelo.

—Buenos días –dijo.

Pancho le alcanzó el mate. Dora comenzó a sorber con aire distraído.

—Hace frío –dijo, estremeciéndose.

—El verano terminó –dijo Pancho, mirando hacia el patio–. Todavía llueve.

—¿Vas al colegio? –dijo Dora.

Le devolvió el mate. Pancho lo recibió y lo llenó nuevamente.

—Sí –dijo, comenzando a tomarlo.

—Tengo miedo de volverme loco —murmuró después, como para sí mismo—. Lo terrible del asunto es que uno no se da cuenta mientras le está pasando.

Terminó el mate y volvió a llenarlo, pasándoselo a Dora. Se puso de pie. Metió la mano en el bolsillo del pantalón y sacó unos billetes arrugados de cien pesos. Dora lo observaba en silencio, sorbiendo el mate. Pancho contaba y alisaba sus billetes.

—No existe ninguna cosa que responda a la imagen que uno se ha hecho de ella. Hay que empezar a reconstruir el mundo, pieza por pieza. ¿Y quién tiene voluntad para eso? Yo no soy un tipo de esa clase. Seiscientos, setecientos —rebuscó en el bolsillo, sacando un billete de diez y una moneda de un peso—, setecientos diez —colocó la pila de billetes sobre la palma de la mano, y fue dejando caer las monedas una a una sobre ellos—. Setecientos dieciséis.

Hizo un rollo con las monedas dentro, lo dobló en las puntas y lo guardó en el bolsillo delantero del pantalón. Después se palpó el bolsillo por afuera. Enseguida se puso el saco y el impermeable, se inclinó sobre Dora, que lo miraba silenciosa, y después de besarla con suavidad en los labios salió a la calle. La fina lluvia le dio en la cara: la ciudad se hallaba desierta y la atmósfera matinal era gris y fría. Soplaba viento sur. Pancho tomó un ómnibus repleto y descendió trabajosamente frente al colegio, levantándose el cuello del impermeable que mostraba ya sobre los hombros y la espalda unos manchones húmedos.

Los árboles que rodeaban el edificio gris del colegio parecían más vivos y frescos contra el cielo gris, pero eran ya los últimos destellos de vida al borde del incipiente otoño. Al ascender el último peldaño de la escalinata Pancho se desabrochó el impermeable y cruzó el amplio hall del colegio con unos largos pasos enérgicos. Su rostro resplandecía, sus ojos sonreían. La luz de la sala de profesores se hallaba encendida y el profesor Mercier repasaba su manual sentado en el mismo sillón en el que había encontrado a Pancho la mañana anterior. Estaba solo en la amplia sala, sentado bajo la ventana que permitía ver desde el interior un rectángulo de fría luz gris. El piso de madera se hallaba manchado por unas húmedas huellas recientes; Pancho lo cruzó taconeando vivamente, sonriendo: "¡Mercier! –dijo–. Buenos días." El profesor Mercier se puso de pie de golpe, sobresaltado. Cerró el libro rápidamente, y quedó inmóvil junto al sillón. Sus pequeños ojos vacuos se movían inquietamente detrás de los anteojos. Pancho lo palmeó varias veces: "¿Cómo anda?". "Bien", respondió con aire de duda el profesor Mercier. Pancho cabeceó con expresión oronda e infantil hacia el manual, emitiendo una sonrisa connivente. "¿Repasando?", dijo. El profesor Mercier se puso rojo como un pimiento. "Es que los muchachos", empezó a decir. "Sí, sí" –dijo Pancho, interrumpiéndolo–. "Siempre traen problemas estos muchachos. ¿Cómo pasó las vacaciones?" El profesor Mercier comenzó a sentirse un poco más cómodo, aunque no demasiado. "Ah, perfectamente", sonrió. "Fui unos días a Córdoba con mi compañera." Pancho lo miró con esperanzada curiosidad: "¿Cómo compañera?" –dijo–. "¿No están casados?" Su colega mostró los dientes al sonreír; tartamudeaba. "No, es una forma de decir. Ustedes, los más jóvenes…". Pancho volvió a interrumpirlo, cerrándole un ojo con picardía: "Usted es una buena manija, Mercier". Enseguida el rostro de Pancho cambió de expresión, poniéndose completamente serio: "¿Andan las planillas por ahí?", preguntó como para sí mismo, haciendo dos pasos hacia la puerta y regresando: "¿Usted firmó?" "No" –dijo el profesor Mercier–. "No firmé todavía." Pancho lo palmeó en el hombro, mirándolo muy fijamente, como para imponerle una seria exigencia moral. "Bueno, hay que firmar, viejo" –dijo. Y después (y sus ojos echaban chispas) aproximando su rostro al de Mercier: "No se olvide que soy el presidente de mesa. Puedo joderlo", dijo. Enseguida salió de la sala y comenzó a caminar con sus enérgicos pasos por las oscuras galerías. Sobre los pinos caía sin cesar un agua fina, triste, silenciosa. Un grupo de alumnos se hallaba reunido en el extremo de la galería, charlando y riendo. Al aproximarse Pancho dejaron de charlar y lo miraron. Pancho se detuvo. "Buenos días", dijo. "Buenos días, señor Expósito", respondieron los alumnos. Pancho los miró, sonriéndoles afectuosamente: "¿Cómo pasaron las vacaciones?", preguntó con aire distraído. Uno de ellos respondió: "Bien, señor Expósito. Muy bien". "Me alegro mucho", dijo Pancho. Y enseguida, al que había respondido: "¿Está preparado?". "Sí, señor Expósito", respondió el pibe. Uno del grupo preguntó con aire burlón: "¿Y, usted, señor, cómo pasó las vacaciones?". "Muy bien", sonrió Pancho. "Gracias." "Yo lo vi en la playa. Estaba muy bien acompañado. ¿Su novia, señor?" –dijo el pibe. Pancho sonrió, poniéndose colorado. "Mírenlo al vago éste", dijo, con aire tímido. "No, una amiga, nada más." "Una linda chica", dijo el alumno. Pancho miró al grupo en general, cabeceando hacia el que había hablado. "¿Qué chismoso, no?" Todos los del grupo se echaron a reír. Pancho adoptó un aire serio, y se hizo silencio durante un momento. Pancho miró el cielo, los pinos, la cancha de básquetbol sobre cuyo suelo rojo el agua caía filtrándose lentamente. "¿No les da vergüenza rendir en marzo una materia tan fácil como literatura?" –dijo, con un tono franco y melancólico. "Cuando yo tenía la edad de ustedes me pasaba el día leyendo literatura argentina." Nadie respondió.

"Bueno", dijo Pancho. "Vamos a ver qué podemos hacer por esta manga de vagos." Todos se echaron a reír. "Hasta luego." El coro respondió: "Hasta luego, señor Expósito". Pancho continuó su paseo por la galería y después regresó a la sala de profesores.

En la sala se encontró con sus dos adjuntos que conversaban de pie, cerca de la ventana, bajo el rectángulo de cielo gris. Los dos profesores hablaban en voz baja e interrumpieron su conversación al ver entrar a Pancho; éste se aproximó sonriendo: "¿Firmaron las planillas?". "Sí, Expósito", respondió el adjunto de aspecto cadavérico. Pancho lo miró sonriendo: "¿Sabía que Mercier no está casado?". El profesor Mercier enrojeció; el otro, en cambio, comenzó a tartamudear algo. Pancho lo interrumpió con una franja carcajada. "No, hombre, son macanas. Yo decía, nomás." El adjunto cadavérico miró a Pancho con aire reprobatorio: "¿Cómo pasó las vacaciones, Expósito?". "Bien", dijo Pancho. "¿Por?" El profesor cadavérico, de apellido Macías, lo miró, miró después al profesor Mercier, y volvió a mirar a Pancho. "No, por nada", dijo. Pancho parpadeó como meditando y cuando pareció llegar a una conclusión miró al profesor Macías con una expresión pacífica y dulce: "No, viejo –dijo–. No es lo que usted se cree. Usted es de la clase de gente que nunca entiende nada".

Por fin comenzaron los exámenes. Pancho no se sentó: quedó de pie junto a la primera hilera de bancos de madera laqueada, con las manos en los bolsillos del pantalón, aguardando con aire impaciente y satisfecho que entrara al aula el primero de los examinandos. De vez en cuando miraba hacia la ventana a través de la cual podían verse las copas de los árboles mojadas por la lluvia, resaltando contra un turbulento cielo gris. Pancho parecía dichoso y tranquilo. Antes de que entrara el primero de los alumnos cabeceó hacia el ventanal mirando al profesor Mercier, y murmuró: "Hermosa mañana". Por fin fue llamado a dar examen el primero de los alumnos: Almirón. Era un pibe bajo, delgado, de piel muy oscura, con mucho pelo negro revuelto en la cabeza, que vestía una campera marrón de gabardina con cierre relámpago, y unos pantalones largos que le quedaban demasiado grandes. Tendría unos diecisiete años. Pancho se le aproximó cuando lo vio entrar. "¿Qué tal, Almirón? ¿Cómo pasó las vacaciones?" "Muy bien, señor Expósito", respondió Almirón satisfecho y tranquilizado por la afabilidad de Pancho. "¿Está preparado?", dijo Pancho, con aire grave. "Sí, señor Expósito", respondió el pibe. "Trataremos de ayudarlo en lo posible", dijo Pancho. "Saque bolilla." El pibe se aproximó al escritorio y el profesor Mercier le alcanzó el bolillero. Pancho se alejó del frente caminando hacia el fondo del aula lenta y orondamente, con las manos en los bolsillos del pantalón, mirando a través de la ventana los árboles mojados por la lluvia. Por fin el chico sacó las bolillas. "¿Puedo empezar a hablar, señor?" "Por supuesto", dijo Pancho. "Cuando quiera." El chico sonrió. "Bolilla siete" –dijo. "Leopoldo Lugones." Pancho se hallaba mirando el cielo sonriente y pensativo en ese momento; se volvió de golpe, y su expresión cambió por completo: se había tornado furiosamente incrédula: "¿Qué?", exclamó. "Bolilla siete" –repitió Almirón–. "Leopoldo Lugones." Pancho avanzó desde el fondo del aula hasta el frente, dando ruidosos y rápidos pasos. Se plantó delante de Almirón, que había empalidecido: "¿Qué?", repitió Pancho. "Bolilla siete, Leop…" Pancho alzó la mano con un gesto tal, que el pibe retrocedió un paso hacia el pizarrón. "Ni me lo nombre… ¡A ése ni me lo nombre!" Se volvió hacia sus adjuntos que se habían puesto de pie, y hacían tamborilear nerviosamente sus dedos sobre el pupitre del escritorio. "Ustedes tienen la culpa!", gritó y enseguida se volvió hacia el alumno que se había apoyado contra el pizarrón y aguardaba temeroso y pálido: "¡Ellos tienen la culpa!", rugió Pancho. "¿Sabe quién es ese sujeto? ¿Sabe qué escribió? Imagínese. No, que se lo va a imaginar. Escuche:

> *Reclamemos la enmienda pertinente*
> *del código rural cuya reforma*
> *en la nobleza del derecho agrícola*
> *y en la equidad pecuaria tiene normas."*

"¿A usted le parece qué se puede hablar aquí de un individuo qué ha escrito eso? Pobre de usted si le parece." Se volvió nuevamente hacia sus adjuntos, que lo observaban con muda furia; los señaló con el dedo: "Éstos, éstos", gritó. El profesor Mercier murmuró: "Pero Expósito, si usted mismo me dijo que a Lugones le había dedicado seis clases". Pancho saltó hacia el escritorio y dio un puñetazo sobre el pupitre. Los papeles volaron, el bolillero trastabilló: "No me lo nombre le digo", dijo. Su rostro estaba completamente rojo y una gruesa vena parecía querer reventar sobre su recta frente. Se volvió hacia el alumno:

"¿Sabe qué es lo qué escribió ese canalla? Escuche, escuche:

> *Viene y nos clava el peligroso infante*
> *tras la gota de miel dardo tremendo."*

Hizo unas muecas de terrible contrariedad, y después, sacudiendo la cabeza, como si Almirón fuera el autor del dístico, y Pancho estuviera reprochándoselo, repitió:

"Tras la gota de miel dardo tremendo".

"Shh", dijo. Después quedó un momento en silencio mirando el suelo, acariciándose el labio inferior con la yema de los dedos, pensativo, sin advertir siquiera que los adjuntos y el alumno aguardaban con los ojos fijos en él. Por fin levantó la cabeza, miró al alumno, y dijo: "Váyase. Está aprobado". No volvió a hablar el resto del examen; se sentó en el primer banco y se limitó a mirar a través de la ventana la fina lluvia de otoño cayendo sobre los árboles desde un cielo turbulento. Una sola vez hizo un gesto: después de estar un largo rato pensativo, meneó la cabeza con una expresión contrariada, que quería decir más o menos "Las cosas que hay que aguantar", y murmuró:

"Tras la gota de miel dardo tremendo".

Después no volvió a pronunciar una sola palabra.

Al salir del colegio notó que soplaba un viento frío; más intenso que el de la mañana, y que la lluvia había cesado. Era casi el mediodía.

Observó que en el cielo el viento conturbaba y rasgaba unos densos manchones de nubes grises bajo un fondo cóncavo y liso como de plata húmeda. Se dirigió al centro: los frentes y las fachadas laterales de los edificios aparecían manchados de humedad y en la calle, paralelos al cordón de la vereda, corrían unos rápidos arroyitos de agua sucia que reflejaban la hilera de casas y el cielo. Llegó a San Martín y pasó a la galería; el piso de mosaicos del pasillo aparecía manchado por huellas de barro y agua. Había bastante gente cuya conversación era atenuada por el ruido de los altoparlantes, que propalaban una música arrastrada e ininteligible. Aguardando que la cajera atendiera a un joven vestido con un impermeable elegante de corte italiano, Pancho se rascó repetidas veces la mejilla. Tomó un café de pie junto al mostrador, rápidamente. Después encendió un cigarrillo (fumaba cuando se acordaba de hacerlo, si tenía cigarrillos: a veces un paquete le duraba semanas enteras) y antes de pegar la segunda pitada salió a la calle recibiendo un golpe de brisa fría en pleno rostro.

El viento secaba rápidamente las calles; el liso asfalto de San Martín aparecía tenso y gris, un gris muy claro, terroso o ceniciento. Con la mano que sostenía el cigarrillo elevada a la altura del vientre, la otra mano en el bolsillo del impermeable, alto y encorvado, Pancho recorrió con paso lento las calles del centro y llegó finalmente a su casa. Sus padres comenzaban a almorzar en la cocina. El recinto era cálido y flotaba un suave y agradable olor a comida en su interior. El padre de Pancho se hallaba vestido correctamente, peinado con gomina; su mujer en cambio aparecía con el pelo desordenado, la cara ajada, y un delantal sucio cubriendo la parte delantera de su cuerpo. Pancho sacó un plato y cubiertos de un aparador y los depositó sobre la carpeta de plástico floreado. Se sentó frente a su madre, a la izquierda del señor Expósito, que ocupaba rígidamente la cabecera de la mesa. Al sentarse, Pancho vio de paso las manos de su padre; sus dedos eran flacos y largos, y la piel aparecía reseca y arrugada, excesiva en relación con el esqueleto, veteada de unas manchitas brillantes: recordaba la piel del lagarto, del yacaré, del escinco.

Pancho se sirvió una papa hervida, una zanahoria hervida, y un pedazo de carne. Los alimentos humeaban.

—En este país —dijo el señor Expósito— la ley de alquileres es una estafa.

—Es cierto —dijo Pancho con aire distraído, comenzando a cortar la papa.

—No hay caso. No puedo aumentarle un centavo a los inquilinos —dijo el señor Expósito.

—¿Cómo anda tu estómago? —dijo Pancho cortando distraídamente la zanahoria—. ¿Vas de cuerpo?

—Voy —dijo el señor Expósito—. Más o menos.

—Hay que cuidarse —dijo Pancho—. El estómago es delicado.

Hicieron silencio. Cortó la carne, echándole sal, aceite y vinagre, y después comenzó a revolver los alimentos en el plato. Lo hizo con gran lentitud, durante más tiempo del necesario. El señor Expósito miraba la mescolanza en el plato de su hijo con aire pensativo.

—La cámara de alquileres es un cementerio de expedientes —dijo, con la expresión de quien realiza cálculos mentales. Pinchó con el tenedor un trozo de carne aceitada y se lo llevó a la boca. Su mujer comía silenciosa, inclinada sobre el plato.

—Los nervios influyen —dijo Pancho.

Cortó un trocito de pan y empujó con él un poco de puchero hacia el tenedor. Con la boca llena, alzando la cabeza hacia su padre, dijo:

—El secreto de la vida reside en una buena digestión.

—Sí —dijo su padre, mirando a uno y otro lado, con su aire pensativo. Depositó los cubiertos sobre el plato; el plato tintineó—. Dame vino.

Pancho descorchó la botella y la inclinó hacia el vaso de su padre.

—Dos dedos —dijo el señor Expósito.

Pancho sirvió dos dedos de vino. Se volvió hacia su madre.

—¿Mamá? —dijo, señalando la botella con la cabeza.

—Gracias, no —dijo la mujer sin alzar la cabeza.

Pancho se sirvió un chorro de vino y dejó la botella sobre la mesa.

—Es ridículo que uno no pueda ajustar el precio de los alquileres al valor actual de la propiedad —dijo el señor Expósito—. Es un complot.

Distraídamente, con gestos mecánicos, recogió el corcho de sobre la mesa y tapó la botella de vino.

—¿Así no se puede adelantar, no? —dijo.

Pancho lo miró: también la piel del rostro de su padre aparecía reseca y amarillenta, pero sus pequeños ojos grisáceos brillaban húmedos. Tenía el pelo correctamente cortado, y veteado de gris.

—Estás algo pálido. El estómago, seguro. No hay que hacerse mala sangre —dijo Pancho.

El señor Expósito continuó comiendo. Masticaba con lentitud y cuidado: tenía una nariz muy rara, flanqueada en su base por dos líneas profundas que partían casi del entrecejo y tocaban la comisura de los labios, abultando las mejillas. La nariz parecía postiza, aditada apresuradamente al rostro.

—Como para no hacerse mala sangre uno —dijo—. Si hasta el gobierno quiere joderlo a uno.

—No, no creo —dijo Pancho consoladoramente.

—Hoy en día —dijo el señor Expósito—, tener propiedades es una condena.

El tono de Pancho fue general, remoto.

—Es problemático, cierto —dijo.

—La plata hay que aprovecharla cuando uno es joven. Y hoy por hoy, invertirla en la industria.

—Comparto totalmente —dijo Pancho, alzando su vaso de vino. Antes de beber miró el contenido y descubrió una partícula de corcho flotando en el rojo liquido brillante. Dejó el vaso y sacó el trocito de corcho con el meñique. Después bebió.

La señora de Expósito alzó la cabeza muy lentamente; miró el vacío.

—Plata en mano, culo en tierra —dijo.

El señor Expósito tomó vino: apenas se mojó los labios, y después chasqueó la lengua.

—Un poco de vino es conveniente durante la comida —dijo—. El alcohol ayuda a disolver las grasas.

—De veras —dijo Pancho.

—Pero, como en todo, no hay que excederse —dijo el señor Expósito. Y después, meneando la cabeza, con aire pensativo, como para sí mismo—: No; no, señor. No hay que excederse.

Pancho cortó con el cuchillo una rodaja de pan. Durante largo tiempo estuvo ocupado en cargarla de puchero.

—Al fin terminé con los exámenes —dijo.

La señora de Expósito alzó la cabeza; tenía un trocito de papa aceitosa en la punta de la nariz.

—¿Cómo andas? —dijo, mirando a Pancho.

El señor Expósito la miró.

—Tenés sucia la nariz, Carmen —dijo.

Su mujer se pasó repetidas veces las yemas de unos deditos arrugados por la nariz. Tenía un rostro prieto y arrugado, los ojos oscuros y exangües, los labios sin pintar resecos y llenos de estrías.

—Bien —dijo Pancho, mordisqueando su bocado de puchero.

—Hay que cuidarse, hijo —dijo la mujer—. No hay que leer tanto. Hay que salir al aire libre.

—Sí —dijo Pancho, pensando en otra cosa.

El señor Expósito quedó inmóvil con el tenedor cargado, cerca de la boca, reflexionando.

—Para que se haga justicia —murmuró— el gobierno tendría que permitir un aumento de alquileres de por lo menos un doscientos por ciento. Y con eso, yo todavía estaría perdiendo plata.

—Más vale perder plata, y no salud —dijo Pancho—. Tu estómago no está como para recibir tantos cálculos. Te pregunto cómo vas de cuerpo, y me decís "Más o menos". —Miró, a su madre. Ésta lo contemplaba.— Me dice "más o menos" —dijo.

La mujer asintió.

—Yo no sé —dijo el señor Expósito—. Yo no sé.

—¿Y no hay forma de tratar directamente con los inquilinos? —dijo Pancho.

—¿Con ésos? —El señor Expósito hizo una mueca, tratando de eructar: no lo logró. Depositó suavemente la punta de los dedos en la boca del estómago echándose hacia atrás. Se dio unos golpecitos. Intentó eructar por segunda vez. No lo logró tampoco. Su frente se llenó de desconsoladas arrugas.

—Ellos están contentos como están —dijo—. A esos putos nadie los mueve de su lugar.

—Yo te lo he dicho mil veces, Ramón —dijo la mujer.

—Vos callate, gallega, no sabés nada —dijo afectuosamente el señor Expósito.

La mujer miró a Pancho.

—Mil veces se lo he dicho —dijo frunciendo las cejas y reuniendo junto a la nariz los pequeños ojos apagados.

—Ésos no se avienen a nada —dijo el señor Expósito.

—Mil y una vez se lo he dicho —repitió con obstinación su mujer. Pancho acabó su bocado.

—¿Qué es lo que dijiste mil veces? —preguntó, con súbita curiosidad.

La mujer no dijo nada; lo miró y continuó comiendo. El señor Exposito miró a Pancho.

—¿No te digo? —dijo sacudiendo la cabeza—. No hay forma de arreglar. La ley de alquileres es un complot contra los propietarios.

Hizo por tercera vez una mueca para eructar. Enrojeció levemente, pero no consiguió su propósito.

—¿No hay caso, entonces? —dijo Pancho.

—No hay nada que hacer —dijo el señor Expósito.

—Entonces —dijo Pancho— mi consejo es lo mejor: nada de preocupaciones.

Cortó con la mano un trozo de pan y limpió con él el resto del puchero que quedaba en su plato, mandándoselo rápidamente a la boca.

—Y si uno quiere tratar con algún abogado, bueno, está arreglado. Lo dejan en la calle a uno —dijo el señor Expósito—. Trabajar toda la vida para llegar a esto. Es el colmo este país.

—No hay forma, no, yo lo digo —renegó la señora de Expósito, sacudiendo la cabeza sin elevarla, mirando hacia su plato.

—Buen provecho —dijo Pancho, bebiéndose un trago de vino y poniéndose de pie.

—Sácate el impermeable si te acuestas —dijo la señora de Expósito.

—Sí —dijo Pancho, saliendo de la cocina.

Salió a la galería y se dirigió al cuarto de baño. Orinó, se lavó las manos y la cara, y salió nuevamente a la galería penetrando en su habitación. El recinto se hallaba envuelto en una penumbra gris: Pancho encendió la luz central, se sacó el impermeable y lo arrojó sobre la cama. Después se sentó en la silla frente al escritorio y comenzó a hojear un libro. Lo hizo con distracción durante unos minutos, y cuando el labio inferior comenzó a darle unos suaves tirones (uno primero, dos enseguida, uno nuevamente) cerró el libro de golpe, con alguna violencia, y lo arrojó sobre el escritorio poniéndose de pie. Con la palma de la mano se apretó el labio contra la dentadura, durante un momento, de un modo furioso y desesperanzado. Despues retiró la mano y aguardó, de pie junto al escritorio. Por un ratito no pasó nada. Pero unos segundos después, como si hubiera retrocedido para adquirir envión, el temblor recomenzó, y Pancho comprendió que no podría ya retenerlo, de manera que lo maldijo con un gesto, se pasó nerviosamente la mano por el pelo y se sentó en el borde de la cama. El labio le temblaba con intermitencias. El rostro de Pancho, pálido bajo una oscura pátina de barba verdosa (la recta frente, los inquietos y tensos ojos) permaneció un instante fijo en una expresión como de atenta expectativa, y después Pancho agarró el impermeable, se levantó, y salió de la habitación. Llevaba el impermeable en la mano derecha, agarrado de una manga, de modo que la prenda se arrastraba por el suelo, detrás suyo. Salió de la habitación dejando la luz encendida; y cuando llegó a la puerta de calle, después de haber atravesado con aire pensativo la galería, el living y el pasillo, el impermeable se arrastraba todavía con un suave murmullo, detrás de sus lentos pasos. Al llegar a la vereda se lo calzó, y la inexpresividad de su rostro daba a entender que ni siquiera había advertido que la prenda había limpiado el suelo desde su habitación hasta la calle.

El viento del sur continuaba: secaba la quieta ciudad y desgarraba las nubes grises, así que podían verse ya en el cielo algunos manchones de azul desvaído. La atmósfera parecía como lavada. Pancho tomó en dirección al oeste, llegó a San Martín y comenzó a recorrer la calle principal hacia el sur. Caminaba muy lentamente. Al pasar frente a la galería se detuvo: se inclinó ante una vidriera que exhibía pequeños encendedores niquelados, dorados llaveros y cajas de cigarrillos importados, y observó con lentitud y cuidado los productos, acariciándose el mentón con la mano. Se inclinaba una y otra vez para leer los precios, de un modo minucioso. Un momento después se irguió, se volvió y se recostó contra la vidriera, con las manos en los bolsillos del impermeable, apoyando uno de los pies en el zócalo. La calle estaba casi desierta; de vez en cuando su silencio y su soledad eran interrumpidos por el paso de un coche. Las vidrieras cargadas de objetos, a todo lo largo de la calle, se exhibían en la luz del día gris como unos groseros museos abarrotados. Pancho se mantuvo inmóvil alrededor de quince minutos; los embates del viento frío enrojecieron la piel de su rostro, y desordenaron su escaso pelo oscuro, pero Pancho permaneció inmóvil, como un maniquí en exposición, la cabeza alzada, con un aire remoto y pensativo. El labio inferior había dejado de temblarle; después Pancho se arrimó al cordón de la vereda y miró hacia el fondo de la calle. Primero pasó junto a él un pequeño coche rojo, después una estanciera, y finalmente un taxi. Le hizo una seña: el viejo Ford negro se detuvo. Pancho se acomodó en el asiento trasero y dio al chofer la dirección de Dora.

El coche se detuvo frente a la casa de Dora; Pancho pagó al chofer y descendió. Halló la puerta de cancel entreabierta, cruzó el living y la galería y penetró en el dormitorio. En la cama opuesta a la de Dora, la prima de ésta se hallaba acostada. Pancho se sobresaltó al verla; enseguida la reconoció, y avanzó con lentos y silenciosos pasos hasta quedar de pie junto a la cama; observó a Beba: estaba echada boca arriba, con los ojos cerrados y la boca entreabierta. Dormía. Respiraba rítmica y suavemente. La pollera se le había alzado mostrando sus gruesos muslos tostados. Además de la pollera azul, Beba llevaba puesto también un suéter de un azul más claro, que hacía resaltar sus senos; se había quedado dormida con los zapatos puestos. Una de sus manos descansaba blandamente en el bajo vientre; el otro brazo permanecía estirado a lo largo del cuerpo. Pancho sonrió y se quedó mirándola, inmóvil. Beba se incorporó de un salto, y quedó sentada en la cama.

–¿Eh? –gritó, llevándose la mano al pecho.

–Soy yo –dijo Pancho.

–¡Qué susto!

–Eso quiere decir que no tenés la conciencia tranquila –dijo Pancho.

–Andá al diablo –dijo Beba–. Dame un cigarrillo.

Se sentó en el borde de la cama estirando la pollera para cubrirse las piernas. Después se acomodó el pelo con la mano. Pancho buscó cigarrillos en el bolsillo de su saco. Extrajo un deforme paquete de Saratoga y despejando la abertura sacó un cigarrillo arrugado y torcido extendiéndoselo a Beba. Enseguida se guardó el paquete.

—¿Hace mucho que estás? –dijo Beba.

—Recién llegaba. Te hacía en el campo.

—Nos corrió el agua –dijo Beba–. Dame fuego.

Pancho buscó en sus bolsillos.

—Fósforos no tengo –dijo, después de un momento.

—Qué inútil –dijo Beba, desalentada.

—Tu novio, el diputado, ¿no te compra?

—Me regaló un encendedor, querido. Lo perdí –dijo Beba.

Se puso de pie; apenas si llegaba al hombro de Pancho. Éste la miró.

—Tiene sus ventajas la política –dijo.

—No me interesa la política –dijo Beba, alisándose la pollera y estirándose obstinadamente el suéter.

Pancho la miraba sonriente ahora, pensativo.

—Tiene que interesarte: de la política depende tu futuro.

Beba lo miró con curiosidad, con expresión riente y malévola.

—¿Por? –dijo, vuelta hacia él.

Pancho sonrió y sacudió resignadamente la cabeza, avanzando. Miró a Beba a los ojos, con expresión sonriente.

—Si te violo –dijo–. ¿Qué pasa?

—No embromes –dijo Beba, sonriendo. Se volvió en dirección a la mesa. Se detuvo junto a ella y recogió una caja de fósforos. Pancho la siguió deteniéndose detrás de ella, aguardando mientras Beba encendía su cigarrillo y arrojaba la caja sobre la mesa. Se volvió hacia Pancho echando el humo de la primera bocanada, sacándose una brizna de tabaco del labio inferior, con dos dedos de la mano con la que sostenía el cigarrillo.

—De todas maneras –dijo Pancho– la razón por la cual no te acostás conmigo no es en modo absoluto de índole moral, ni siquiera erótica. Y al fin de cuentas, ¿qué tiene de malo que te viole?

Beba lo miró con curiosidad; pegó otra pitada. Mantenía la actitud altiva y condescendiente propia de la joven de clase media que es mantenida por un individuo de buena posición.

—¿Sentirías placer teniendo a una mujer por la fuerza? —dijo.

—¿Por qué no? Un placer como cualquier otro. El placer de violarte.

—¿Y no te parece pérfido?

Pancho sonrió.

—No, en absoluto —dijo.

Dio un paso más, sonriendo. Estaban ahora muy cerca uno del otro. Pancho echó la cabeza a un costado y entrecerró un ojo, tasando a Beba.

—¿Qué es pérfido? —dijo—. Malo es todo aquello que nos hace sufrir. Y el único sufrimiento más o menos importante, aparte de la muerte, es la pérdida de la inocencia. En este caso, nadie pierde nada.

Beba lo miraba; no sonreía.

—¿Me pegarías? —dijo.

Pancho alzó la mano y la depositó suavemente en el hombro de Beba.

—Por supuesto —dijo Pancho—. Te desfiguraría. ¿Y Dora?

—Fue a la facultad —dijo Beba.

Continuaban mirándose. La mano de Pancho permanecía blandamente depositada sobre el hombro de Beba.

—No sé —dijo Pancho—. Tal vez te mataría. No solamente te pegaría.

—¿Por qué? —dijo Beba.

Pancho sonrió con aire condescendiente, sacudió la cabeza y entrecerró los ojos; permaneció sonriendo en esa actitud; después meneó la cabeza, dejó de sonreír, y miró a Beba.

—No sabría —dijo—. ¿Quién es capaz de saberlo en un momento así? Pero me conozco: sé quién soy, y cómo pienso. Y estoy seguro de que soy capaz de matarte en un momento así.

—¿No pensás en la policía?

—¿Policía? ¿Qué policía? ¿La policía de gente de la calaña de tu novio? No, tesoro, no le tengo miedo a la policía. Además, existe la posibilidad de que el Estado me alimente y me permita vivir en la cárcel como un monje.

Todavía permanecían mirándose: hicieron silencio. Después de un momento, la mano de Pancho oprimió con suavidad el hombro de Beba y Pancho dejó de sonreír: sus labios fueron poniéndose cada vez más tensos y su piel empalideció. Sus ojos, entrecerrándose, comenzaron a despedir destellos ardientes: y cuando su rostro estuvo completamente transformado, pálido y tenso, Pancho pronunció una palabra. Se trataba de una palabra obscena, terrible, cuidadosa y furiosamente impostada, y al oírla y percibir la expresión en el rostro de Pancho, Beba se cubrió el rostro con la mano y se echó a llorar, y fue a arrojarse sobre la cama. Pancho se quitó el impermeable dejándolo sobre la mesa y la siguió con pasos tranquilos, deteniéndose junto a la cama. De nuevo su rostro sufrió una transformación, primero una leve y rápida dulzura, y enseguida una fatiga profunda apareció reflejada en sus facciones: tan profunda que obró sobre la carne y marcó rápidamente las líneas de su rostro. Las rodillas de Pancho tocaban el borde de la cama. Beba se hallaba echada boca abajo, la cara sobre el antebrazo, llorando convulsionada.

—Beba —dijo Pancho, con gran suavidad.

—No. No —dijo Beba. Al hablar sacudió furiosamente los hombros.

—¿No qué? —dijo Pancho, mirando con distracción hacia la puerta: una pálida luz solar anegaba la galería, una luz fría.

Pancho se sentó en el borde de la cama, sin enojo. Su rostro aparecía fatigado y tranquilo, tocado por la débil claridad exterior.

—Beba —repitió.

Beba se convulsionó y se revolvió sollozante sobre la cacama. Comenzó a mover la cabeza refregándola de un modo furioso contra la almohada y el antebrazo.

—No. Te digo que no —murmuró.

Se volvió: tenía el rostro rojo, ardiente, y mojado por las lágrimas. Como Pancho se hallaba inclinado sobre ella, los altos senos tensos de Beba quedaron muy cerca de su rostro. Pancho los miró. Beba lloraba con los ojos cerrados. La expresión de Pancho se modificó: su mandíbula inferior cayó de golpe, como si sus articulaciones se hubieran roto, y quedó con la boca abierta. Beba comenzó a estirar y a encoger mecánicamente una pierna, refregándola contra la sobrecama.

–No. No –murmuraba.

Al mismo tiempo sacudía la cabeza sollozando con los ojos cerrados.

Pancho aplastó su rostro entre los senos de Beba; ésta lo agarró del pelo tratando de alzarle la cabeza; el rostro de Pancho, furiosamente apretado contra los senos, comenzó a enrojecer, y Pancho murmuró: "Soltame".

–No. No –decía Beba, tirando de los pelos.

Pancho se incorporó y le pegó dos veces en la cara. Beba lo soltó. Pancho se encaramó entonces sobre Beba, mientras ella le daba golpes furiosos e inofensivos en los hombros, con los puños; cuando Pancho comenzó a levantarle la pollera, el cuerpo de Beba se arqueó facilitando los movimientos torpes, violentos, y apresurados de Pancho.

–Bueno –dijo Pancho–. Bueno.

–No. No –dijo Beba, aflojándose.

Pancho volvió a pegarle cuando lo arañó, dejándole dos delgadas líneas rojizas en la mejilla. Primero en la cara, un par de chachetadas, y después en el hombro. Después le desgarró la bombacha y Beba repetía: "No. No", cuando la ávida mano de Pancho tocó la piel entre las piernas. Y cuando Pancho estuvo por fin dentro de ella, Beba dejó de hablar y de llorar; continuó con los ojos cerrados: suavemente entrecerrados ahora. Al acabar, Beba alzó el brazo hasta tocar la pared con el dorso de la mano, permaneciendo inmóvil en esa posición, y comenzó a lanzar unos profundos y débiles quejidos, suspirando ruidosamente. Pancho se echó a un costado, jadeando, y comenzó a mirar el cielorraso, respirando cada vez más silenciosamente, hasta que su respiración dejó de oírse; Beba continuaba con los ojos entrecerrados, el antebrazo apoyado en la frente, ocultándose los ojos. Uno de sus zapatos se había salido, y mantenía abiertas las gruesas y oscuras piernas, moviendo sin cesar los cortos y apretados dedos del pie desnudo.

Permanecieron echados inmóviles y en silencio alrededor de diez minutos: en el patio, la luz solar iba haciéndose cada vez más intensa, más gruesa y dorada. Después Beba se incorporó, recogió su prenda desgarrada, se calzó el negro zapato de taco alto, y sin decir una palabra, acomodándose el pelo, salió de la habitación pisando fuerte, encaminándose en dirección al cuarto de baño y a la cocina. Pancho la miró alejarse, removiéndose perezosamente sobre la cama, y abrochándose la bragueta. Después se palpó las finas estrías rojizas en la mejilla sombreada por la creciente barba verdosa, se paró junto a la cama, y se acomodó lenta y torpemente la ropa. Anduvo unos pasos aburridos y tranquilos por la habitación, y al fin se detuvo junto a la mesa: sobre ésta había un mazo de naipes. Lo levantó: en la boca estaba el rey de oro: el sol emblemático en el ángulo superior, amarillo, la figura del rey, azul, verde, roja y amarilla, una mano a la altura de la cintura, y la otra alzada, en actitud de quien recomienda, exige o condena, los blancos bigotes de viejo sabio atenuando el vigor de la investidura. Descartó el rey, lo pasó al lomo del mazo, y contempló el as de espadas en la boca: la espada envainada, llena de cordones, adornos y borlas, infantilmente reproducidos. Mezcló durante un momento, mirando hacia el patio; depositó el mazo en la palma de la mano derecha, hizo un corte, encimó, y dando vuelta el mazo pudo comprobar que el caballo de bastos había quedado en la boca: un caballo amarillo y gordinflón, un matungo corto y pesado, erguido sobre sus cuartos traseros y un caballero de verde y rojo, sosteniendo un garrote de cabeza priápica. Dejó el mazo de naipes y se encaminó al cuarto de baño; la puerta se hallaba entreabierta y Beba se acomodaba el pelo frente al espejo del botiquín. A través del espejo Pancho se encontró con la mirada de la chica. Se detuvo junto a ella apoyándose contra su muslo, seriamente, y la tomó por los hombros. Ella dejó de peinarse, mirándose tranquila y fría en el espejo. Pancho la soltó, fue hasta el inodoro y comenzó a orinar. Cuando tiró la cadena y se volvió para salir, pudo comprobar que Beba se había ido. Se lavó despaciosamente la cara y se peinó.

Encontró a Beba en la cocina, de pie junto a un calentador encendido, en el momento en que colocaba sobre él una pava con agua. El calentador a alcohol producía una llama azulada o inmóvil y un incesante zumbido. Pancho se aproximó.

—¿A qué hora vuelve Dora? —dijo.

Beba no respondió: se cruzó los brazos con impaciencia y miró hacia el patio por detrás de Pancho. Éste sonrió entrecerrando los ojos, rascándose la nuca con aire preocupado.

—Bueno —dijo—. No seas tonta. ¿A qué hora vuelve Dora?

Beba levantó la tapa de la pava, para mirar el interior, y volvió a dejarla en su sitio. No dijo un sola palabra, se había lavado la cara, y presentaba un rostro fresco, ligeramente enrojecido, pero fresco y saludable. Se hallaba con la ropa perfectamente acomodada. La sonrisa de Pancho se acentuó. Avanzó algo. Beba no lo miraba.

—¿Y? —dijo.

Beba alzó la mano, dobló los dedos hacia la palma, y se contempló las uñas.

—Bueno —dijo Pancho.

Le dio un golpe con la mano abierta, en plena cara, y la muchacha voló contra la pared, chocó de espaldas contra los azulejos, y cayó sentada. Quedó tocándose la mejilla golpeada con un aire de perplejidad. Pancho caminó hacia ella, la tomó suavemente por los hombros y la alzó, apoyándola contra la pared de azulejos.

—Bueno. Bueno —dijo, con un tono completamente diferente al que había usado un momento antes para pronunciar la misma palabra. La muchacha lo miraba tranquila y sorprendida.

—A ver esa cara —dijo Pancho jovialmente, agarrándola del mentón y haciéndole girar la cabeza para contemplarle mejor la parte golpeada que aparecía roja y ardiente—. Nada grave —dijo Pancho, retirando la mano del mentón. Beba giró la cabeza, apoyó la nunca contra los azulejos, y miró a Pancho. Se hallaban muy próximos uno del otro; se tocaban. Permanecieron mirándose durante unos segundos. Beba tranquila y sorprendida con los ojos muy abiertos, diáfanos, y Pancho sonriendo como con un sentimiento de bondad, de desconcierto y de expectativa.

Detrás de ellos el agua de la pava comenzó a chillar.

—Permiso —dijo Beba.

Pancho se hizo a un lado mirándola, y Beba pasó junto a él sin desviar la mirada; sacó la pava y la dejó rápida y diestramente sobre el húmedo fogón de mosaicos rojos. Pancho observó como Beba comenzaba a llenar el mate.

—¿Dulce o amargo? —dijo de pronto Beba, volviéndose para mirarlo con una expresión riente y malévola.

Pancho vaciló.

—Dulce —dijo por fin—. Para amarga la vida.

Beba hizo un gesto fugaz de burla, pero como para sí misma, y continuó llenando el mate.

—¿Qué otra cosa hacés aparte de mantenida? —dijo Pancho.

Beba se volvió hacia él, con el mismo amago de sonrisa malévola en el rostro. Tenía los ojos dorados.

—¿Por? —dijo.

—No —dijo Pancho, pensativo—. Te preguntaba —meditó un momento, mirando el suelo, la punta de sus zapatos, y después alzó la cabeza—. Tu novio es un atorrante —dijo—. Se emborracha todas las noches y arma escándalo en el cabaret.

Beba se volvió hacia él con la pava en una mano, inclinada hacia el mate que sostenía en la otra. Vertió un chorrito de agua humeante en la boca del recipiente.

—Se divierte —dijo.

Dejó la pava, levantó la bombilla de sobre el fogón, y la introdujo en el mate. Pancho sonrió tocándose las dos estrías rojas de la mejilla.

—Te conviene, ¿eh? —dijo.

—Por supuesto que me conviene —dijo Beba.

—Te gusta eso de andar en coche y fumar Chesterfield todos los días, ¿no? ¿Cuántos años tenés?

—Diecisiete —dijo Beba, levantando nuevamente la pava de sobre el fogón para terminar de llenar el mate.

—¿A qué hora viene Dora? —sonrió Pancho dulcemente.

—A las seis —dijo Beba—. Tal vez se demore.

—Los políticos son una basura —dijo Pancho.

Beba sorbió el mate mirando a Pancho con el ceño fruncido mientras lo hacía.

—Ya te dije que no me interesa la política —dijo.

Pancho se palpó la frente, suspiró, y metiéndose las manos en los bolsillos del pantalón caminó hacia la puerta del patio.

—Ya lo sé —dijo con pesadumbre.

Observó la claridad de la media tarde: el cielo se presentaba despejado, azul, y soplaba un viento frío. La luz solar aparecía tocada ya por los primeros tintes crepusculares. Miró su reloj pulsera. Eran las cinco menos diez.

Beba se aproximó taconeando con el mate. Pancho lo recibió y comenzó a sorberlo despaciosamente.

—¿Vamos al dormitorio? —dijo.

Sin esperar la respuesta de Beba se dirigió al dormitorio, con el mate en la mano, deteniéndose junto a la mesa. Vació el mate de un sorbo, dejándolo sobre la mesa, y levantó el mazo de naipes, comenzando a mezclar de un modo mecánico. Enseguida apareció Beba con la pava y la yerbera.

—¿Vamos a jugar a las cartas? —dijo Pancho.

—¿Vas a esperar a Dora?

—Sí —dijo Pancho.

—Bueno —Beba dejó la pava sobre un libro y la yerbera sobre la tabla de la mesa, junto al impermeable.

Pancho fue y se sentó en el borde de la cama.

—Aquí —dijo.

Beba trajo consigo la pava y el libro: depositó el libro sobre el piso, y la pava encima. Pancho señaló con un gesto de repulsión un redondel húmedo en la sobrecama verde.

—Limpiá eso —dijo—. Es acabada.

Beba fue hasta la mesa y regresó trayendo la yerbera y un papel de diario; dejó la yerbera junto al libro y la pava, en el suelo, y limpió vigorosamente la sobrecama. Quedó una mancha húmeda más esparcida y más tenue. Beba hizo una pelotita con el trozo de diario y lo arrojó hacia el patio; sin impulso suficiente, el papel cayó dentro de la habitación, junto a la puerta. Después Beba fue y trajo el mate, y se sentó, inclinándose para recoger la pava.

—¿A qué jugamos? —dijo, mientras tanto.

—No sé. A lo que quieras —dijo Pancho.

—¿Al truco? —dijo Beba, mientras inclinaba la pava y un chorro de agua humeante caía en el interior del mate.

—Es un juego de hombres —dijo Pancho, riendo.

—Qué tontería —dijo Beba sin dejar de vigilar el chorro de agua—. Sé jugar.

—Como quieras —dijo Pancho comenzando a mezclar las cartas.

Beba dejó otra vez la pava sobre el libro y sorbió el mate. Pancho depositó el mate encima de la sobrecama verde.

—Cortá —dijo.

Beba cortó torpemente, sin dejar de sorber el mate. Pancho encimó y comenzó a distribuir. Una a Beba y una a él. Una a Beba. Una a él. Una a Beba, y por último una a él. Dejó el mazo a un costado y recogió sus cartas: eran el tres de copas, el cuatro de copas y la sota de bastos. Miró a Beba: todavía no habla recogido sus naipes y se hallaba inclinada hacia el piso, apoyando el mate contra la pava.

—Es extraño —dijo Pancho.

Beba se incorporó y recogió sus cartas. Sonrió.

—Bueno. Veamos —dijo.

—Es extraño —repitió Pancho, de un modo pensativo—. Me siento en paz.

Beba pareció no oírlo; miraba sus cartas sonriendo.

—Envido —dijo.

Pancho miró sus cartas.

—Quiero —dijo.

—Bueno —dijo Beba muy satisfecha—. Treinta.

—Está bien —dijo Pancho, distraído.

Beba emitió una exclamación y jugó un vistoso tres de oros. Pancho la miró: el rostro terso, saludable y límpido, las gruesas piernas y los altos senos.

—Es una lástima —dijo Pancho, esbozando una sonrisa melancólica. Pensaba en otra cosa.

Beba hizo un gesto vago.

—Bueno —dijo—. Jugá.

Pancho dejó caer su tres de copas. Beba dijo "Truco".

—Deduzco un siete de oros —dijo Pancho—. No quiero.

Arrojó las cartas sobre la mesa. Beba las recogió, las reunió en el mazo, y comenzó a mezclarlas.

—Hago esfuerzos por amar a Dora —dijo Pancho—. Y no lo consigo. Es difícil porque ella quiere todo. No es posible. No es posible dar todo. Uno debe dejar algo libre de sí mismo, una puerta por donde escapar al futuro.

—No entiendo nada —dijo Beba. Dejó el mazo sobre la mesa—. Cortá —dijo.

Pancho cortó. Beba encimó con torpeza y distribuyó con gran lentitud, mojándose la yema de los dedos con la punta de la lengua para separar mejor las cartas.

—¿Querés ir al cine conmigo esta noche? —dijo Pancho.

—Esta noche no puedo —dijo Beba—. Mañana en todo caso.

—¿Por qué no esta noche?

Pancho recogió sus cartas: el rey de oros, el cuatro de oros, y el dos de espadas. Ocultó el rey bajo el cuatro, y el cuatro bajo el dos.

—Salgo con mi novio —dijo Beba.

—Ah —dijo Pancho. Meditó un momento—. Bueno. ¿Mañana entonces? A las nueve en el Montecarlo. ¿Está bien?

—Está bien —dijo Beba.

Pancho arrojó el cuatro de oros y ocultó el rey con el dos de espadas.

Cuando una hora después Dora llegó, ellos se hallaban todavía jugando al truco. Dora estaba vestida con unos pantalones de tela gruesa, verde, y un impermeable corto sobre los pantalones: se detuvo un momento en la puerta y los miró; después se agachó, recogió la pelota de papel de diario y la arrojó al patio.

—Hola —dijo mientras se agachaba a recoger el trozo de papel.

Pancho no respondió; Beba sonrió.

—Hola —dijo.

Dora avanzó con pasos cansados y dejó los libros sobre la mesa. Se arrimó a Pancho y lo besó. Pancho le sonrió dulcemente. Dora comenzó a desabrocharse el impermeable.

–¿Hace mucho que estás? –dijo.

–Hace como tres horas –dijo Pancho, arrojando los naipes sobre la cama y poniéndose de pie–. Estoy aburrido de estar aquí.

–Bueno –dijo Dora sonriendo, arrojando su impermeable sobre la silla. Y después, suspirando–. ¿Cómo te fue en los exámenes?

–Bien –dijo Pancho, con aire tranquilo, paseándose por el dormitorio con las manos en los bolsillos del pantalón.

–Estuvimos jugando al truco –dijo Beba.

–No le hagas caso, Dora –dijo Pancho–. En realidad nos acostamos.

–Qué mentiroso –dijo Beba, sonriendo.

Pancho sonrió también, miró a Dora.

–Es verdad, pero no conviene que lo tomes en serio –dijo.

Dora lo miraba con sonriente perplejidad, y Pancho se aproximó a ella rodeándole los hombros con el brazo y llevándola en dirección a la cocina. Caminaba muy lentamente, con aire paternal, y al entrar a la cocina besó a Dora en la mejilla, con suavidad e ironía.

–No se debe dar crédito a lo que no se puede comprobar directamente –dijo, suspirando.

Permaneció media hora más en compañía de las chicas; después se calzó el impermeable, besó a ambas, y, alto, encorvado y pensativo, con pasos lentos recorrió las calles quietas en el frío crepúsculo, en dirección a su casa.

El viento había secado totalmente la ciudad, salvo algunas fachadas recalcitrantes, grises o amarillas, que presentaban unas grandes y densas manchas de humedad. Caminaba hacia el este, alejándose del opulento atardecer bajo un cielo límpido y verdoso. Al llegar a su casa y cruzar el umbral se sobresaltó en el living al toparse con su madre que permanecía sentada en la penumbra del recinto, sola. La señora de Expósito estaba inmóvil, con los codos apoyados en la baranda del sillón, las manos entrecruzadas a la altura del vientre, mirando el vacío. Apenas si alzó la cabeza cuando Pancho se detuvo a menos de un metro de ella, después de advertir de un modo súbito su presencia.

–¿Cómo estás, hijo? –dijo, con un tono de gran distracción.

El teléfono sonaba en el escritorio del señor Expósito; parecía haber estado sonando desde hacía largo tiempo, sin que la mujer hubiera llegado a advertirlo.

–Bien –dijo Pancho.

Pasó junto a ella, y sin apurar el paso se encaminó hacia el escritorio y descolgó el tubo.

–Hola –dijo. Se volvió mirando hacia la galería envuelta en una penumbra verdosa.

–¿Hola? ¿Pancho? Habla Tomatis.

–Ah –dijo Pancho–. Cómo te va.

–Lo más bien –dijo Tomatis–. ¿Se acabó el verano, no?

–Así parece –dijo Pancho.

–Menos mal –dijo Tomatis–. Ha llegado la hora de recluirnos en nuestra madriguera y hacer literatura.

–¿Qué querés? –dijo Pancho–. Si es guita, no tengo.

–No –dijo Tomatis–. Ando medio corto de fondos. Necesito quinientos hasta pasado mañana. Pasado mañana te los reintegro. ¿Eh? ¿Qué te parece?

–Sí –dijo Pancho–. Pero no tengo.

–Vamos. No seas tacaño. No estoy tratando de explotarte. Realmente los necesito.

–Apenas tengo seiscientos y algo de pesos –dijo Pancho.

–¿De veras?

–De veras, sí –dijo Pancho.

–Bueno, lo siento mucho. Tendré que probar suerte en otro lado.

Pancho observaba la galería; su rostro aparecía grave y distante.

–¿Qué hacés esta noche? –dijo.

–Pensaba trabajar –dijo Tomatis.

–¿Qué te parece si comemos algo por ahí?

–Estoy seco –dijo Tomatis.

—Yo te invito —dijo Pancho.

—Bueno —dijo Tomatis—. Paso por tu casa. Hasta luego.

—Chau —dijo Pancho. Depositó suavemente el tubo en la horquilla y se dirigió a su habitación. Encendió la luz; la habitación había sido barrida y acomodada someramente durante la tarde. Se sacó el impermeble y se arrojó sobre la cama, de espaldas, con la luz encendida. Su rostro y sus movimientos revelaban desaliento y cansancio. Con los zapatos puestos se acomodó sobre la cama juntando las piernas y cubriéndose los ojos con el dorso de la mano. No permaneció mucho tiempo así. Se levantó, cruzó la habitación y apagó la luz volviendo a la cama. A través del vidrio desnudo de la banderola, una exangüe semipenumbra verdosa, rectangular y sin destellos, penetraba en la habitación. Pancho la contempló durante un momento y después volvió a cubrirse los ojos con el dorso de la mano. Entrecerró los ojos y su boca permaneció abierta, los dientes apretados, en un rictus de desagrado o sufrimiento, de falta de placer. El rectángulo de opaca luz verdosa fue borrándose hasta que la oscuridad se hizo completa. Cuando abrió los ojos nuevamente en medio de la oscuridad, Pancho sintió un leve temblor creciente en su rostro. Tal vez imaginaba la súbita paradoja de ese cuarto cerrado y oscuro en medio de una ciudad abierta e iluminada, poblada por la vida densa y apacible del crepúsculo, Pancho se encogió sobre la cama. Pero si salía a la calle, descubriría a la vez otra paradoja, exactamente el reverso de la primera: la ciudad iluminada y abierta era una leve luz frágil, fugaz, rodeada por la noche del mundo, por la incesante tiniebla. Podía pensarse (quizás Pancho lo pensaba; ahora se encogió más todavía, se comprimió por la cabeza y por los pies, como tratando de reducirse al núcleo de sí mismo) que la igualación de esos opuestos era la nada, que el resultado de esa operación era cero. Pancho se cubrió la cabeza con los brazos como si temiera recibir un golpe proveniente de la nada. La mano de Dios era un aspa loca: no pegaba para castigar, sino de un modo inevitable, indiferente y brutal: bastaba aproximarse a su órbita más de lo debido para recibir el golpe. En aquella oscuridad el cuerpo encogido de Pancho temblaba sin cesar de un modo creciente. Después se llevó las manos a la pelvis y pareció proteger o contener sus órganos genitales. Era exactamente una grieta, en aquello que los antiguos llamaban alma; y por la grieta comenzaba a ascender una lenta oscuridad que anegaba el alma entera. También por la grieta, ese tajo negro, todo el contenido del alma se vaciaba como el excremento por una cloaca. Así, hasta que la oscuridad era completa y uno se extraviaba. "Ay, ay", dijo Pancho, en aquella oscuridad completa. Asimismo cerró los ojos, la boca, los poros, tal vez los esfínteres. Así quedaba aislado, de modo tal que su propia oscuridad, cerrada, en la noche del cuarto cerrado, no recibía ya la vida apacible de la ciudad envuelta en el crepúsculo. Si resultaba insoportable (y Pancho ahora movía la cabeza apretándola más y más contra la almohada, hasta hacer un hueco húmedo sobre ella) y uno sentía que era necesario huir de la oscuridad, se encontraba de pronto fuera del mundo, en el vacío. No se hallaba punto de apoyo para hacer palanca, tomar impulso y regresar. Era un pozo en el océano (Pancho suspiraba y jadeaba ahora) un pozo en el océano debajo del nivel de la tierra. "Ah, ay", murmuró Pancho, y comenzó a lloriquear. "Aiaita, aiaita", dijo. Se sentó sobre la cama, lloriqueando.

Alzó la cabeza: había una diferencia de matiz entre la penumbra interior y la que se divisaba a través del rectángulo de la banderola. La del exterior era otra vez azulada, verdosa, una porción de cielo frío. Pancho giró su cuerpo y apoyó los codos en los muslos. "Ay, ay, aiaita", dijo. Dejó de lloriquear, y permaneció inmóvil y en silencio.

El timbre de la puerta de calle sonó dos veces, en el extremo de la galería, pero Pancho pareció no oírlo. Tampoco pareció oír la voz de Tomatis conversando con su madre en el living. Tampoco oyó el suave murmullo de sus suelas de goma, aproximándose a través de la galería, ni el picaporte de metal al girar, ni el leve chirrido de la puerta al abrirse. Ni siquiera se movió cuando Tomatis encendió la luz. Tomatis avanzó dos pasos y se detuvo, mirando a Pancho. Éste se hallaba sentado dándole ligeramente la espalda, el rostro vuelto hacia el ropero, como si estuviera contemplando absorto el afiche turístico adherido con chinches al mueble.

–Pancho –dijo Tomatis.

Pancho se volvió, mirándolo con un aire de distraída interrogación.

–Qué tal –dijo Tomatis. Era un muchacho de unos veintiséis años, bajo y macizo, con la espalda ligeramente abombada. Su gran cabeza, cubierta por un desordenado pelo oscuro, descansaba sobre un cuello corto y grueso. El rostro de Tomatis era áspero y dulce al mismo tiempo; sus grandes ojos cálidos se hallaban separados por una nariz ganchuda que caía a pique sobre una boca de labios gruesos e irónicos. Tenía las mejillas y las mandíbulas oscurecidas por una barba de dos días y llevaba puestos un pantalón gris y una remera de gruesa lana negra.

–Qué tal, Pancho –dijo.

–Mi cabeza puede estallar en cualquier momento –dijo Pancho, en un hilo de voz, carraspeando.

Tomatis sonrió.

–Sí –dijo–. Se te nota pálido.

La voz de Tomatis era grave, y hablaba con suma lentitud. Pancho se puso de pie, suspirando, y comenzó a arreglarse la ropa: el saco, la camisa, los pantalones.

–¿Pálido? –dijo–. Estoy hecho una ruina.

–Tenés muy poca consideración para con vos mismo –dijo Tomatis–. Por eso enloquece la gente. Aquí me tenés a mí: seco y solo. Sin embargo voy tirando.

–Tcht, salí –dijo Pancho, riendo, y volviéndose para arreglar la cama.

–De veras –dijo Tomatis; arrimó una silla cerca de la cama y se sentó mirando a Pancho con simpatía–. En serio, de veras, Pancho. No hay que exigir tanto de uno mismo, hay que ser humano en el sentido en que lo exige la mayoría,

Pancho se sentó en el borde de la cama, mirando a su alrededor en el suelo, como si buscara algo, pensativo.

–No jodas, Carlitos –dijo.

Tomatis se echó a reír, como aviniéndose a la reconvención de Pancho.

Quedaron los dos en silencio, en la habitación iluminada. Pancho, sentado sobre el borde de la cama, mirando el suelo, se acariciaba pensativamente la sombra verdosa de la barba que le cubría las mejillas.

Tomatis lo miró. Su mirada revelaba una simpatia piadosa, pero al mismo tiempo impotente. Los ojos de Tomatis eran profundos y oscuros, resguardados por la saliente de una alta frente llena de protuberancias, una frente que comenzaba a extenderse hacia la coronilla de la cabeza por debajo de un borbotón de pelo oscuro minado por dos entradas triangulares. Al revés de Pancho, la barba crecida afinaba las líneas de su rostro, absorbiendo ligeramente las mejillas. Tomatis miró el afiche turístico marplatense.

—Veranée en Mar del Plata —comentó, con tono sarcástico—. La gente va al mar a desintoxicarse, y vuelve cargada de sueños frustrados. No hay que salir nunca de la ciudad.

Pancho parecía no prestarle atención; se limitaba a acariciarse la dura barba verdosa, y a mirar el piso de mosaicos rojos y amarillos.

—Todas las cosas transcurren a través de cada cosa, no hay caso —dijo Tomatis.

—Tengo ginebra —dijo Pancho, alzando súbitamente la cabeza.

—Ah, bueno, espléndido —dijo Tomatis.

Pancho no se movió; volvió a mirar el suelo, con gran desaliento. Estaba realmente pálido y ojeroso.

—Esta ciudad es también parte del mundo —dijo Tomatis—. Si la borran del mapa, el mundo pierde algo.

Pancho se acarició el labio inferior con la yema de los dedos, y se puso súbitamente de pie.

—Bueno —dijo—. La ginebra.

Tomatis lo miró sonriendo, sin moverse, mientras Pancho se encaminaba hacia el ropero.

—Tu voluntad de no escuchar es extraordinaria, casi genial —rió.

Pancho abrió el ropero, la puerta chirrió. Había unos trajes y unos abrigos colgados.

—Hoy me pasó algo genial –dijo, agachándose para recoger una botella verde de ginebra del fondo del ropero. Se volvió hacia Tomatis con la botella en la mano, con alguna vivacidad reflejada en el rostro–. Me encamé con la prima de Dora, pero fue todo muy gracioso, porque ella asumió el papel de mujer violada. Yo estuve un poco agresivo, lo reconozco, pero no pensaba hacerlo. Ella se tiró en la cama y se puso a llorar, y cuando yo me acerqué para decirle que era una broma, ella mantuvo una actitud provocativa, y comenzó a decir que no se lo hiciera. No tuve más remedio que hacérselo, porque ella ya se consideraba hecha. ¿Por qué nos andaremos acostando tanto unos con otros? La gente no hace otra cosa, aparte de comer y evacuar, y procurarse unos pesos para tener en el bolsillo. Conozco a un cafiolo que se gasta en rameras la plata que le saca a la suya propia. Ésa es la parábola completa de tu mundo-totalidad. Hay quien piensa que los demás no son más que metáforas de esas dos o tres situaciones fundamentales.

—Venga la ginebra –dijo Tomatis. Se paró. Pancho le entregó la botella y se inclinó nuevamente hacia el fondo del ropero, incorporándose con dos vasos después de un momento; eran dos vasos altos, de grueso vidrio.

—¿Sola? –dijo Pancho.

—Sí, como venga –dijo Tomatis, descorchando la botella y sirviendo ginebra, hasta la mitad de cada vaso. Después dejó la botella en el suelo.

—Después le di un bife –dijo Pancho, tomando un trago–. Y a ella le gustó tanto como a mí. Qué cosas pretende recibir la gente viviendo, es algo que escapa a mi conocimiento.

Tomatis también se mandó un trago, y produjo un sonido exagerado con la boca, para demostrar placer.

—La hice volar como dos metros –dijo Pancho–. Chocó contra la pared y cayó sentada. No lloró ni nada. Y al minuto estaba fresca como una lechuga.

—Está muy bien esa piba –dijo Tomatis–. ¿Y Dora?

—Dora llegó más tarde –dijo Pancho–. Dora me ama hasta la enajenación; es incapaz de reflexionar. Puede sentir celos justos, y castigarse después por haberlos sentido, para evitar imperfecciones en el objeto de su adoración. El que ama siempre se castiga, siempre sufre, pero en el fondo, nunca queda sin su parte de ganancia. El que no ama, en cambio, está solo.

—Y toda esa literatura —dijo Tomatis—, ¿creés que sirve para vivir?

—Son reflexiones primarias, ya lo sé —dijo Pancho—. Pero vivimos en un mundo primario. Me hablan de progreso, pero sé bien que cualquiera de nuestros ingenieros modernos es un salvaje al lado del hombre que fue capaz de conservar el fuego. El aire acondicionado prueba que hasta el simple hecho de respirar ha penetrado en la esfera del lujo. En un mundo así, hay que tratar de no estar solo. Y el que logra no estarlo pasa por la vida como una hormiga o como un perro, ya lo sé, pero por lo menos se salva de la locura o de la desesperación.

—Es difícil, es terrible, ya lo sé —dijo Tomatis.

—¿Hace frío afuera? —dijo Pancho volviendo a beber y yendo hacia la puerta.

—Está fresco —dijo Tomatis, mirándolo desplazarse. Tomatis también bebió y, levantándose de su silla, fue a sentarse en la cama apoyando la espalda contra la pared y contemplando el cielorraso con aire pensativo. Pancho abrió la puerta y miró hacia el exterior, la noche fría y el cielo. Volvió a cerrarla y regresó, el vaso en las manos, alto y encorvado.

—Está fresco, sí —dijo, sentándose en la silla que había estado ocupando Tomatis.

—Creo que debemos sentir compasión unos por otros —dijo Tomatis, mirando con expresión aburrida el cielorraso.

Pancho no lo escuchó; pensaba en otra cosa.

—Mi fin se acerca —dijo.

Tomatis dejó de mirar el cielorraso y miró a Pancho.

—No, hombre —dijo—. Dejate de joder; no digas esas cosas.

Pancho lo atendía ahora pero no lo miraba. Miraba el piso: los limpios y pulidos mosaicos rojos y amarillos.

—Me extraña, Carlitos —dijo—, que me salgas con esas tonterías. Vos lo sabés mejor que yo. No existe ninguna razón objetiva para que yo me sienta bien.

—Ya sé —dijo Tomatis—. Pero no es nada divertido decirte lo contrario. Además, yo, personalmente, preferiría que te pusieras mejor.

—Mi vida interior es demasiado inestable —dijo Pancho—. Me siento muy débil, muy débil.

Tomatis se rió.

—¿No será anemia? —dijo.

—Anomia —corrigió irónicamente Pancho—. Es bárbaro, ¿no? Esos tipos no saben nada de nosotros.

—No —dijo Tomatis, con aire pensativo—. No saben nada.

Otra vez quedaron en silencio, inmóviles bajo aquella luz sucia, en el interior de aquel cuarto cerrado.

—Creo que cada cual sabe bien hasta dónde es capaz de soportar esto —dijo Tomatis—. En ese punto no hay nada que hacer. Siento un deseo profundo de que estés bien, de hacerte saber que entre todos nosotros nos necesitamos como el aire que se respira. Y al mismo tiempo sé que es imposible hacer nada.

—Qué buena fue nuestra vida pasada, ¿no Carlitos?

Tomatis sonrió con expresión de alegre y reprobatorio escepticismo, y alzando el vaso bebió un trago y después apretó el vaso contra su cara.

—Eso también es locura, Pancho. Por un momento, vaya y pase. Pero como motivo de tortura permanente, es inaceptable.

Pancho sacudió la cabeza.

—También es primario esto, ya lo sé. Pero uno busca siempre disparar para algún lado.

Tomatis cerró un ojo y miró a Pancho a través del vidrio de su vaso.

—El futuro es una buena meta, también, por qué no.

Pancho sonrió, carraspeó.

—El único futuro indudable es la muerte.

—Entre el presente y la muerte hay muchas horas que pueden ser cargadas de sentido —dijo Tomatis—. El hecho mismo de vivir tiene un sentido; el sentido de no estar muerto. Es algo muy importante y singular. Es el primero de los problemas fundamentales.

—Estoy cansado de oír eso –dijo Pancho–. Es muy viejo.

—Ya lo lé –dijo Tomatis–. Es una de las pocas cosas viejas que sirven todavía; más: es la que nos ha permitido llegar al punto en que estamos.

Bebieron en silencio otra vez, y Tomatis se incorporó, recogió la botella, y echó ginebra en los dos vasos. Después dejó la botella y miró a su alrededor, como si buscara algo.

—Hay que vivir mientras se pueda –dijo–. A propósito: ¿hay algún comestible en esta casa que nos dé un poco de calorías como para vivir mientras podamos?

Sus ojos sonreían.

Pancho se levantó.

—Con el tiempo que ocupás en comer no le queda mucho margen a tu desesperación, eh –dijo sonriendo.

—Una manera sana de canalizar mi oralidad, según el doctor Freud. Lo que pasa es que tengo hambre. Hace desde el mediodía que no pruebo bocado. Unas tostaditas, o algo así. O unos grisines. Ya está: unos grisines, manteca, y unas rodajitas de tomate. Y con un poquito de sal, listo el pollo.

Fueron a la cocina llevando la botella de ginebra y los vasos. Tomatis sacó hielo por su cuenta y lo echó en los vasos, mientras Pancho cortaba tomate en rodajas, en un platito que depositó sobre la carpeta de plástico floreado. Tomatis comenzó a devorar dando muestras de gran satisfacción. Partía un grisín por la mitad, le untaba manteca y después colocaba cuidadosamente, en posición precaria, una rodaja de tomate sobre la manteca; después se mandaba todo de un solo bocado, produciendo un gran ruido al masticar. Al mismo tiempo sacudía su vaso para que la ginebra se enfriara más rápidamente. Pancho comía a la par de Tomatis, pero con menos ostentación. Parecía apocado por el entusiasmo del otro.

—Estoy solo y sin embargo trabajo –dijo Tomatis–. Mi novela avanza. En este país escribir una buena novela es algo serio.

—Es casi un acto gratuito –dijo Pancho, sin prestarle atención.

Mientras comía, Tomatis habló con ardiente convicción, y a pesar de que lo hacía casi a los gritos, como para sí mismo, acerca de las novelas que no debían escribirse. "La verdad es que no sé bien qué clase de novela es la que se debe escribir. Eso en realidad nunca se sabe bien hasta que la escribís y vienen los demás y te dicen lo que has hecho. Pero por lo menos ya voy descartando unas cuantas que no debo escribir." Pancho mordisqueaba distraídamente un grisín seco, y lo miraba con aire aburrido. "¿Ah sí? ¿Cuáles?" Tomatis lo miró satisfecho de que Pancho se lo preguntara, descartando orondamente el tono excesivamente formal con que Pancho le hizo la pregunta. "Primero y principal", dijo, "las que empiezan con la frase: 'Fulano de Tal se despertó sobresaltado'. De esas novelas hay que disparar como de la peste. Tratan de exponer tortuosidades psicológicas que nunca ocurren en la realidad. No revisten mucho peligro que digamos, porque son casi siempre ediciones de autor, y no se venden nunca. Después están esos cuentos criollos, que aparecen todos los domingos en *La Prensa*. El argumento siempre es el mismo: un viejito que se llama don Luna, o don Servando Sosa, o don Aparicio Galván que está sentado mateando junto a un fueguito, en la puerta del rancho. Hace siempre lo mismo: 'boyerea' recuerdos, o 'piala' esperanzas, o cualquier otra cosa por el estilo, en un campo platónico; es un gaucho platónico que 'boyerea' recuerdos fijos e inamovibles y 'piala' esperanzas fijas e inamovibles en un cachito reservado a lo argentino en el mundo de las ideas." En ese punto Tomatis trató de llevarse a la boca, cuidadosamente, un trocito de grisín enmantecado con su correspondiente rodaja precaria de tomate: "Importante para vos, profesor de literatura argentina", dijo, cabeceando hacia Pancho. "No hay que olvidar que nuestra plaga son los subgéneros, los infradotados de la literatura: relatos, retratos, aforismos, evocaciones. Genial esta combinación de tomate y manteca, y algo crocante y salado. ¿Es que tenemos subescritores? ¿Es que vivimos en un subpaís? Es posible. Al diablo. No, en serio, de veras, Pancho. Esos cuentitos de *La Prensa* todavía están en la categoría de los subgéneros, y no son muy peligrosos tampoco porque nuestros nuevos escritores los detestan y algo hemos evolucionado. Además, ningún individuo medianamente inteligente cree de verdad que en *La Prensa* haya algo digno de leerse o de ser aprendido. Pero hay que tenerlos muy en cuenta porque esos cuentos criollos son los causantes directos de otro de nuestros graves males literarios: el machismo verbal, expresado a través de imágenes rudas y fuertes platos grandguiñolescos que no deben tener cabida en la mesa de la novela moderna. Qué estilo, eh. Andá anotando. Por ejemplo: aquella terrible escena le 'desangró' la mirada. O 'golpeó' con su risa el corazón ya 'rajado' de Fulano. O cualquier otra cosa por el estilo. El lenguaje de la novela tiene que tener la naturalidad de la vida; y en último caso, si algo tiene la obligación de ser fuerte en una novela (y no creo que sea imprescindible tal cosa) no tienen que ser las palabras sino los hechos. Hay una tendencia bastante pronunciada en nuestro país a adoptar la actitud del escritor vigoroso. ¿Cosa terrible, no? Me revienta. Bueno, pero dejémoslo de lado; en realidad nada de eso ya es peligroso para mí, porque son las últimas tierritas literarias que estoy barriendo hacia el tarro de basura." Pancho lo miró: Tomatis se hallaba del otro lado de la mesa, de espaldas a la puerta entornada que daba a la galería, su gran cabeza moviéndose incansable contra la penumbra exterior, hablando a viva voz para sí mismo; tomó un largo trago de ginebra fría justo cuando Tomatis hacía lo mismo. "No sé por qué hacés tanta alharaca, si la verdad es que carecemos de literatura." Tomatis giró rápidamente la cabeza; dejó el vaso de golpe sobre la carpeta llena de manchas de grasa, semillas de tomate y migas de grisín, y extendiendo el dedo acusador hacia Pancho gritó: "No. ¡No es que no tengamos una literatura! Tenemos exactamente la literatura que nos corresponde. No la que merecemos, sino la que nos corresponde". Inmediatamente se serenó, también consigo mismo (y había estado gritando de igual manera para sí mismo) bajó los ojos, y comenzó a recoger migas con la yema de los dedos, llevándoselas a la boca. Dijo: "Ya veremos. Dame ginebra". Pancho obedeció, con gestos tranquilos, y echó ginebra en los dos vasos, y un cubito de hielo en cada uno. Cuando terminó de efectuar su breve tarea, dejó la botella sobre la mesa, tomó su vaso, y, apoyándose con aire displicente en el respaldar de la silla, alzó la vista en dirección a Tomatis. Éste parecía más tranquilo ahora; sus movimientos eran más lentos, y su mirada más inteligente y plácida. Sonreía de un modo irónico y melancólico y miraba a Pancho fijamente: "Otra clase de novela que no se debe escribir nunca –dijo, en un tono que parecía querer parodiar una salmodia– es esa novela que reúne a una serie de personajes típicos (el cobarde, el indiferente, el abnegado, etc.) en una situación excepcional (apresados en el sótano de un edificio después de un incendio, en un avión en peligro, en un barco de pasajeros que atraviesa el mar, en un hotel de lujo, y hasta en un cohete espacial que se dirige a un planeta desconocido). Es tan convencional y previsible que en las librerías podrían vender por separado las diferentes partes para que uno la arme en casa, combinándolas de diferentes maneras para lograr diferentes desenlaces. De esas novelas abundan, ¿viste? Tampoco hay que escribir novelas con 'ribetes' policiales, como dicen los críticos. Estos críticos. La erran casi siempre los pobres. Te imaginás que para escribir una novela policial hay que deformar el curso de la realidad por adelantado, y eso nunca puede dar como resultado el ritmo de la vida. Hay un narcisismo evidente en la novela de misterio, pero el narcisismo de una cualidad de la que carece, que es la inteligencia. Reconozco que uno siempre está tentado de escribir una; pero creo que esa tentación es una fantasía de irresponsabilidad, no por lo que generalmente saben tener de escapistas estas novelas, sino porque uno se siente atraído por la actitud de aceptación de fondo de la vida, y de ignorancia de la tragedia esencial de vivir, que presupone el hecho de escribirla". Tomó ginebra; un trago largo: Pancho lo observaba con una sonrisa. "¿Y la cena?", dijo Pancho. "Sí, hombre, sí, ya vamos", dijo Tomatis. Pancho miró su reloj pulsera. "Son las diez y media pasadas", dijo. "Claro", dijo Tomatis; con el vaso en la mano, mirando melancólicamente el vacío, no hacía más que mover la mandíbula inferior, con los ojos fijos en el vacío: "Tampoco hay que escribir novelas en forma de diario y memorias –dijo con voz remota y en súbito y atenuado falsete– son subgéneros, invertebrados. Hay que organizar… una estructura… que equivalga… a la estructura… de la vida". Sacudió la cabeza como para salir de su ensueño, pestañeó varias veces, carraspeó para retomar su voz natural, y se volvió hacia Pancho, sonriendo, con la vivacidad habitual completamente recobrada. "Uno no sabe bien qué novela es la que se debe escribir. Para eso hay que llamarse Miguel de Cervantes, o León Tolstoy o Thomas Mann. ¿No te aburro? Sí te aburro. Bueno, no importa. Yo también estoy solo, y tengo que hablar con alguno de vez en cuando. Si no, uno estalla. A veces la cabeza me da muchas vueltas a mí también, muchas vueltas. Es natural, porque vivimos. A los muertos no les pasa eso. Si no hubiera gente viva como nosotros, los canallas serían dueños exclusivos de todo. No habría más que canallas, y el mundo sería canallesco por definición. Pero si vive gente como nosotros, hay oposición por lo menos, y forzosamente, tarde o temprano, tiene que haber síntesis. Y no, no es esperanza. No es esperanza. Es otra cosa. No sé qué es. Es algo." Volvió a quedar en silencio mirando el vaso que sostenía inclinado, como si el mínimo peso del vaso venciera su energía. Así, pensativamente, se puso de pie, con el vaso en la mano. Oscilaba ligeramente. "Tengo hambre", dijo, olvidando inmediatamente que lo había dicho. Y después, enseguida. "Tampoco hay que escribir esas novelas gritonas, declamatorias, que son desaliñadas y desmañadas deliberadamente. También el desaliño puede ser simulado por pura retórica. Con eso se pretende inflacionar el valor del contenido, y darle mayor peso moral, porque se supone que la gran adhesión del autor a un contenido le impide conservar la serenidad necesaria como para pulir la forma. Son los que 'vomitan' sus obras porque les 'pesan' en la mente como una 'obsesión'. Nadie me puede trabajar a mí, ¿viste Pancho?" Y después, enseguida, volviéndose a él: "Che, Pancho, no seas desgraciado. Mangale una fragata a tu vieja como hiciste la vez pasada y prestámela. El lunes te la devuelvo. Ando seco, y me pongo hecho una ruina cuando no tengo un mango. Total, no te cuesta nada. ¿Vos aportás mensualmente, no? Haceme la gauchada. Ya sé que tengo fama de manguero. No me importa nada. A veces estoy solo en mi casa, trabajando, a la madrugada, y me entran unas ganas tremendas de salir por ahí a tomar algo; un whiskycito a la madrugada, en octubre, con un poco de agua fría, me pone los nervios como nuevos. Sin falta el lunes, palabra de honor. Me siento como nuevo con unos pesos en el bolsillo. Esta semana fui a probar suerte al Jockey Club. Me fue como la mona. Me revientan todos esos engominados que se la pasan ahí adentro, pero donde sé que hay una mesa de punto y banca, de vez en cuando, ahí voy. Perdí tres mil esta semana; me quedé seco. Yo también siento que me voy debilitando interiormente, cada vez más. Es una edad difícil ésta; es una edad en la que hay que definirse, y eso cuesta mucho. Pero de vez en cuando me doy una buena inyección de desenfreno y, bueno, ya tengo para tirar un tiempo más. Así vivimos, qué le vamos a hacer. ¿Y, qué decís? ¿Eh, Pancho? Total, tu vieja te los facilita. Los viejos acumulan sin sentido; la guita que guardan me hace acordar del alimento que los antiguos enterraban con los muertos. Ya sé que todo esto es muy irracional, ya lo sé. Si me preguntás para qué los quiero, ni yo mismo podría responderlo, pero me siento otro cuando los tengo en el bolsillo. Andá, no seas tacaño; puede ser la última buena acción que hacés en tu vida; mañana podés tirarte desde el puente colgante con una piedra bien grandota atada al cuello. Y lo bien que harías. Qué diablos, lo bien que harías. Hemos perdido toda nuestra inocencia, y todo nuestro amor también. Si seguimos en la brecha es porque somos duros de pelar, porque no pensamos darles el gusto a 'ellos'. ¿Eh, Pancho? Mil mangos y después nos vamos a cenar por ahí, y yo invito. Le podemos hablar a Horacio por teléfono. Las noches que habré estado leyendo a la madrugada, sin un mango para comprar un mísero paquete de 'Saratoga'. Si habré tenido ganas de cerrar el libro, y darme una vueltita por el cabaret para ver si me levantaba una de esas rubias gorditas, que bailan el mambo. Con guita uno hace lo que quiere, hay que reconocerlo. Me fue mal, qué le vamos a hacer. No me digás que no. Si total no te cuesta nada. Tu vieja te los facilita, estoy seguro; a lo mejor vos mismo tenés algún mil olvidado por ahí, en algún armario. Aun cuando no te los devuelva; ya está. Pongamos que no te los devuelvo. ¿Y? ¿Qué pasa? ¿Qué son mil mangos? ¿Acaso no hemos gastado mucho más de mil mangos, más de una vez, los dos juntos, con los demás muchachos? A veces no te los devuelvo, lo reconozco. No quiero justificarme. El dinero es algo vil, muy vil. Es un vil metal, dicen. Podemos irnos al cabaret, incluso. Con esos mil y tus seiscientos podemos levantar dos regias pibas; nos vamos a pasar la noche al motel de Giménez y después nos venimos a desayunar los cuatro a la ciudad, las largamos por ahí y nos tomamos dos brutos cafés con leche con unas medialunas calentitas. ¿Eh, Pancho? Andá, mangáselos. De todas maneras, si te los niega, estamos en las mismas de antes, pero si te los da somos un par de bacanes. El whisky no es intrínsecamente malo, al contrario, es muy bueno, suave y digestivo. Lo que pasa es que está todo en poder de la clase explotadora. Todo el mundo tiene derecho a tomar, si lo desea, un vaso de Johnny Walker con hielo y unas lonjas de queso fuerte antes de la comida. En todo hombre hay dos tendencias que luchan siempre por dominar. Y a veces, si lo verdaderamente bueno no puede vencer de un modo absoluto, debe hacer concesiones para dominar lo malo que pugna por sobreponerse. Pasa como con esos morfinómanos a los que les dan drogas para facilitar el tratamiento de curación. Bueno, yo me siento así a veces. Quiero ser un asceta, un artista, aislarme del estercolero, pero necesito de vez en cuando una buena dosis de irracionalidad para seguir adelante. A veces temo que esto vaya en aumento. Pero sé que depende de la fuerza de mi razón. Al diablo, ni sé por qué hablo estas cosas. Qué argumentación por mil mangos, eh. Ni Protágoras, eh. Quedo en tus manos, viejo. Es cosa tuya, yo no te obligo. Dale, mangáselos. Andá, no seas desgraciado". Tomó un largo trago, hasta vaciar el vaso, y volvió a sentarse. Pancho lo miraba. "A ver", dijo Pancho. "Ya vengo." Se levantó y salió dejando a Tomatis en el momento en que inclinaba nuevamente la botella de ginebra sobre el vaso.

Al atravesar la galería, el aire fresco de la noche le dio en pleno rostro. Pasó al cuarto de baño, encendió la luz y orinó largamente en el inodoro; después se detuvo ante el espejo del botiquín contemplándose un momento el rostro ligeramente hinchado, cubierto por la barba cada vez más oscura, los ojitos enrojecidos y algo saltones. Con los dedos se tocó las líneas rojizas dejadas en sus mejillas por las uñas de Beba. Se acomodó con rapidez y sin eficacia la ropa, y después se lavó la cara y se peinó; paradójicamente, el somero aseo acentuó aún más la impresión de abandono que producía su persona. Apagó la luz del baño y se dirigió a su cuarto, en el que habían dejado la luz encendida. En el interior flotaba una atmósfera pesada, mezcla de humedad, encierro y humo de cigarrillo. Pancho se encaminó hacia el escritorio, abrió un cajón, y debajo de unos papeles rebuscó y sacó una cajita de té Sol, abriéndola enseguida. En el interior de la cajita de lata había varios billetes de mil, de quinientos, y de cien pesos. Sacó uno de mil que se guardó en el bolsillo, y después otro más que dejó el escritorio.

Guardó la cajita en el lugar de donde la había sacado, cerró el cajón, y después de recoger el billete de mil de sobre el escritorio, salió de la habitación apagando la luz.

Al penetrar en la cocina encontró a Tomatis mirando el interior de la heladera, como si estuviese efectuando un inventario de su contenido.

–Bueno –dijo Pancho–. Tomá.

Tomatis se volvió hacia él con aire tranquilo, sosegado, y cerró la puerta de la heladera.

–Me entraron unas ganas terribles de comer mayonesa fría, bien fría –dijo. Miró los mil pesos que Pancho le extendía; no hizo ningún gesto. Los agarró y se los guardó en el bolsillo del pantalón–. Gracias –dijo.

–Bueno –dijo Pancho–. Vámonos.

–¿Dónde vamos?

–Qué sé yo. A cualquier parte –dijo Pancho.

Tomatis se encogió de hombros, fue hasta la mesa, oscilando ligeramente, y vació de un trago el contenido de su vaso.

Después salieron. Caminaron hacia el centro bajo un cielo claro, otoñal, límpido y frío. La noche, lo negro, comenzaba más abajo de la tensa cúpula cargada de estrellas frías y doradas. Una amarilla luna dura, tensa en el cielo tenso, perforaba la, sombra de los árboles. Algunos de ellos súbita y completamente desnudos, someros y raquíticos, cubiertos por la luz lunar como por una capa erocante de cal viva, parecían esos solitarios árboles de utilería que complementan escuetamente la escenografía de un ballet. El aire era frío y tranquilo, fácil de respirar.

—El problema es —dijo Tomatis—: la santidad laica, ¿es una salida individual o colectiva? Individual es de hecho, es algo personal, pero como paso más elevado de evolución afecta de un modo general a la esencia humana.

Pancho hizo una mueca de fastidio.

—Tchtt —dijo—. No empieces a joder ahora con eso.

Tomatis pareció no oírlo siquiera. Doblaron por San Martín y caminaron lentamente hacia el sur.

—Es un problema de fondo para nosotros —dijo Tomatis.

Sus cuerpos arrojaban una sombra tenue, cambiante. Hacia el centro, la calle aparecía intensamente iluminada por letreros luminosos y focos de alumbrado; parecía adornada por una cúpula festiva, de todos colores, el ancho corredor de un desfile de carnaval después que todo el mundo se ha ido a dormir y no quedan más que el silencio, y unos lentos automóviles, y unos pocos peatones retrasados caminando sin apuro por las veredas.

—Estoy cansado de oír tu lata filosófica —dijo Pancho.

Tomatis lo miró.

—No estarías así ahora si de vez en cuando te interesaras por algo al margen de vos mismo —dijo, con tono indiferente y tranquilo.

Pancho se detuvo, de golpe, y se quedó mirándolo. Tomatis continuó dos pasos, se detuvo, y se volvió mirando a su vez a Pancho. Pancho alzó la mano y la agitó hacia Tomatis.

—Mirá, charlatán de m… —dijo.

Tomatis juntó los dedos por las yemas y los agitó hacia Pancho.

—Vamos, viejo —dijo—. Tanto escándalo por mil mangos. Si hacés tanto lío te los devuelvo. Yo no me llamo mil mangos. ¿O te sentís explotado ahora?

Pancho hizo un gesto por el que se advertía que estaba reprimiendo la furia; su rostro se hinchó, congestionándose y poniéndose rojo.

—Neurótico de mierda —dijo.

Tomatis se aproximó un paso y usó de pronto un tono sensato. Estiró la mano hacia Pancho, en una actitud pacificadora.

—Vamos, Pancho —dijo—. Andá al diablo. ¿Qué pasa? Salimos a divertirnos me parece.

—Tchtt —dijo otra vez Pancho, sacudiendo enojosamente los hombros y comenzando a caminar.

Caminaron una cuadra uno junto al otro, con pasos lentos y tranquilos, bajo la techumbre luminosa, sin dirigirse la palabra. Después Pancho se pasó la mano por la nuca, sacudiendo hacia atrás la cabeza y

—Qué se yo —dijo—. Estoy un poco nervioso últimamente. Esta mañana le hice un escándalo de primera a un pibe en el examen, porque quería hablar de Lugones.

Tomatis se echó a reír.

—Bien hecho —dijo.

—No —dijo Pancho—. Prescindiendo del viejo. Los pibes repiten como loros lo que uno les enseña.

—Yo también reconozco que de vez en cuando me pongo un poco pesado —dijo Tomatis—. Vos sos un gran tipo, Pancho, siempre te lo he dicho.

Pancho se encogió un poco, se pasó el dedo por la nariz.

—No, dejate de macanas. No, vamos. No, qué embromar… —dijo.

—De veras, Pancho. No te adulo —dijo Tomatis con vehemencia—. Tampoco son cosas de borracho.

Pancho caminaba encorvado, mirando el suelo. Hablaba a Tomatis sin dirigirle la vista.

—Ya sé, hombre. Por media botellita de ginebra nadie trastorna su vida.

—Es que uno cambia, es inútil —dijo Tomatis. Hizo silencio, de golpe—. Es espantoso —dijo—. No hacemos más que hablar de nosotros mismos.

–Y–dijo Pancho–. Si no nos ocupamos nosotros, quién se
a ocupar.

–¿Será moral una actitud semejante? –dijo Tomatis.

–Qué sabe uno lo que es moral. La única moral válida en
este país es intentar sobrevivir.

–Es cierto –dijo Tomatis–. Pero yo he llegado a la conclusión de que sobrevivir al santo botón es algo malo, muy malo.

Pancho estaba ya pensando en otra cosa.

–Che, Tomatis –dijo–. ¿Y si nos vamos al prostíbulo de la
calle Garay?

–¿A un prostíbulo? ¿Para qué?

Pancho se hurgaba la nariz en ese momento.

–Y, no sé –dijo–. Yo decía. Se me ocurrió nomás. ¿No será algo neurótico?

–Capaz –dijo Tomatis.

–Además tengo hambre –dijo Pancho.

–Yo también –dijo Tomatis, y se dio dos golpecitos en el
vientre–. Hambre de mayonesa –dijo.

Comieron en un restaurante del centro, semidesierto por
la hora, un viejo salón refaccionado recientemente, con las viejas paredes pintadas de gris, botellas de vino caro alineadas en
altas repisas, entre tarros de frutas al natural y pescados en
conserva, y un panel antiguo y bajo de madera oscura, separando el bar del comedor. En las paredes había también cuadros conteniendo grupos de pequeñas fotografías que mostra-
ban sectores del hipódromo, jockeys, y caballos de carrera. De
vez en cuando la puerta de calle se abría y penetraba un nuevo cliente al local, un grupo de clientes, una pareja, que iba a
comenzar un discreto diálogo en voz baja en cualquiera de las
mesas próximas a los rincones. Se mandaron dos botellas de
vino tinto, del bueno, durante la cena, que para Pancho con-
sistió en un simple bife de lomo jugoso, vuelta y vuelta, y para Tomatis en un primero, un segundo y por fin un tercer plato de lengua de vaca fría con un montoncito de mayonesa que
venía asentado sobre una hoja de fresca lechuga. En el tiempo
que duró la comida hablaron poco, casi nada, ya que Pancho,
que cortaba con lentitud y sumo cuidado su bife de lomo, ob-

servando minuciosamente cada trocito de carne antes de comerlo, inclinado sobre su plato, al alzar de vez en cuando la cabeza hacia Tomatis, comprobaba cómo éste, al parecer separado del mundo por un estado propio de provisoria enajenación, mantenía una especie de batalla incesante con sus rodajas de lengua de vaca y sus montoncitos de mayonesa, una batalla que pudo considerarse concluida cuando, con un trocito de pan que fregó repetidas veces con tenacidad y pericia, Tomatis dejó limpia, brillante y pulida la superficie del plato. Durante la comida se limitó a exclamar, de vez en cuando, "Mmn", o bien "Genial", o "De locura", cabeceando hacia su propio plato. Parecía al mismo tiempo frenético e incrédulo. Parecía querer acabar con todo, aprovechar todo, antes de que la magia desapareciera. Y cuando el último de los platos quedó limpio y brillante, como si acabara de ser lavado y secado, Tomatis se apoyó plácidamente sobre el respaldo de la silla, y entrecruzó los dedos sobre el abdomen, adoptando un aire tranquilo. Sin embargo, en el silencio de la sobremesa su rostro cambió, se hinchó ligeramente bajo la barba oscura, y sus ojos, enrojecidos por la trasnochada y el alcohol, asumieron una expresión excitada e incierta. Cuando la segunda botella de vino se vació por fin, Tomatis pidió su café y su dichoso whisky; Pancho tomó café solamente.

—¿Por qué me diste los mil pesos? —dijo después Tomatis, soplando su café para que se enfriara—. ¿Por lástima? ¿Te convencí? —bebió un sorbito y dejó el pocillo humeante sobre el plato, en la mesa—. Cuesta largar la guita. Ya sé que cuesta. Si lo sabré yo. A mí nadie me tira la manga; no doy un peso. Lo que tengo me lo gasto solito, en lo que se me da la gana. Nos la tiramos de santos; ya lo sé. Son macanas; somos como todos: bosta pura. Cacareamos humanismo y literatura. Cháchara inmoral. Todo, todo. Puras macanas. La cuestión es que te saqué los mil mangos. Eso se llama talento: mil mangos a un chiflado como vos, que vive porque el aire es gratis —se golpeó fuertemente el pecho con la palma de su hermosa mano gris, larga y huesuda—. Como que me llamo Carlos Tomatis —dijo—. Es extraño. Carlos —repitió—. Ahora les ponen Patricio, Marcelo, para imitar a los yankis, a los franceses, que sé yo. O ciertos nombres de viejos, qué sé yo. Compran lámparas antiguas, para huir del presente. Un rinconcito antiguo, cálido, fuera del mundo, eso es lo que buscan. Estoy harto de todo eso; estoy hasta la coronilla. Me haría homicida, maricón, con tal de no caer en esa cloaca. Pero es inútil, viejo. Homicida o maricón, siempre está en el mismo mundo podrido uno.

Hizo silencio, dejando caer la cabeza y apretando el mentón contra el pecho. Pancho lo miraba. Tomatis reflexionó al parecer hondamente, tomó el resto del café, y encendió un cigarrillo.

–¿Y vos? –dijo–. ¿Vos por qué no te suicidás? El suicidio es un acto moral; eso sí. Por lo menos uno no anda exhibiendo por la calle esta cara espantosa. Si uno se mira con atención en el espejo no le queda otro camino, no. Qué me van a decir a mí. ¿A mí? ¿A esta altura? Vamos, viejo, por favor –hizo una pausa–. Ay, Pancho –dijo–. Estoy para el diablo esta noche. De vez en cuando lo necesito. O hago una barbaridad o no puedo soportarlo. Necesito estas cosas como el aire que respiro. Ya sé que es difícil, ya lo sé, pero uno se va gastando con los años, se va debilitando. Sabe que no hay esfuerzo racional que tarde o temprano no sea vencido por la soledad o por la muerte. Es que en cada hombre hay dos tendencias que pugnan por dominar, y a veces estoy echado en la cama, bocarriba, mirando el techo, y veo mis piernas peludas, y cómo sube y baja mi caja toráxica, y me miro los huesos de las manos y empiezo a sentir un extrañamiento; ya ni sé lo que soy en esos momentos. Sé que no soy nada; al diablo con la cultura, y con los demás, y con el mundo en esos momentos. Me dan ganas de manotear una pistola y salir a matar, para probar que estoy vivo. Con los años, cuesta cada vez más permanecer firme en la brecha, muy pocos lo consiguen. Perdoná que te haya insultado, Panchito; necesito hacerlo porque si no reviento. Mañana espero estar espléndidamente bien. Ya me conocés. Ya sabés que todos los muchachos me quieren de corazón, que soy capaz de comprender muchas cosas. Pero es difícil soportar todo esto con claridad sin caer en el pozo negro de vez en cuando. Es hasta saludable, justo, si se quiere.

Quedó en silencio, volviendo a apretar el mentón contra el pecho, entrecerrando los ojos; después estiró mecánicamente, sin mirar, la mano hacia el vaso de whisky, y bebió un largo trago. Pancho continuaba mirándolo.

—Uno de estos días podemos hacernos un viajecito a Rosario —dijo Pancho—. Nos quedamos dos o tres noches, y después volvemos. ¿Te acordás de aquella mañana que estuvimos tomando vermuth con queso y pickles en aquel almacén y que charlamos como hasta las dos de la tarde?

Tomatis emitió una risita breve y seca; ni siquiera miró a Pancho.

—Es increíble. Vos dando ánimos a otro —dijo.

Pancho sonrió y se encogió tímidamente de hombros, poniéndose rojo.

—Y, la verdad… —dijo.

Llamó al mozo y pagó la cuenta. Tomatis ni siquiera advirtió la operación. Se hallaba despatarrado sobre la silla, con la cabeza gacha que de vez en cuando sacudía arrugando la frente, como queriendo decir: "Así es, no hay nada que hacerle". Después comenzó a cabecear de vez en cuando, al parecer de sueño. Mientras Tomatis dormitaba Pancho se entretuvo paseando su mirada distraída por el local, topándose de vez en cuando con la mirada furtiva y perpleja de algún cliente que los observaba. Por fin se puso de pie, rodeó la mesa con pasos lentos, y parándose junto a Tomatis le dio dos golpes suaves en el hombro, con la palma de la mano. Tomatis abrió los ojos. Lo miró.

—¿Vamos? —dijo, sonriendo con abandono y dulzura.

—Sí, vamos —dijo Pancho—. Son las dos y media.

Tomatis se incorporó pesadamente, con los ojos enrojecidos y pesados.

—Siempre andan despertándolo a uno —protestó—. Nunca lo dejan en paz.

—Vamos, vamos, mariconazo —dijo Pancho riendo.

Tomatis, de pie junto a la silla, oscilaba de un modo imperceptible, encogido y aterido, acomodándose torpemente el suéter negro.

—Derecho al sobre ahora —murmuró. Se adelantó hacia la puerta y Pancho lo siguió.

En la esquina misma, Tomatis se detuvo.

—Bueno, viejo —dijo, sin mirar a Pancho, contemplando más bien, con aire fatigado, la hilera de luces que se extendía hacia el fondo de la calle sin árboles, desierta en la fría noche clara.

—Bueno —dijo Pancho—. Está bien, hasta mañana.

Tomatis ni siquiera le contestó. Pancho le volvió la espalda y comenzó a caminar en dirección a su casa. Podía oír, detrás suyo, cómo Tomatis se alejaba de la esquina silbando un aire de Bach. Pancho sintió frío, así que se abrochó el saco y se alzó el cuello y las solapas. Atravesó con paso lento la ciudad hacia su casa. Las calles desiertas recibían su cuerpo fatigado y quedaban atrás, inmutables, como siempre, las mismas fachadas viejas y oscuras, la misma piedra irrefutable, el mismo asfalto sobre el que la luz producía un brillo atenuado, unos sucios reflejos. Era la misma ciudad de diez años atrás, él lo sabía: los pequeños, graduales cambios en las fachadas, en las hileras de casas a lo largo de las veredas ahora desiertas, no hacían más que probar de un modo sutil su identidad y su permanencia; la misma de diez, quince, hasta veintinueve años atrás; y a partir de esa fecha, el instante de su nacimiento, azar o lo que fuere, contando para atrás, la ciudad también permanecía, objetiva e inmutable, un todo dado al que el azar se había incorporado sumisamente, para conformarlo, aun mínimamente, por toda la eternidad. Eso Pancho lo sabía. Cruzó de una vereda a la otra, hacia el norte, y su sombra, que lo precedía, pasó detrás, estirándose largamente. Caminaba encogido, encorvado, las manos metidas en los bolsillos del pantalón, la cabeza gacha, mirando el suelo. Pero se diría que un todo gradual, a partir de la nada, y *dado* estaba mal dicho: *dándose*, ésa era la palabra. La totalidad era el espectáculo de Dios, pero Dios no existía. Dios no existía, así que Pancho dobló la esquina, siempre hacia el norte. La calle ahora era más ancha, menos céntrica. A lo lejos se curvaba ligeramente, y los focos del alumbrado público parecían una línea de puntos luminosos acompañando paralelamente, a regular altura, entre dos hileras de árboles que bordeaban las veredas, la trayectoria de la calle. Había que limitarse sencillamente a lo dado, y el futuro, esa porción incomprensible pero segura de la totalidad, permanecía en el corazón de todo aquello, iba existiendo cada vez en mayor medida, siempre y cuando uno se dispusiera a ayudarlo a nacer y a ser. De un modo inconsciente y mecánico, Pancho comenzó a silbar quedamente la zarabanda oída un momento antes a Tomatis. Miró el cielo, tenso y claro. Era un lujo, la contemplación parecía al mismo tiempo ridícula e innecesaria. Pero era justo, casi un sacrificio, una especie de enseñanza, de sugerencia al porvenir. Si llegaba el caso, aunque resultara para muchos cruel y gratuito, irracional, en el caso de suicidarse, hacerlo con un bello cuchillo de mango de plata, un cuchillo de plata pesado y trabajado. Parecería gratuito, pero no lo era. Con eso se trataría de probar que, en los tiempos aciagos, en las horas oscuras, existía algo en los hombres, la inclinación a la belleza, que era una verdad humana, algo, permaneciendo duro y opuesto a aquella atmósfera tan semejante a la del infierno. La contemplación era como un reproche solitario y tranquilo. Morimos por este minuto, tenía la obligación de significar. Pancho miraba el cielo, silbando la quieta música victoriosa, y se desplazaba con implacable serenidad, ahora erguido. Y no, no era, como había oído repetir tantas veces, una fusión, en la que la conciencia se retraía obscenamente de sí misma, sino todo lo contrario, ya que parecía volver a su centro después de haber permanecido largamente fuera de sí, para contemplar el mundo desde allí; no era una fusión, nada de eso, en absoluto. La fusión era el paraíso siniestro de lo indiferenciado; allí todo existía, pero era inútil. Fuimos asesinados por este minuto. Presten atención, los que sean. No era una fusión obscena y mortal, sino un amor lúcido por cosas que estaban fuera de nosotros, un cielo, unas estrellas, una ciudad, unos árboles, unos hombres, un cuchillo de plata, trabajado y pesado, como un testimonio festivo, un lujo de nuestra fortaleza, y, a pesar de todo, de nuestra confianza. Los ojos de Pancho se llenaron de lágrimas. Estaba solo. No, morimos por este minuto no; este minuto existió a pesar de que nosotros morimos. Pancho se detuvo, con los ojos llenos de lágrimas, mirando el cielo. Él no era nada, lo sabía. Pero haciendo un esfuerzo, evocando, resultaba indudable que era capaz de comprender y abarcar tantas cosas, cada una a su tiempo, como era debido, perfectamente clara, sin hacerse problemas sobre si eran un sueño o una realidad, ya que él podía reinar sobre ellas aunque su realidad fuese un mero sueño. Podía elegir a Tomatis y pensar en él, imaginarlo fumando un cigarrillo antes de dormir, en una habitación indudable, que ya conocía, que ya había visto otras veces. Podía pensar en Dora; si se le ocurría verla, ahora, en ese momento, la encontraría, de un modo inequívoco, en una casa determinada, en una habitación determinada, en una cama determinada. Evocaba libros leídos, escritos por hombres que habían existido, era indudable. Evocaba unas callecitas de tierra, en los suburbios de la ciudad, polvorientas en el apacible crepúsculo. Todo existía, él también. Pancho sacudió la cabeza y continuó caminando bajo los árboles en dirección a su casa. Pero era un segundo nada más, al menos para él, en esas condiciones por lo menos, un momento de dulce y fugaz conocimiento, y después enseguida, aquello que los antiguos habían llamado alma parecía arrojarse otra vez fuera de sí misma, contaminada por aquello que, separado, hubiera sido la única fuerza de su destino. Ésa era una verdadera fusión. Dos cosas distintas, mezcladas así, se confundían una con otra, y todo se volvía frenético y terrible. Pancho llegó con paso lento a la plaza España, silbando el aire de Bach. La plaza estaba desierta, con sus viejos y vastos árboles cargados iluminados por la luz lunar; toda el área central de la plaza, recubierta con polvo rojizo de ladrillo, aparecía bañada por la luz de los globos del alumbrado, una luz cálida, diferente en color y temperatura a la de la luna. "Ah", suspiró Pancho, mirando a su alrededor, detenido en la esquina de la plaza. También entre los árboles densamente agrupados alrededor del claro rojizo de polvo de ladrillo, brillaban tenuemente los globos eléctricos, iluminando la fronda cargada y oscura. Más allá del claro, el palco de la retreta, amarillento y circular, parecía un pequeño anfiteatro abandonado. Pancho resquebrajaba al caminar algunas hojas secas dispersas en el suelo. Al llegar junto a la náyade de piedra, elevada en el centro de una pequeña fuente circular en la que el agua manaba de la boca de cuatro cabezas de endriago dispuestas simétricamente, Pancho se desabotonó la bragueta y comenzó a orinar sobre la estatua y en el agua. Lo hacía de un modo mecánico y pensativo. Por fin terminó y continuó caminando mientras volvía a abotonarse la bragueta. Se sentó en uno de los bancos próximos a la esquina y cruzó los brazos sobre el pecho, comprimiéndose y alzando la cabeza. Ahora veía el cielo estrellado, la luna, en toda su amplitud, y el resplandor del firmamento iluminaba tenuemente las líneas de su rostro, su frente plana, sus ojitos cansados, la barba de tres días, erizada y oscura. Un silencio impresionante se había apoderado de la ciudad; y si de pronto, a lo lejos, el motor de un automóvil parecía intentar elevarse quedamente, de pronto se debilitaba y desaparecía, absorbido por aquella inabarcable masa de silencio, desaparecía en él, como una gota de angostura se diluye y desaparece en medio vaso de vodka. La estela de la vía láctea permanecía inmóvil, otra masa densa en la que él, Francisco Ramón Expósito, se diluía, se perdía. Pero no importaba. No importaba. Bastaba colocarse en el justo término. A pesar del aire frío, Pancho se adormeció por un momento. Creyó que era por un momento por lo menos, y al abrir los ojos, siempre de cara al cielo, la nuca apoyada en el listón de madera del banco, el firmamento, toda la inabarcable infinitud, permanecía todavía allí, próxima como al alcance de la mano. Pero no había sido por un momento, porque al mirar su reloj pulsera comprobó que eran casi las cuatro. Se levantó, rascándose la coronilla de la cabeza en la que el escaso cabello rapado había formado un pequeño remolino. Cruzó la calle, dobló la esquina, y volviendo a cruzar la calle a mitad de cuadra llegó a la puerta de su casa.

Empujó la pesada puerta trabajada, que cedió pesadamente sin un ruido y atravesó el living en tinieblas sin rozar siquiera un solo mueble. La galería apareció inundada de luz lunar, pero en la porción de cielo que permitía ver, la luna no era visible. Penetró en su habitación percibiendo de inmediato la atmósfera sucia de aire respirado y humo de cigarrillo; encendió la luz y fue a tirarse en la cama, bocarriba. Se levantó, se sacó el saco, y lo arrojó sobre una silla, volviendo a la cama. Ahora todo estaba mezclado nuevamente, la conciencia arrojada fuera de sí misma, y Pancho se dejó caer de espaldas sobre la cama, con la luz encendida, cubriéndose los ojos con el antebrazo. La mandíbula le temblaba. Nunca más dormiría, estaba seguro. Nunca más se iría a la cama a encontrar la paz; el sueño era otro enemigo, y tal vez, al fin de cuentas, el insomnio representaba una resistencia tenaz a ese trabajo subterráneo que el sueño realizaba en el alma de uno, cada noche. Pero era un enemigo tentador; era, como ciertos crímenes, al mismo tiempo temible y fascinante. Y el poder de esa fascinación le hacía experimentar con nostalgia la certeza de que nunca más dormiría, de que nunca más se echaría en la cama con un sentimiento de placer para despertar, al otro día, inocente y como purificado, a la luz viva de la mañana. Él era Francisco Ramón Expósito, lo sabía. No, no lo sabía. Tal vez no lo era. ¿No era? "Ah", suspiró Pancho. La conciencia, así contaminada, era algo difícil de soportar. La mandíbula le temblaba, y sentía los brazos tensos, como si los músculos estuvieran a punto de desgarrársele. Se incorporó de un modo furioso, súbito, sentándose en el borde de la cama. Comenzó a mover la mano delante de su rostro, con unos ademanes distraídos y pesados. Bueno, al carajo todo. Se puso de pie. No dormiría más.

Con pasos ahora tranquilos se trasladó al cuarto de baño, arremangándose las mangas de la camisa, y encendió la luz. Se detuvo junto al lavatorio, frente al espejo, y se miró un momento, pasándose la mano lentamente por las mejillas oscurecidas por la dura barba. Preparó los elementos para afeitarse, y abrió la canilla del agua caliente, dejando correr el chorro hasta que el agua comenzó a echar vapor. Se enjabonó con lentitud, rasurándose después cuidadosamente: a medida que deslizaba la maquinita de afeitar por la espuma blanca que cubría sus mejillas, un fragmento de piel suave, pálida, aparecía bajo el jabón. Con cuidado, pasó el filo de la hojita por las dos líneas rojas dejadas por las uñas de Beba. Cuando terminó de afeitarse observó una y otra vez el resultado de su operación, moviendo la cabeza para observar la mandíbula y el cuello. Se pasó una y otra vez el dorso de la mano por la cara. Después defecó y se bañó, refregándose cuidadosamente con una esponja amarilla, bajo un chorro de agua caliente que despedía un vapor cálido. Al salir de la bañadera limpió con la toalla el espejo empañado por el vapor y se secó con rapidez. Después se envolvió con la toalla y se encaminó a su dormitorio. Se vistió muy lentamente: se colocó una limpia, blanca y planchada ropa interior, una impecable camisa blanca de doble puño, y unos gemelos dorados, pequeños, con una piedra roja cada uno; se puso medias negras y unos pantalones oscuros, de gruesa tela gris pizarra, y sentándose en el borde de la cama, cubriéndose las rodillas con un trozo de gamuza amarilla, se dedicó a lustrarse minuciosamente los zapatos. Cuando el cuero negro comenzó a despedir unos fríos reflejos, dejó de lustrarlos y se los calzó. Se puso de pie, observando la caída de las botamangas del pantalón sobre el empeine de los zapatos, el brillo del cuero negro. Al salir a la galería en mangas de camisa, en dirección a la cocina, advirtió en el cielo la claridad grisácea propia del alba. En la mesa de la cocina se hallaban todavía los restos de comida de la noche anterior, y la botella de ginebra en la que quedaba apenas un trago. Pancho descorchó la botella y se bebió el contenido de un trago, sin respirar, arrugando la cara rasurada y pálida. Encendió el gas y preparó una taza de café. Cuando comenzó a hervir lo coló sobre un pocillo de gruesa loza blanca y se lo llevó para el dormitorio, apagando la luz detrás suyo. Dejó la taza sobre el escritorio, después de beber un sorbo de café humeante, y abriendo el ropero seleccionó una corbata azul, con unas rayas transversales rojizas, que pendía junto con otras de diversos colores de un travesaño adosado a la cara interior de la puerta, y fue con ella al cuarto de baño: cuidadosamente, frente al espejo, se hizo un nudo apretado y pequeño, triangular. Regresó al dormitorio y se bebió el resto del café que todavía humeaba. Se calzó el saco, cruzado, algo anticuado aunque impecable, del mismo color que el pantalón, y después de doblar un pañuelo blanco introduciéndolo en el bolsillo superior del saco de modo tal que su borde superior quedara visible, apagó la luz y salió a la calle, entrecerrando suavemente la puerta detrás suyo.

El cielo estaba gris, un gris verdoso, cuando comenzó a caminar por la calle desierta, en dirección al oeste, de espaldas al alba creciente que daba al horizonte visible por detrás de los árboles y de los edificios, una tonalidad rosada, fría. El aire era frío. Pancho dobló hacia el sur en la primera esquina, y después de recorrer la segunda cuadra se detuvo en la esquina, abarcada en su totalidad por una vieja casa de dos pisos pintada de amarillo. La planta baja estaba ocupada por un almacén al por mayor que permanecía con las cortinas metálicas cerradas; más allá de una vidriera oculta por una ancha persiana verde había una puerta entreabierta, a través de cuya abertura se divisaba una ancha escalera que ascendía a la planta alta. Pancho se detuvo junto a la puerta y curioseó el interior, vacilando. Empujó la puerta suavemente y miró la escalera, envuelta en la semipenumbra del alba. Miró su reloj pulsera: eran las seis y cuarto. Se cruzó de brazos, corriendo antes, cuidadosamente, las mangas del saco para evitar que los codos deformaran la tela y la gastaran, y se encaminó hacia la esquina. En el este se percibían ya los primeros destellos dorados, una luz cálida en la atmósfera fría de marzo. Pancho cavilaba con los brazos cruzados, aguardando. Las calles que se cortaban en la esquina se hallaban desiertas. Pero a pesar de que, por lo menos desde donde estaba, Pancho no veía persona alguna, nada que no que fuesen las regulares hileras de casas de una o dos plantas, más altas a medida que se aproximaban al centro, podía oír en cambio, a lo lejos, el campanilleo de los tranvías, bocinas y motores de automóviles, carros y caballos corriendo ruidosamente a lo largo de las calles asfaltadas o empedradas, el rumor incipiente y cada vez mayor de la ciudad que despertaba a la mañana del sábado. De pronto, a mitad de cuadra, un hombre calvo y gordo, de tez rosada, vestido con un prolijo traje de confección, emergió de una puerta y se volvió para cerrarla con llave; después hizo tintinear el llavero con un ademán rápido y se lo guardó en el bolsillo. Caminaba con gravosa premura hacia Pancho y cuando pasó junto a él, Pancho observó que estaba recién lavado y peinado, y percibió el fuerte olor a colonia barata que despedía su grueso cuerpo. Se volvió para contemplarlo: lo vio recorrer una cuadra, y doblar en la próxima esquina hacia el centro. Entonces Pancho se volvió y penetrando por la puerta entreabierta, empujándola levemente con el hombro, comenzó a subir en puntas de pie, sin hacer ruido, las escaleras de la casa de Barco.

La escalera desembocaba en un pequeño recinto techado en el que había una vieja mecedora de madera y esterilla y una maceta con helechos, begonias y amarantos; el recinto daba a un amplísimo patio cuadrangular; sobre el patio se abrían tres alas de habitaciones; unas altas puertas de madera pintada de verde oscuro, con pequeños picaportes de bronce. En el medio del patio, cuatro sábanas blancas, colgadas del alambre de tender la ropa, relumbraban tenuemente a los primeros destellos del sol de la mañana. No se oía un solo ruido en toda la casa; avanzando en puntas de pie, silenciosamente, Pancho cruzó el patio pasando junto a las sábanas y se dirigió a la última de las puertas del ala del edificio que se hallaba ubicada en el sector opuesto a la escalera; empujó la puerta y penetró en la habitación. En la pared opuesta se abría una ventana que daba a la calle; los vidrios, recubiertos por una cortina de hilo de algodón tejida al crochet, permitían el paso de la luz matinal. Barco dormía en una cama de hierro, cubierto hasta los hombros por una frazada color café con leche; en la pared opuesta a la cama, a la izquierda de la entrada, había un alto y viejo ropero con una luna ovalada, que parecía a punto de desmoronarse. Junto a la ventana había una mesa común de bar, negra, y una silla de madera redonda con asiento de esterilla. Junto a la cama, en una silla con asiento de madera había un cenicero lleno de puchos y un paquete semivacío de Saratoga, y un velador, muy precario, improvisado con una botella vacía de vino blanco, de vidrio y una pantalla de pergamino. Barco, con los ojos cerrados, respiraba profundamente. No parecía dormir sino, encogido y con los ojos cerrados, el cuerpo cubierto por la frazada, esperar un golpe. Pancho cruzó la habitación hasta la ventana, en puntas de pie, y regresó con la silla. La depositó sin ruido cerca de la cama y se sentó con cuidado, tirándose hacia arriba, con el pulgar y el índice, las perneras del pantalón, para evitar que formaran rodilleras. Se sentó frente a Barco, cuyo pecho, cubierto por la frazada, subía y bajaba, impelido por la respiración. Por fin Pancho se inclinó hacia él y, apoyándole la mano en el hombro, lo sacudió levemente.

—Horacio —dijo.

Barco gruñó algo, bufó pesadamente, y con lentos y costosos movimientos, mientras la cama crujía, se volvió de cara a la pared, dando la espalda a Pancho. Éste miró hacia la ventana: la luz matinal penetraba a través de ella más y más, y desde la habitación se divisaban ya unos dorados reflejos cálidos. Barco permaneció un momento de espaldas a Pancho, y de pronto se incorporó de un salto. Quedó sentado en la cama, y miró a su alrededor.

—¿Qué pasa? —dijo, viendo a Pancho, sin comprender nada todavía.

—Soy yo, Pancho. Despertate —dijo Pancho, inclinándose hacia él, hablándole con voz suave.

—¿Qué pasa? —repitió Barco, con voz perpleja.

—Despertate, Horacio —dijo Pancho—. Necesito compañía.

Barco tenía el rostro sombreado por una barba de tres días y no llevaba camiseta sino un chaleco sin mangas, sobre la piel. Por encima del escote del chaleco, en el pecho, asomaba una mata de vello oscuro.

—¿A esta hora? —dijo, haciendo un gesto exagerado, incrédulo.

—Sí, sí, hombre, vamos, arriba —dijo Pancho—. Estoy sin dormir.

Barco colocó la almohada en posición vertical, contra el respaldar de hierro cromado, y apoyó la espalda sobre ella; sin mirar, estiró la mano y recogió el paquete de cigarrillos de sobre la silla.

—Buscá los fósforos en el suelo —dijo con voz algo enronquecida, mientras se llevaba un cigarrillo a los labios y volvía a dejar el paquete sobre la silla.

Pancho se agachó y recogió una caja de fósforos de debajo de la cama, entregándosela a Barco. Se movía con leve tiesura, cuidando su traje.

—Bueno —dijo Barco, encendiendo su cigarrillo y echando una larga bocanada de humo, un chorro grisáceo que emitió al soplar la llama del fósforo. Arrojó sin cuidado la caja de fósforos sobre la silla y erró el tiro, de modo que la caja cayó al suelo, rodando otra vez abajo de la cama—. ¿Qué pasa?

—Nada —dijo Pancho—. Es que necesito compañía.

Barco bostezó, abriendo de un modo desmesurado la boca, y se rascó la coronilla de la cabeza.

—Convenido —dijo. De un salto estuvo de pie, en calzoncillos, sobre la cama, el cigarrillo en los labios, y caminó sobre ella hasta los travesaños de hierro cromado del pie, recogiendo de allí los pantalones. Se los puso haciendo equilibrio sobre el colchón, mientras el elástico crujía sin cesar, y después, dejando el cigarrillo en el cenicero, se sentó en el borde de la cama, y se calzó las medias y los zapatos, unos zapatones negros y ajados, de suela de goma. Enseguida se dirigió al ropero, y abriendo la puerta (la luna ovalada giró en abanico, llevándose consigo la imagen de la silla con el velador y la cama desordenada, en una fría superficie, y la tiesa figura de Pancho, vuelta ahora ligeramente hacia Horacio Barco) sacó una camiseta y un grueso pullover de mangas largas; volvió a cerrar la puerta (la luna ovalada regresó, rehaciendo el camino, restableciendo, con un ligero temblor al calzar ajustadamente en el marco, la misma imagen) y vino hacia Pancho; se cambió rápidamente sacándose el chaleco y arrojándolo sobre la cama, y poniéndose la camiseta y el grueso pullover encima; era un pullover de mangas largas y cuello alto, pasado de moda, de gruesa lana color borravino veteada de gris. A medida que fue despejándose sus movimientos se hicieron más rápidos y enérgicos; acomodándose el pullover al cuerpo, dio dos o tres pasos rápidos por el piso de madera de la habitación, haciéndolo resonar a pesar de sus suelas de goma, y aproximándose a la ventana, espió la calle a través de ella. Observó el exterior un momento, y cuando acabó de acomodarse el pullover recogió la cortina tejida al crochet y observó más cuidadosamente por debajo de ella.

—Qué hermosa mañana –dijo a Pancho, sin mirarlo, inclinado sobre la ventana.

—Sí –dijo Pancho, pensando en otra cosa.

Permanecía sentado inmóvil, frente a la cama desarreglada, mirando con ojos remotos y vacíos la frazada desordenada, las sábanas arrugadas que parecían despedir un vaho tibio.

—Ésta es mi época –dijo Barco, volviéndose hacia Pancho–. En verano hace mucho calor, y en invierno mucho frío. La primavera es ventosa. Estas auroras doradas son las que me gustan. –Se detuvo en medio de la habitación, mirando sonriente a Pancho, y recitó:– *¿No parece, al mismo tiempo, que quiere conservar una larga oscuridad, la oscuridad de las cosas que le son propias, de las cosas ocultas, incomprensibles, enigmáticas, porque sabe cuál será su recompensa, su mañana, su propia redención, su propia aurora?* Muchas veces –reflexionó, ahora sin sonreír–, la oscuridad nos hace concebir una aurora, una aurora futura como venganza, como cobro. Pero no puede sobrevenir nunca; no es necesario que sobrevenga; la tiniebla puede ser perpetua y sin recompensa, puede ser gratuita –recogió el cigarrillo, le dio una larga chupada, arrugando la cara, y después lo aplastó contra el cenicero lleno de ceniza y puchos.

Pancho no le contestó: miraba fijamente el centro de la cama, la frazada y las sábanas desordenadas, y de pronto comenzó a sacudir pesadamente la mano delante de su propio rostro, como si estuviera espantando una mosca; tenía la boca abierta y su mandíbula inferior colgaba floja y como sin vida.

—Hace frío –dijo Barco–. Todo marcha correctamente.

Se agachó junto a Pancho y recogió de debajo de la cama la caja de fósforos, y de sobre la silla el paquete de cigarrillos. Se los guardó en el bolsillo del grueso pantalón oscuro. Después se pasó la mano por las mejillas recubiertas de dura barba.

–¿Me afeitaré? –dijo–. No. No pienso perder el tiempo. ¿Qué hora es?

Pancho miró su reloj pulsera, de un modo obediente y mecánico.

–Las siete menos veinte –dijo.

–Perfecto –dijo Barco–. Vení; voy a lavarme la cara.

Pancho se levantó y lo siguió. Barco salió al patio, cruzó el vasto espacio cuadrangular, de piso de mosaicos rojizos, lleno ya de unos cálidos destellos de luz dorada, pasó junto a las sábanas tendidas, y penetró en una puerta del ala opuesta del edificio. Pancho lo siguió. Era el cuarto de baño, y Pancho se cruzó de brazos y se apoyó contra el marco de la puerta, contemplando envarado y silencioso, cómo Barco orinaba un chorro humeante primero, y cómo después de tirar la cadena se volvía hacia el lavatorio para cepillarse los dientes y lavarse después, con agua fría, las manos y la cara. Enseguida se peinó, con rapidez y descuido, haciéndose una raya infantil al costado de la cabeza, y separando el pelo negro en dos lacios aluviones húmedos volcando cada uno hacia cada lado de la cabeza. La redonda cara de Barco, sobre el alto y fornido cuerpo, a pesar de sus rasgos gruesos y desorbitados, tenía cierta expresión infantil. Cuando estuvo listo, Barco arrojó descuidadamente el peine sobre el lavatorio, y se secó unas gotas de agua fría que se deslizaban por su frente, dejando una estela brillante.

–Por tratarse de vos –dijo al salir del baño, mientras Pancho lo seguía obedientemente–, hoy suprimiré el mate.

–Gracias –dijo Pancho, emitiendo una débil sonrisa.

Barco bajó a los saltos las escaleras, con un trote ruidoso, y esperó en la vereda a Pancho, que descendía con lentitud, casi con cansancio, sosteniéndose en el viejo pasamanos de madera.

Comenzaron a andar por la vereda desierta; doblaron la esquina y avanzaron hacia el este, hacia la porción de cielo azul veteada ya por unos cálidos destellos dorados. En la próxima cuadra, la esquina de la plaza España, doblaron hacia el norte y caminaron ocho cuadras hacia el bulevar. Barco andaba con paso rápido y hablaba mucho; por momentos encendía un cigarrillo, detenido en medio de la vereda soleada, y retomaba su paso; Pancho lo seguía con las manos entrecruzadas en la espalda. A veces, Barco dejaba atrás a Pancho, uno o dos metros, y al advertirlo, se volvía de un modo inmediato y mecánico, colocándose nuevamente a su lado. Pancho parecía no darse cuenta de lo desparejo de la marcha. Con las manos cruzadas en la espalda, el cuerpo rígido, algo encorvado, cuidadosamente vestido, parecía escuchar con suma reflexión lo que Barco iba diciéndole. La caminata y el sol calentaban sus cuerpos, venciendo el aire frío. Barco explicaba, con lujo de detalles, por qué había dejado la carrera de Derecho cuando le faltaban dos materias para recibirse. Lo hacía con gran vehemencia, con infinitos ademanes, abriendo los brazos, cerrándolos, agitando la mano ante el rostro de Pancho, varias veces, actitud a la que Pancho atendía con aire casi perplejo, remoto, sin hacer un solo gesto, sin parpadear siquiera. "El único problema es la vieja", dijo Barco. "Recibe una pensión pero no le alcanza. Eso es lo único que me impide dedicarme a la vida contemplativa." Se echó a reír. "No, de veras", dijo. "Hace un mes que lo tengo decidido. Tengo que probar otra cosa. Era absolutamente necesario que yo dejara esa carrera maldita. No podía dedicar mi vida al estudio de una coartada: las pocas veces que la vida humana ha sufrido transformaciones que valían la pena, toda esa escoria ha sido puesta en suspenso e invalidada en su totalidad. Además, me aburría horrores." Reunía los dedos por las yemas en un montoncito, y juntaba las manos cerca de la cara, haciendo muecas exageradas. "Me sentí como nuevo cuando lo decidí. Por otra parte, todo lo que huele a universidad tiene la característica de revolverme el estómago. Así que ahora estoy libre, lleno de perspectivas, como en la primera infancia. Prefiero ser criminal, y no juez; como juez uno podrá a lo sumo sentar jurisprudencia legal. Es una función dentro de un orden. Como criminal uno sienta una jurisprudencia humana; de ese modo modifica todos los órdenes. Para eso sirven también las resoluciones: para reducir toda la vida social, generalmente rígida y abstractizada, a un nivel humano."

Llegaron al bulevar, cruzaron la calle, y comenzaron a caminar otra vez hacia el este, hacia el río. El bulevar constaba de un paseo central en medio de dos calles asfaltadas, lisas y azules; casas de uno o dos pisos, chalets y comercios, bordeaban las veredas. El paseo central aparecía sombreado por altos árboles, de fronda vagamente amarilla algunos, palos borrachos, eucaliptos, jacarandáes, tipas y casuarinas, todos erguidos hacia el cielo azul, su fronda atravesada a veces por los primeros rayos solares. La ciudad iba llenándose de movimiento a medida que la hora avanzaba. Por el bulevar rodaban ya ómnibus repletos de gente, carros de verduleros y lecheros, con mansos caballitos de galope rítmico y resonante, automóviles de profesionales y comerciantes camino de sus negocios. Ante cada puerta, en el cordón de la vereda, los tarros aguardaban el paso de los basureros municipales, que corrían detrás de Pancho y de Barco, cruzándose de una a otra vereda, atravesando el paseo central, por detrás y por delante del lento camión municipal de trompa mocha cargado de basura, gritando y bromeando entre ellos, muchachos de barrio con gruesas camisas de tartán, una gorra ladeada en la cabeza, alpargatas rotosas, y unos sucios pantalones de trabajo. Durante media cuadra, Pancho y Barco caminaron con paso lento, tranquilo, hablando uno y escuchando el otro, los únicos transeúntes en toda la cuadra, rodeados por el ajetreo de los basureros, a los que no parecieron ni siquiera ver, de igual manera que los basureros a ellos, y los trabajadores, sudorosos e incansables, pasaban, lo mismo que con el camión, que rodaba a la par de Pancho y Barco, por delante y por detrás de éstos, recogiendo los tarros de basura y entregándoselos a obreros parados en la cima del montón de escoria, en el camión, que los arrojaban ya vacíos a la vereda, ruidosamente; ni Pancho ni Barco ni los trabajadores se inmutaron para nada; eran como dos extranjeros, un poco miopes, conservando una calma y al mismo tiempo una ignorancia ingenua en medio de un campo de batalla. En la esquina entraron a un viejo café con billares que recién abría; un mozo de saco de brin blanco y pantalón negro, recién lavado y peinado, bajaba las sillas de sobre las mesas y las acomodaba en el salón. El dueño, un hombre alto y rubio de unos cincuenta años, con una cara roja de campesino, manipulaba las palancas de la máquina express, de la que salía una columna de vapor. Tenía puesta una camisa a cuadros, de verano, y encima un estrecho pullover gris de mangas largas que se ponía tenso en la barriga. Se ubicaron en una mesa junto a la ventana, lejos de los billares desiertos que permanecían envueltos en la penumbra atenuada del fondo del salón. Un taximetrista detuvo su coche negro, la visera del parabrisas ajedrezada, en la parada de la esquina, y penetró en el local. Era rubio y bajo, y estaba vestido con una campera de cuero negro y un pantalón de casimir marrón. Se sentó en una mesa cercana al mostrador y comenzó a charlar con el dueño. Barco tomó un café mediano y una grappa y Pancho un café. A través del ventanal contemplaron durante un rato el bulevar, en silencio. Eran las siete y cuarto. El sol, elevándose desde el este, atravesaba la fronda de los árboles con sus rayos cálidos, y doraba las fachadas de los edificios, más allá del paseo central. En la vereda, del otro lado del paseo, un hombre y una mujer aguardaban un ómnibus para el centro. Al parecer se desconocían entre sí, y ambos miraban con callada impaciencia hacia el punto desde el cual el ómnibus debía aparecer, hacia el puente colgante. A las siete y media Barco aplastó la brasa de su cigarrillo consumido contra el sedimento de café de su pocillo vacío, Pancho pagó al mozo, y salieron, continuando su caminata hacia el río. Cruzaron la calle y avanzaron por el paseo central, bajo los árboles, una fría techumbre vegetal de hojas verdes y ramas vastas. Llegaron al puente colgante con el sol ya alto; la construcción, de unos trescientos metros de largo, se alzaba, sólida y desierta, sobre el agua. Se detuvieron en la mitad del puente, mirando el agua: el río estaba crecido, opulento y furioso, y arrastraba en su corriente grandes camalotales, troncos y ramas. El agua parecía turbulenta y viscosa, la superficie agitada por las corrientes profundas y el choque con los gruesos pilares cilíndricos de cemento que sostenían el puente. Pero más allá del puente, hacia el sur, la furia parecía atemperarse, y la superficie del agua era semejante a una lisa piel tostada, oleosa, reflejando de a trechos el cielo luminoso. Hacia el sur se divisaban las construcciones portuarias: interminables galpones de cinc, duros muelles de piedra gris, elevadores de granos semejantes a rascacielos, barcos ultramarinos de chimeneas humeantes cargando cereal. Barco y Pancho pasearon con paso lento sobre la plataforma del puente y después se apoyaron sobre la barandilla de hierro y contemplaron, sobre la margen del río opuesta a la que había sido calada para la construcción del puerto, las islas de baja vegetación terrosa, con la playa anegada en agua peligrosamente cercana a los ranchos de barro y pajabrava que bordeaban la costa. El sol estaba alto, su luz como de un oro fino, un polvo de oro. El frío de la mañana se había atenuado; Pancho y Barco cruzaron el puente hacia la otra barandilla, para contemplar el lado opuesto del río hinchado por la creciente. Un vasto camalotal se aproximaba, como una isla móvil sobre el agua turbulenta. De un lado, el murallón de la costanera, de cemento gris, con su baranda de cemento, destruida de a trechos por la fuerza del agua, que se colaba e invadía ya un espacio de tierra y árboles paralelo al río y a la costanera propiamente dicha, que corría recta y elegante elevada casi cuatro metros por encima del río, y del otro, un largo terraplén rodeado de agua, sobre el que permanecían aislados y anegados unos ranchos viejos y débiles dispuestos en hilera, bordeaban el cauce del río, que más adelante, al final de la costanera, se expandía borrando el terraplén, y convirtiendo todo el horizonte visible en una gris superficie luminosa que se tocaba con el cielo, celeste en los confines. La costanera propiamente dicha, una larga baranda de cemento sostenida por balaústres panzones y adornada con globos de alumbrado cada cincuenta metros, era como el balcón particular, la vista al río, de la hilera de chalets de techo rojo y blancas paredes, instalados en medio de frondas húmedas y cargadas, o detrás de unos vistosos e idénticos jardincitos de polvo de ladrillo, salpicados de rosales como de utilería. Barco observaba el camalotal con expresión pensativa; Pancho el agua turbulenta que parecía enfurecerse todavía más bajo sus pies, al pasar bajo el puente. El aire estaba quieto, tranquilo, y el cielo azul. No soplaba brisa. A medida que el sol ascendía, la atmósfera iba haciéndose cada vez más cálida, más dorada. No había rastros de nubes en todo el cielo. Pancho se volvió ligeramente hacia su amigo.

—No necesitaba más que compañía —dijo.

Barco pareció no escucharlo; miraba el camalotal y sonreía de un modo pensativo. Parecía pensar en algo que le agradaba. Pancho lo observó: los rasgos de Barco eran vivos y al mismo tiempo apacibles ahora. El camalotal parecía evocar algo en él; se volvió hacia Pancho.

—¿Sabías que a nuestra pobre ciudad la anduvieron llevando de un lugar a otro durante diez años? —dijo, y después de un momento, volviendo a mirar el camalotal, agregó—: Sí, sabías. Bueno. Así fue la cosa. Entre nuestro viejo amigo el río y los pobres indios, que buscaban de vez en cuando un poco de alimentación, por una parte, y los gallegos por la otra, hubo gresca durante mucho tiempo. La cosa es que los indios y el río ganaron. Casa por casa, arcón por arcón, espada por espada, rosario por rosario, después de muchos años la trajeron hasta aquí, y aquí la dejaron. Donde habían estado antes, el río roía las playas y los indios la conciencia. Además, en el sur iban a estar más cerca de la repartija. Me son simpáticos esos gangsters; por lo menos hacían vida al sol y al aire libre: esos capitanes barbados, de ojos negros y atuendos resplandecientes, espadas pesadas, penetrando en la selva desde la playa dorada, al mediodía. Era chiquita nuestra ciudad a fines del siglo dieciséis. Eran todos Don Diego, Don Fernando, Don Gonzalo, Don Juan, sin mezcla, excepción hecha de algún portugués, y de esos ojos húmedos, perplejos, furiosos y vigilantes, que espiaban desde la selva para dar el salto en el momento preciso, para tratar de cobrar de alguna manera el despojo y la humillación recibida. Humillación, sí. La literatura, hecha casi siempre por conquistadores, no por conquistados y oprimidos, se ha empeñado en mostrarnos a sus víctimas como criaturas extrahumanas; así, creemos que entre los primates y los africanos, o los camellos y los beduinos, o los perros y los calchaquíes, no hay ninguna diferencia, y que el hecho de no descender en cuanto civilización y cultura del tronco grecolatino vuelve a los hombres feroces y bestiales. Es casi el mismo sentimiento que experimentamos al sospechar que seremos más fácilmente robados o asesinados si vivimos en un suburbio y no en el centro de la ciudad. La desconfianza hacia el campo, los barrios, todo eso, tiene su explicación en los prejuicios de una cultura aristocrática demasiado arrogante como para reconocer su carga de culpa secreta.

”Pero me estoy yendo por las ramas, mi gran especialidad. ¿Sabías que el convento franciscano fue construido sobre la barranca, en el sur, junto a uno de los brazos del río? Este mismo río, creo, que ahora el puerto ha desviado imponiéndole un nuevo curso, supongo que para facilitar la exportación de granos. Lo hicieron, como es lógico, los pobres indios, cristianos a la fuerza para poder sobrevivir. Bueno, pero ése no es el caso. La cuestión es cuando la ciudad fue trasladada, el convento, el baluarte ideológico, como se dice ahora, la sagrada oficina expidiendo todos los días la sanción celestial, fue construido en las hermosas barrancas vírgenes, sobre el río. Era un convento chiquito, con galerías de adobe encalado y artesonado de madera basta, con santos pintados parecidos a las negras de la baraja. Sé que ya lo sabías, lo evoco por placer personal, nada más. Generalmente, uno se desentiende de su auditorio y se limita a escucharse a sí mismo. Bueno, basta de preámbulos. Es mejor ir al grano: en el convento había ocho frailes, de todos los aspectos y todas las edades. El superior de la congregación, fray Felipe, por ejemplo, tenía más de sesenta años y era gordo y pelado, y sufría terriblemente del estómago. Era casto y de juicio tranquilo, pero tenía un serio defecto: le gustaban demasiado los placeres de la mesa. El resto de los frailes trataba de impedirle que comiera más de la cuenta, porque una comilona lo podía matar y fray Felipe, a pesar de que los hermanos vivían de la santa caridad, con su juicio tranquilo, era el encargado, como jefe de la orden, de conseguir suministros gratis para el convento, porque era por otra parte íntimo amigo del procurador de la ciudad. A escondidas de los otros frailes, fray Felipe se apalabraba de vez en cuando a alguna comadre y conseguía vino y comida como para darse la gran farra en su celda. Sostenía para sí mismo que un trago de vino de vez en cuando aviva el cerebro y calienta el corazón incentivando el amor a Dios. En ese punto estamos de acuerdo, ¿no? El segundo de los frailes, fray Evaristo, era un hombre flaco y huesudo, de mejillas hundidas y paso lento y tranquilo, como el nuestro a veces, y no podía sufrir la luz solar. Lo adormecía terriblemente, lo ponía laxo, y entonces no tenía más remedio que echarse una siestita, donde estuviese. Sucede, por desgracia, que el sol calienta demasiado en esta zona, tanto en invierno como en verano, así que en fray Evaristo la somnolencia era cosa de todo el año. Fray Felipe le daba un tirón de orejas de vez en cuando por ese motivo. Le hablaba del famoso "Ganarás el pan", pero fray Evaristo era demasiado apacible y tranquilo como para ocupar su mente en grabarse esas filípicas; daba la razón y apenas el superior lo dejaba en libertad, salía al patio, y como cerca del convento había un ombú vasto como el mundo, de sombra fresca, fray Evaristo cruzaba el patio soleado, y se echaba bajo el árbol para dormir una siestita. Dormía sentado con las piernas estiradas, la espalda apoyada en el tronco, de cara al río, con una mano apoyada blandamente sobre el vientre apenas hinchado. El tercero de los frailes, fray Ireneo, un fraile joven y buen mozo por el que suspiraban todas las mujeres de la ciudad, incluso las casadas, tenía el serio defecto de no permanecer insensible a esos suspiros. Le gustaba demasiado andar por la ciudad, y como conocía su magnetismo sobre las mujeres, se iba todas las tardes al río, donde las mujeres lavaban, leyendo los evangelios o haciendo como que los leía. Siempre conversaba con alguna, y siempre tenía algún encargo que hacerle, y por lo general le pedía que fuese al convento esa noche, o al día siguiente, para darle alguna ropa que lavar o algún trabajo de la casa. Fray Ireneo se las arreglaba siempre para que nadie se enterara de esas visitas femeninas al convento, o para pretextarlas de un modo conveniente.

Pancho sonrió; miró a Barco y después hacia el río, hacia el camalotal que se aproximaba arrastrado por la corriente.

–¿Pero cómo es posible que siendo una población tan chica nadie se enterara de esas cosas? –dijo.

Barco hizo un gesto de cómica impaciencia. Sacudió el índice ante Pancho, reconviniéndolo.

–Es necesario aceptar la convención. La convención es un fenómeno humano. Además es una historia sencilla, adecuada a la época en que se desarrolla. Hay que creerla a pesar de sus incongruencias.

–Perfecto –dijo Pancho–. Parece divertida.

–En esto gasto mis ocios –dijo Barco, escupiendo en el río–. Lo es por supuesto. Además, es verdad de una punta a la otra. Carlitos Tomatis la consideraría una burda imitación, pero yo creo que en eso reside su encanto.

–Anoche estuve con él –dijo Pancho–. Se pescó una tranca de primera.

Barco sonrió.

–Menos mal. Lo encontré demasiado tenso en estos días. Me alegro de que haya reventado por ese lado.

Pancho se dio vuelta y se apoyó contra la barandilla de hierro, mirando las islas, el puerto lejano, y el amplio río.

–Bueno –dijo–. ¿Qué pasa con los otros frailes?

–Despacio –dijo Barco–. Vayamos por partes. En quién andábamos. Ah, sí. En fray Ireneo, que pellizcaba a menudo el traste de las mujeres. El cuarto fraile se llamaba fray Fabiolo y era un fraile viejo, flaco, de carnes como cuero y una nariz ganchuda y filosa, como el pico de un loro. Era estreñido y sumamente serio y callado; para decir la pura verdad no se mezclaba mucho con los otros miembros de la orden, por dos razones. La primera razón era que tenía dinero guardado en una bolsa, dinero que juntaba como podía, y contaba y recontaba con voluptuosidad en la soledad de su celda. La segunda razón era que desconfiaba de los demás y tenía miedo de que le robaran o de que descubrieran su rapiña oculta y lo castigaran de una manera muy severa. Fray Fabiolo hablaba todos los días con Jesucristo y le explicaba que confiaba en su protección pero que, si por afán de proteger a otros, afán propio de Su infinita bondad, el Señor lo descuidaba, él estaría lo suficientemente respaldado con su bolsa, procurada por otra parte gracias a las disposiciones del Señor. Así que podían quedarse tranquilos los dos, él protegido y seguro con su bolsa, y Jesucristo sin remordimientos por haberlo abandonado. Había otro fraile, el quinto. Se llamaba fray Resurrección. Era algo insuficiente para casi todas las cosas, y eso hacía que le fuese imposible tolerar la eficacia o el mérito de los otros; también hablaba poco, salvo cuando se exasperaba al oír elogios sobre los demás; entonces golpeaba sobre la mesa con sus manos cuadradas, torcía la boca sin labios en un gesto despectivo y movía de un lado a otro, agudamente, sus ojitos grises y ansiosos. Padecía tendencia abúlicas y siempre se quejaba de haber ingresado en esa orden y no en la de los jesuitas, donde según él habría prosperado hasta llegar quién sabe a qué jerarquía eclesiástica. Fray Resurrección era obediente y un poco chismoso, y fray Felipe se enteraba generalmente por boca suya de los pequeños secretos del resto de los frailes. El sexto de los frailes, fray Eulogio, era al mismo tiempo tímido y conversador, y cada vez que hablaba con alguna persona, fuese o no fuese de la orden, lo hacía con una sonrisita temerosa que quería significar algo así como: "¿No es cierto que usted sabe muy bien lo bueno que soy, lo inofensivo que soy, y que no se va a enojar conmigo?". Era muy amigo de los pibes, y creo que los pibes lo tironeaban de la sotana; trabajaba muchísimo, sobre todo si alguno lo observaba, porque tenía una tendencia excesiva a quedarse pensativo, inmóvil, desarrollando la imaginación. Por alguna razón especial eludía decir la verdad cuando se le interrogaba, inventando motivos de sus acciones, y hasta hechos que no habían sucedido, y como eso debía presionar fuertemente sobre su conciencia, se enredaba más y más cuando lo hacía, tartamudeando y poniéndose rojo como un tomate. Tal vez amaba demasiado la vida y por medio de sus cuentos trataba de hacer más sólida, más determinada, la realidad. La cuestión es que nadie le hacía mucho caso. Era calvo y tenía una barbita ensortijada, veteada de canas, algo sucia, para qué vamos a decir lo contrario, y andaba siempre con los bordes de la sotana deshilachados y raídos. El séptimo de los frailes se llamaba fray Bartolomé. Tenía unos ojos negros, rodeados de ojeras negras, el pelo negro, y una barba negra bien recortada, porque era un hombre muy puntilloso y cuidadoso de su persona. Fray Bartolomé estudiaba mucho, y le molestaba oír ruidos cerca de su celda, porque no se concentraba con facilidad. Era sumamente nervioso y saltaba como un tigre, gritando, amenazando, y gesticulando si alguno interrumpía su trabajo. Leía artículos sobre la paciencia y la cordialidad de los santos, y se conmovía, en las "Florecillas", con la historia de fray Bernardo, que sufrió burlas y vejaciones de todos los habitantes de Boloña, cuando fue a esa ciudad a fundar un convento, sin que eso alterara su paciencia y su bondad en lo más mínimo, sino que por el contrario, terminó conquistando el corazón de todo el pueblo mediante ellas. Pero a pesar de tales lecturas, fray Bartolomé saltaba como leche hervida cada vez que algo alteraba sus pequeños ritos de concentración intelectual. En realidad, como todos los otros, como todos los hombres al fin y al cabo, fray Bartolomé tenía un mundo propio, aunque no lo suficientemente hermético como para que su humor no sufriera alteraciones, un orbe lleno de grietas y fisuras, como esas celosías, ¿viste?, por las que penetra la luz solar en un día de verano, a las tres de la tarde, y nos hace sentir desalentados y doloridos. Una intromisión intolerable, en una palabra. Como era impaciente, era irascible en su trato con los demás, porque toda leve desviación de sus necesidades, de la satisfacción de sus necesidades, agrietaba más y más su esfera, su orden ideal, y volvía a su alma furiosa y dispersa. Dos por tres tenía una agarrada con los otros frailes por motivos completamente insignificantes, y aunque enseguida se calmaba y hasta era capaz de pedir disculpas, porque era lúcido y justo, la fragilidad de su mundo lo ponía otra vez, de un modo inmediato, por cualquier mínima razón, en un nuevo trance colérico.

"Tenemos entonces siete de los ocho frailes. Habrás advertido que cada uno de ellos tenía un serio defecto, una característica de su personalidad mucho más marcada que las otras, y diferente en cada uno. En realidad, te soy franco, hay que considerar este detalle como una modalidad literaria. Una licencia poética, como dicen. (Licencia poética, ojo. No tiene nada que ver con poesía licenciosa. Un retruécano al paso, no quería desperdiciarlo.) Bueno. Sí, una modalidad literaria nomás, porque ocurre que nadie posee en definitiva una característica más marcada que defina rígidamente su personalidad, sino que todas las tendencias aparecen jugando una perpetua imagen cambiante, en perpetua modificación, algo que responde en forma continua a una ley de movimiento. Nadie es siempre perezoso, siempre lujurioso, siempre colérico. En realidad, cada hombre está, por debajo de esas actitudes permanentes que adopta casi al margen de su conciencia para evitar tomar conocimiento de la realidad de su propia alma, está, cómo podríamos decir, en la situación de esas combinaciones de elementos químicos en que el producto de la combinación es superior y diferente a cada uno de los elementos separados que lo componen. Los elementos constituyen la fórmula, pero la fórmula es inestable y pasible de modificación. Y si cualquiera de los elementos es transformado, aunque sea en cantidad mínima, la fórmula se transforma en su totalidad, transformando al mismo tiempo el elemento agente de la transformación. En cada hombre, una tendencia de su personalidad es un resultado del conjunto, y no es un agente sino un producto del alma. Ésa es la verdad. Pero es una verdad que, mal entendida, hace que la vida sea difícil de arrastrar y de comprender, y para muchos, la convierte en algo así como un cuerpo de humo, en perpetua disipación. Por eso muchos individuos encuentran que el encanto y la pureza de la vida, la solidez de la vida, se manifiestan cuando aumentamos monstruosamente y damos preponderancia a los detalles. Es antiveraz, casi mentiroso, pero nos ayuda a transmitir más fácilmente el contenido de algunas verdades. Son las ventajas de la exageración sobre la sutileza, de la farsa sobre la comedia, de la gesticulación sobre la sugestión y de la plenitud sobre la simple tranquilidad. Otra vez andamos por las ramas, ¿no? Lo admito. Pero lo que estoy diciendo lo justifica, lo convierte casi en el método por excelencia.

"Bueno. Falta el último de nuestros simpáticos frailes. En éste tenemos que detenernos principalmente porque es el héroe de nuestra historia. Y digo bien al decir héroe, porque ésta es una historia de héroes y villanos: fray Bonifacio era el hermanito más joven de la congregación: tenía veinticuatro años, y era de baja estatura, muy delgado y muy pálido, puro hueso el pobre. Era un santo de bueno, y hasta los canallas de la ciudad lo querían; vale decir lo despreciaban, lo consideraban inofensivo y hasta algo estúpido, porque la mayoría de los hombres, dadas las condiciones en que viven, tienden a concebir el mal como una cualidad virtuosa, como una prueba casi jovial de mundanidad, y el bien, la generosidad y el amor al prójimo, como productos de cortedad y sonsera. Casi nadie se detiene a pensar que generalmente la maldad se comete a pesar de uno mismo y por reacción, por temor de ser estafados, lo que en definitiva no es más que pura debilidad, y que la bondad y la compasión exigen mayor lucidez, energía y coraje, una batalla librada contra nuestros malos sentimientos. Pensando bien la cosa, se podría decir que la bondad, cuando es realmente singular y lúcida, no es más que un paso más elevado, algo que ha transformado dialécticamente nuestros malos sentimientos en buena conducta. Pero creo que es mejor que te presente a fray Bonifacio en persona. Como todo hombre realmente bueno, el frailecito tenía exacta conciencia del mal; de lo contrario, su bondad hubiera carecido en absoluto de mérito. Para fray Bonifacio la bondad era un problema hondo, porque su carencia total de faltas graves le impedía sentir el debido temor a Dios. Era un fraile caminador, también como nosotros, y cuando paseaba por la ciudad y por el convento, por los montes y por la orilla del río, meditaba en forma continua sobre su falta de temor a Dios, pensando que el

Señor podía considerarla como una actitud de orgullo y de soberbia. Además, de un modo casi inconsciente, fray Bonifacio intuía que el prestigio del pecado obedece a que nos ayuda de alguna manera a vivir mejor y hasta más tiempo, porque su ejercicio nos permite adecuarnos más estrechamente al mundo en que vivimos. Durante meses fray Bonifacio había tratado de pecar, para sentir remordimientos, y, como consecuencia, temor de Dios. Sentía miedo por su vida demasiado pura y tranquila. La consideraba extrahumana. De manera que, en riguroso secreto, fray Bonifacio, por pura imitación, trató de realizar algún acto contra la ley de Dios. Tenía ejemplos suficientes dentro mismo del convento. No necesitaba estudiar a fondo la seglaría. Además, las tendencias peripatéticas de fray Bonifacio le habían permitido conocer vida y milagro de todos sus hermanos de orden, de un modo un poco involuntario, por haberlos sorprendido en su intimidad, en algún rincón del convento, durante sus paseos. Por casualidad, por ejemplo, por pura casualidad se enteró de que fray Fabiolo tenía mucho oro escondido y que, a pesar de eso, pedía limosna. La avaricia era un pecado. Decidió practicarla. Lógicamente, fracasó; en primer lugar porque, aún cuando pudo reunir unas pocas monedas de oro, no experimentó ningún placer poseyéndolas, y en segundo lugar porque, olvidándose de sus propósitos de pecar, a los pocos días repartió las monedas entre unos indios servidores de la ciudad que se estaban cayendo de puros flacos. Esa falta de constancia para mantenerse en el pecado desesperó a fray Bonifacio. Lo gracioso del asunto es que había un temor a Dios implícito en su voluntad de pecar, y que él no lo advertía. Hizo otros intentos en los que fracasó rotundamente. Había una mujercita de las que lavaban en el río; una de esas petisitas apetitosas, gordita y morocha, una linda Maritornes que era como la mano de Hefesto de los festines pecaminosos de fray Felipe, y, de paso, también de los de fray Ireneo. A la hora de la siesta, fingiendo que iba a hacer limpieza o a pedir una bendición, se colaba en el convento con una gallina asada o unas palomas, o unos pedazos de carne asada bien condimentada que dejaba en la celda del superior.

A la salida, en medio de las oscuras y frescas galerías encaladas, en un rincón oculto, fray Ireneo la esperaba para llevársela a compartir su duro camastro, y hacerlo más agradable. Fray Bonifacio sabía todo eso, de manera que una tarde se fue a la orilla del río, llamó aparte a la lavandera, y la citó en su celda para el otro día. A la siesta siguiente el frailecito esperó a la chica con impaciencia. Cuando por fin llegó, cerró cuidadosamente su celda y después de dudar un rato le pidió que se desnudara. A las mujeres livianas la castidad las atrae como el azúcar a las moscas. Antes de un minuto la chica estaba desnuda y en la cama. Fray Bonifacio se acercó y la miró: ahí estaba su oportunidad de pecar, de ser humano. Miró los senos, las piernas regordetas, la espera anhelante, y en vez de deseo, fray Bonifacio sintió compasión. Pensó en Cristo. Ese hombre extraño, el hijo de Dios, diecisiete siglos antes, se había hecho crucificar por todos ellos, por compasión de todos ellos, y sin embargo, en casi ninguno de los seres que conocía, mil setecientos años después, la conciencia había abierto por sí misma un resquicio más por mínimo que fuese, por el que penetrara la luz necesaria que le permitiera a uno sentir por ellos deseo, alegría o admiración, y no mera conmiseración. "¿Seré tan soberbio?", pensó fray Bonifacio. Pensó que podía serlo, pero que si se echaba con la chica desnuda y la tenía, no se habría sentido pecador en absoluto, se habría sentido casi más santo. Le pidió que se vistiera y que se fuera y quedó solo en su celda. "Dios mío", pensó. "¿Es que no habrá un pecado que pueda cometer?" Y volvió a su secreta desesperación.

"Obremos con riguroso orden expositivo. Dejemos por ahora a los frailes y ocupémonos de algo menos perecedero, ocupémonos de este mismo río que corre bajo nuestros pies. *Malgré* Heráclito, lógicamente. Para el saber ingenuo (nuestra gnoseología natural) sigue siendo el mismo, a pesar de todo. Tampoco necesito explicarte lo que le pasa al Paraná cada año, al final del verano: se hincha, al norte, en el Brasil, en Misiones, qué sé yo, y revienta, todo se llena de agua: el campo, las islas y los caminos. El agua arrastra de todo: ovillos de víboras, troncos, ranchos, animales, hombres, camalotes, espuma.

Qué sé yo. Bestias raras, vivas o ahogadas. En eso nos diferenciamos de esos tontos europeos. Si una mañana apareciera una boa en el Sena, ellos atribuirían un origen mágico al hecho; el diablo que mete la cola, o algo así. En cambio, un cazador de cabezas en Corrientes y Esmeralda podría explicarse causalmente, dialécticamente. El gran Paraná da para todo, ¿no es cierto? Tendríamos todas las fases del proceso al alcance de la mano; en cambio ellos, con la naturaleza escamoteada por la burocracia colonial, habituados a considerar como exotismo todo lo que no pertenezca al Continente, incluso a los ingleses, y a la naturaleza como un orden separado y trascendente, concebirían el fenómeno como algo al margen de todo proceso. Nosotros los americanos sabemos que, agolpada en el suburbio de nuestras ciudades está la selva, devoradora de ciudades, o la llanura siempre idéntica a sí misma en la que un hombre puede volverse loco de soledad y tristeza, y si vemos aparecer un día un tigre sobre un camalotal, lo primero que haremos es tratar de cazarlo antes que especular sobre la significación de su presencia en una región donde se supone que nunca ha habido tigres.

"Justamente, ya que hablamos de tigres: de eso se trata. De un tigre sobre un camalotal, durante la crecida grande, a fines del siglo diecisiete, al final de uno de los últimos veranos del siglo; a la siesta, una siesta ardiente, roja y verde, partiendo la tierra roja de las islas, el verano podrido; el agua del Paraná tibia, roja, corriendo apretada por islas barrancosas, o dejando indios ahogados sobre la arena caliente, bestias ahogadas hinchándose y reventando al sol, bajo el cielo azul. Ésa es la imagen total; y por el medio del río, como un náufrago atento y feroz sobre una balsa improvisada, un tigre erguido sobre un camalotal, arrastrado por la corriente desde la selva, andá a saber desde dónde. Un hermoso tigre rayado, fuerte y perfecto como un atleta, severo y vigilante para no ceder a la perplejidad. El agua lo había arrastrado desde el corazón de la selva hasta aquí, y ya a esta altura, si al principio había experimentado temor o desesperación, después de meditar muchos días y noches sobre su destino, no le quedaba más remedio que permanecer tranquilo y a la expectativa, con su gran cabeza elevada, experta, oliendo el aire. Apenas la corriente empujara el camalotal a la costa, él tocaría otra vez tierra firme, estaría otra vez en su elemento, y sería el rey. Te advierto que toda esta adecuación antropomórfica se opera a los fines de lograr un efecto cómico sobre los hechos: igual que Dios, los animales no tienen ni esperanzas ni recuerdos, no tienen impresiones de sí mismos. Los hombres, en cambio, obramos casi siempre de acuerdo a la impresión y a la idea, generalmente errónea, que tenemos de nosotros mismos: eso nos hace perder bastante seguido nuestro contacto con la realidad. ¿Estoy yendo demasiado lejos para tu gusto naturalista, propio de la época? Bueno, vuelvo a los hechos: la cosa es que la corriente depositó la balsa, el camalotal, en la costa junto a una barranca sobre la que caían dos sauces llorones, y desde la que se alcanzaba a divisar el techo rojo de un edificio de paredes encaladas. El tigre saltó a tierra, y avanzó con sus pasos feroces. Bajo el ombú, en el patio del convento, fray Evaristo dormía plácidamente la siesta. El tigre se aproximó y lo olió: el fraile abrió los ojos y sonrió: el Señor, para poner a prueba su fe en Él, lo enfrentaba con un tigre, durante el sueño; si sentía miedo, si desesperaba, atribuyendo a la realidad lo que era un sueño (porque no podía ser un tigre de verdad, no podía ser —y ya ves que en este punto fray Evaristo pensaba como un europeo— porque en la zona no había tigres) su fe habría sufrido una grieta considerable. Por amor a Dios, por confianza en el Señor, fray Evaristo permaneció tranquilo y cerró los ojos, y al cerrarlos se durmió con un sentimiento de placer porque el Señor, premiando su fe, había hecho desaparecer al tigre de su sueño. El animal se alejó desconcertado. Cerca del convento había dos indios, tallando un santo de palo, al sol, para ganarse la comida y los vicios. Al mismo tiempo alzaron la cabeza, vieron al tigre, soltaron el santo y desaparecieron. Volvieron recién dos días después, cuando supieron que todo asunto había terminado: recogieron su santo de palo, y siguieron tallando como si tal cosa: que con el tigre se arreglaran *ellos* si podían. ¿Se arreglaron? Bueno, macanudo, seguirían tallando santos de palo. Pero nada de tigres. Santos podía ser, los santos no se lo comen a uno, y el salario era demasiado escaso como para que la prestación de servicios incluyera tratos con tigres. Qué embromar. No, señor. Ellos no tenían un carajo que ver con el asunto.

"El tigre siguió hasta el convento y entró, recorriendo con cautela y curiosidad las frescas galerías. En el comedor encontró a fray Eulogio, limpiando una larga mesa de madera basta y oscura, en la que los frailes comían. Hubo unas rápidas corridas en el comedor. Separados por la mesa, tigre y fraile trataban de conseguir sus respectivos propósitos: el tigre romper su ayuno obligatorio de varios días, y el fraile evitar convertirse en una simple merienda. Cuando el tigre saltó sobre la mesa astillando la madera con sus garras, fray Eulogio tiró por la ventana toda su táctica defensiva y salió disparando, cerrando la puerta. El tigre saltó pero llegó tarde, rebotando contra la hoja de madera. El fraile corrió por todo el convento dando la voz de alarma: había un tigre en la casa. ¿Un tigre? Sí, señor, un tigre encerrado en el comedor. Todos los frailes, excepción hecha de Evaristo, que seguía durmiendo lo más tranquilo de cara al río, abajo del ombú, reunidos en el patio cuadrangular del convento, en círculo, oían el relato de fray Eulogio. Más de uno le preguntó si no estaba llegando demasiado lejos con su manía de inventar cosas. Fray Bartolomé, que se enfureció terriblemente considerando que su cofrade le estaba haciendo perder el tiempo, se encogió de hombros y se dirigió al comedor, diciendo de mal tono que era el mejor camino para probar que fray Eulogio estaba inventando. Los restantes esperaron sin hablar, con aire preocupado y sospechoso. A los tres minutos oyeron un portazo (la puerta del comedor, era seguro, todo hombre conoce al dedillo los ruidos de su propia casa) y enseguida apareció fray Bartolomé pálido y furioso, jadeando y quejándose contra fray Eulogio por no haberle impedido ir. Lo contuvieron y deliberaron: así que era cierto: había un tigre, rayado y furioso, en pleno comedor. Había que avisarle al procurador para que con sus centuriones, sus soldaditos de plomo, lo convirtiera en alimento o adorno, en algo, menos en una cosa feroz dispuesta a saltar y a hacerlo polvo a uno en cualquier momento. Mientras tanto, fray Bonifacio meditaba, un poco separado del grupo. "No, esperen", dijo cuando uno de los frailes estaba por salir disparando para la casa del procurador. "Esperen." El fraile se detuvo, todos miraron a fray Bonifacio. "Yo voy a encargarme del tigre." Los frailes se rieron nerviosamente, en conjunto. ¿Estaba loco? ¿Cómo iba a encargarse del tigre fray Bonifacio, que era flaco como un palo de escoba, y débil, débil, de tanto comer salteado por hacer caridad o simple penitencia? "Tengo fuerza suficiente", dijo Bonifacio. Pero no se refería a la fuerza física, con la que habría podido desjarretar al tigre, sino con la otra, con la que pensaba dulcificarlo. El plan de fray Bonifacio era tratar en forma adecuada al tigre y convertirlo en un animal doméstico, en un perrito faldero. Fray Felipe, como superior del convento se negó a la experiencia y mandó llamar a la soldadesca del procurador. Al ver que nadie aceptaba su plan, fray Bonifacio fingió que se retiraba a su celda y con pasos tranquilos se dirigió al comedor; abrió la puerta, entró y cerró por dentro. El tigre estaba echado sobre la mesa, dormitando. Bonifacio se sentó frente a él, en silencio, y esperó que el tigre despertara.

"Cinco minutos después el tigre abrió los ojos amarillos, dulcemente, y vio al fraile. Apenas si pestañeó: echado sobre la mesa, con distracción, modorra y abandono, contempló durante un momento el rostro chupado y reseco de Bonifacio, que lo miraba a su vez con vigilante atención y nada de miedo. "Soy fray Bonifacio, buenas tardes", dijo. El tigre no dijo nada: se limitó a bostezar, alzar la cabeza para echar una ojeada a su alrededor, y volver a apoyarla perezosamente sobre una de las patas delanteras. "Es ridículo, ya lo sé", dijo el fraile, "pero quiero domesticarte. ¿Me entiendes? No, no me entiendes: lo único que sabes hasta el momento es que no estoy armado ni de espadas ni de miedo. A pesar de que por mi físico nadie daría un centavo, tengo la conciencia lo bastante tranquila como para no tener miedo a nada. También hay otra razón por la cual no soy un cobarde: mi desesperación. Soy el fraile más devoto y más amado de toda la ciudad, se me tiene por el Benjamín del Señor; los indios, paganos todos, obligados a simular su fe por necesidad, creen que soy un santo. Los señores de la ciudad, que se casan con Dios y con el Diablo, me tienen lástima porque sostienen que nadie puede ser tan bueno sin ser algo estúpido. Hasta ahora, mis grandes acciones se habían limitado a una simple repartija de lo poco que tengo, y a unas pocas atenciones a alguna gente, atenciones que solamente podría negarse a prodigar un hombre que estuviera ciego, sordo, mudo y paralizado por la crueldad: no he hecho más que dar la mitad de mi pan, la mitad de mi agua, la mitad de mi sueño y la mitad del afecto de mi corazón por los otros, en el fondo, sencillamente porque con la mitad que guardaba para mí, podía sobrevivir lo más bien. A eso se reduce mi caridad; y los hombres desequilibrados y egoístas, empecinados en comer demasiado, y en beber demasiado, y en dormir demasiado, para olvidar en esos largos intervalos de animalidad la parte humana de sus vidas, me han juzgado tonto por eso. En el fondo, creo que también mi caridad es egoísmo: mi vida sobria me permite ampliar la luz de mi conciencia y sentirme diferente de todos los demás hombres. Pero quiero decirte más que eso: es necesario que te diga que la bondad, que la santidad, no son más que la superficie luminosa de la desesperación; que debajo de la santidad la desesperación sacude sin parar sus aguas negras y profundas. Te hablo de esta manera porque gracias a tu llegada he descubierto la desesperación en mí; y he logrado pecar contra Dios, contra el dulce Jesús porque, con un deseo secreto casi hasta para mí mismo, he venido al encuentro de un milagro. Desear un milagro es desconfiar de la realidad y desesperar de ella. Y he pensado que cuando un milagro se produce, Dios no está premiándonos sino condenándonos. Si no nos basta para creer con lo que Dios nos ha puesto naturalmente delante de nuestros ojos para que obremos y vivamos con caridad y justicia, y exigimos una prueba de sentido, es sencillamente que hemos desesperado por completo y ya no tenemos salvación. Mientras esperé que despertaras he rechazado el deseo de que ocurra un milagro, y he decidido, en cambio, si es posible, convertirte gradualmente en una criatura útil a los hombres, o afrontar el riesgo de ser devorado. No soy demasiado apetitoso, pero no creo que pueda hacerte mucho mal". El tigre, sin dar mucha importancia al fraile, comenzó a lamerse los bigotes. La frente del fraile se llenó de arrugas desconsoladas; después de meditar un momento, sin perder su aire preocupado, dijo: "Siento simpatía por ti porque has puesto al desnudo mi desesperación, la clave de toda mi vida: he tenido caridad para todos porque los he juzgado por debajo del nivel humano. Meditando continuamente, he llegado a la conclusión de que todos mis hermanos de orden estarán un tiempo en el purgatorio, y después vivirán eternamente en la gloria del Paraíso. Sin embargo, Dios me llamará para que me enfrente con él cara a cara; el pecado de mis hermanos es la ignorancia y la debilidad; el mío es la conciencia. Mi rapidez mental es prodigiosa, porque apenas tuve noticias de tu presencia, deduje la oportunidad que se me ofrecía. Nunca había sentido temor de Dios; ése era mi problema. Hoy acabo de sentirlo; y entonces mi situación cambió completamente. Mi problema se ha vuelto mucho más complicado: si la santidad es desesperación, el peor de los pecados, la soberbia o la rebeldía se convierten de un modo automático en pecados menores. Si se realizara un milagro aquí, entre nosotros, en esta habitación tan familiar para mí donde la presencia de Dios no se ha sentido nunca, Dios, con su prueba irrefutable, haría caer el velo que cubre el Secreto, y me condenaría por toda la eternidad. Si me devoras, tendré miedo de Dios y de la muerte, y después del purgatorio ganaré el Paraíso. Pero si no sucede ninguna de estas cosas, y poco a poco, con inteligencia, astucia y bondad logro dulcificarte y hacerte útil a la especie humana, entonces, poco a poco, yo también ganando terreno sobre la región del Secreto infinito, un palmo más, por pequeño que sea, iré recobrando la fe, una fe robusta y sana, sin santidad ni desesperación, una fe que sepa que el pan es pan, y el vino, vino. Tú estás al margen de las complejidades humanas; tú estás fundido con el Secreto; no has sido arrancado de él, de un modo oscuro e imperfecto, por medio de una conciencia insuficiente. Para nosotros, tú, hermoso tigre, feroz tigre, eres la cifra y el sello obstinado de todo lo que nos rodea. Hay individuos que han sido vejados y asesinados por sostener que el Secreto que guardas, inaccesible para los hombres, ha hecho concebir a éstos la descabellada idea de una inteligencia divina que rige con su sabio plan el universo. Yo no soy un hombre demasiado sabio; pero siempre he comprendido, de un modo muy oscuro y muy hondo, que existen hombres que prescindiendo de Dios, han explicado, aun sufriendo la humillación física y la muerte, muchas cosas que vemos todos los días y que juzgamos inexplicables sin su existencia. He pensado con miedo y desesperación hasta dónde llegarán esas explicaciones con el correr de los siglos. La tierra está llena de sufrimientos e injusticia, y a menudo oigo justificarlas en nombre de Dios. He llegado a la triste conclusión de que, explicada una cosa, todas las cosas pueden ser explicadas. Lo que hace siglos era juzgado misterioso y divino, ahora lo sabe hasta un chico de diez años; y lo que no podemos comprender ahora, tal vez los niños del futuro nazcan sabiéndolo. He llegado también a otra conclusión: en esta pequeña ciudad en la que vivo y en la que moriré, los mismos que dicen tener en su mente y en su corazón la verdad de Dios, son los que producen mayor miseria, injusticia y sufrimiento. Esa vinculación me desconcierta y me lastima. Pero si pienso con mayor cuidado, me es posible deducir algo que me alienta: si ellos derraman injusticia y crueldad, no están del lado de Dios; y si no están del lado de Dios, la verdad que sostienen es falsa. Ellos, si alguna vez se han hecho matar, ha sido por sensualidad, por ambición o por codicia. Ninguno ha muerto por nada que permaneciera ajeno a sus intereses: una verdad que sirviera para ampliar y hacer más elevada la conciencia de todos los hombres, por ejemplo. Creo que Dios tampoco tiene una opinión definitiva sobre los hombres; creo que Él mismo está tan sobre ascuas como nosotros, y va a estarlo hasta tanto los hombres no descorran en su totalidad el velo que resguarda el Secreto. Detrás de ese velo está el hombre mismo. Creo también que son los hombres que ganan un trecho sobre el caos y lo convierten en orden, los que permiten que el mundo no estalle, conduciendo a sus semejantes hacia Dios. Los peligros de esa temeridad no son sobrenaturales; ¿quién puede creer que Dios haya dotado de cosas al mundo, y haya puesto en él especies incapaces de aprovecharlas? Esos peligros son injustamente terrenales. Si un tigre, que tiene desde el vamos captura de muerte, puede vivir en paz en medio de los hombres, ¿qué lugar les correspondería entre ellos a estos pobres indios que viven despojados de sus tierras, que trabajan peor que animales, que son vendidos como caballos y humillados sobre la misma tierra en la que han nacido y que les pertenece como le pertenece a cada uno de los hombres su propio corazón, la sangre que alimenta su cuerpo? Al entrar a este cuarto he tenido la plena certeza de que muchas cosas sabidas por mí de un modo oscuro durante toda mi vida, han cobrado nitidez y pureza, y me han hecho ver los peligros y las maldades que la ignorancia había instalado en mi corazón. Yo buscaba pecar; pensaba que la avaricia y la carne eran pecados mortales; ahora me doy cuenta de que ésos no son pecados sino juegos de niños, y que el único pecado grave, contrario a Dios, y sobre todo el único pecado grave que está a la altura del juicio de Dios, es sofocar y desoír en el alma las verdades que el alma dicta acerca de uno mismo y del mundo en que vive. Al entrar aquí, todas las preguntas y sus infinitas respuestas se han agolpado, viniendo desde lo hondo, en la superficie de mi alma. Viviendo, rechazaré algunas y verificaré otras, y tal vez la muerte me reciba sin una sola verdad clara, sólida e irrefutable, pero estoy seguro de que no desesperaré, porque sé que si yo no puedo rasgar el velo del Secreto, otros lo harán, sencillamente porque ya ha habido hombres que lo han hecho en parte. No todo de una vez, sino un poco cada vez, y cuando la tierra se fatigue de siglos, la imagen que los hombres tengan del universo coincidirá, detalle por detalle, milímetro a milímetro, con la imagen de Dios.

"Escúchame, tigre: ¿serías capaz de convivir con los hombres, de ayudar a que los hombres vivan mejor, más seguros, más elevados y más libres? Para eso he entrado a esta pieza, no espero ningún milagro. No soy impaciente. Ahora me pondré de pie y me acercaré a ti, y te acariciaré suavemente la cabeza.

Barco se echó a reír, mirando el río. La espléndida mañana de marzo llenaba el agua, los árboles, el cielo. Pancho lo miraba perplejo, sin sonreír, con una mano apoyada sobre la barandilla de hierro del puente.

—Fray Bonifacio se puso de pie —dijo Barco—, se aproximó lentamente al tigre, y entonces el tigre, que hasta ese momento había permanecido echado con una expresión de indiferencia y hasta de malhumor, se irguió rápidamente, pegó un salto, y se comió al fraile. El tigre todavía se estaba relamiendo cuando la soldadesca llegó y terminó con él. La piel sirvió de felpudo durante un tiempo en el despacho de fray Felipe; después no sé qué se habrá hecho; y si dudás de mi historia, te invito a que vayas al convento de San Francisco, esta misma mañana, y observes la mesa grande del museo: todavía son visibles las marcas de las garras.

Pancho se volvió hacia él, pestañeando, sin sonreír.

—¿Y qué significa todo eso? —dijo.

—Nada —dijo Barco, sonriendo—. No hay moralejas ni significados más allá de lo que se dice.

Pancho se tocó el labio inferior con la yema del pulgar y habló seriamente.

—No me gusta el estilo en la última parte —dijo.

—Estaba seguro de eso —dijo Barco riendo.

—¿Te lo aprendiste de memoria? —dijo Pancho.

—Lo tengo escrito —dijo Barco—. Y lo sé de memoria.

—Tendrías que dedicarte a la literatura —dijo Pancho.

—He tratado, hace años. Pero no puedo —dijo Barco—. Apenas me enfrento con una carilla en blanco me pongo a temblar como una hoja. Además me da mucha fiaca. Y finalmente, mis amigos me verían siempre como un sapo de otro pozo.

—¿Y qué —dijo Pancho— acaso Carlitos Tomatis es un sapo de otro pozo para nosotros?

—Carlitos Tomatis es un farsante. Sabe simular muy bien que se parece a todo el mundo.

Barco dejó de hablar y se dedicó a contemplar cómo, desde la ciudad, un camión-tanque de la Shell penetraba pesadamente por la boca del puente y avanzaba con lentitud y estrépito por la plataforma. A medida que se acercaba, el estrépito crecía, y cuando por fin pasó frente a ellos, y ellos vieron la parte trasera del acoplado alejarse en dirección a la carretera, y oyeron disminuir el estrépito, Barco dijo:

—¿Así que se emborrachó?

—Se puso un poco pesado —dijo Pancho—. Me pidió mil mangos.

—Me imagino —dijo Barco.

Pancho sonrió levemente, mirando hacia el medio del río.

—Se mandó media botella de ginebra —dijo—. Arreó con todo lo que había en la heladera, me pidió mil pesos, me invitó a comer, me dejó pagar la cuenta, y después me insultó por haberle dado la plata.

Barco lanzó una carcajada, golpeó el piso con el pie, y se arqueó y tembló todo por los efectos de la risa.

—¡Qué bárbaro! ¡Qué genial! ¡Qué atorrante! —dijo.

Bajó de la plataforma para peatones, elevada treinta centímetros por sobre la destinada al tránsito de vehículos, y continuó lanzando carcajadas y arqueándose como si hubiera recibido un puñetazo en el estómago.

Pancho se animó ligeramente al verlo.

—*Altro* que atorrante —dijo.

Se hallaban a tres metros de distancia uno del otro, Pancho rígidamente de pie junto a la barandilla con una sonrisa débil en el rostro perfectamente rasurado, y Barco, alto y corpulento, con su pullover borravino, su pantalón oscuro, y sus gruesos zapatones de suela de goma, con su barba de tres días, arqueándose y lanzando risotadas.

—Y siempre simula que uno no lo está junando —dijo Pancho.

Barco señaló afirmativamente con el dedo y la cabeza, con los ojos muy abiertos, hacia Pancho, y continuó riéndose.

—¡Sí! ¡Sí! —dijo—. ¡Exacto!

De golpe, Pancho dejó de sonreír y miró el río, con una

expresión de extrañeza. Pareció olvidarse de Tomatis y hasta de Barco; cruzó toda la plataforma, pasando junto a Barco, de un modo rápido y rígido, y se apoyó en la barandilla opuesta mirando las islas, la amplia superficie lisa del río, y el humo de las chimeneas de los barcos de ultramar, en el puerto; un pájaro planeaba casi a ras del agua, y después levantó vuelo y desapareció en las islas. Detrás de Pancho, la risa de Barco dejó de oírse. Pancho se volvió.

–Cuando era pibe (tendría cuatro o cinco años, tal vez menos) soñé que estaba en este mismo lugar –dijo–. Era de noche. Yo miraba el agua, pero todo estaba muy oscuro; y de golpe, desde abajo del puente, empezó a salir un barco iluminado, lleno de luces de colores, que se deslizaba por el agua sin hacer ruido. El agua parecía un espejo azul oscuro, negro, qué sé yo, liso y muy hermoso. Y las luces de todos colores se reflejaban en el agua. Era un espectáculo extraordinario, plácido y luminoso; me parecía escuchar una música suave y triste. Y de pronto, en la cubierta, vi a toda mi familia reunida; estaban sentados en rueda, en sillas bajas, como sabían hacer los domingos a la tardecita, en el patio de casa, cuando venía alguno de mis tíos a visitarnos. Parecían conversar con gran animación. Parecían felices. Y de pronto uno de mis hermanos me vio, y todos se abalanzaron sobre la barandilla del barco y me hacían señas y saludos alegres con la mano. Yo sentía lástima y felicidad por ellos, era un sentimiento mezclado. Sabía que estaban pasándola bien y por eso me sentía feliz, pero al mismo tiempo me daban lástima porque no eran capaces de comprenderme. Pero el espectáculo del barco, desplazándose como en el aire, iluminado y plácido, y con el palo mayor y dos hileras de lamparitas de colores que subían desde la proa hasta la punta del palo, ese espectáculo dulce y encantador me producía una paz inmensa. Ahora me acordé de golpe; hacía años y años que no lo recordaba. Y es como si lo hubiese soñado anoche; es tan nítido.

–Ocurre –dijo Barco, aproximándose y apoyándose pensativo sobre la barandilla.

Permanecieron inmóviles y en silencio.

–¿Qué hora es? –dijo Barco.

Pancho miró su reloj pulsera.

–Y diez, las nueve –dijo.

–¿Vamos al centro? –dijo Barco.

–Demos una vuelta por la costanera, antes –dijo Pancho.

–Perfecto.

Salieron del puente y comenzaron a caminar por la costanera. La larga avenida permanecía desierta. Los álamos, altos y delicados, arrojaban una larga sombra hacia los chalets, silenciosos e impecables al sol de la mañana. Desde el garage de uno de ellos, un automóvil gris retrocedía hacia la calle; una mujer regordeta, bien vestida, con una cartera colgando del brazo, daba indicaciones al conductor que asomaba de vez en cuando la cabeza por la ventanilla y miraba hacia atrás, tratando de no llevarse por delante los bajos pilares de la verja del frente. El coche salió airosamente a la calle, el conductor lo detuvo un momento para que subiera la mujer, y después se alejó a una velocidad prudente en dirección al centro. Pancho y Barco se apoyaron en la baranda de la costanera, una vieja baranda de material, gris y manchada por la intemperie, y desde allí contemplaron el puente, los altos mástiles de hierro negro pespunteados de bulones, la fina barandilla, el punto de la plataforma en el cual ellos habían estado charlando un momento antes; por debajo del puente corría el agua. Y sobre el puente, brillando al sol, dos automóviles corrían uno detrás del otro en dirección a la ciudad, y un colectivo plateado los cruzaba en dirección a la carretera. El cruce se produjo exactamente en la mitad del puente. La fuerza del agua había roto el murallón inferior anegando el espacio lleno de ceibos, sauces y espinillos, que separaba el agua de la costanera propiamente dicha; las escaleras de material, anchas y rectas, aparecían cubiertas de agua hasta la mitad. Pancho y Barco permanecieron un momento mirando el agua, el puente, y las islas, y después recorrieron a pie, de ida y vuelta, la larga costanera vieja, pasaron otra vez junto a la boca del puente colgante, caminaron dos cuadras por el bulevar, y en la esquina de la estación de ferrocarril tomaron un ómnibus que corría en dirección al centro.

El ómnibus iba repleto; y Pancho y Barco, apretujados en el pasillo, entre chicas de barrio bien vestidas, señoras de compras con sus hijos, hombres trajeados que conversaban en los asientos y muchachos vestidos de ropa sport de colores vivos, permanecieron durante todo el trayecto sin hablar, separados por una mujer madura de vestido gris de lana, que llevaba en la mano una cartera y un bolso azul de Air France. El ómnibus rodó por el bulevar, tomó la ancha calle arbolada por la que todos los ómnibus que hacían su recorrido por distintos barrios regresaban al centro, pasó frente a la plaza España, y cuando dobló por una transversal y llegó a la altura de San Martín, Pancho y Barco descendieron, de igual manera que casi todo el pasaje, dejando el ómnibus semivacío.

San Martín estaba llena de gente; desde la esquina en que descendieron, mirando hacia el sur, el corazón de la ciudad, podían divisar una muchedumbre caminando por las veredas y por la calle, deteniéndose a observar las vidrieras, conversando animadamente en grupos y saludándose con amplios ademanes de una vereda a la otra; al comenzar a caminar en dirección al sur, por la vereda de la sombra, Pancho vio salir de una mercería a la mujer que una hora antes había visto, en la costanera cuando daba instrucciones a su marido para sacar el coche del garage. Se volvió y la miró alejarse en dirección contraria a la que llevaban. Había muchachos parados en las veredas, en grupos de cuatro o cinco, de pie sobre el cordón o apoyados en las vidrieras de las casas de comercio, hablando en voz alta y mirándose por encima de la gente que pasaba entre ellos. El sol brillaba con una luz espléndida; y el murmullo de la conversación, y el de los altavoces, proveniente no se sabía de dónde, propalando música o slogans comerciales, y el de los pasos sonando arrastrados sobre el asfalto de la calle y las baldosas grises de las veredas, las risas y los gritos, se mezclaban en el aire y ascendían como un solo murmullo que iba disipándose a medida que cobraba altura, hacia el cielo azul. Pancho observaba las caras fugazmente, a medida que un paso lento lo conducía junto a Barco hacia la galería: caras idénticas, diferentes, cada una correspondiendo a un hombre idéntico, diferente. En ninguna de esas caras había un destello de inteligencia o de honradez, algo adquirido en un esfuerzo personal de conciencia: eran todas caras del montón, en las que la inteligencia, la honradez y los sentimientos reflejados en ellas se parecían en todas, como un boleto de tranvía se parece a otro de la misma serie. Anduvieron cuatro cuadras entre el gentío, sin hablar, observando cada uno por su cuenta los pequeños detalles, la abigarrada mezcla de colores, las ropas, los gestos, las vidrieras alineadas a lo largo de la calle; Barco fumaba gravemente, el cuerpo erguido, la cabeza alzada, como si estuviera tratando de mostrar todo lo sucio que era capaz de presentarse en público, el día en que todo el mundo se exhibía perfectamente higienizado; Pancho había condescendido consigo mismo, metiéndose las manos en los bolsillos del pantalón, sin importarle para nada su oscuro traje impecable. Penetraron a la galería a las once menos cuarto, sacaron un vale por dos cafés en la caja, y después de retirarlos en el mostrador, se encaminaron lentamente, tratando de no volcar el café que llevaban en una mano como si se tratara de un pequeño fuego votivo, a una de las mesas del fondo del patio, ubicada en medio del sol. La mesa, de hierro, era de color rojo, y estaba cruzada y rayada por mil inscripciones y marcas ilegibles. Barco se sentó mirando hacia los pasillos de la galería. Pancho, cuidando nuevamente la raya de sus pantalones, dándole el perfil a Barco, mirando hacia el bar.

–Bueno –dijo Barco–. Ahora nada de perder el tiempo conversando.

Asumió una expresión de honda satisfacción, mirando la gente que pasaba por los pasillos y la que se hallaba sentada alrededor de las mesas del patio, conversando y riendo.

Durante más de media hora permanecieron en silencio, contemplando y oyendo el gentío que pasaba frente al amplio ventanal de la galería, se detenía para ocupar alguna de las mesas, o seguía de largo, perdiéndose de vista en el pasillo, en dirección a la calle. El sol caía verticalmente sobre sus cabezas y hacía relumbrar el oscuro traje de Pancho. Después de las once y media vieron aparecer a Tomatis por la boca del pasillo.

Venía acompañado por Ángel Leto. Estaban vestidos con idénticos pantalones de franela gris. Tomatis estaba perfectamente limpio, ordenado y rasurado; en su persona no quedaba rastro de la noche pasada; parecía no haber trasnochado nunca. Se aproximaron sorteando las mesas, Leto detrás de Tomatis, siguiéndolo con indiferencia.

–Alto las manos –dijo Tomatis cuando llegó.

Leto se paró a su lado; no dijo nada.

–Tomen asiento –dijo Barco.

Pancho corrió distraídamente su silla, incorporándose un poco, quitando espacio en vez de ampliarlo. Leto y Tomatis, al mismo tiempo, arrimaron una silla cada uno y se sentaron junto a la mesa.

–¿Siempre trabajando ustedes? –dijo Tomatis.

Se echó a reír, y enseguida se puso serio.

–Venimos de la costanera –dijo Barco–. Estamos en pie desde la siete.

Leto dio a Barco un golpecito en el codo.

–Dame un cigarrillo –dijo.

Barco sacó su paquete de Saratoga y convidó a Leto. Ofreció uno a Tomatis pero éste lo rechazó con un movimiento de la mano. Barco sacó uno para sí, y después hizo una pelotita con el paquete vacío y lo dejó caer en el suelo. Leto observaba cuidadosamente su cigarrillo, haciéndolo girar con los dedos; parecía sospechar algo sobre el contenido del cigarrillo.

–Cuando era chico ideé un plan para matar a Perón, con un cigarrillo –dijo–. El cigarrillo tenía adentro un dardo envenenado; yo soplaba con fuerza y el dardo se clavaba en el cuello del general. Nadie se daba cuenta, y cuando el general caía muerto, yo tenía tiempo para escapar en medio de la confusión. El plan me lo sugirió algo que había leído en *El Tony*, X-9, me parece.

Se inclinó a la llama del fósforo que le ofrecía Barco. Encendió su cigarrillo y echó una bocanada de humo. Barco sonreía, y miró a Tomatis mientras encendía su propio cigarrillo, echaba su primera bocanada de humo, y apagaba la llama sacudiendo el fósforo.

–¿Así que estuvieron de parranda anoche? –dijo.

Tomatis sonrió, y habló con aire condescendiente.

–Sí, Horacio, sí. Estuvimos de parranda –dijo.

–Me alegro de que mis amigos se diviertan –dijo Barco–. Es como si yo mismo me divirtiera.

–Te estábamos por llamar –dijo Tomatis–. Después se me mezcló todo en la cabeza, y me olvidé.

Pancho permanecía rígido en su asiento, sin hablar, con aire distraído. Tomatis le echó una rápida ojeada, y después, mirando a Barco, cabeceó comprensivamente hacia él.

–Yo me acosté a las ocho –dijo Barco–. Hice un paréntesis de once a doce, para comer, y volví a la cama. He llegado a la conclusión de que como mejor produzco mentalmente, es acostado.

Leto asintió con entusiasmo.

–Yo también –dijo.

–¿Sí? –dijo Barco volviéndose hacia él–. ¿Viste?

–De veras –dijo Leto a Tomatis, señalando a Barco con la cabeza.

–A una determinada edad –dijo Tomatis moviendo sentenciosamente la cabeza– los sentidos no sirven más que para entorpecer el razonamiento. Uno tendría que ser ciego, sordo, y tener una coraza por piel.

–Sí –dijo Pancho interviniendo con expresión distraída, sin dejar de mirar fijamente hacia el bar–. La vida es difícil.

Barco y Tomatis se miraron.

–¿Qué tomamos? –dijo Tomatis, incorporándose sin dejar de mirar a Barco.

–Yo nada, gracias –dijo Barco– Tomé café.

–Yo nada, tampoco –dijo Leto–. Ando seco.

–No importa, viejo –dijo Tomatis–. Es una invitación mía.

–Bueno –dijo Leto–. Una cervecita, entonces.

Tomatis señaló con el dedo a Leto.

–Bueno, entonces. Una cerveza –dijo. Y señalándose a sí mismo, agregó:– Yo un Cinzano con Pineral. –Se volvió hacia Pancho:– ¿Y vos, Pancho?

Pancho miraba fijamente hacia el bar; no respondió. No oyó siquiera. Tomatis le tocó el hombro con dos dedos, suavemente.

–Pancho, –dijo.

–Qué –dijo.

–¿No vas a tomar nada? –dijo Tomatis.

–Recién tomé, gracias –dijo Pancho–. Después, en todo caso.

–Bueno –dijo Tomatis, echando una mirada general a la mesa para fijar el pedido en su mente–. Cinzano y Pineral y una cerveza. Ya vengo.

Se dirigió hacia el bar, sorteando las mesas. Nadie habló hasta que regresó Tomatis, con su batido de Cinzano y Pineral en una mano, y la cervecita de Leto en la otra. Había metido el vaso en el pico de la botella, y el vidrio tintineó. Tomatis depositó las cosas sobre la mesa, repitió: "Ya vengo", y se dirigió otra vez al bar. Regresó trayendo tres platitos, con maníes tostados, masitas saladas, y aceitunas verdes. Venía masticando algo. Cuando dejó los platitos sobre la mesa y se sentó, se vio que se trataba de una aceituna, porque escupió el carozo sobre la mesa.

–Ricas estas aceitunas –dijo, tomándose un trago de su batido.

Barco lo miraba sonriente. Leto sacó el vaso del pico de la botella, lo dejó sobre la mesa, y se sirvió un chorro de cerveza dorada, que formó en la superficie una capa de espuma blanca. Pancho se volvió ligeramente hacia el grupo, suspirando.

–¿Es espantosa toda esta gente, no? –dijo.

Leto fumaba pensativo, mirando el fondo de su vaso.

–Aburrida sobre todo –dijo Barco. Se inclinó hacia la mesa, y mirando de un modo estudiadamente indeciso los platitos, eligió por fin dos o tres granos de maní. Los largó al aire y los abarajó con la boca, uno por uno. Después de tragarlos se colocó el cigarrillo entre los labios y lo dejó ahí, permaneciendo silencioso, con la frente fruncida por los efectos del sol y el humo, despatarrado sobre la silla.

–Da gusto estar sentado aquí, tomando un batido –dijo Tomatis –recién bañado y afeitado, con el sol calentándote la piel y la cabeza.

Nadie dijo nada. A Tomatis no le importó. Continuó hablando, haciendo girar su pequeño vaso cilíndrico sobre la mesa.

–Sobre todo después de haber pasado una mala noche –dijo–. Anoche cuando me acosté me pareció que hoy no me levantaba. Me pareció que me quedaba muerto en la cama. Me palpitaba el corazón que daba miedo.

Barco se inclinó hacia él y le palmeó.

–Las culpas, mi amigo, las culpas –dijo.

–No –dijo Tomatis–. Qué culpas ni qué ocho cuartos. La bilis me subía por el esófago hasta la garganta, y amagaba con salir al aire libre. Y para colmo tuve unos sueños terribles. Pero hoy a las diez cuando me desperté y vi el sol por la ventana, respiré aliviado: culpas o lo que sean, la cosa es que duré hasta la mañana; y no me importa que esta noche empiece otra vez la misma historia. Yo me afeité y me bañé, lo más tranquilo, y me vine a la calle a sumergirme entre esta gente que Pancho considera espantosa. La detestamos pero nos ayuda a no estar solos.

Leto bebió un trago de cerveza; se pasó la lengua por los labios (una lengua larga y rosada, plana, como la de un perro y dejó el vaso en la mesa.

–Yo no; yo prefiero estar solo –dijo.

Tomatis pareció acalorarse, como si los demás, tácitamente, no estuviesen de acuerdo con él.

–Ya sé que ninguno de estos vale cinco guitas –dijo, cabeceando hacia las mesas y el pasillo–, pero me dan lástima con sus mentes atrofiadas.

–¿Vas a trabajar esta tarde? –dijo Barco.

Pancho miró a Barco con sorpresa, pero no parecía haber escuchado sus palabras; parecía haberse sorprendido pensando algo sobre él.

–Sí –dijo Tomatis–. A pasar al taller comunicados del Rotary y del Centro Almaceneros. A vigilar la teletipo: no sea que a la United Press se le traspapele alguna información comprometida.

–Difícil que se les pase –dijo Barco–. Además, la gente creería que se les está tratando de hacer pensar lo contrario por medio de una noticia comprometida.

—No sé cómo reaccionará la gente —dijo Tomatis—. Nunca leo el diario.

—En casa del herrero, cuchillo de palo —dijo Barco. Golpeaba sin cesar, con la yema del pulgar, el extremo no encendido del cigarrillo. El pullover de gruesa lana le daba solidez a su cuerpo, lo hacía más voluminoso y pesado; sus gruesas facciones eran equilibradas por sus agudos ojos oscuros.

—En serio, nunca los leo —dijo Tomatis—. Llevaría un mes interpretar correctamente cada una de las noticias.

Leto movió los ojos con algún interés; permanecía inmóvil, pero no pensativo. Algo encogido sobre su silla, miraba el fondo del vaso, el líquido dorado, y parecía registrar con suma minuciosidad y atención todo lo que se decía, esbozando una semisonrisa.

—Yo tampoco los leo —dijo, sin alzar la cabeza.

—Pancho tampoco —dijo Barco, cabeceando hacia Pancho. Pancho se volvió.

—No —dijo—. Yo tampoco.

Su rostro estaba sombrío; tenía los ojos semicerrados por el reflejo de la luz solar, y sus mejillas aparecían hinchadas.

—El mundo de Pancho comienza en su sistema circulatorio, y acaba en su sistema nervioso, con una explosión —dijo Tomatis.

Pancho se volvió hacia Tomatis, semisonriendo.

—¿Te lavaste el culo esta mañana? —dijo.

Tomatis sonrió abriendo los brazos en un gesto amplio.

—Es que es cierto, Pancho —dijo— De veras. No te agredo. Siempre lo he sostenido.

—Siempre lo he sostenido, siempre lo he sostenido —repitió Pancho con una mueca. Su rostro cambió y su expresión se hizo suave y tranquila—. Estoy pensando ahora, no me molestes.

Tomatis se dirigió con la mirada a Barco, que sonreía silenciosamente. Tomatis sacudió la cabeza señalando a Pancho, y hablando con leve calor y fuerte convicción.

—Es así, es así —exclamó—. No es posible resolver todos los problemas dentro de uno mismo.

—Depende de la solución que se les dé —exclamó Barco, riendo encantado.

—Es como Rey —dijo Tomatis—. Hace un rato me lo encontré en el correo. Sobrio o borracho, es incapaz de salir de sí mismo. Me estuvo cargando. No se las aguanta, y entonces se pone agresivo. (Agresivo; fijate, fijate los términos que usamos: agresivo.) Pancho es menos peligroso; se vuelve contra sí mismo. Por supuesto, los dos van a terminar estrellándose contra la misma pared.

Barco dejó de sonreír; se acarició las mejillas llenas de barba oscura.

—Lo que pasa es que no todo el mundo es como vos; vos tenés una facilidad genial para largar el entripado de cualquier manera.

Tomatis se escandalizó.

—Oh, como si a mí no me importara nada ni nadie —dijo.

Barco se inclinó sonriendo persuasivamente hacia él.

—La verdad, Carlitos —dijo.

—¿No era ése el tipo que estaba en el correo? —dijo Leto.

Barco y Tomatis alzaron la cabeza. Rey se hallaba de pie junto a la caja comprando un vale. Pancho miraba también hacia allá, pero parecía no advertir la presencia de Rey. Rey se hallaba vestido con un elegante traje de franela gris. Recibió el vale y con poco cuidado, alto y erguido, rígido, se encaminó al mostrador. Parecía no haberlos visto.

—Sí, —dijo Barco.

—Nos trató de franciscanos. Estuvo, ¿eh? —dijo Leto—. Parece un buen tipo.

—Sí —dijo Barco, pensativo. No era una afirmación, sino una respuesta mecánica —Raro que ande fresco.

—Se encurda por temporadas —dijo Tomatis.

—De las veces que lo vi, en los últimos años, nunca parecía fresco.

—Yo sí lo he visto fresco, aparte de esta mañana. Cuando no está borracho, armando escándalo por ahí, tiene un aspecto sólido y plácido —dijo Tomatis.

—¿Es hombre del Jockey Club, no? —dijo Barco.

—No —dijo Tomatis—. La familia sí, creo. Él fue comunista en una época. Es un tipo inteligente; un poco débil, me parece.

—¿Es uno de esos grandes reformadores que quieren inyectarle sentimentalismo decadente al materialismo dialéctico, no? —dijo Barco.

—¡Hay que ser hijo de puta! —dijo Tomatis—. Eso fue cosa de un par de años; hace mucho tiempo. Ahora no vamos a andar juzgando a todos los tipos de acuerdo al partido que se han afiliado, ¿no?

—No, por supuesto, si no los juzgamos en la esfera de sus ideas políticas —dijo Barco—. Y supongo que no pretenderás hacerme tragar que las ideas políticas surgen de la nada, por generación espontánea.

—No —dijo Tomatis, pensativo, mirando hacia Rey, que se hallaba ahora de espaldas a ellos, junto al mostrador—. No nacen así. Pero casi nadie lo sabe. Y esa ignorancia se paga a un precio muy alto. Cuando está bien, Rey es un tipo encantador.

—Embaucador —dijo Barco.

—Encantador —dijo Tomatis—. No seas canalla.

—Conozco a esos elegantones —dijo Barco—. Una buena parte de tus defectos se parecen a los de él: siempre casándose con Dios y con el Diablo.

—Creo que ése es también mi defecto —dijo Leto—. Con la diferencia de que yo soy partidario de la bigamia.

—Si los conoceré —dijo Barco—. Soy amplio como el cielo, te consta, Carlos. Pero odio la debilidad; no el desamparo, sino la debilidad.

—Te estás poniendo duro como el mármol —dijo Tomatis con el ceño fruncido, bebiendo.

—Sí, lo reconozco. Creo que tengo un alma sólida, de piedra. Creo que tengo una mente clara. Y me agrada más la desesperación de Pancho, que la simulación involuntaria de los tipos como vos y como Rey.

Tomatis depositó de golpe su vaso sobre la mesa, y se quedó mirando a Barco, escandalizado y sorprendido, con la boca abierta y los ojos abiertos.

—¡Ah! –dijo–. Perfecto.

—Por supuesto que sí –dijo Barco.

—Perfecto, perfecto –repitió Tomatis sin escucharlo.

—Pero por una razón que en última instancia te absuelve: tu desesperación es de la misma clase que la de Pancho y que la de Rey. La diferencia estriba en que la de Pancho es más profunda, más seria. Pancho está encarcelado en sí mismo; y Rey y vos, la mayoría de las veces, están escapados de sí mismos. Viven fuera de sí.

—Tomá nota, Leto. Sócrates Barco al aparato.

Barco no lo escuchó o fingió no escucharlo.

—Hay un término medio –dijo–. Yo estoy en él. Mis problemas son reales.

—Bravo, bravo, muy bien –dijo Tomatis, aplaudiendo suavemente, sin producir ningún sonido, aproximando las manos al rostro de Barco.

—Te estás poniendo un poco tonto últimamente –dijo Barco, con aire de tranquila reconvención.

Tomatis dejó de mirar a Barco y dejó de sonreír y de fingir divertirse.

—Es posible –dijo con seriedad, suspirando.

—No me equivoco –dijo Barco, sacudiendo el índice ante la cara de Tomatis–. Sé cómo viven. Y por más que piensen y digan, ésa es la medida. Sé cómo vivís, Tomatis. Y sé cómo vive un tipo de la calaña de Rey.

—Shh… te va a oír –dijo Tomatis–. Te va a oír.

—¿No ves? ¿No ves? Se protegen el corazón, mutuamente.

—No seas boludo –dijo Tomatis–. Si te oye, te rompe la cara.

Barco se encogió de hombros, hizo un gesto cómico y humilde.

—Ah. ¿Era por eso? –dijo.

Leto terminó su cerveza de un trago. Pancho miraba el cielo; bajó la cabeza y dirigió la vista hacia el bar. Pareció interesarse por algo y se volvió hacia Tomatis, interrogándolo con la mirada.

—¿Ese tipo de traje gris no es Rey? –dijo.

Tomatis se ruborizó.

—Pancho —dijo. Y mirando a Barco agregó:— Yo lo mato.

Leto miraba a Pancho con los ojos muy abiertos, perplejo. Había dejado de sonreír.

—Hace mucho que no oigo hablar de él —dijo Pancho—. ¿Qué es de la vida?

Tomatis se rió.

—No estamos enterados —dijo.

En el bar, Rey se volvió desde el mostrador con un café y se aproximó al patio, lentamente; con una mirada buscó una mesa vacía, y descubriendo una junto al ventanal, cerca del pasillo, se encaminó a ella; Barco se hallaba mirando hacia él, de manera que cuando Rey se dirigió a la mesa, Barco lo saludó con una inclinación de cabeza y un "Cómo le va" inaudible, y Rey respondió alzando apenas la mano libre. Pancho y Barco lo siguieron con la mirada, hasta que Rey dejó el café sobre la mesa y se sentó, dándoles la espalda.

—¿Tomaba este tipo, no? —dijo Pancho.

—Sí —dijo Barco.

—Una vez tuve que cargar con él. Le da por pelear. Provoca a medio mundo y pega que da miedo. Pero así fresco no parece mala persona.

Barco se encogió de hombros, escondiendo el labio superior bajo el labio inferior, que se abultó húmedo y rojizo, y abriendo desmesuradamente los ojos:

—No parecerá —dijo.

—Horacio le tiene bronca —dijo Tomatis.

—Qué le voy a tener —dijo Barco—. No me gusta la clase de gente que representa. Eso es lo que pasa.

—¿Y vos qué clase de gente representás? —dijo Tomatis.

—¿Yo? ¿Qué clase de gente represento? Ninguna —dijo Barco—. Pero no me gusta hacerle poner la cabeza a nadie ni ponerla yo tampoco. Por lo menos, hasta que no sepa bien por qué la pongo.

—Igual que yo —dijo Leto.

Barco se volvió hacia él.

—Decime —dijo—. ¿Me estás cargando?

Leto sonrió, ahora pensativo.

—Claro —dijo—. Sí.

—Atiéndanlo —dijo Barco, señalándolo con el pulgar—. Nos carga.

—Le da por pelear —dijo Pancho—. Estábamos en ese local que hay pasando el puente colgante, donde sirven ranas, ¿vieron? Estaba Barra también esa noche. Rey se tomó solo cerca de treinta ginebras. Había un tipo sentado en una mesa enfrente que miraba con insistencia a la mesa donde estábamos nosotros. Rey quería levantarse y pegarle. El pobre tipo estaba callado, pensativo. Miraba para nuestra mesa pero no nos veía. Y este bárbaro se quería levantar a cada rato y darle. Discutía de teatro con Barra; y en un descuido, cuando Barra estaba hablando acalorado, concentrado en lo que estaba diciendo este loco se levantó, riéndose, y se fue para la mesa. Nosotros creíamos que iba al baño. Se fue y se colocó delante del tipo y le preguntó qué tenía con él. El tipo se paró de un salto, pero no para pelear sino sorprendido y asustado. Rey no le dio tiempo ni para decir "esta boca es mía". Lo tumbó de un golpe. El dueño del local vino corriendo y le empezó a dar puñetazos a Rey, medio enloquecido, como si quisiera matarlo. Resulta que el pobre tipo que estaba allí acostado era ciego. Entre Alfredo y yo lo levantamos y lo sentamos en una silla. El dueño del restaurant se sentó y se echó a llorar. Rey no dijo nada; se quedó parado, sin hablar; estaba palidísimo y sonreía, ¿vos sabés? Nos fuimos enseguida, por supuesto. Rey no dijo una palabra en todo el trayecto. Sonreía, pero no parecía estar alegre. Era una manera rara de sonreír. Barra se despidió de nosotros en el bulevar y yo lo acompañé a Rey hasta la casa. Después estuve otras veces con él (siempre estaba borracho) pero nunca lo oí hablar del asunto.

—Me parece haber oído comentar eso —dijo Tomatis, pensativo—. Pero no a Rey; no, a Rey nunca.

—¿Y eso no lo curó? —dijo Leto, con gran asombro.

—Lo más fácil es que si a un tipo como ese le pasa una cosa así —dijo Barco—, se dedique a seguir pegándole a todo el mundo, para vengarse del ciego, por ser ciego. Y para vengarse también de sí mismo.

—Sí, es posible —dijo Tomatis—. Pobre Rey.

—¿Por qué pobre? —exclamó Barco perentoriamente.

—No se debe haber sentido nada bien después de una cosa así —dijo Tomatis.

—El pobre cieguito voló y chocó contra la pared, y cayó al suelo. Quedó seco. Al principio me pareció que lo había matado. Tardó como quince minutos en reaccionar. El dueño del restaurant, que era el único presente aparte del cieguito y de nosotros tres, lloraba como si Rey le hubiese pegado a él —dijo Pancho. Después meditó un momento, y volviendo a asumir su actitud abstraída, mirando hacia el bar agregó:— Me fatiga toda esta chismografía.

Los cuatro permanecieron en silencio. El sol otoñal se hallaba en el cenit, y Pancho, mirando la porción rectangular de cielo azul visible desde el patio de la galería, observó que estaba lleno de astillas doradas, unos destellos cálidos de luz fina. Gradualmente, la multitud iba reduciéndose a medida que se aproximaba la hora de comer. Tomatis acabó su batido y Barco continuó arrojando al aire granos de maní tostado, abarajándolos con la boca. Leto permanecía inmóvil, mirando el fondo de su vaso vacío, manchado de espuma, y parecía sonreír para sí mismo, casi tristemente. Las personas que ocupaban las mesas del patio eran en su mayoría muchachos con ropas chillonas, o chicas empaquetadas para venir al centro; pero había también un par de mesas ocupadas por hombres maduros, obesos, calvos, cargados de paquetes, bolsas de papel llenas de fruta, vestidos con ropa de confección, riendo y charlando en voz alta.

Los altavoces internos de la galería propalaban una música arrastrada, inaudible.

—¿Cómo marcha tu novela? —dijo Barco de pronto, dirigiéndose a Tomatis.

—Estoy yendo al Archivo Histórico todos los días, para documentarme —dijo Tomatis, paseando su mirada por el recinto lleno de gente.

—¿Pero escribís?

—Sí que escribo —dijo Tomatis.

—Bueno —dijo Barco—. Reconforta saber que los amigos escriben por uno.

Leto tocó a Barco en el hombro. Barco lo miró.

—¿Me podés dar un cigarrillo, Barco, por favor? —dijo Leto.

Barco rebuscó en sus bolsillos, palpándolos por la parte exterior del pantalón.

—Se me terminaron. Dame un cigarrillo, Carlos —dijo a Tomatis.

Tomatis metió la mano en el bolsillo interior del saco y extrajo un paquete de Chesterfield. Convidó a Leto y a Barco y sacó uno para él. Barco levantó la caja de fósforos y encendió los tres cigarrillos, arrojando otra vez la caja sobre la mesa. Tomatis se guardó el paquete de Chesterfield en el bolsillo interior del saco, y apoyando la nuca en el respaldo de la silla, echó un chorro de humo hacia el cielo.

—Me raspan la garganta los importados —dijo Leto—. Pero me gustan.

—Sobre todo si vienen de arriba —dijo Tomatis.

—De otra manera no podría fumarlos —dijo Leto— ¿Qué hora es?

Tomatis miró su reloj pulsera.

—La una menos veinte pasadas —dijo.

—Ahí está Rosemberg —dijo Barco—. Este tipo me gusta.

Tomatis y Leto se volvieron discretamente; Marcos Rosemberg se hallaba de pie junto a la mesa de Rey, charlando y riendo, jugando con un llavero. Estaba vestido de sport y parecía sereno y tranquilo. Era bajo y delgado, rubio, con unos bigotes dorados, imperceptibles, sobre el labio inferior.

—Sí —convino Tomatis—. Es intachable. Un judío noblote.

—Un tipo con la cabeza bien puesta sobre los hombros. Ahí se sentó —dijo Barco.

—Nadie tiene la cabeza tan bien puesta sobre los hombros, Horacio. Ningún tipo inteligente. Un tonto quizás.

—Quizás —dijo Barco—. Charla y se ríe. Y Rey también.

—Son viejos amigos —dijo Tomatis.

—Como nosotros —dijo Barco.

–Sí, como nosotros –dijo Tomatis–. Todo referido a nosotros. Nosotros somos el centro del mundo.

–Oh, vos decís muchos discursos sobre la objetividad, pero tu conducta deja mucho que desear al respecto.

–¿Conocés a la mujer?

–Sí –dijo Barco–. De vista. Vos sabés que a mí no me dan tanta bola. Yo no hago literatura ni visto a la moda.

–Acabala, Horacio –dijo Tomatis. Enseguida cambió de tono–. Es una flaca media tumbada, pero yo no le perdonaría la vida. Tiene un pibe.

Barco no le respondió.

Otra vez quedaron en silencio. El local de la galería se vació casi del todo, pero a la una y media, cuando Rosemberg y Rey se levantaron y se alejaron caminando lentamente y charlando por el pasillo en dirección a la calle, Pancho, Barco, Leto y Tomatis continuaban sentados. Pancho no pronunció una sola palabra durante mucho tiempo. Se limitó a mirar pensativamente, con los ojos semicerrados por los reflejos de la luz solar, hacia el bar, sin prestar mucha atención a lo que sucedía en el pequeño salón. A las dos menos cuarto, Tomatis se puso de pie de golpe y dijo que se iba a trabajar. Barco sonrió.

–Eso no es trabajo –dijo.

–Lo que sea –dijo Tomatis–. Me pagan para que lo haga.

Todos se pusieron de pie. Leto tocó a Tomatis en el brazo.

–Pienso visitarlo a Giménez –dijo–. Necesitaría veinte pesos para el colectivo, cigarrillos y otros gastos.

Tomatis sonrió mientras metía la mano en el bolsillo del pantalón y sacando dos billetes rojos de diez pesos dijo:

–¿Qué otros gastos?

–Pastillas –dijo Leto–. Es por los importados. Me irritan la garganta.

–Decíle a Giménez que uno de estos días paso a visitarlo –dijo Tomatis, dándole los veinte pesos.

Leto los agarró, los hizo una pelotita y se los guardó en el bolsillo del saco. Barco se encaminaba ya hacia el pasillo, lentamente. Pancho aguardaba de pie con expresión seria, junto a la mesa, observando a Leto y a Tomatis, mirando a uno y a otro a medida que hablaban y se contestaban. Barco se detuvo en la boca del pasillo y los llamó.

—¿Y? —gritó.

Los tres se encaminaron hacia el pasillo, Pancho delante y los otros dos detrás, sin hablar. En la entrada del pasillo Pancho se detuvo junto a Barco y se volvió, mirando hacia la galería: no quedaban más que la cajera, una muchacha de guardapolvo verde que leía una revista de historietas, y dos empleados de saco blanco, detrás del mostrador, junto a la Pavoni. Leto y Tomatis pasaron a su lado, y Barco comenzó a marchar junto a ellos. Pancho contempló durante un momento el patio: estaba desierto, y el sol de otoño reverberaba sobre las mesas y las sillas de todos colores. En el fondo, un muro cerraba el patio: era blanco, deslumbrante, y sobre él, en uno de los ángelos superiores, una santarrita parecía un relumbrante borbotón verde manchado de flores violetas. El altavoz había sido apagado un rato antes, de modo que, excepción hecha del sonido de los pasos de sus amigos alejándose en dirección a la calle, un gran silencio anegaba el vasto local desierto. En el suelo había papeles, tapitas de cerveza, cáscaras de maní pisoteadas. En uno de los rincones del patio, cerca de la puerta de la cocina, había dos pequeños barriles de cerveza de dura madera, uno sobre el otro. En uno de los vidrios del ventanal, un afiche cinematográfico prometía sexo y terror. Pancho pareció abarcar y registrar todos los detalles con su larga mirada. Permaneció inmóvil, con la cabeza elevada. Por fin la sacudió levemente, y se dio vuelta siguiendo a sus amigos que habían llegado ya a la vereda. En la vereda de enfrente las casas proyectaban una estrecha franja de sombra; los letreros luminosos apagados, de vidrio y metal brillaban al sol extendidos hacia el medio de la calle desde el frente de los edificios. La tarde era cálida, desierta, como una pátina de oro cubriendo apenas los hombres y las cosas.

—Yo los dejo —dijo Pancho—. Tomo un taxi para mi casa. ¿Venís, Horacio?

—No —dijo Barco—. Me quedo en el centro.

—Bueno —dijo Pancho—. Hasta luego.

Los tres lo saludaron. Pancho llegó a la esquina, hizo señas a un taxi que se hallaba en la parada de San Martín y Mendoza y mientras el chofer ponía el motor en marcha, Pancho cruzó la calle en diagonal y subió al asiento trasero del automóvil, cerrando detrás suyo la puerta con estrépito. En vez de descender en su casa, Pancho siguió una cuadra más hacia el norte y descendió en la puerta de una farmacia, que ocupaba la ochava de una esquina; pagó al chofer y penetró en el local, limpio y ordenado. Fue derecho a la balanza, parándose sobre ella; la aguja roja giró hasta marcar ochenta y dos kilos y medio; Pancho sacudió la cabeza mientras descendía de la balanza, y cuando se volvió hacia el mostrador, el farmacéutico, que había salido silenciosamente de la trastienda, un hombre calvo, de cara roja y bigote rubio, de impecable saco blanco almidonado, lo aguardaba cortésmente, con las manos apoyadas en el borde del mostrador.

–Deme un tubo de Actemín –dijo Pancho.

–Sí, señor –dijo el farmacéutico; de una alta vidriera sacó una cajita de Actemín y después de mirarle el precio intentó envolverla.

–Así nomás –dija Pancho, sacudiendo la mano.

El farmacéutico le entregó la caja; Pancho pagó y regresó en dirección a su casa, caminando bajo los árboles que proyectaban una sombra fría y oscura, contrastando vivamente con el sol de la calle. En la esquina de la plaza dobló por la transversal y entró en su casa. El pequeño hall se hallaba oscuro y frío, y a través de los vidrios granulados azules y dorados se adivinaba la claridad exterior. Al salir a la galería en dirección a su cuarto oyó, proveniente desde el dormitorio, la voz de su madre diciendo: "¿Eres tú, hijo?".

–Sí –respondió Pancho. Se detuvo–. ¿Estás bien?

–Sí –respondió su madre desde el dormitorio.

–¿Y papá? –dijo Pancho.

–Aquí está, al lado mío. Duerme –dijo su madre.

–Bueno. Hasta luego –dijo Pancho–. Voy a la pieza.

–Hasta luego, hijo –dijo su madre.

Pancho continuó hasta su habitación y penetró en ella.

Estaba también oscura y fría y había sido limpiada durante la mañana. Dejó la puerta entreabierta, para que penetrara la claridad solar y el calor exterior, y se encaminó hacia la biblioteca. Caminó un momento junto a ella, leyendo las inscripciones de los lomos de los libros, desde muy cerca, como buscando uno. No lo encontró, ya que con algún desaliento fue y se sentó en la silla frente al escritorio; recordó el tubo de Actemín y lo sacó de su bolsillo; sacó el tubo de la caja, lo abrió, y se tomó una pastilla en seco, sin agua. Le costó tragarla, así que, dejando el tubo sobre el escritorio, encaminó a la cocina, se sirvió un vaso de agua de la canilla, y se lo tomó, dejando el vaso otra vez sobre el fogón, junto a la pileta, y regresando a su habitación. Se sentó de nuevo frente al escritorio; tiró al suelo la cajita de Actemín y se guardó el tubo en el bolsillo. Sobre el escritorio había, cuidadosamente encimados, (obra de su madre, seguro) tres tomos de la *Historia de la Literatura Argentina* de Rojas, y el tomito de la *Historia de la Literatura Argentina* de Giusti, para las escuelas secundarias. Había dos carpetas escolares, de esas en las que las hojas se agregan pasándolas a través de un cordón negro, y un tintero con la base de un material verdoso imitando mármol, y el recipiente dorado. Pancho abrió el primero de los cajones del escritorio, repleto de papeles; rebuscó distraídamente en su interior, entre los papeles, y debajo de ellos halló una caja cuadrada, de veinte centímetros de lado, de cartón, llena de fotografías. La sacó, cerró el cajón y llevándose la caja con él fue a sentarse en el sillón rojo del rincón, junto a la lámpara de pie, cerca de la puerta. Sacó del bolsillo superior del saco un pañuelo, lo extendió sobre sus rodillas y colocó la caja sobre él. En la primera de las fotografías aparecían dos de sus hermanos, Ricardo y Alberto, en la playa, parados en la orilla del río, sonriendo y guiñando el ojo por los efectos del sol, y detrás de ellos el agua se extendía como una interminable superficie grisácea. Fue pasando las fotografías una a una, echándoles una ojeada rápida: parecían sus padres, sus hermanos, sus cuñadas, sus sobrinos, sus tíos. Había una de su hermano Luis, el mayor de todos, frente a la estación de ómnibus, que Pancho observó con atención, más por el lugar en que había sido tomada que por la presencia de su hermano. Al parecer era verano, ya que la gente que ocupaba la parte visible de los andenes se hallaba en mangas de camisa, y se veía a una señora comprando un helado; la mujer, una mujer madura, vestida con un batón estampado cuyo dibujo chillón el blanco y negro de la fotografía atenuaba, y que dejaba al descubierto sus brazos rollizos, desatendía la acción de comprar para mirar con una sonrisa hacia la cámara. Pancho sonrió. El azar había recogido esa sonrisa, ese gesto fugaz, y ahora producía en él una momentánea corriente de simpatía. La fotografía tenía una antigüedad de más de diez años. Tal vez la mujer había muerto, tal vez ya no era más que un montoncito de huesos y cenizas. La muerte: era ridículo. No. La vida era lo ridículo, ese salto mortal sobre el abismo. El rostro de Pancho se ensombreció. Era muy primario todo eso, había dicho Tomatis; pensativamente Pancho pasó la fotografía, con gestos mecánicos. Dejó de mirar el vacío e inclinó la cabeza hacia la caja de fotografías: ahí estaba Carlitos Tomatis en persona; estaba con él, con Pancho, sentados en un banco de plaza, bajo una glorieta, y a través de la fronda intrincada de la enredadera que la cubría, una luz crepuscular dejaba entrever unos terribles destellos oscuros. Detrás de ellos, más allá de las manchadas columnas de yeso que sostenían la glorieta, había una fuente de piedra que lanzaba al aire un chorro de agua delgado y transparente. Tomatis se hallaba sentado en primer plano, con un saco oscuro, las piernas cruzadas, y las manos metidas en los bolsillos del pantalón; la luz del crepúsculo mimbaba su cabeza con un extraño resplandor, y su rostro tenía una expresión aguda y melancólica. Pancho estaba más allá, en segundo plano, sentado en el mismo banco, casi en la misma actitud, pero ninguna luz lo circundaba. Acercó un poco más la fotografía a su rostro para mirarla con mayor atención; ahí estaba Carlos Tomatis; ahí estaba él, Francisco Ramón Expósito. La instantánea la había tomado Barco, lo recordaba. En el momento de levantarse del banco, Tomatis, con un aire de placidez y marcada satisfacción, había dicho:

"Si no doy rienda suelta a mi egoísmo, voy a terminar convirtiéndome en un canalla".

El timbre de la puerta de calle sonó en el fondo de la galería. Pancho dejó la caja en el sillón y se dirigió a abrir, mientras doblaba cuidadosamente el pañuelo y volvía a guardárselo en el bolsillo superior del saco. Era Dora. Estaba vestida con un traje sastre color marrón y tenía los ojos y los labios pintados. Llevaba unos zapatos negros, de taco alto. Parecía un muchacho morrudo y afeminado con el pelo corto; pero su expresión no revelaba nada equívoco; sólo mansedumbre, ansiedad y tristeza. Pancho la miró.

—Hola —dijo.

—Hablé con tu mamá esta mañana —dijo Dora, con expresión ligeramente culpable—. Me dijo que no habías dormido aquí anoche. Tenía ganas de verte. ¿No querés qué vayamos a pasear por la costanera?

—No —dijo Pancho—. Estuve esta mañana.

Su cuerpo interceptaba el hueco de la puerta. Dora observó su cuidadosa vestimenta.

—¿Estabas por salir? —dijo. El tono de su voz era triste y ansioso. Arrugaba la frente y sus ojos se llenaban de angustia al hablar.— Qué bien vestido estás. ¿Con quién fuiste a la costanera?

Pancho sonrió; tosió ligeramente.

—Con Horacio, tonta —dijo.

Dora le devolvió una sonrisa triste.

—No, Pancho —dijo—. No es por celos; es que estaba muy preocupada. Sos tan raro. Y últimamente estás peor, peor que nunca. —Su expresión se hizo angustiosa nuevamente.— ¿Qué te pasa, Pancho? ¿Qué tenés? —Bajó la vista y vio los puños de la camisa; su rostro se iluminó con una sonrisa más profunda.— ¡Los gemelos que te regalé! ¡Te los pusiste! Qué bien, gracias, Pancho, por habértelos puesto.

El rostro de Pancho se alteró, de un modo imperceptible; algo en la expresión de sus ojos reveló que la reacción de Dora al ver sus gemelos había producido en él cierto sentimiento cálido.

—¿No querés entrar a tomar unos mates? –dijo.

Dora se entusiasmó, y abrió muchísimo los ojos pintados, hablando con vehemencia.

—Justamente, justamente. Tengo un paquete con masitas de agua aquí en la cartera –dijo, sacudiendo la cartera. Trató de espiar el interior de la casa por detrás de Pancho.– ¿Tu mamá no lo tomará a mal?

—No –dijo Pancho–. Yo le he hablado mucho de vos. Vení.

Pancho se volvió, hizo lugar a Dora, y caminó junto a ella a través del umbral y del hall; Dora inspeccionaba la casa con agrado y satisfacción.

—Además –dijo, cuando salían a la galería–, yo he hablado por teléfono con ella muchas veces. Es muy atenta tu mamá: parece una buena señora.

Pancho se rió nuevamente.

—No, qué va a ser –dijo.

Se sentaron sobre la cama cubierta por la colcha de vivos colores. Pancho se abandonó con aire perezoso apoyando la espalda contra la pared. Dora se sentó tímidamente en el borde de la cama, sin soltar la cartera; miraba el techo, la biblioteca, los muebles, con alegría y cierto asombro; su mirada se detuvo en el sillón del rincón al descubrir las fotografías.

—¿Y esas fotos? –dijo.

—Las encontré en el escritorio por casualidad y me puse a mirarlas –dijo Pancho–. Dejá la cartera, ponete cómoda.

Dora se puso de pie.

—Me parece un sueño estar en tu casa –dijo. Dejó la cartera sobre el escritorio y se alisó la gruesa pollera de casimir marrón. Pancho la miró con una leve dulzura; se levantó, y viniendo por detrás de ella le acarició la cabeza. Dora tenía las piernas ligeramente torcidas, pero muy agradables. Se volvió hacia Pancho. Éste la soltó.

—¿Querés ver fotografías? –dijo.

El rostro de Dora se encendió de entusiasmo.

—Bueno –dijo–. Sí, sí. Lo que quieras.

Ella misma fue a buscarlas de sobre el sillón. Las trajo todas y sentándose en el borde de la cama puso la caja marrón sobre su falda. Pancho se sentó a su lado. Dora alzó la fotografía en la que aparecían Pancho y Tomatis, sentados en el banco bajo la glorieta, sacada por Barco a la luz del crepúsculo.

—No me gusta mucho Tomatis —dijo Dora.

—A nadie le gusta mucho, salvo a Horacio y a mí —dijo Pancho, con aire pensativo—. Anoche salí con él. Estuvo aquí en casa.

—Preferiría que no salgas con él. Hacé lo que quieras, por supuesto. Pero no me gusta.

—Tomatis es un muchacho muy inteligente —dijo Pancho—. Cierta gente no puede comprenderlo. Pero nosotros tres nos hemos criado juntos y nos conocemos a fondo. Nos sentimos cómodos en compañía. No tenemos problemas.

Dora ya no miraba la fotografía; la sostenía distraídamente con dos dedos, y miraba absorta el piso, con los ojos entrecerrados.

—Ya lo sé —dijo.

Pancho no advirtió su distracción; continuó hablando. Tampoco miraba a Dora. Se hallaban sentados tan cerca uno del otro que sus hombros se tocaban.

—El defecto principal de Tomatis es que es escritor —dijo Pancho—. No es como nosotros. Hace muchos años que nos conocemos; nunca nos hemos peleado o retirado el saludo, o cualquiera de esas cosas que suceden entre el resto de la gente. No hemos andado con tapujos, porque las veces que nos hemos dicho cosas un poco fuertes no ha sido para insultarnos, sino para señalarnos mutuamente detalles que nos permiten saber mejor quiénes somos. Pero cada vez que Carlitos ha estado lejos de nosotros ha sido por culpa de la literatura. La literatura lo ha llenado de afectación y le ha quitado humildad muchas veces; lo ha hecho juntarse con gente estúpida; le ha oscurecido la mente con prejuicios sobre la decencia, así como a otros se les oscurece con prejuicios sobre la indecencia. Cuando todos nos hemos sentido peor que nunca, él, bajo cuerda, cuando más lo necesitábamos, se las ha tomado a su altillo a escribir cuentos y novelas. Y los bolsillos de toda la ciudad están en peligro cuando a él se le da por sostener que la miseria económica del escritor es una injusticia, y la colectividad debe alimentarlo, quiera o no. Pero ésos son gajes del oficio. Si rascamos por debajo de su talento, nos encontramos con un pibe de buen corazón y, sobre todo, sumamente inteligente.

Dora sacudía la cabeza oponiéndose a Pancho a medida que éste hablaba; Pancho no parecía dirigirse a ella al hacerlo. Parecía conversar consigo mismo.

–¿Pero no ves que es justamente una contradicción, y que hace más graves sus defectos esa inteligencia? –dijo Dora–. ¿Cómo es posible que un hombre culto haga todas esas barbaridades?

Pancho suspiró, arrugando la frente; elevó la cabeza y contempló el patio a través de la puerta entreabierta: estaba lleno de una sombra fría; no había un solo destello de luz solar, un solo reflejo. Y la claridad era cerrada y no parecía provenir del sol; la porción de cielo azul visible desde donde Pancho se hallaba sentado era tensa, cruda, y fresca. Pancho se volvió hacia Dora:

–Parece imposible pero es así, Dora –dijo, rodeándole los hombros con el brazo; Dora se acogió a su abrazo estrechando su cuerpo al de Pancho–. Tengo casi treinta años y he andado mucho entre libros, aunque ahora esté completamente alejado de todo eso –sin volverse cabeceó hacia los retratos colgados detrás suyo, en la pared, bajo la repisa llena de libros–. Son todos desequilibrados, desorbitados, justamente porque tienen cultura. Cuando más se conoce, menos se sabe, te lo puedo asegurar, Dora.

–Me gusta oírte hablar así –dijo Dora riendo, encogiéndose mimosa e infantilmente bajo el brazo de Pancho.

–Oh, es pasajero, no te preocupes –dijo sonriendo fugazmente–. Estos días son decisivos para mí. La gente como Tomatis parece injustamente mala, pero no hace más que cobrarse todo lo que tiene que soportar. Una vez, hace como tres años, Tomatis vino a verme y estuvo sentado en esa silla. Yo leía, echado aquí en la cama. Lo único que dijo fue: "Hola, Pancho". Se sentó y se puso a mirar el techo, la cama, las sillas, todo; y no hacía más que pasarse la mano por la frente, como si le doliera la cabeza. Yo cerré el libro y esperé que él sacara algún tema de conversación. Ya sabés cómo soy, y él también lo sabe. Pero él ni siquiera me veía. En una de ésas se dio cuenta, por casualidad, de que yo estaba esperando que él largara el rollo. Pareció que se sobresaltaba. "No, hombre, seguí leyendo, no te molestes", dijo. Yo le dije que si quería mate, o algo, se fuera a la cocina. Pero tampoco me escuchó, ya estaba otra vez mirando el techo, el escritorio, la cama, todo. Se quedó tres horas así, hasta que oscureció. Después se levantó y se fue. "Chau", me dijo, y salió como había entrado. Yo cené, me cambié y a eso de las diez me fui al cine. Cuando salí del cine me senté en un bar y me quedé como dos horas tomando cerveza. A eso de las tres cae Tomatis, completamente borracho; tenía los ojos coloradísimos, y la ropa tan sucia y desordenada que parecía haber estado revolcándose en un tacho de basura. Se sentó y empezó a provocarme: "Todo el mundo me tiene envidia", decía; "hasta mis amigos". "No pueden soportar que mientras ellos no son nadie la gente se codee cuando paso por la calle", decía. Y decía: "Les molesta que las minas quieran conocerme". Estuvo media hora hablando pestes de Horacio y de mí, y jactándose de que él no las mandaba a decir con nadie. Decía que se cagaba en nosotros, que éramos dos perfectos mediocres. Cuando vio que yo no le daba bola, se calló y volvió a mirar todo, el bar, las mesas, la cafetera, los mozos, como si estuviera tratando de adivinar para qué servían, de qué se trataba. Después se echó a reír y me miró: "Lamento ser escritor", me dijo. "Sé que ustedes me desprecian por eso. Pero no soy un payaso como pretenden." Las palabras parecían agresivas, pero estaban dichas con el tono del hombre que está buscando perdón. Y después se emocionó y dijo que el poeta era el compañero de todos, que vigilaba durante la noche mientras los demás dormían. Después se echó a llorar. "Hoy fui a tu casa a decirte eso", me dijo. Estoy para el diablo. No puedo tolerar que mis viejos amigos piensen mal de mí nada más que porque quiero ganarme la vida escribiendo libros. Después dejó de llorar, suspiró y se quedó como diez minutos mirando el vacío. Y sacudiendo la cabeza dijo: "Si fuera solamente ganarse la vida".

Dora hizo un gesto de desconfianza.

—Se mandaba la parte –dijo–. Estoy segura.

Pancho meditó durante un momento, y retiró el brazo del hombro de Dora, como necesitando hacerlo para pensar mejor.

—Puede ser que no te equivoques –dijo–. Creo que la mayoría de la gente simula en momentos así. Pero creo que se vale de la simulación para darse a conocer, aunque parezca mentira. Y que cada uno de nosotros se revela tal cual es de acuerdo con su propia manera de simular. Eso justifica la psicología, ¿no te parece?

Dora suspiró, mirando otra vez el piso; no lo escuchaba, o sus palabras evocaban en ella cosas completamente ajenas al asunto.

—No me parece nada –dijo tristemente–. Nuestra relación me hace mucho daño, Pancho.

—Ya lo sé –dijo Pancho.

—Ay, querido –exclamó Dora, sacudiendo la cabeza como a punto de llorar–. No soporto más. Es terrible para mí haberte conocido. Me siento paralizada, atada. No puedo hacer nada para sacudirte y sacarte de esa apatía. ¿No podés ser como todo el mundo?

—No, ya no puedo –dijo Pancho.

—¿Pero por qué? ¿Qué te pasa? Vos no me amás, Pancho.

—No –dijo Pancho–. No te amo.

Los ojos de Dora se llenaron de lágrimas.

—No te amo, no –repitió Pancho, con voz suave–. En realidad nunca te amé.

Dora lloraba, levemente, cubriéndose la cara con las manos; Pancho se volvió hacia ella.

—No llores –dijo.

El sollozo de Dora se hizo más desesperado. Pancho la sacudió sin violencia, pero sin ternura tampoco.

—Bueno –dijo–. Es mejor que te vayas.

Dora lo miró, espantada, con los ojos muy abiertos, dejando de llorar. Las lágrimas le corrían por las mejillas, dejando una estela imperceptible de rimmel oscuro.

—No —dijo—. No lloro más. Siempre lo supe. Yo siempre lo supe.

—No supiste nada, no seas tonta —dijo Pancho, de un modo tranquilo—. Es que nunca amé a nadie, eso es lo que pasa. No tengo nada contra vos. Escuchame bien: si yo hubiera podido querer a alguien, te habría querido a vos. Me has inspirado siempre buenos sentimientos, te lo juro, Dora. Sos una de las personas más buenas que he conocido en toda mi vida. A tu prima Beba, por ejemplo, no podría amarla. Date cuenta. Podría acostarme mil veces con ella y no experimentar buenos sentimientos hacia su persona. Al contrario, siempre he sentido una especie de irritación delante de ella. Ayer..., este..., nos acostamos.

Dora se puso de pie de un salto, y la caja de fotografías cayó al suelo; las pequeñas fotografías se desparramaron, y Dora las pisoteaba sin advertirlo. De golpe se había puesto pálida, pero de golpe también su cara se volvió intensamente roja. Y Dora se echó a llorar nuevamente, con desesperación.

—La violé —dijo Pancho.

—No, no...—dijo Dora, llorando.

—Andate de aquí —dijo Pancho—. Pronto. Se acabó. ¿Te vas a callar la boca?

Dora se dejó caer otra vez sobre la cama y se cubrió la cara con las manos. Su llanto se hizo más quedo, un murmullo de dolor y desaliento.

—No me voy nada —dijo.

—Bueno —dijo Pancho— pero no llores.

—No lloro —dijo Dora, irguiéndose con furiosa dignidad; pero su expresión desalentada no cambió.

—La violé —dijo Pancho—. ¿Qué tiene de malo? No es una nena. Pero eso te prueba cuáles son mis sentimientos hacia ella. A vos no te lo habría hecho nunca. Yo no fui a verla a ella. Te consta que me la encontré de pura casualidad. Lo hice fríamente, Dora. Tu prima es una loquita, y se cree la reina de Inglaterra. Me dio rabia y por eso la violé. Te aseguro que no había ninguna cuestión sexual ni sentimiento de por medio.

–Pero, Pancho… es terrible. Es terrible eso; es terrible. Terrible. Terrible –murmuró Dora mirando a su alrededor con extrañeza, como si buscara en la habitación algún indicio que explicara las palabras de Pancho.

–No es nada terrible. Nada es terrible cuando uno no puede sentirse dentro de la vida, como los demás. Me parece lo más natural del mundo –dijo Pancho. Hizo silencio; pareció meditar sobre lo que acababa de decir, como si recién entonces comprendiera su significado–. Oíme bien, Dorita –dijo después–: nosotros tenemos que separarnos; no lo tomes a mal. Pero tenemos que separarnos. Hacé de cuenta que no me vas a ver nunca más.

–Pero Pancho –dijo Dora –Yo te quiero.

Pancho sonrió.

–Ya lo sé –dijo. Después habló con voz más suave –Ya lo sé.

–Yo no podría vivir si sé que no voy a verte más. Te lo juro, Pancho. Yo nunca te miento. Haría lo que me pidas, cualquier cosa.

Pancho se sonreía dulcemente.

–Ya lo sé, tonta. Lo has hecho, por otra parte. No necesito ninguna prueba.

–No, pero yo haría cosas terribles; cualquier cosa, lo que me pidas. Lo que me pidas Pancho; yo trabajaría para vos cuando me reciba. También yo me sentiría fuera del mundo si me dejaras. Date cuenta, Pancho: yo te he querido desde el primer día que te vi. Te lo juro, Pancho. Siempre me pareciste limpio y noble. Sé que sufrís mucho. Puedo ponerme a trabajar, a estudiar fuerte para recibirme lo antes posible.

Pancho continuaba sonriendo.

–¿Eso es todo la que podés ofrecerme? –dijo.

Dora se turbó; se sintió ligeramente avergonzada.

–Es poco, ¿no cierto? Bueno, te lo digo: no me pareció tan terrible lo de Beba. No quiero fingir más. Si lloré fue por celos, por celos, por ninguna otra cosa. ¿Qué harías si yo me acostara con otro hombre? Bah, no sé para qué te lo planteo;

si vos no me amás. Si vos me amaras comprenderías porqué me pongo a llorar y me angustio cada vez que– estás delante mío. Moralmente, lo de Beba no me importa nada. Lo que pasa es que yo quiero que seas mío, solamente mío, mío, mío, mío... ¿Entendés?

–Terminala, Dora. Basta de una vez. Te digo que tenemos que separarnos –dijo Pancho.

Dora le agarró el brazo y se lo oprimió, y después apoyó la cara contra él, furiosamente.

–No quiero separarme. Siempre pensé que íbamos a casarnos: yo quería estudiar mucho y recibirme, últimamente. Pensaba que vos eras raro, callado, nada más. No pensé que no me querías. Aunque a veces lo he sospechado. Sí, señor, claro que sí. Si nos separamos, me quedo sola. Yo nunca te he hecho escenas, Pancho. Yo me he portado muy bien con vos. ¿Acaso te hice algo? ¿Por qué no podés quererme? ¿Soy tan poca cosa?

–No entendés nada –dijo Pancho, con un gesto de contrariedad–. No grites. No es nada de eso, te lo he dicho. No me hagas perder la cabeza.

Dora alzó la cabeza.

–No grito –dijo–. No pienso gritar. No pienso ponerme histérica.

Pancho habló duramente. Dora lo miraba a los ojos.

–Ya estás –dijo Pancho.

–Andá al diablo –dijo Dora, de pronto tranquila–. Mañana es mi cumpleaños. Yo quería hacer una fiestita. Quería que lo pasáramos juntos. Te iba a decir que invitaras a Horacio y a algún otro. Yo voy a invitar a unas chicas de la Facultad.

Pancho la miró con la boca abierta. No dijo nada. El rostro de Dora se llenó de turbación y esbozó una sonrisa insegura y extraña, turbia e infantil.

–Cualquier cosa haría por vos, Pancho –dijo–. Lo que me pidieras haría. Ustedes los hombres no se conforman con una sola mujer. Eso es lo que pasa. Cuando nos tienen enteras se aburren enseguida. Quieren una atrás de la otra; nos tratan como a prostitutas a todas. Yo no tendría que haber dejado que me hicieras nada, hasta después de casarnos. Qué ridículo. Ya sé, perdoname, pero es así. Ay, Pancho, si son mujeres lo que querés, si es eso, no me importa, con tal que no me dejés. Voy a hacer un esfuerzo para dominar los celos, te lo prometo. Los celos son la prueba de que te amo, date cuenta.

–¿Te has puesto mal de la cabeza, de golpe? –dijo Pancho, soltándola.

–No, siempre lo he pensado. No me importa. Una de las chicas que va a ir a la fiesta es virgen; yo lo sé, ella misma me lo dijo. Y tiene ganas, tiene ganas de que la… ella misma me lo dijo. Yo la invito un día a casa y los dejo solos. No me importa, Pancho, con tal que no me abandones.

Pancho se puso de pie, pálido. Tartamudeaba.

–Pero… p-p-ero… ¡Dora! ¿Estás mal? ¿Qué te has creído?

Dora se echó boca abajo y lloró, fuertemente.

–Es que son así, son así –dijo–. Eso es lo que quieren.

El rostro de Pancho se aflojó, se volvió menos tenso.

–Sí, a veces somos así –dijo–. Y eso es lo que queremos a veces.

–Y no les importa nada –gritó Dora, sollozando sobre la cama.

Pancho la miró. Estaba parado sobre las fotografías, sin advertirlo. El cuerpo de Dora temblaba y se sacudía convulsivamente.

–No, nada –dijo Pancho–. Pero éste no es el caso, Dora. No llores, basta, no grites. Van a oír.

Dora dejó de llorar.

–Tampoco a mí me importa nada –dijo.

Pancho se sentó en la cama y la ayudó a incorporarse tomándola de los hombros.

–Prometeme que te vas a tranquilizar –dijo.

–Qué sé yo –dijo Dora de mal tono.

Dejó dócilmente que Pancho la levantara, y quedó sentada en el borde de la cama, en actitud desolada; sin advertirlo, también ella pisoteaba las fotografías desparramadas por el suelo.

–Bueno –dijo Pancho. Le acarició la cabeza.

—¿Qué voy a hacer si vos me dejás? –dijo Dora.

—Seguir viviendo, como todo el mundo. Vas a ver qué fácil es.

—¿Vas a ir a mi fiesta?

—Sí –dijo Pancho–. Y voy a llevar a Horacio y a Tomatis.

—No, a Tomatis no –dijo Dora–. Bueno, llevalo si querés.

—¿Querés que tomemos unos mates? –dijo Pancho–. Yo los preparo.

—No, yo. Indicame dónde está la cocina.

Fueron juntos a la cocina, y Dora encendió el gas, con rapidez y pericia, puso la pava sobre la llama azul del mechero, y preparó el mate. Mientras realizaba esas simples tareas, pareció serenarse por completo.

—Te dejo en libertad, Pancho –dijo de pronto–. Creo que alguna razón debés tener para obrar así.

Pancho se acercó a ella.

—Creo que vos y yo somos chapados a la antigua –dijo–. Ésa es la razón por la cual yo te dejo y vos obrás así… tan elevadamente. Vos y yo estamos destinados al fracaso en este mundo. A mí me resulta terrible no poder amar. Y a vos, exactamente lo contrario. Mi cabeza es un caos. Lo único claro y firme que hay dentro de ella es la certidumbre de que no hay forma de que yo encaje en ninguna parte. Tomatis dice que tengo un modo primario de pensar, y me parece que tiene toda la razón del mundo. Pero estoy tranquilo; no tengo fuerzas para buscar otra cosa; y sabiendo eso ya no se puede tener miedo.

—A veces no te entiendo –dijo Dora, mientras echaba yerba en el mate con una cucharita, pacientemente–. No sé qué decís.

—No importa –dijo Pancho.

Dora se volvió hacia la cocina, apagó el gas, y retirando la pava echó un chorro de agua caliente en el mate e introdujo en él la bombilla. Pancho la observaba con aire pensativo, como si el verla realizar tan diestramente el trabajo produjera en él un estado de asombro o extrañeza.

—Sí importa –dijo Dora, con expresión obstinada–. Vos

sos un… intelectual. Dora pareció avergonzarse al pronunciar la palabra, enrojeciendo, como si se sintiera culpable de introducirla momentáneamente en su léxico–. Yo no tengo casi cultura, Pancho. Yo soy una… chacra.

–¿Chacra? Qué tonta –dijo Pancho–. Todas tus compañeras salen de la Facultad más ignorantes que cuando entran. Y tienen la pretensión de opinar sobre todo. El hecho mismo de que te sientas ignorante te hace más inteligente que ellas.

–Lo decís para no ser cruel conmigo –dijo Dora, sorbiendo experimentalmente el mate–. ¿Nos quedamos aquí o vamos al dormitorio?

–No, te lo digo en serio.

–Bueno, algo de verdad hay –dijo Dora con un gesto de orgullo–. Otra chica de mi pueblo, que estudia en la Facultad, cuando iba a la escuela primaria conmigo era una tonta, y ahora anda metida en los círculos literarios –Su rostro se ensombreció, de golpe–. ¿Te pasa algo grave, Pancho? ¿No crees que contármelo te puede aliviar algo?

Pancho hizo una mueca leve, de disgusto, consistente en poner los labios tensos y mirar hacia el suelo.

–Está bien –dijo Dora; terminó el mate y comenzó a llenarlo nuevamente. La bebida espumosa y verde emergió por la boca del mate, y una gotita rebalsó y se corrió por la superficie del mate dejando una estela sinuosa. Dora limpió la estela con el dedo y entregó el mate a Pancho –Se metió en los círculos literarios y empezó a tirárselas de culta. Andaba siempre con libros bajo el brazo. Le decíamos "Sobaco Ilustrado". Es de una familia rica; el padre tiene muchas hectáreas de campo, y muchas vacas adentro. En cambio, papá, te das cuenta, no es más que el jefe de correos. Pero es una tonta, te lo juro. Aquí se relacionó con las copetudas, y ahora se las tira de intelectual.

Pancho sorbía el mate con los ojos entornados.

–No te preocupes. Las copetudas son las más ignorantes. Opinan porque tienen respaldo económico –devolvió el mate a Dora; ésta comenzó a llenarlo nuevamente –. Te admiro, Dora. Sos limpia y pura. Ojalá tengas suerte en la vida.

Dora dejó la pava y el mate, mirándolo, y abrazó a Pancho, apretándolo fuertemente. Pancho la tomó de los brazos para desasirse de ella, pero Dora se ceñía más y más a su pecho; tanto que Pancho se dio por vencido y comenzó a acariciarle en silencio la cabeza.

–Querido, querido, querido –dijo Dora, murmurando.

–Puede entrar alguno –dijo Pancho–. Soltame. Vamos al dormitorio.

Recogieron Pancho la pava y Dora el mate y la yerbera, y salieron de la cocina encaminándose al dormitorio. Pancho actuaba tranquila y cortésmente. Dora parecía haberse serenado del todo, aunque sus actitudes revelaban una leve tristeza. "Tengo masitas de agua en la cartera", dijo Dora, y al salir de la cocina se toparon, de golpe, con el señor Expósito. Tenía un pijama de frisa, y encima de él un *fumoir* raído, color café con leche, con cordones marrones en el borde de la solapa, y estaba calzado con unas pantuflas de lana, del mismo color del *fumoir*. Estaba recién lavado y peinado y al encontrarse con Pancho y Dora junto a la puerta de la cocina se detuvo y aguardó respetuosamente que Pancho le presentara a su amiga. Con la actitud rígida que adoptó parecía estar tratando de dar a entender que él conocía perfectamente los modales caballerescos propios del trato con una dama, y al mismo tiempo que aceptaba completamente la presencia de Dora en su casa. "¿Están por tomar mate?", dijo. "Sí", dijo Pancho. "Pero si querés te lo cedemos, papá." "Claro, claro, señor" dijo Dora. "No es justo que lo dejemos sin el mate." "No es problema, señorita", dijo el señor Expósito. Y agregó: "Ustedes toman amargo". "Sí, justamente, amargo", dijo Dora. "Puedo cebarle, si *desea*", dijo Dora. El señor Expósito sonrió encantado, mirando a Pancho. "Bueno", dijo "hagamos una rueda común". Se sentaron en la galería. "¿No está un poco fresco?", dijo el señor Expósito. "Piensen que ya no tengo la edad de ustedes. Antes podía darme el lujo de tomar aire, pero actualmente mi organismo es otra cosa." El señor Expósito recibió con placer el mate de manos de Dora, pero al comenzar a sorberlo su frente se llenó de preocupadas arrugas. Con aire distraído se volvió hacia Pancho.

"¿De qué se ocupa la señorita?", dijo. "Estudia abogacía", dijo Pancho. "Ah, qué interesante", exclamó el señor Expósito, sacudiendo la cabeza y mirando a Dora mientras le entregaba el mate. Dora se puso colorada hasta las uñas y se abstuvo de mirar al señor Expósito mientras recibía el mate de sus manos. Se hallaba visiblemente emocionada, y algo aturdida. "Me faltan siete materias", dijo, comenzando a cebar el mate otra vez. Lo llenó y se lo entregó a Pancho. "Muy bien", dijo el señor Expósito. "'*Atualmente*' un título es una base segura. El día de mañana usted se encuentra sola y eso le va a servir para defenderse." Se volvió hacia Pancho. "¿Y es de aquí de la ciudad la señorita?", dijo. "No; es del campo?", dijo Pancho. "¿De qué parte? ¿de la provincia?" Dora terció tímidamente. "Sí", dijo. "De La Juana." "Ah, La Juana. Conozco", dijo el señor Expósito. Quedó en silencio, pensativo. En ese momento la señora de Expósito emergió de la puerta del baño; acababa de lavarse la cara, y se había recogido malamente el pelo gris; el bordado de la almohada le había dejado una marca profunda en el pómulo y la mejilla, como una vieja cicatriz. Dora se puso de pie emocionada. Pancho no se movió. Desde la silla, mientras tomaba el mate, señaló a Dora extendiendo blandamente la mano y se desentendió de la cosa. Dora estrechó la mano a la señora de Expósito y recibió un apretón flácido y breve dado con la punta de los dedos. "Tanto gusto, hija", dijo la señora de Expósito con voz cansada y distraída, sin mirarla, dirigiendo la vista hacia el fondo de la galería, como si estuviera buscando algo. Dora quedó de pie. "Siéntese, hija", dijo la señora de Expósito, siguiendo viaje hacia la cocina. Dora se sentó en el momento en que Pancho le extendía el mate. Dora lo recogió y volvió a llenarlo. El señor Expósito continuaba preocupado, con la frente arrugada, pensando activamente. "Usted como abogada debe estar al tanto del problema de los alquileres, ¿no?", dijo después de un momento, volviéndose para recibir el mate, y quedándose con la vista clavada en Dora. "Sí, algo", dijo Dora con voz insegura, como si temiera mostrar insuficiencia delante del padre de Pancho. "Tengo muchísimos problemas con los inquilinos. Parece mentira, vea, señorita. Uno guarda unas casitas como respaldo de la vejez, y la ley, en vez de protegerlo a uno que ha trabajado toda su vida, lo hunde con impuestos y con vueltas. ¿Y qué saca uno con todo eso? Nada más que dolores de cabeza. Es triste, pero así es. Le aseguro que, *atualmente,* la ley está por completo de parte del inquilino." El aire iba haciéndose cada vez más frío, más azul. La galería y el patio parecían una fría cámara cerrada donde la luz solar no penetraba. La ciudad estaba silenciosa, cayendo gradualmente en la noche como en un pozo oscuro. La señora de Expósito regresó de la cocina y se quedó de pie, cerca de Dora. No dijo nada. Al parecer venía a escuchar con placer y al mismo tiempo con indiferencia. El señor Expósito devolvió el mate diciendo que el agua estaba fría. Dora lo abandonó junto a la pava de aluminio, en el suelo. "Sí, es un problema con los inquilinos", dijo. La señora de Expósito suspiró, mirando a su alrededor. "Sí, yo le he dicho mil veces, hija. Mil veces se lo he dicho", dijo. Por un momento, ni siquiera sus voces resonaron en el aire frío.

El silencio fue completo en toda la ciudad. "Bueno", dijo Dora, levantándose y alisándose la pollera. "¿No se queda un rato más?", dijo el señor Expósito. "No –dijo Dora– no he tocado un libro en toda la tarde". Estrechó la mano al señor y a la señora Expósito. "Cuando se reciba, espero que me solucione estos problemitas que me traen tanto dolor de cabeza", dijo el señor Expósito con tono encantador. "Con mucho gusto", respondió Dora. La señora de Expósito murmuró: "Tanto gusto, hija", y sin esperar que Dora extendiera la mano se alejó nuevamente hacia la cocina. Pancho condujo a Dora a su dormitorio; encendió la luz y cerró la puerta detrás suyo. Se agachó junto a la cama y comenzó a recoger las fotografías y a guardarlas en la caja. La fotografía en que él y Tomatis aparecían sentados en el banco de la plaza a la luz crepuscular, tenía la marca del taco de su zapato; Pancho la limpió malamente con la palma de la mano y la guardó en la caja. Dora se hallaba de pie detrás suyo; había recogido la cartera y estaba abriéndola. Pancho se incorporó dejando la caja sobre el escritorio. Dora sacó unas masitas de agua envueltas en papel celofán.

—Te las dejo —dijo.

—¿Para qué las quiero? —dijo Pancho.

—Las traje para comer con vos en la costanera —dijo Dora.

—Preparalas con patefuá mañana a la noche, dijo Pancho sonriendo.

Miró su reloj pulsera. Eran las ocho menos veinte. Dora volvió a guardar las masitas en la cartera.

—Las voy a guardar todas para vos —dijo Dora, mirando a Pancho fijamente con ansiedad.

Pancho evitaba la mirada de Dora.

—Bueno —dijo— Voy a comerlas con gusto.

—Pancho —dijo Dora.

Pancho movió levemente la cabeza, con fingida contrariedad.

—Mañana nos vemos —dijo.

—Pancho —dijo Dora con obstinación—. Tenés que pensar bien las cosas.

—Las tengo bien pensadas, Dora —dijo Pancho—. Ahora estoy cansado.

Un destello de furia, fugaz e impotente, se encendió y se apagó en los ojos de Dora. Permanecieron de pie, en silencio, entre la cama y el escritorio, bajo la luz sucia de la lámpara central que pendía del techo por medio de un cable negro y pringoso. El aire de la habitación era más cálido que el del exterior, en el patio y la galería.

—Quiero que te vayas, Dora, por favor —dijo Pancho.

—Está bien; no me acompañes —dijo Dora.

—No pensaba —dijo Pancho— ¿Conocés el camino?

Dora no respondió. Se volvió dirigiéndose hacia la puerta. Pancho la miró: por debajo de la pollera ajustada, marrón, por debajo del saco marrón, estaba el cuerpo de Dora, hecho de órganos, sangre, huesos, carne, piel. Dora abrió la puerta y salió, cerrándola suavemente detrás suyo. Pancho oyó el ruido de sus tacos alejándose a lo largo de la galería; quedó inmóvil, entre el escritorio y la cama, como aguardando que el sonido se desvaneciera. Cuando el silencio se estableció de nuevo, Pancho miró a su alrededor con extrañeza, como tratando de escuchar en el silencio, y encaminándose a la pared junto a la puerta apagó la luz. Al principio no vio nada, salvo la oscuridad completa, pero tanteando en ella como un ciego, tocó el borde del sillón junto a la lámpara y se dejó caer en él. Gradualmente, los contornos imprecisos de los objetos comenzaron a hacerse visibles en la oscuridad, como si la negrura hubiese sido una masa en lenta y constante disipación. Podía ver vagamente la forma del ropero, del escritorio, de la cama, de la biblioteca, los contornos sombreados por una sombra más clara, menos densa. Y alzando la cabeza vio, arriba y al costado suyo, a través del rectángulo de la banderola, la luz azul, casi negra, del anochecer de marzo. Estaba agobiado y sus ojitos brillaban húmedos en la penumbra. Entrecruzó los dedos de las manos, y apoyando los codos sobre los bordes del sillón, apretó las manos entrecruzadas contra su boca. Una risa infantil, en la lejanía, quebró el silencio del crepúsculo, disipándose otra vez, enseguida. La noche se había instalado otra vez en la tierra, en la tierra que gira, continuamente, entrando y saliendo de la noche, de la nada. Pancho se movió, apoyándose en el respaldo del sillón, cerrando los ojos. Noches, una detrás de la otra. ¿O debía decirse una delante de la otra?: el pavimento húmedo, las fachadas sombrías de los edificios, los árboles, como nudos de sombra densa sobre una sombra más expandida, el cielo; todo eso era incomprensible. Era explicable, pero no comprensible. Y ellos, durante años y años (Pancho abrió los ojos: los contornos de los muebles, de los objetos, se hicieron más nítidos) habían esperado la noche como una liberación: la noche borraba la luz del día, y con ella los rostros, los papeles, las obligaciones. La fiesta comenzaba a la caída del sol; y uno penetraba en los cines (otra noche, dentro de la noche, con hermosos sueños en colores, con mágicas músicas resonando desde la nada) a los restaurantes, a los lupanares, caminaba a través de calles oscuras, se acostaba en lechos blandos y conniventes. Todos aquellos hombres que convivían con uno en la misma ciudad, en el mismo mundo, en la misma época, acostumbrados a la luz solar, se levantaban al alba y se acostaban al anochecer. Afuera oscurecía rápidamente; la noche era inexorable, avanzando, borrando rostros, árboles, papeles. Ya no era posible soportar más esa ansiedad equívoca, ese amor a la noche en la que (se irguió, interesado) la fusión era plena, y el mundo volvía a la unidad original del caos.

Ahora –permanecía inmóvil y tranquilo. Sin embargo de pronto se levantó, quedando de pie en la penumbra, con los brazos delicadamente extendidos a los lados del cuerpo. En la sombra se desplazó y abrió la puerta, saliendo a la galería oscura, y recibiendo un golpe de aire frío en el rostro. El cielo estaba azul, lleno de estrellas verdes, como unas frías joyas inmóviles. Inmóvil y tranquilo, mirando el cielo, la pantalla de la noche, y el espectáculo no ayudaba a pensar sino sólo a recordar mecánicamente, a alcanzar por medio de la contemplación del universo proyectado en el cielo, una ebriedad conocida, gregaria y ancestral: a recordar (no a pensar) la infinitud, la pequeñez humana, la muerte de Dios, la propia muerte. Pero aquello era primario, Tomatis lo había dicho. Sí; lo era. Lo era, lo era. Pancho se volvió y se encaminó al cuarto de baño, oyendo ruidos provenientes de la cocina: la voz de su padre, un tenedor golpeando la loza de un plato, tintineando, el murmullo de un rallador. Desde el cielo, en cambio, descendía el silencio. ¿Y qué pasaba con esas voces, que ascendían disipándose y convirtiéndose en silencio? Cruzaba la galería con pasos lentos, hacia el cuarto de baño, en la fría oscuridad. En la calle otra voz sonó, y el motor de un automóvil, potente, en primera velocidad, pasando frente a la casa; Pancho se detuvo y trató de escuchar, hacia la ciudad, hacia el centro: sí, se oía un murmullo, de voces, de pasos, de risas, de motores, de músicas; todo mezclado, y ascendiendo hacia el silencio. Pero era solamente su sonido lo que se perdía, mientras que lo que él, Francisco Ramón Expósito, trataba de retener, era su sentido; el sentido no se perdía; era su significación lo que nos llenaba de sufrimiento al comprobar que su mero sonido se perdía, y confundíamos, al sufrir, sonido y sentido, cuando en realidad el sentido era lo que con esfuerzo e inteligencia lográbamos extraer y retener con nosotros antes de que el sonido se disipara. Penetró en el cuarto de baño, encendiendo la luz; los blancos azulejos brillaron reflejándola. Se quitó el saco, lo colgó de una percha blanca, hecha con el mismo material de los azulejos, aditada a la pared, y se dedicó a hacer sus necesidades. Cuando terminó, se lavó la cara y volvió a peinarse. La límpida superficie del espejo reflejó su figura, el rostro apenas sombreado por los puntos oscuros de la barba, los ojos cansados, la boca abierta que mostraba unos dientes pequeños y desparejos. y cuando salió del cuarto de baño, apagando la luz detrás suyo, y entornando la puerta, recibió otra vez un golpe frío del aire en sus mejillas. En la galería se abrochó cuidadosamente el saco cruzado y se apretó, en la penumbra, el nudo de la corbata. Fue a su habitación, encendió la luz, y abriendo el segundo cajón del escritorio sacó del interior la caja de té Sol. La abrió y retiró dos billetes de mil pesos que se guardó en el bolsillo, cerrando nuevamente la caja y depositándola otra vez en el cajón del escritorio. Cerró el cajón y salió a la calle.

El cielo estrellado era visible sobre su cabeza y hacia el fondo de la calle. Llegó a la esquina de la plaza España y esperó, bajo los árboles, observando el foco del alumbrado que proyectaba un círculo de luz sucia en el centro de la calle. Los automóviles y los colectivos, con las ventanillas iluminadas, llenos de caras fugaces de hombres y mujeres, pasaban hacia el centro y en dirección contraria, por las dos manos de la calle. Dos hombres conversaban en la esquina de la plaza, de pie sobre el cordón de la vereda, junto a uno de los globos del alumbrado. En la ciudad se advertía el nervioso movimiento del sábado a la noche. Una pareja apareció de súbito doblando la esquina, desde la cuadra de la casa de Pancho, y el hombre y la mujer, tomados del brazo, visiblemente recién bañados y cambiados, se perdieron en dirección al bulevar, caminando lentamente con el mismo ritmo los dos, bajo la sombra de los árboles, perforada por la luz de los focos y los reflejos de la luna, que resplandecía en el cielo como un cuerpo duro y circular de piedra fría. Pancho respiró el olor de la noche de otoño, pesado, agudo y frío, como una cuña sutil penetrando en su mente y en su corazón.

A las nueve menos diez bajó de un taxi en la esquina del Montecarlo. El local se hallaba repleto; no había una sola mesa libre. Cinco mozos de saco blanco correteaban entre las mesas, llevando bandejas en alto: había hombres y mujeres bien vestidos, tomando cócteles y picando ingredientes, y charlando de tal manera que en el local cerrado el murmullo de la conversación obligaba a los mozos a efectuar sus pedidos con gritos agudos. El techo del local se hallaba sostenido mediante columnas cubiertas de espejos, con plantas artificiales emergiendo de unas macetas de yeso blanco empotradas a regular altura. Detrás del largo mostrador granítico de un color verdoso, un individuo canoso y trajeado, de roja cara atenta, manipulaba la caja registradora. Detrás suyo, junto a una gigantesca heladera de seis puertas, amarilla de mugre, dos empleados preparaban sándwiches, cortando finas tajadas de pan y enmantecándolas. El resto de la pared detrás del mostrador se hallaba cubierto por un gran espejo. Pancho contempló las mesas desde la puerta, buscando a Beba. Con paso lento, acariciándose el labio inferior con la yema de los dedos, pasó junto al mostrador, dobló por un pasillo abierto entre dos secciones de mesas, y salió por la otra puerta.–Caminó hasta la esquina a lo largo de los ventanales del Montecarlo cubiertos por una cortina de voile. En la esquina se detuvo, contemplando la hilera de taxis detenidos al fondo de la calle, ante los andenes de la terminal de ómnibus. En la vereda de enfrente de la Estación, el alto edificio del Correo, con sus ventanas iluminadas, como dijes de oro en la oscuridad, se destacaba por encima de los altos árboles de la plazoleta de los fondos, demasiado ancho en relación a su altura como para dar ilusión de perspectiva. Los árboles de la plazoleta de enfrente, separada por la calle de los fondos del correo, coposos y oscuros, permanecían inmóviles, la fronda tenuemente tocada por la luz de los globos del alumbrado, que iluminaban la parte inferior de las copas haciendo resaltar de ese modo la negra masa de las ramas más altas, semejantes a rocas cubiertas de un musgo negruzco. Pancho permaneció de pie sobre el cordón de la vereda contemplando los edificios y los árboles, el movimiento en la estación de ómnibus, y el paso de los automóviles y los ómnibus en la calle.

Estaba abstraído; de golpe se dio vuelta y se encontró con Beba, detenida a medio metro de distancia de él, en la vereda. Lo miraba. El rostro de Pancho reveló sorpresa primero; enseguida cambió. Sonrió y miró su reloj pulsera: eran las nueve y dos minutos.

–Qué puntualidad –dijo.

–Siempre llego a horario –dijo Beba.

Parecía más alta, un poco menos que Pancho. Esa impresión se producía debido a que se había hecho batir el cabello, elevado en un frágil armazón sobre la cabeza. Tenía un vestido de terciopelo negro, demasiado estrecho como para ser elegante, que marcaba demasiado sus formas opulentas, regordetas. Un collar de perlas de imitación, que daba tres vueltas alrededor de su cuello, hacía juego con unos pendientes de fantasía, hechos de perlas pequeñitas como huevos de caracol, arracimadas en un eje de metal trabajado. Sobre el alto seno izquierdo llevaba un prendedor pequeño, dorado, con dos piedritas rojas de fantasía. De sus hombros colgaba un suéter de lana negra, cubriendo los brazos dejados al descubierto por el vestido sin mangas. Su rostro tostado parecía más claro en la noche.

–Ah, me alegro, –dijo Pancho.

–¿Puedo elegir programa? –dijo Beba–. Quiero ir a ver *Los diez mandamientos.*

Pancho no dejaba de sonreír.

–¿Para qué? –dijo.

–Me gustan las cintas históricas –dijo Beba

–Ya la vi –dijo Pancho–. No vale nada.

A Beba no pareció importarle mucho el inconveniente.

Tenía los ojos fijos en el rostro de Pancho pero parecía no verlo.

–Bueno –dijo –. Vamos a otro.

–La verdad es que no tengo muchas ganas de ir al cine –dijo Pancho.

–Como quieras –dijo Beba.

–¿Querés tomar algo? –dijo Pancho.

–Sí, tengo hambre –dijo Beba.

–Bueno –dijo Pancho.

Tomaron un taxi y Pancho le dio el nombre del bar al chofer. Después se recostó sobre el respaldo del asiento y quedó en silencio, viendo desfilar edificios, vidrieras, automóviles, luces, esquinas, gente, a través de la ventanilla del automóvil. Beba dijo que evitaba comer para no engordar, pero que después de las siete de la tarde no daba más de hambre. Pancho respondió con un gruñido sonriente, y se volvió hacia ella, que se hallaba sentada sobre el borde del asiento, con las manos sobre la falda, sosteniendo la cartera, las rodillas juntas, mirando hacia adelante, erguida y rígida, a través del parabrisas del coche. Se quedó mirándola hasta que el coche se detuvo y descendieron en la esquina del bar, frente a la Plaza de Mayo, más allá de la cual la casa de gobierno, un edificio gris que ocupaba toda una manzana, aparecía lujosamente iluminada. El bar, en razón de hallarse lejos del centro, estaba casi vacío. Ocuparon una mesa junto a la ventana, en la esquina. Desde allí divisaban el portal de una iglesia, de lisa fachada amarilla. Los campanarios permanecían fuera del campo visual. En la ancha escalinata de entrada, unas mujeres aguardaban en grupo, conversando, esperando a una novia; lejos de ellas, sobre la vereda, había otro grupo de mujeres, vestidas de fiesta, con anchos sombreros en la cabeza. Eran las invitadas a la ceremonia.

–Dame un cigarrillo –dijo Beba, cuando se sentaron.

Pancho no tuvo tiempo de responder porque el mozo se hallaba de pie junto a la mesa, aguardando silenciosamente el pedido.

–Dos medidas de whisky, con hielo –dijo al mozo. Se volvió un momento hacia Beba, interrogándola con la mirada para comprobar si ella estaba de acuerdo con el pedido. Beba aprobó levemente con la cabeza.– Media docena de sándwiches de jamón y queso. Y un paquete de Chesterfield.

El mozo dijo "Bien, señor", y se retiró. Beba estaba en silencio, aguardando tranquilamente que Pancho se desentendiera del pedido. Pancho se volvió hacia ella, sonriendo, levemente.

—¿Y tu novio? —dijo.

—Fue al campo —dijo Beba.

—Es una buena manija tu novio —dijo Pancho—. Habrá ido a robar a la gente del campo.

Beba parecía ignorar las ofensas de Pancho; se limitaba a sonreír sin alegría, de un modo casto y como ingenuo. Tenía los ojos pintados, y a pesar del marco de las oscuras líneas de rimmel, sus pupilas brillaban doradas. Sus labios pintados eran gruesos y flácidos, estriados.

—No —dijo con seriedad—. Están haciendo un camino, y fueron a inaugurarlo con el gobernador. Vuelve mañana para la fiesta de Dora.

—¿Y vos te acostaste con el gobernador? —dijo Pancho.

—¿Qué te creés? ¿Estás mal vos?

—No —dijo Pancho—. Te preguntaba. No te enojes. Fue una broma.

Beba se echó a reír.

—Ya sabía —dijo—. Ustedes se creen que una sale con cualquiera.

Pancho no respondió; miraba a través del vidrio hacia el portal de la iglesia. Dos negros coches se habían detenido y los curiosos se agruparon a su alrededor.

—Mirá —dijo— un casamiento.

Beba se volvió interesada mirando hacia la iglesia.

—¡Una novia! —exclamó—. ¿Vamos a ver?

Se ruborizó y alzó la vista hacia Pancho, como avergonzada. Pancho sonreía. Beba bajó los ojos.

—Nenita —dijo Pancho—. ¿Se van a casar por iglesia, vos y tu novio? Pobre de vos. El día menos pensado te larga y se casa con otra.

—Total —dijo Beba —Yo no lo quiero.

Majestuosamente, con su traje blanco, y su tocado blanco, la novia bajó del primero de los automóviles; dos viejas empaquetadas le acomodaban la larga cola. Un fogonazo de luz azul estalló en la puerta de la iglesia, pero Pancho no alcanzó a distinguir al fotógrafo; el tumulto de curiosos cubrió a la novia, y desde la ventana del bar sólo se vio su tocado blanco desplazándose oblicuamente por encima de los curiosos, mientras la novia subía las escaleras.

–¿Y por qué andás con él? –preguntó Pancho, sin dejar de mirar hacia el portal de la iglesia.

Beba miraba en la misma dirección.

–Qué sé yo. Es bueno conmigo –dijo Beba.

–¿Te da guita?

–A veces. Y me regala cosas. Pero no es por eso. Te lo juro. Es que es muy bueno conmigo.

El tocado de la novia desapareció a través de la arcada principal de la iglesia, iluminada por una luz proveniente del interior y el pequeño tumulto la siguió apresuradamente; en la escalinata y la vereda quedaron solamente los más tímidos y los vestidos más de entrecasa. Parecían tristes y desconcertados como si hubieran esperado una gratificación mayor de la llegada de la novia. Unos chicos correteaban despreocupadamente entre las faldas de sus madres.

–¿Cómo estás de la cara? –dijo Beba.

Pancho le volvió la mejilla mostrándole las casi imperceptibles paralelas oscuras que la marcaban.

–Ya está bien –dijo Beba, seriamente–. Te lo merecías.

El mozo regresó con el pedido acomodado sobre una bandeja circular de metal. La sostuvo con la palma de una mano y con la otra fue depositando cuidadosamente, produciendo un ruido seco cada vez, las cosas sobre la mesa: los dos altos vasos, de vidrio, llenos de trozos de hielo, y el paquete de Chesterfield, en un platito. Después dejó la bandeja, sirvió whisky en una pequeña medida de metal, dos veces, y la volcó cada vez en cada uno de los vasos. Cuando el mozo se alejó nuevamente Beba inspeccionó los sándwiches y diciendo: "Permiso", sacó uno y comenzó a devorarlo. Pancho hizo lo mismo; se mandó uno de un bocado, y mientras masticaba echó hielo en los vasos, produciendo un leve tintineo. Beba sacudió la copa y bebió un trago, dejando otra vez la copa sobre la mesa.

–¿Volvió Dora por allá? –dijo Pancho.

—No —salió temprano—. Dijo que iba a verte.

—Sí —dijo Pancho—. Estuvo en casa.

—¿Sospecha algo?

—Lo sabe todo; yo se lo conté hoy —dijo Pancho.

Beba volvió a ruborizarse.

—Hiciste muy mal —dijo—. ¿Se enojó?

—No —dijo Pancho, viendo cómo Beba se inclinaba hacia el plato de sándwiches y elegía uno de jamón—. Lo aceptó como se debe. Pero terminamos.

—No me digas —dijo Beba, sorprendida, dejando de masticar y permaneciendo un momento con la boca abierta—. Bueno. Qué sé yo —dijo después, sacudiendo la cabeza, masticando otra vez.

De nuevo se produjo un tumulto frente al portal de la iglesia. Pancho y Beba volvieron la cabeza mirando hacia allí. Otra vez las mujeres se agruparon de mayor a menor en la escalera y en la vereda hasta la puerta del coche, en dos hileras, una frente a la otra, como una guardia de honor, dejando un espacio libre para el paso de los novios. Algunas mujeres espiaban impacientes el interior de la iglesia.

—Ahí está —dijo Pancho— la dulce noviecita, camino al cementerio.

El tocado blanco emergió otra vez por el portal iluminado, esta vez en compañía de la cabeza engominada del novio, y de nuevo se desplazaron por encima de las cabezas curiosas de las mujeres, el tocado y el casquete engominado, en plano inclinado hacia la vereda, y horizontalmente desde allí hasta el coche. Dos fogonazos azules restallaron durante el trayecto, pero tampoco esta vez Pancho pudo ver al fotógrafo. La gente siguió a los novios hasta el coche y se amontonó alrededor de ellos, hasta que por fin el coche negro arrancó, iluminado por dentro, y pasó frente a la vidriera del bar; Pancho y Beba lo siguieron con la mirada. El segundo coche, lleno de mujeres con sombreros y hombres trajeados, arrancó y siguió a los novios, pasando también junto a la vidriera del bar. La gente se dispersó lúgubremente. Sólo quedó un grupito de invitados que después de deliberar en la vereda, decidieron cruzar la calle hacia la plaza, desapareciendo. Pancho y Beba dejaron de mirar y se acomodaron sobre las sillas, comiendo y bebiendo.

—¿Y ahora? —dijo Beba dejando su vaso vacío sobre la mesa—. ¿Qué cara pongo delante de Dora?

—La de siempre —dijo Pancho—. Después de todo, vos no te hacés mucha mala sangre por nada, según veo.

—No —dijo Beba—. De veras. ¿Qué le digo?

—Yo le dije que te odiaba —dijo Pancho—. Que necesito hacerte sufrir. —Meditó un momento, con el vaso en la mano.— Le di una versión completamente falsa de los hechos. Pienso si no habrá sido para protegerte.

—Sos raro. ¿Cierto que estuviste internado? Dora nunca me dijo nada. Mi novio me lo comentó.

—¿Ah, el atorrante? —dijo Pancho—. Sí, estuve internado. Cuatro veces.

—Pobre —dijo Beba.

—Pero ya pasó esa época feliz para mí —dijo Pancho—. ¿Así que te lo dijo el sinvergüenza? ¿Y cómo lo sabe ese malandra?

—Che —dijo Beba, irguiéndose—. Miguel Ángel no es ningún malandra.

—Qué sabrás vos lo que es un malandra, nenita —dijo Pancho.

—No me digas nenita. No soy ninguna nena —dijo Beba.

Pancho sonrió interesado.

—Físicamente no —dijo—. Te molesta, eh. Te molesta que te lo diga.

—Es que no soy —dijo Beba. Meditó un momento y después dijo —Bueno, no sé.

La expresión de Pancho se hizo todavía más sonriente y más interesada.

—Está bien así, es más sensato —dijo—. ¿Querés otro whisky?

Beba miró su vaso, advirtiendo que estaba vacío.

—Bueno —dijo—. Pero con soda.

—La soda sube muy rápido a la cabeza —dijo Pancho, alzando el brazo para llamar al mozo. Éste, que se hallaba acodado al mostrador mirando hacia el salón con expresión distraída, pegó un saltito al advertir la seña de Pancho y se aproximó con la bandeja.

—Tengo mucha resistencia —dijo Beba sin bromear, mirando hacia el mozo. Éste se detuvo junto a la mesa, casi en posición de firme. Era delgado, rubio, de unos cuarenta años de edad; tenía unos ojos azules pequeños, y el rostro chupado, lleno de pliegues.

—Un whisky con soda y otro así nomás —dijo Pancho.

—Perfectamente, señor —dijo el mozo, haciendo una leve y fugaz reverencia, y volviéndose hacia el mostrador.

—Bueno —dijo Pancho, sonriendo a Beba—. Vamos a medirla esta noche.

Cierto destello malévolo iluminó por un momento los ojos de Beba.

—¿Querés emborracharme? ¿Para qué?

Pancho sacudió la cabeza, riendo, encantado.

—Sos un caso, vos, eh —dijo.

—Miguel Ángel me contó que un compañero de él de la Cámara, otro diputado, hace emborrachar a las mujeres antes de… —Beba hizo un ademán raro y una mueca pudorosa para expresar el hecho—. Qué porquería, no.

—Sí, la verdad —dijo Pancho.

—Creo que ahora me va a conseguir un empleo en la Cámara o en la casa de gobierno —dijo Beba.

—¿El amigo?

Beba se escandalizó.

—Noo —dijo—. Miguel Ángel. Al amigo no lo conozco; él me cuenta. Este verano estuvimos a punto de ir a Mar del Plata o al Uruguay; pero no pudimos porque Miguel Ángel es la mano derecha del Gobernador. El viejo es macanudísimo. Mirá, si Miguel Ángel le pide la casa de gobierno estoy segura de que se la da. Lo quiere como a un hijo.

Pancho se comió el último sándwich, de un bocado, mandándoselo a la boca después de haber revisado cuidadosamente su contenido, con expresión de leve repugnancia.

—Y por qué… —se interrumpió para tragar, haciendo un pequeño esfuerzo, —¿y por qué salís conmigo?

Beba sacó un escarbadientes de un palillero y comenzó a quebrarlo.

—Y qué sé yo —dijo—. Me gustás. No sé. Qué sé yo.

Quebró el escarbadientes en cuatro trozos y los dispuso paralelamente sobre la mesa, verticales a ella. Pancho observaba la operación; sus ojos brillaban ligeramente febriles; la barba incipiente, una sombra verdosa, oscurecía sus mejillas.

—Pero él no te gusta —dijo.

Beba sacó otro escarbadientes del palillero y lo cortó por la mitad; evitaba mirar a Pancho; éste, en cambio, la seguía implacablemente con la mirada. El rostro de Beba se ensombreció ligeramente.

—No —dijo—. Pero él es bueno, y una necesita.

—Siempre necesitan, siempre necesitan —dijo Pancho, haciendo una mueca y echándose con suficiencia sobre el respaldo de la silla—. ¿Qué es lo que necesitan? ¿Importados? ¿Calzones? ¿Andar en coche?

—¿A quién no le gusta? —dijo Beba, entreverando todos los palitos. Comenzó a disponerlos con mucho cuidado, otra vez, y hablaba vigilando su trabajo, con un antebrazo apoyado sobre el borde de la mesa. Formó la palabra YO y la desbarató de inmediato, entreverando nuevamente todos los palitos y desparramándolos sobre la mesa. Entonces alzó la vista hacia Pancho, con los ojos furiosos.

—Te viste la cara? —dijo—. ¿Quién te creés que sos? Ese traje es más viejo que mi abuela. ¿No viste la pinta que tenés? Vos te pensás que yo salgo con cualquiera. —Su rostro se suavizó; y comenzó a juntar otra vez los palitos.— Si estoy aquí con vos —dijo— es por algo… es porque siempre te vi algo. Si ando con Miguel Ángel es porque es bueno conmigo. Será un chupandín y todo lo que quieras; pero es bueno conmigo. Y si anda con otras es porque yo se lo permito. Son mujeres de mala vida.

El mozo se aproximaba con la botella de whisky en una mano y un sifón en la otra. Se detuvo otra vez junto a la mesa. Beba lo miró con vaga curiosidad; Pancho se acariciaba preocupadamente las mejillas, aguardando que el mozo sirviera el pedido. El mozo dejó el sifón sobre la mesa y sacó el recipiente para medir del bolsillo, llenándolo de whisky y vaciándolo en el vaso de Beba. Después llenó nuevamente la medida y vació su contenido en el vaso de Pancho.

–¿Quiere hielo, señor? –dijo.

Pancho miró la compotera: tenía tres o cuatro trozos de hielos reducidos flotando en un dedo de agua.

–No, gracias –dijo.

–Bien, señor –dijo el mozo, repitiendo su reverencia y alejándose hacia el mostrador.

Beba dejó los palitos y se echó soda en su vaso, un chorro breve. Unas gotas cayeron sobre la mesa formando un charco reducido, mojando uno de los palitos. Beba lo retiró del charco y lo secó con los dedos. Pancho le miró las manos y vio que los dedos eran gruesos y cortos, las uñas cubiertas con una película de pintura plateada.

–Me da pena eso, las uñas pintadas, los ojos pintados, la boca, todo, qué sé yo –rezongó.

Beba se miró las manos y sonrió, sin comprender demasiado.

–Queda lindo –dijo. Miró el paquete de Chesterfield sobre el plato y lo recogió. Comenzó a abrirlo, tirando de la cinta roja. En medio de su tarea se detuvo y alzando las manos, una sosteniendo el paquete y la otra, con dos dedos, el extremo de la cinta, sonrió hacia Pancho–. ¿Puedo? –dijo.

Pancho sacudió la mano, fastidiosamente, mirando la calle a través de la ventana.

–Pero sí –dijo.

Beba abrió el paquete y sacó un cigarrillo llevándoselo a los labios. Extendió el paquete hacia Pancho.

–¿Querés? –dijo.

–No –dijo Pancho–. Fumo muy poco. Los compré para vos.

–Gracias –dijo Beba, dejando el paquete sobre el plato.

Sacó la cartera del respaldar de la silla, la abrió, rebuscó en su interior hasta encontrar una caja de fósforos, y cerró la cartera nuevamente, colgándola otra vez en el respaldar de la silla. Encendió el cigarrillo, y mientras echaba la primera bocanada de humo depositó la caja de fósforos encima del paquete de Chesterfield. Pancho la observaba ahora con una sonrisa malévola.

—No sé por qué tanto interrogatorio —dijo Beba, fumando y apoyando la espalda con satisfacción contra los travesaños de la silla. Tenía la mano que sostenía el cigarrillo cerca de la cara, el codo apoyado en la otra mano, a la altura del vientre; entrecerró los ojos, en actitud pensativa—. A veces los espiaba cuando ibas a visitar a Dora —dijo—. Pegaba la oreja a la pared y miraba por el ojo de la cerradura. A veces no decían una palabra. ¿No se aburrían? Quería conocerte mejor. Siempre me pareciste tan raro.

Pancho no le respondió. Se limitó a dejar de sonreír y a beber un trago de whisky, dejando después el vaso sobre la mesa. Después cruzó los brazos sobre el pecho y pareció desentenderse del asunto; miraba exactamente el borde de la mesa de madera, con expresión pensativa. Su rostro se había vuelto de pronto sombrío. Beba lo miró sin advertir al parecer el cambio de expresión, ya que continuó hablando en el mismo tono.

—Dora es muy celosa —dijo—. Yo me doy cuenta. No le gustaba mucho que yo estuviera con ustedes. ¿No te fijaste?

Pancho respondió sacudiendo vagamente la cabeza; después alzó una de las manos huesudas y la sacudió delante de su propia cara. Beba también hizo silencio, limitándose a fumar plácidamente, con el codo de la mano que sostenía el cigarrillo apoyado sobre la mesa, mirando el vacío a través del humo. Otra pareja penetró conversando en el local y fue a ubicarse en una mesa del fondo.

Después de un momento, Pancho dijo:

—¿Vamos?

Beba continuaba mirando el vacío, plácidamente.

—Bueno —dijo.

Pancho emitió una sonrisa fugaz y triste.

—¿No preguntás dónde? —dijo.

Beba hizo un gesto consistente en arrugar la frente, frunciendo los labios, y sacudir la cabeza.

—Bueno —dijo Pancho.

Hizo una seña al mozo que regresaba de atender a la pareja del fondo; pagó y salieron. En el taxi, Pancho se hundió en el asiento, y Beba comenzó a contarle, de golpe, sobre cierta inclinación suya de los trece años. Dijo que había venido a la ciudad a estudiar en un colegio de monjas, como medio pupila, parando en casa de unos tíos. El taxi avanzaba velozmente a lo largo de una avenida iluminada por una intensa luz blanca, una avenida sin un sólo árbol. Sin parar, en voz baja y clara, Beba le contó que le gustaba subir a los colectivos llenos, al mediodía, cuando toda la gente salía del trabajo, y hacerse apretar por los hombres, y hasta por las mujeres. Se paraba en medio del pasillo y se dejaba apretar. Le explicó que prefería que fuesen hombres grandes, corpulentos, y que el placer era mayor porque, al sentirse apretada por hombres tan grandes, parecía volverse más chiquita, y empezaba a sentir un calor extraño, una sensación agradable. Le dijo también que a veces alguno dejaba deslizar disimuladamente la mano y le tocaba las piernas o el traste, y que ella sentía que todo el cuerpo le temblaba, y que una vez viajó todo el trayecto frente a frente con un hombre maduro que la apretaba, la apretaba, y que de pronto alzó los ojos y vio que el hombre la estaba mirando con cierta severidad, y que eso le dio tanto miedo que se bajó diez cuadras antes de llegar a su casa, a pesar de que otras veces, como se sentía tan bien en medio de los cuerpos que la apretaban en el colectivo, se había bajado muchas cuadras después de donde debía.

El taxi salió de la avenida y dobló por unas calles arboladas y oscuras. Beba hizo un silencio durante un momento y después continuó hablando. Había tenido esa inclinación hasta el día en que conoció al primer hombre, dijo Beba. Pancho permanecía sumido en el asiento. Había sido un teniente del ejército, veinte años mayor que ella, tres años antes. "Yo creí que me quería", dijo Beba. Se había vuelto loca por él; había dejado la escuela por él, y el teniente le compraba vestidos y la llevaba a reuniones con otros oficiales y otras chicas, a una casa de campo. Anduvo un año y medio con él, hasta que el teniente le presentó a una mujer de unos treinta años, flaca y ojerosa, que fumaba en boquilla y andaba siempre de traje sastre; durante una semana salieron los tres juntos, el teniente, la mujer, y ella, dijo Beba. Iban a cenar, a ver el varieté del Copacabana y el Bambú, y al departamento de la mujer, que se llamaba Amelia. "Una noche se largó a llover y ella nos dijo que nos quedáramos en su casa. Lorenzo había tomado mucho whisky. 'Vos tenés que hacerle caso a Amelia, siempre', me decía", dijo Beba. "'Tenés que hacer todo lo que Amelia te diga, porque Amelia es mi amiga. Es una gran chica, Amelia', me decía", dijo Beba. Amelia y ella se habían sentado en un sofá y el teniente Lorenzo enfrente de ellas, en una silla. Amelia le había puesto una mano en la rodilla. "'Tenés que quererla siempre a Amelia, y ser buenita con ella', le había dicho el teniente", dijo Beba. Cuando el taxi penetró en un patio oscuro y se detuvo frente a un cerco de ligustros, junto a varios automóviles estacionados, con las luces apagadas, Beba interrumpió por segunda vez su relato. Un hombre de saco blanco, emergió de la oscuridad y se detuvo junto al coche, eludiendo discretamente mirar a los pasajeros. El chofer encendió la luz interior y Pancho le pagó el viaje. Beba descendió aguardando a Pancho junto al hombre de saco blanco, que, siempre, por discreción, le dio la espalda. Cuando Pancho estuvo junto a ella, después de cerrar de un golpe la portezuela del taxi, el hombre de blanco comenzó a caminar, y Pancho y Beba lo siguieron. Pasaron detrás del ligustro, atravesaron una puerta vaivén, y comenzaron a recorrer un largo pasillo malamente iluminado por una luz empotrada en un techo altísimo. De pasada, Pancho entrevió a través de una puerta abierta una habitación llena de sábanas dobladas y apiladas en una estantería; al final del primer pasillo doblaron y comenzaron a recorrer otro, sobre cuyos dos lados se abrían hileras de puertas. El pasillo moría al final de otro que se extendía perpendicularmente al primero. Doblaron a la izquierda, bajo la tenue luz, detrás del hombre de saco blanco, y pasaron otra vez junto a dos hileras de habitaciones. El hombre de blanco dobló, penetrando en un cuarto pasillo, que moría en el fondo sobre una ventana cerrada. Sobre este pasillo se abrían sólo cuatro puertas, dos de cada lado. El mozo se detuvo junto a la última de la derecha y empujó la puerta, corriéndose hacia la ventana cerrada, siempre de espalda a Pancho y a Beba. Éstos penetraron en la habitación. Pancho arrimó un poco la puerta y asomó la cabeza al exterior por la abertura.

—Toda la noche —dijo.

—Está bien —dijo el hombre de saco blanco, que al mirar a Pancho mostró una cara pequeña, arratonada.

Pancho cerró la puerta y se volvió, comprobando que Beba se hallaba sentada sobre la cama de dos plazas. Además de la cama, cubierta con una frazada marrón, había dos mesitas de luz, una de cada lado de la cama, y una mesa con pupitre de mármol, en el otro extremo de la habitación, junto a la puerta de entrada. Al lado de la mesa había dos sillas. La puerta del baño, entreabierta, se hallaba en la pared del costado. En la misma pared había una ventana cerrada, cerca de la cama. La luz del baño se hallaba encendida y la lámpara principal, que pendía del cielorraso en el centro de la habitación, también arrojaba en el recinto su luz sombría. Beba miró a Pancho. "Y Amelia, mientras tanto, me miraba y me miraba, con una sonrisa media rara", dijo. "Voy al baño", dijo Pancho. "Te escucho." Entró al baño oyendo la voz de Beba que decía: "Como a mí mismo, decía Lorenzo". "Y por ahí me dijo que le diera un beso", oyó Pancho que decía Beba, mientras orinaba en el cuarto de baño. Recorrió con la mirada el pequeño recinto: había un inodoro, un bidé, un lavatorio; había ducha pero no bañadera, y en lo alto del muro se abría una pequeña claraboya circular. "La verdad es que Amelia había sido muy buena conmigo todos esos días", dijo Beba en el momento en que Pancho regresaba a la habitación y arrimando una silla se sentaba frente a ella. Pancho cruzó las piernas y se metió las manos en el bolsillo del pantalón. "En esa semana me había traído uno o dos regalos, un par de aros y no me acuerdo qué otra cosa. Así que le di un beso en la mejilla", dijo Beba. "Y Lorenzo entonces salta y dice ¡No! ¡No!, en la mejilla no, en la boca." Estaba sentado enfrente nuestro, como si quisiera ver bien todo lo que hacíamos nosotras. Amelia temblaba toda; "¿Tenés miedo?" —me dijo. "¿No te animás a darme un besito en la boca?" Se arrimó un poco más adonde yo estaba, siempre con la mano en la rodilla, y apretó un poco la mano. Me dio vergüenza que pensaran que yo tenía miedo. Me incliné y la besé. Lorenzo saltó entusiasmado: ¡Otra vez! ¡Otra vez!, gritó. Tenía bastante whisky encima; yo empecé a sentir miedo, porque una vez, estando así, me había hecho un escándalo delante de sus amigos. La besé de nuevo. Apenas apoyé los labios, ella me abrazó y me los mordió, y no me soltaba. Quería desvestirme. Yo me asusté muchísimo y la empujé para que me soltara; cuando me la saqué de encima y me paré, me pareció que Lorenzo se desilusionaba, qué sé yo. "¿Viste, Lorenzo?", le digo. Y él me dice: "Tenés que ser buena con Amelia, es una gran chica". Así que al día siguiente lo dejé.

Pancho asintió seriamente, y emitiendo un suspiro profundo, paseó su vista por la habitación: las paredes habían sido pintadas con esponja, unas manchas color ladrillo sobre un fondo gris. Encima de la cama, sobre la pared, había una lámpara de vidrio rojo. La habitación era fría y oscura. Beba se quedó pensativa, jugueteando con su collar de perlas de fantasía. Después se puso de pie y dijo que iba al baño. Pancho ni siquiera la oyó; sentado en la silla, con los ojos fijos en el vacío, se limitó a mover afirmativamente la cabeza, pero no como si contestara a Beba, sino como si afirmara algo que estuviese pensando. La puerta se entrecerró detrás de Beba y después de un momento oyó el chorro de orín y el ruido de la cadena. Beba demoró un rato todavía en el cuarto de baño, antes de salir apagando la luz detrás suyo. Volvió y se sentó otra vez en la cama, frente a Pancho; éste pareció no verla. Sacudía pesadamente la mano delante de su rostro, como si tratara de espantar una mosca. Beba aguardó un momento, después dijo:

–¿No podríamos tomar algo?

Pancho no dijo nada; se limitó a mirar a Beba.

–¿No te enojás si pido algo? –dijo Beba.

–No –dijo Pancho, siempre mirándola. Beba fue y tocó el timbre, un botoncito empotrado junto a la cama; el timbre resonó vagamente en la lejanía. Pancho la miraba con fijeza cuando ella regresó y se sentó por tercera vez en el borde de la cama.

—Hay mucha luz aquí —dijo Beba, levantándose, inquieta.

Apagó la luz central y se desplazó un momento en la oscuridad, hasta encender la luz roja. Toda la habitación se inundó de un terrible y casi insoportable resplandor rojizo, pero Pancho no se movió, sentado en la silla, cruzado de piernas, con las manos apoyadas una sobre otra en la rodilla. En el mismo momento en que Beba encendió la luz roja golpearon la puerta.

—Pedile ginebra —dijo Beba.

Pancho no respondió; permaneció rígido e inmóvil como si estuviera esculpido en piedra. Toda su figura estaba manchada por la luz rojiza. Beba se encogió de hombros y abrió la puerta. El hombre de saco blanco mostró su cara arratonada en el pasillo.

—Traiga dos ginebras —dijo Beba.

Cerró otra vez la puerta y volviéndose hacia Pancho se aproximó a él, en medio de la penumbra rojiza, y lo sacudió por el hombro, suavemente. Pancho alzó la cabeza y la miró; Beba retrocedió unos pasos hasta apoyar la espalda contra la pared; Pancho la observaba mientras retrocedía, y cuando ella estuvo contra la pared, mirándolo con perplejidad, Pancho se levantó y se acercó a ella, quedando tan cerca de ella que sus rostros casi se tocaban. Beba esperaba con cierta incertidumbre. Pancho habló con suma lentitud, pronunciando entre dientes las palabras. Sus ojos brillaban húmedos.

—Conocés muy bien esta mugre —dijo—. ¿Y esa noche? ¿Te fuiste aunque llovía? ¿Te calaste hasta los huesos? ¿Eh? ¿Sabés dónde están los timbres, ¿eh? El mozo te tutea.

Beba pegó la espalda a la pared, más y más; pero Pancho se aproximó también.

—¿Te mojaste esa noche, o dormiste en el departamento de la cosa ésa?

De golpe, agarró el brazo de Beba y lo oprimió.

—Respondeme —dijo.

Beba no dijo nada. Pancho le apretó el brazo, y Beba iba a gritar, suspirando y quejándose, cuando golpearon la puerta.

—Después lo conocí a Miguel Ángel–dijo Beba, mientras Pancho se dirigía a abrir la puerta.

El hombre de cara arratonada se hallaba ante la puerta con una bandeja en la que había una botella de ginebra y dos vasos.

—Deje la botella –dijo Pancho.

—Sí, señor –dijo el hombre de cara arratonada, en voz baja.

Le entregó la botella y los vasos y Pancho los depositó sobre la mesa de mármol y madera y se volvió para cerrar la puerta. Después de correr el pasador se encaminó hacia Beba.

—Yo no te pregunté –dijo.

Se cruzó de brazos, con impaciencia, y miró fijamente a Beba.

—¿Y? –dijo.

Beba vaciló.

—Me fui –dijo al fin.

Pancho se aproximó y le agarró una oreja, retorciéndosela. Beba se contorsionó y cerró los ojos, haciendo una mueca de dolor. Después Pancho la soltó y dándole un empujón la arrojó de boca sobre la cama. Se inclinó hacia ella y le habló con furia y con impaciencia.

—¿Por qué decís eso si no es la verdad? –murmuró entre dientes.

La sombra de los rincones de la habitación era roja. Beba apretaba el rostro contra la frazada. Pancho se quitó el saco y lo tiró al suelo.

—Desvestite –ordenó.

—Dame ginebra –dijo Beba, con voz temblona.

—¿Ajá? ¿Ginebra? Sí, como no, señorita. Ya le doy, ya le doy ginebra –dijo Pancho.

Fue hasta la mesa con firmes y rápidos pasos y llenó uno de los vasos de ginebra, regresando.

—Tome, tome la ginebra –dijo.

Beba se incorporó. Pancho le arrojó el contenido del vaso en la cara. Beba comenzó a lloriquear.

—Desvístase –ordenó Pancho, arrojando el vaso vacío sobre la cama.

Beba se sacó el vestido negro, dejándolo sobre la silla, doblado cuidadosamente, bajo la dura mirada furiosa de Pancho.

—Desvístase por completo —dijo Pancho mientras Beba colocaba el vestido sobre el respaldar de la silla: sus grandes senos caían tristes, lechosos, contrastando con el resto de su cuerpo tostado. Pero todo su cuerpo se hallaba contaminado por el resplandor rojizo. Lloriqueaba de un modo casi inaudible.

—¿Con cuántos viniste a esta roña? —dijo Pancho—. ¿Con veinte? ¿Con treinta? ¿Con mil?

—Estás loco —dijo Beba, sin convicción, y a la expectativa.

—Capaz que lo trajiste al gobernador. Capaz que querías humillarlo. Querías que anduviera con la panza al aire delante tuyo —dijo Pancho—. Que se arrodillara en el suelo. Capaz. Capaz. ¡Pobre viejo!

Se acercó a Beba y la agarró de la muñeca, apretándosela.

—Pobre viejo —dijo.

Tironeó a Beba y la trajo hasta la cama. De pronto se detuvo, se quedó pensativo, soltó a Beba y sacudió la mano delante de su propio rostro. Fue y se sentó mecánicamente en el borde de la cama. Beba quedó de pie junto a él, toda desnuda, en medio de los sombríos resplandores rojizos. Se arrodilló, poniendo la cabeza entre las rodillas de Pancho. Éste apoyó la mano sobre su cabeza, desordenándole el pelo con una caricia mecánica. Beba apretaba el rostro contra las duras rodillas de Pancho.

—Tengo frío —dijo con voz llorosa.

Pancho volvió el rostro, mirando el foco de luz roja que titilaba de un modo imperceptible. Beba alzó la cara y miró a Pancho.

—Ahora vienen los arrepentimientos —dijo Pancho, con voz afalsetada, sacudiendo apenas la cabeza, sin dejar de mirar el foco de luz roja. Súbitamente se volvió hacia Beba y le pegó en la cara. Beba no se movió. Pancho se puso de pie pero Beba se agarró tan fuertemente de sus piernas que le impidió moverse. Pancho comenzó a sacudir con violencia las piernas hasta que Beba se las soltó, y entonces comenzó a pegarle puntapiés cada vez más violentos en todo el cuerpo; Beba se cubrió la cabeza con los brazos y comenzó a emitir unos débiles quejidos, hasta que quedó inmóvil. Pancho pasó entonces por encima de ella y caminó hasta la mesa de mármol. Se sirvió un vaso de ginebra hasta el tope y se lo mandó de un solo trago; volvió, pasando otra vez por encima de Beba, y se arrojó de espaldas en la cama, aflojándose el nudo de la corbata. Permaneció inmóvil durante un largo rato, hasta que Beba se incorporó y se echó a su lado en la cama, apretándose contra su cuerpo.

—No me toques —dijo Pancho, con voz suave.

Beba se separó. Más tarde se puso a buscar el vaso que Pancho había arrojado sobre la cama. Lo dejó sobre la mesa de luz, y fue a traer la botella de ginebra. Llenó el vaso y se lo tomó de un trago, con expresión placentera; enseguida se cubrió con la frazada y dormitó un rato. Volvió a incorporarse y tomó otro trago de ginebra, esta vez de la botella. Pancho se apoyó en el respaldar de la cama y observó plácidamente a Beba.

—Me quedé —dijo Beba—. Me quedé con Amelia. Y Lorenzo vio todo. Pero te juro que al otro día lo dejé, y al mes conocí a Miguel Ángel. A veces, con Dora, cuando hace frío, dormimos juntas, nos damos calor. No me gusta dormir sola, y menos cuando hace frío.

Se volvió y tomó otro largo trago de ginebra.

—Me gusta sentirme apretadita por otro cuerpo —dijo, con un tono melancólico—. ¿Dónde están los cigarrillos? Ah, sí, en mi cartera. Ya vengo, ¿eh?

Se puso de pie, y fue hasta la mesa, buscando la cartera. No la encontró; buscó sobre las sillas y no la encontró tampoco. "Y, bueno", murmuró encogiéndose de hombros, "mejor si no fumo". Al llegar al lado de la cama tropezó con la cartera que se hallaba en el suelo, junto al suéter. Bajo la luz rojiza, de pie cerca de la cama, moviendo sin cesar la cabeza en la que el cuidadoso peinado se había revuelto y desordenado, abrió la cartera y sacó los cigarrillos y los fósforos. Cerró la cartera y desde donde estaba, volviéndose ligeramente, la arrojó hacia la mesa de mármol, en el otro extremo de la habitación. La cartera chocó contra la pared y cayó al suelo. Beba encendió un cigarrillo y dejó el paquete y la caja de fósforos sobre la mesa de luz, junto al vaso y la botella, volviendo a meterse bajo la frazada.

—No sé a quién puede gustarle dormir solo en invierno —dijo; y echó una bocanada de humo que al ser atravesada por la luza de la lámpara se convirtió en una evanescente bruma rojiza. Se quedó un largo rato mirando hacia el techo, envuelto en una sombra densa y roja. Su nuca descansaba sobre la almohada y mantenía el cigarrillo en la boca oprimiéndolo con los labios.

La espalda apoyada contra la plancha de madera del respaldar de la cama, sentado sobre la almohada, Pancho contemplaba a Beba con una mueca extraña, de perplejidad y al mismo tiempo de enojo, consistente en entrecerrar los ojos y abrir apenas la boca frunciendo los labios. Su cabeza se hallaba casi a la misma altura del foco, de modo que la luz roja daba en su perfil, en la sien, en el pómulo y en la mejilla, y en todo el contorno de su rostro y de su cabeza, y lo nimbaba de un resplandor rojizo.

—Muchas noches de invierno me he metido en su cama, tranquilamente —dijo Beba—. Y a Dora también le gusta—. Alzó la cabeza con curiosidad hacia Pancho, mientras sacaba el cigarrillo de los labios y largaba un chorro de humo—. ¿A vos no?

—¿No qué? —dijo Pancho, muequeando, sin mirarla, pasándose una mano por la frente.

—Si no te gusta dormir acompañado cuando hace frío, digo —dijo Beba.

—No —dijo Pancho.

Quedó en silencio. Beba continuó mirando el techo, mientras fumaba, Y de vez en cuando se mandaba un largo trago de ginebra, directamente de la botella. Su suave respiración elevaba y hacía descender, imperceptiblemente, la frazada. Después de un rato arrojó el cigarrillo y cerró los ojos; su respiración se hizo más rítmica y más profunda; se había dormido. Acompañaba sus expiraciones de suaves silbidos. Pancho la miró con curiosidad, con cierta dureza. El resplandor rojizo del foco penetraba todos los rincones de la habitación. Pancho se inclinó y levantó la frazada que cubría a Beba, destapándola hasta las rodillas; la contempló con una mueca al mismo tiempo dura y desconfiada: los senos de Beba caían a los costados del pecho, su abdomen se hallaba hundido por la posición de su cuerpo, y sus gruesos muslos, apretados y tranquilos, se reunían en el pubis en un matorral de vello oscuro. Sus brazos permanecían estirados a lo largo del cuerpo. El cuerpo de Beba impresionaba al mismo tiempo como torpe e infantil, a pesar de su abundancia. Pancho recordó al frailecito de Barco, que había sentido compasión ante la lavandera. De pronto, Beba suspiró hondamente y emitió un largo quejido. Pancho la cubrió otra vez con la frazada, hasta el cuello, y volvió a apoyarse en el respaldar de la cama. En el pasillo, lejos, resonó una risa de mujer, áspera y fugaz, y un rápido taconeo, seguido del murmullo de voces masculinas y femeninas. Después se hizo silencio. No se oía nada, salvo la respiración de Beba, rítmica y tranquila.

Pancho sacudió con ademanes pesados la mano delante de su rostro, como si espantara una mosca, mirando el vacío, con los ojitos muy abiertos y la boca abierta mostrando una hilera de dientes desparejos. Permaneció sentado e inmóvil cerca de media hora, hasta que empezó a temblar ligeramente, como si tuviera fiebre. Se sacó los zapatos y se metió bajo la frazada, encogiéndose y temblando, tapándose hasta la cabeza; enseguida se volvió, bajando la frazada hasta el cuello y quedando boca arriba, con los ojos muy abiertos. Beba se removió con lentitud, pesadamente, suspirando y murmurando, y abrió los ojos. Se incorporó de golpe y miró a Pancho. Por un momento pareció no comprender dónde se hallaba; miró la habitación envuelta en la roja penumbra, y cuando advirtió que Pancho tiritaba se echó sobre él, debajo de la frazada y comenzó a moverse sobre su cuerpo para darle calor. Pancho permaneció tenso, temblando todo.

–Pobrecito –dijo Beba–. ¿Viste? ¿Viste lo que yo te decía, pobrecito?

Con las manos le oprimía los brazos y movía las piernas, frenéticamente. También apretaba su rostro contra el de Pancho.

—¿Viste lo que yo te decía? —repitió.

Le aflojó más todavía el nudo de la corbata.

—Puta —dijo Pancho.

Beba pareció no oírlo, y continuó moviéndose, apretándose contra él, furiosamente. Después se deslizó por debajo de la frazada y comenzó a desabrocharle el pantalón. Pancho trató de sacudir las piernas pero el peso del cuerpo de Beba se lo impidió; parecía que Beba trataba, no de darle calor, sino de inmovilizarlo. Beba metió la mano por la abertura del pantalón, una mano húmeda y caliente, y tocó a Pancho. La mano hacía fuerza y hurgó más, tocándole el bajo vientre. Con la mano libre, Beba le desabrochó el cinto, para hurgar con la otra mano con mayor facilidad. Pancho dejó de tiritar, y trató de incorporarse, de pronto tranquilo. Pero Beba no se lo permitía. Pancho quedó inmóvil, dedicándose a contemplarla; Beba le bajó el pantalón como pudo y después se echó nuevamente sobre él, tratando de que su sexo coincidiera con el de Pancho.

—Pobrecito —murmuró. Decía cosas ininteligibles.

Quieto y tranquilo, Pancho la observó un momento y después la tomó de los hombros y la dio vuelta con firmeza poniéndola de espaldas sobre la cama. Se inclinó sobre ella, sonriendo apenas.

—¿Querés desquitarte de lo de ayer? —dijo.

Beba lo miró con cierto espanto, con los ojos muy abiertos.

—No te doy el desquite —dijo Pancho—. No te lo doy nada.

—Soltame —dijo Beba.

Pancho la soltó y se quedó sentado en la cama, mirándola con cierta expresión sarcástica en el rostro. Beba se incorporó y se mandó un largo trago de ginebra de la botella. Después dejó la botella y encendió un cigarrillo, fumándolo nerviosamente, sin decir nada. Estuvieron un largo rato mirándose, sin decir nada; Beba tomaba de vez en cuando un trago de ginebra hasta que se sentó sobre la cama y puso la botella junto a sí, sosteniéndola con las piernas. Fumaba y bebía, tosiendo y carraspeando de vez en cuando, pensativamente. Después Pancho se levantó, se acomodó la ropa, y fue al baño. Se miró en el pequeño espejo del botiquín, de pasada; tenía el pelo desordenado, los ojos rojizos y hundidos, el rostro ligeramente hinchado, las mejillas cubiertas de oscura barba. Orinó y regresó a la habitación, en el momento en que Beba elevaba la botella de grueso vidrio verde y tomaba un largo trago de ginebra. Beba bajó la botella y la dejó sobre la mesa de luz. Cuidadosamente se colocó el cigarrillo entre los labios; estaba tan corto que apenas si podía sostenerlo sin quemarse, y la columna de humo ascendía tan cerca de su cara, que la obligaba a cerrar un ojo y efectuar una mueca fluctuante, echando una y otra vez la cabeza hacia atrás para evitar los efectos del humo. Pancho se acercó a Beba, se detuvo junto a ella y la miró durante un momento, como si meditara sobre algo. Beba alzó la cabeza y Pancho le sacó el cigarrillo de los labios y lo arrojó al suelo. No dejó de mirar a Beba ni un instante mientras lo hacía. Después quedó inmóvil, de pie junto junto a la cama, mirándola.

—No me importa nada —dijo—. Nada, nada.

Había cierta perplejidad en el rostro pesado de Beba.

—Pancho —dijo—. No me pegues más. Vení acostate conmigo que la cama está calentita. Te dejo mi lugar si querés. ¿Querés? Vení. Desvestite, vení.

Pancho se sacó la camisa y el pantalón y se metió en la cama bajo la frazada. Beba lo abrazó enseguida como para darle calor.

—Apagá la luz —dijo Pancho, accediendo a las caricias un poco infantiles de Beba.

Beba estiró la mano hacia la llave y apagó la luz: la oscuridad fue completa, cerrada. Quedaron inmóviles, Beba con la cara ardiente apoyada sobre el pecho de Pancho. Pancho trató de percibir algo en aquella oscuridad, pero le fue imposible. Parecía que masas de oscuridad giraban dentro de otras masas de una oscuridad todavía más densa. Pancho parpadeó para tratar de ver algo, varias veces, pero nunca vio nada. Solamente vio la cerrada oscuridad y al mismo tiempo percibió el pelo y la piel caliente de Beba sobre su pecho, la respiración de Beba, y, a través de las paredes, en los pasillos y en las otras habitaciones, murmullos confusos de voces, risas y pasos. Enseguida todo desapareció, y solamente persistió la oscuridad cerrada. Beba dijo algo pero él no la oyó, no entendió.

–La luz –dijo Pancho.

Beba permaneció inmóvil sobre su pecho.

–La luz, dale, vamos –dijo Pancho.

Ahora Beba se movió mimosamente contra su pecho, en la oscuridad, y habló con voz pesada.

–No, no, quedémonos así, me gusta estar así –dijo.

Pancho hablaba con voz urgente, y apagada, entre dientes–. Encendé la luz –dijo.

–Así; me gusta así –dijo Beba.

Pancho le pegó en la cabeza con el puño cerrado.

–La luz. La luz te digo –dijo.

–No, no; así. Así –dijo Beba.

Pancho trató de incorporarse en la oscuridad cerrada, pero Beba apretaba su cuerpo contra el de él y se lo impedía. Beba insistió con su voz vidriosa.

–Quedémonos así, calentitos. No te muevas.

Pancho le agarró el pelo y tironeó para que Beba lo soltara, pero ella parecía no sentir nada, parecía no sentir más que frío, sed, soledad, y ansiedad por estar apretada contra él. Su voz era trabajosa, alcohólica. Pancho le soltó el pelo y se abandonó jadeando. Apoyó la cabeza sobre la almohada y permaneció con los ojos inútilmente abiertos. Las olas de oscuridad lo envolvían, fríamente, y otra vez regresaba, volvía, cayendo, no sabía a dónde. Ahora no tenía miembros, ni pecho, ni sexo, ni conciencia: la conciencia, anegada por esas olas negras, se mezclaba con ellas, fluyendo, derramándose. Pancho esperó un momento, tratando de oír, de percibir, algo, una señal, pero no sucedió nada. Durante largo tiempo se desplazó en el vacío completo. Y cuando comenzó a salir de aquella zona inconcebible, vacua y sin sucesión, lo primero que percibió fue la respiración y la piel de Beba, el cabello sobre su pecho.

—O encendés la luz ahora mismo, o te mato. Te lo juro —dijo, entre dientes.

Algo en su tono de voz hizo que Beba se incorporara, de un salto, y comenzara a tantear rápidamente en la pared, buscando la llave de la luz. Por fin la encendió, y otra vez la semipenumbra rojiza anegó la habitación hasta los rincones más ocultos.

Beba se hallaba sentada sobre la almohada y miraba a Pancho. Su expresión era al mismo tiempo de miedo y de asombro. Tenía las piernas cruzadas por los tobillos, los brazos rodeando las rodillas. Miraba fijamente a Pancho. Pancho se sentó también sobre la almohada. Sus rostros casi se tocaban. Los ojos de Beba brillaban circundados por unas ojeras rojizas, muy abiertos, velados ligeramente por el alcohol. Su piel se había resquebrajado en forma imperceptible; tenía el pelo desordenado. Y su boca abierta intentó sonreír con dureza cuando pareció comenzar a percibir en el rostro el aliento de Pancho.

—Bueno —dijo—. Matame.

El humo enrarecía la atmósfera de la habitación, velando los resplandores rojizos.

—Matame —repitió Beba, casi con sarcasmo.

Pancho la miraba. El vientre de Beba, lleno de alcohol, emitió unos leves quejidos. Beba eructó llevándose la mano rápidamente a la boca.

—Perdón —dijo.

Pancho respiró hondamente, mirando a su alrededor, y se echó otra vez de espaldas en la cama; trató de cubrirse con la frazada, pero la cama se encontraba en un desorden tal que sus duras piernas peludas quedaron al aire. Beba bajó de la cama, tambaleándose, con cierto entusiasmo, y trató de arreglar un poco la cosa, metiendo los bordes de la frazada bajo el colchón. Pancho miraba el techo con fijeza, con los ojos muy abiertos. Cuando terminó de arreglar la cama, Beba se mandó otro largo trago de ginebra y se acostó, también boca arriba, muy cerca de Pancho.

–Se me fue la mano en la ginebra, me parece –dijo–. ¿Vos no tomás? Me gusta porque no tomás. Miguel Ángel se agarra cada una. Dice que antes no tomaba. Era no sé qué en la Universidad, antes de que lo eligieran diputado. Pero no es de mala bebida, se pone mucho mejor cuando toma. Lo único que hace de malo, malo, es ir al cabaret y dar un espectáculo, a veces. Yo no necesito que vos me lo digás; yo ya lo sé porque él mismo me lo cuenta. Pero el viejo lo quiere mucho y por algo será. ¿No te parece? El viejo es macanudo. Si vos lo ves por la calle, ni pensás que es el gobernador. Anda siempre a pie, y cuando viaja en el coche oficial se sienta al lado del chofer. –Se incorporó, miró a Pancho para cerciorarse de que no estaba dormido, y se volvió hacia la mesa de luz, encendiendo un cigarrillo. Sacudió el fósforo, apagándolo, y lo arrojó al suelo. Quedó a medio incorporarse, con el codo apoyado en la almohada y el cigarrillo humeante pendiendo de los labios. Parecía pensativa–. Miguel Ángel lo conoce al teniente Lorenzo. Lorenzo no era malo; eso que pasó con Amelia no sé por qué lo habrá hecho; tenía sus buenos whiskys encima, te diré. Pero hasta me compraba revistas y una vez me llevó al Casino de Oficiales del regimiento, y cenamos ahí. Es muy buen mozo. No sé por qué a las mujeres nos gustarán tanto los uniformes. Hasta los carteros, mirá. En mi pueblo había un muchacho cartero que, te lo juro, parecía un general. –Beba hizo silencio, pensativa. Le costaba tener los ojos abiertos debido al humo del cigarrillo, y por la misma razón hablaba con voz ahogada. Después de un momento tosió y murmuró:– Me parece, me parece… que esta ginebra… que esta ginebra –y cabeceó simpáticamente–. Sos raro, eh –dijo después–. Hace un rato te tuve un poco de miedo. ¿Te gusta castigar a la mujer, no? Hacerla sufrir. Yo no tengo miedo; recién sí, un poco, pero ahora no, nada. Lorenzo me pegaba algunas veces, pero era bueno conmigo. Miguel Ángel no, nunca me levantó la mano. Es chiquilín, ya lo sé, pero yo lo quiero; y es muy bueno conmigo. Vos también fuiste bueno; cuando estábamos en el bar te reías de mí porque decías que soy una nena. Puede ser, no sé si soy una nena. El mes que viene cumplo dieciocho; ya estoy vieja, la verdad. ¿Vos dirás que yo soy una... una porquería no cierto? Ustedes los hombres andan con cualquiera, pero si una se entrega por amor la tratan como a un trapo de piso. Ésa es la pura verdad. Yo, aparte de Miguel Ángel y Lorenzo, y de vos, ahora, nunca he tenido otros novios, jamás. Besado sí, y he chapado también, a veces, no te lo voy a negar; eso no es nada malo. Y después eso de los colectivos. Pero yo lo hacía porque me sentía bien, por el calor, sabés, y por estar apretada. Yo ni sabía que había algo malo en eso. Es que yo, desgraciadamente, desde chica fui muy desarrollada. A los doce ya tenía que usar corpiño. Una vez leí no sé dónde algo sobre el calor animal; no me acuerdo dónde, en una novela, creo y me excité. Me calenté. Pero no me di cuenta de lo que era, una excitación. Siempre me quedaron grabadas esas palabras, y ahora de grande me doy cuenta de que lo que sentía era excitación sexual. Y cada vez que me siento así, bien, apretada, pienso que es el calor animal. —Pegó unas largas pitadas al cigarrillo y lo arrojó hacia la puerta del baño. Después se metió bajo la frazada cubriéndose hasta el cuello, con la nuca apoyada en la almohada.— La cabeza me da un poco de vueltas, ¿vos sabés? No es nada, ya se me va a pasar. Yo no nací para estar sola, qué le vamos a hacer. —Se volvió hacia Pancho, mirándolo con curiosidad.— ¿Vos sufrís mucho el frío? ¿Qué te gusta más, el verano o el invierno? Ah, mirá yo desde que empezó el frío, y qué hace, un día, dos días, no veo la hora de que vuelva el verano. Está bien que aquí hay muchos mosquitos, y mucha humedad, pero lo prefiero mil veces antes que al invierno. La gente dice que contra el frío una puede protegerse, porque vos en invierno te abrigás bien, y listo. Pero a mí no me convencen, prefiero el verano toda la vida. Me gusta ir al campo y a la playa, y tirarme ahí, al sol, todo el día. —Estiró un brazo y lo hizo girar para contemplarse la piel, absurdamente, en medio de la semipenumbra rojiza.— ¿Viste lo tostada que estoy? Es que me iba lo más que podía al campo y al río. Miguel Ángel también iba, pero él no se tostó. No sé por qué no se habrá tostado. Miguel Ángel es muy bueno conmigo. ¿Che, vos sabés cómo me duele la cabeza? ¿Vos sabés, che? Me da un poco de vueltas. La mezcla debe ser. Una vez mezclé también y me tuvieron que llevar en coche a mi casa. Decí que el muchacho que me acompañaba fue muy bueno conmigo, si no capaz que se propasa y se hace el vivo... Uf, si habré tomado ginebra en mi vida. ¿Y whisky? No te digo nada. Miguel Ángel consigue whisky y cigarrillos de contrabando, todo lo que quiere. Aunque a veces te meten el perro y te lo dan de Avellaneda. Cuando vamos a la quinta no tomamos otra cosa. Cómo hablo, eh. ¿Me oís? –Pancho no respondió: continuaba con los ojos muy abiertos, mirando el techo. Beba levantó un poco la cabeza para observarlo mejor, y al comprobar que se hallaba despierto sacudió orondamente la cabeza y volvió a echarse.– Sos callado, eh. Una vez me puse a espiarlos a vos y a Dora, y estuvieron como una hora sin decir palabra. Dora no me cuenta nada. Es muy buena conmigo. Ahora que sabe lo que pasó, no sé qué cara voy a poner cuando la vea. Yo le digo que no quería, que vos me hiciste por la fuerza. Ella siempre ha sido muy buena conmigo, desde que yo era chiquita. Fue ella la que convenció a mi papá y a mi mamá para que me dejaran venir a estudiar a la ciudad. Al principio yo vivía en la casa de una tía, y ella estaba en una pensión. Si me dice algo, le voy a decir que vos y yo no tenemos nada. Que yo no quería. Aunque si la dejaste, a lo mejor ella no me pregunta nada, por orgullo. Después de esto, vos y yo no tenemos nada entre nosotros; eso que hicimos no fue nada malo, porque yo cinco minutos antes ni lo haba pensado siquiera. Y esta noche... esta noche no hicimos nada. Mejor es que quedemos como amigos, ¿no te parece? Es lo mejor. Ya veo que esto no camina de ninguna forma. Hoy no ha habido nada entre nosotros, vos no quisiste. Yo tampoco quería. ¡Aia, la cabeza! Me dan puntadas todo por aquí. ¿No tenés un Alka Seltzer? No, mejor que no tome, mejor dejo que se me pase solo. ¿Vos sabés cómo me pesan los ojos, los párpados? Es bárbaro. Estoy vieja, ya no aguanto tanta ginebra. ¿Me dejás qué te agarre la mano? La tenés caliente. Yo la tengo caliente. –Estiró la mano debajo de la frazada y tocó la de Pancho. Éste permaneció inmóvil, como si no hubiese percibido el contacto de la mano de Beba.– Me parece que me voy a dormir –dijo Beba–. ¿A qué hora nos vamos? Temprano, eh. No me destapes si me duermo, eh. Cómo después de estar un rato una se calienta la cama, viste. No dan ganas de salir. Mmmm… con los ojos cerrados el sueño viene enseguida, viste. Pensar que tenemos que levantarnos temprano, eh… –Bostezó, largamente, con los ojos cerrados.– Chau, hasta mañana. Ummm… Qué calentita está la cama. Portate bien conmigo, no me destapes si me ves dormida. Hasta mañana. Chaucito.

Dejó de hablar, y al rato comenzó a respirar rítmicamente, dormida. Pancho se incorporó, apoyando los codos en la almohada, y la miró: tenía los ojos cerrados y la boca abierta, mostrando sus pequeños dientes blancos. Su respiración profunda era lenta y rítmica. Al contemplarla, el rostro de Pancho no reflejó ninguna clase de sentimientos o pensamientos. Con absoluta inexpresividad se limitó a contemplar durante largo tiempo a Beba, y después se echó otra vez en la cama, y con los ojos abiertos permaneció mirando el cielorraso. De un modo gradual también Pancho cerró los ojos y fue como adormeciéndose, inmóvil, con las piernas abiertas bajo la frazada. Pero no estaba dormido, porque de vez en cuando respiraba hondamente, entreabriendo los ojos, y movía las piernas, elevando las rodillas y volviéndolas a bajar. Así quedaron los dos largo rato, hasta que por los resquicios de la ventana penetraron en la habitación iluminada por la lámpara roja, los primeros destellos de luz azul del alba del domingo. Pancho se levantó y abrió los postigos, dejando que la luz del alba, al penetrar a través de los vidrios volviera pálido y exangüe el resplandor de la bombita eléctrica. La ventana daba a un pequeño tragaluz de paredes altas, manchadas de humedad y de musgo. Pancho recogió su ropa del suelo y se vistió, con gran lentitud. Se sentó en el borde de la cama y se calzó las medias y los zapatos; después se puso de pie y se anudó la corbata sin ningún cuidado, junto a la ventana, observando el crecimiento de la luz diurna, cada vez más intensa. Rebuscó en sus bolsillos, sacó un billete de mil pesos y lo dejó sobre la mesa de luz, bajo el paquete de cigarrillos. Beba continuaba dormida. Pancho se puso el saco y, en puntas de pie, tratando de no hacer ningún ruido, se encaminó hacia la puerta de salida, corriendo suavemente el pasador. Al abrir la puerta percibió en el rostro de un modo inmediato, el contraste entre la atmósfera fría del exterior y el aire caldeado de la habitación. Recorrió los pasillos desiertos, envueltos en la penumbra del alba, una penumbra fría y ahora verdosa. Al llegar al patio en el que el taxi los había dejado la noche anterior, Pancho advirtió que los árboles, el cerco de ligustros y la tierra, aparecían mojados por el rocío otoñal; bajo el paraíso de fronda amarillenta, en el suelo, un colchón de hojas amarillas, podridas, quemadas por el sol de febrero y de marzo, aparecían húmedas y resquebrajadas. Salió a la calle desierta. Los primeros rayos solares doraban el empedrado y los árboles, las fachadas de las idénticas casitas de barrio, algunas con una antigua verja junto a la vereda y un pequeño jardín frontal con rosales y naranjos. Se hallaba en el sudoeste de la ciudad. Comenzó a caminar en dirección al centro. Sentía los ojos picantes y pesados; tomó por la ancha avenida sin árboles que había recorrido en taxi con Beba, la noche anterior. Estaba completamente desierta; no se veía un solo vehículo, ni siquiera una sola persona. Como avanzaba en dirección el este, la luz matutina le daba en pleno rostro produciéndole una sensación desagradable. En la lejanía oyó las campanas de una iglesia y miró su reloj pulsera: eran las siete y veinte. En el fondo de la calle, hacia el este, los blancos elevadores del puerto se alzaban, altos y brillantes, por encima de un grupo de árboles.

Sentía dolores en los brazos y en las piernas, y parecía caminar con esfuerzo, lento y encorvado, las manos metidas en los bolsillos del saco oscuro. La noche anterior había elegido la vigilia, pero era costosa y terrible, estaba comprobándolo. Cuando llegó al café en el que había estado con Beba la noche anterior, vio por fin gente: unas mujeres de luto y un cura, entrando en la iglesia. El café se hallaba cerrado, con las persianas metálicas bajas. Enfrente estaba la Plaza de Mayo, cuyos árboles, entre los que era visible, detrás, la larga y trabajada fachada de la casa de gobierno, tenían la fronda húmeda de rocío. El rocío de marzo descendía del cielo, durante la noche, mientras ellos bebían, copulaban o dormían. La vida era implacable y continua. Dobló por San Martín, hacia el norte, cruzándose a la vereda de la sombra. En el confín visible de la calle un tumulto inmóvil de letreros luminosos, apagados, superpuestos y abigarrados por la perspectiva, brillaba al sol; dos o tres coches corrían hacia el centro. El mentón y el labio inferior de Pancho temblaban levemente; cerró la boca; tenía el rostro hinchado, oscurecido por la barba, y los ojos llenos de vetas rojizas.

Cuando llegó al centro pasó junto a los pasillos desiertos de la galería y en la esquina dobló hacia el Montecarlo. El sol cada vez más alto le dio de nuevo en pleno rostro. Los ventanales del alto edificio de correos emitían unos intensos reflejos; una larga hilera de taxis negros aguardaba pasajeros frente a la estación de ómnibus. Cruzó la vereda y entró en el Montecarlo; el local estaba desierto, excepción hecha de dos clientes sentados en el otro extremo del salón, en una de las mesas ubicadas junto al ventanal de la esquina. Pancho se sentó en la mesa más cercana a la puerta, de espaldas a los dos tipos. A pesar de que no había nadie en el local y que dos mozos conversaban acodados en el mostrador, ninguno de ellos se acercó a servirlo. Permaneció un largo rato solo, inmóvil, con los codos apoyados en el mantel, las manos entrecruzadas sobre la boca, mirando fijamente el piso de mosaicos blancos llenos de vetas negras y plateadas. Cuando el mozo se detuvo junto a él, Pancho ni siquiera advirtió su presencia. El mozo le tocó el hombro, suavemente. Pancho alzó la cabeza suspirando con levedad, y miró al mozo sin comprender bien de qué se trataba.

–¿Qué se va a servir? –dijo el mozo.

Pancho pidió un café, mansamente, y mientras miraba

alejarse al mozo hacia el mostrador oyó un chistido. Se volvió de inmediato, como sobresaltado. Los tipos sentados en la mesa cercana al ventanal de la esquina lo miraban y le hacían señas con la mano. Se puso de pie y se acercó a ellos; tardó en reconocer a Rey y a Leto. Tenían cara de amanecidos y le sonreían: Rey ampliamente, duramente, y Leto en una actitud pensativa y remota.

–Hola –dijo Rey.

Pancho no respondió; los miraba sin comprender todavía. La mesa estaba llena de platitos llenos de migas, con algunos restos de manteca y mermelada, y había dos tazas vacías. Rey tenía toda la corbata y el traje manchados de cenizas de cigarrillos y gotitas de café. Sus mejillas aparecían sombreadas por una incipiente barba verdosa.

–Sentate –dijo Rey.

Lo tuteaba de golpe. Pancho se sentó, de un modo mecánico, de cara a la calle, y la luz solar le dio en pleno rostro. Se volvió ligeramente hacia Rey, para evitar que la luz le diera de frente. Rey dejó de sonreír, rascándose el mentón, y por un momento ninguno de los tres dijo nada. Sin sacar la mano del bolsillo, Pancho abrió el tubo de Actemín y sacó una pastilla, mandándosela discretamente a la boca. De una jarrita niquelada, cuyo peso excesivo lo tomó desprevenido, echó un chorro de agua en un vaso y se lo tomó. Rey no le sacaba los ojos de encima.

–¿Qué hace a esta hora? –dijo Rey, dejando de tutearlo.

–No duermo a esta hora –dijo Pancho. El mentón comenzó a temblarle, de un modo imperceptible, y Pancho apretó los dientes–. Nunca duermo a esta hora –repitió.

Se volvió para mirar a Leto: cabeceaba, dormitando con los ojos cerrados, semisonriendo. Miró a Rey nuevamente; éste cabeceó hacia Leto.

–Este duerme en cualquier parte, a cualquier hora –dijo, sonriendo.

Pancho se pasó las manos por el pecho, respirando hondo, con la boca abierta.

–Siento una opresión todo por aquí –dijo.

Rey lo miró con cierta atenta curiosidad.

–¿No será el cigarrillo? –dijo.

Pancho continuaba respirando con hondura, con la boca muy abierta.

–No. Es otra cosa –dijo.

Se quedó en silencio. Apoyó un codo sobre la mesa y se sostuvo la cabeza con la mano mirando hacia la estación de ómnibus. Habló sin moverse.

–¿Viaja a Rosario, todavía? –dijo.

Rey meditó, sorprendido.

–Bueno. A veces sí… –dijo.

–Me han encargado que invite gente para una fiesta, esta noche –dijo Pancho–. ¿Quiere ir?

Leto habló a su costado; pareció despertar de golpe al oír la invitación.

–Bueno –dijo–. ¿Dónde?

–En lo de Dora –dijo Pancho.

–Ah sí, ya estuve. ¿A qué hora es? –dijo Leto.

–A las nueve, supongo –dijo Pancho, con una voz muy melancólica mirando la calle con los ojos rojizos muy abiertos, la boca pesada.

–¿Se puede ir acompañado? –dijo Rey.

–Supongo –dijo Pancho–. Sí –afirmó enseguida.

No sacaba la vista de la calle, el parejo empedrado junto a la hilera de taxis, frente a la estación de ómnibus.

Rey parecía ligeramente desconcertado. Leto sonreía, mirando a Rey.

El mozo se detuvo junto a la mesa y dejó el café de Pancho, con un vaso de agua. Pancho no sólo no lo miró, sino que ni siquiera advirtió su presencia. El mozo parecía ligeramente irritado por la actitud de Pancho, y durante un momento se quedó a encimar los platitos vacíos; juntó tres o cuatro y se los llevó.

–¿Cómo marchan esas cátedras? –preguntó Rey.

Pancho no le respondió; miraba la calle. Ante su silencio, Rey volvió también la vista hacia la calle como para descubrir el objeto que atraía la atención de Pancho. Al volver la cara hacia éste, su expresión reflejó que no había visto nada. De pronto recordó algo y miró su reloj pulsera.

—Bueno —dijo Pancho, poniéndose de pie, sin dejar de mirar la calle.

Rey lo miraba intensamente al rostro. Pancho llegó hasta la puerta y se detuvo, se volvió.

—Vayan, eh —dijo.

Rey lo miró sin responderle, sacudiendo afirmativamente la cabeza. Pancho hizo lo mismo: sacudió la cabeza y salió a la calle.

Cuando llegó a la puerta de su casa, tenía el rostro brillante por el sudor; el sol apretaba un poco, y el cielo aparecía límpido y azul, lleno de destellos dorados. Sentía una picazón constante en los ojos. Empujó la puerta y entró, dirigiéndose directamente a su cuarto. Cerró la puerta por dentro, con doble llave, y se tiró vestido sobre la cama, boca abajo. Se durmió enseguida, y despertó muy agitado, con chuchos de frío, oyendo voces provenientes de la cocina. Se levantó y comenzó a pasarse furiosamente las manos por el pecho y los brazos; recorrió la habitación a saltitos, para entrar en calor. A través de la banderola una luz gris penetraba en la habitación, que se hallaba envuelta en una semipenumbra. Abrió la puerta y miró el patio: se hallaba mojado por la lluvia, una llovizna silenciosa y fría, semejante a un polvo grisáceo. Soplaba un viento frío. Meditó un momento y miró su reloj pulsera. Eran las dos de la tarde; Pancho parecía desconcertado. Volvió a la cama percibiendo el relente tibio que despedían las sábanas y la sobrecama. Se sentó en el borde, y apoyando los antebrazos en los muslos, dejó colgar las manos entre las piernas. Su rostro, agrisado por la luz exterior, ligeramente hinchado, revelaba un cansancio mortal. Sus pequeños ojos parecían dos brasas casi apagadas emergiendo apenas de entre un montón de ceniza. Alzó un momento la cabeza y por la puerta entreabierta (una franja gris luminosa) contempló el patio. Su mirada quedó fija en un punto del vacío; sus ojos se abrieron un poco más; y enseguida, como si suspirara al mismo tiempo, aunque de un modo inaudible, comenzó a agitar la mano derecha delante de su rostro, pesada y maquinalmente, de la misma manera que si hubiera estado tratando de espantar una nube de mosquitos. Un silencio triste invadió la casa y la ciudad; nadie parecía hablar ahora en la cocina, tal vez en toda la ciudad nadie hablaba. Las voces que podía escuchar ahora venían tan de lejos, a través de él, Francisco Ramón Expósito, que Pancho se asustó, súbitamente, y dejando de sacudir la mano, delante del rostro se puso de pie de un salto, empalideciendo más todavía mientras el labio inferior comenzaba a temblarle sin haberle dado ningún tirón previo como aviso. Dio dos pasos nerviosos hacia la puerta y se detuvo, volviéndose hasta quedar otra vez junto al borde de la cama. El labio inferior le temblaba haciéndole sentir un hormigueo casi risible en el mentón. Las voces no lo dejaban; mientras su labio temblara continuarían hablando, diciendo cosas que él no quería escuchar, siempre era así; lo sabía. Se encaminó hacia la puerta otra vez y la cerró dando dos vueltas a la llave; la habitación se oscureció; quedó la banderola solamente, una porción de gris fulgurante como una lámina rectangular de plomo fundiéndose. Pancho se sentó sobre la cama, apoyando la espalda en la pared y los zapatos en la sobrecama. En esa posición encogió el cuerpo al máximo, hundiendo la cabeza entre los hombros, tratando de no escuchar, de que el tumulto de las voces no llegara a ser escuchado por él, comprendido, por lo menos. Cerró los ojos y volvió a abrirlos, varias veces, con una expresión que revelaba, de antemano, su desaliento y la convicción de que ningún esfuerzo por volverse ciego y sordo ante las voces serviría de nada. En el interior, la tarde fue cayendo y la lluvia continuaba, recalcitrante y silenciosa. Los ojos de Pancho, en la penumbra cada vez más acentuada de la habitación, fueron adquiriendo una fosforescencia amarillenta y húmeda. Más de una vez oyó voces provenientes del patio y de la cocina; pero las oyó mucho tiempo después que las voces hubieron sonado, las había recordado con extrañamiento más que oírlas. También más de una vez creyó que dormía, estando despierto, o lo contrario; creía estar despierto, pensando que las voces se habían apagado por fin, y de pronto despertaba con un estremecimiento, oyéndolas, la cabeza pesada, llena de gritos y zumbidos. Al anochecer el temblor del labio inferior se detuvo; el brillo en sus ojos disminuyó gradualmente y levantándose de la cama atravesó la habitación y encendió la luz; la habitación se llenó de una claridad pesada y sucia. Pancho permaneció de pie, mirando el suelo con los ojos inmóviles; maquinalmente sacudió la mano delante de la cara, tres veces. Después fue hasta el escritorio, abrió el tercer cajón y sacó unos anteojos oscuros, de vidrio verde, que se colocó con lentitud y cuidado.

Cuando llegó a la casa de Dora, eran más de las nueve y media. Había caminado bajo la lluvia desde el centro, de modo que tenía el pelo y los hombros mojados. La luz del umbral estaba encendida, y la puerta cancel entreabierta. A las ocho había llamado a Barco citándolo para las nueve. Al empujar la puerta cancel escuchó voces femeninas y una risotada de Barco, súbita y breve, elevándose por encima de las voces. Se detuvo en la puerta del dormitorio y contempló el interior: había un círculo de personas de pie en medio de la habitación: estaban Barco y Tomatis, Dora, Beba y dos mujeres jóvenes que no conocía. Todos hicieron silencio al verlo; se oía solamente el rumor de la llovizna golpeando interminable el techo de cinc de la galería. Dora vino a su encuentro y lo abrazó fuertemente.

Querido —le dijo—. Vení.

Pancho se dejó conducir, dócilmente. Tomatis lo palmeó, con cierta ironía.

Barco observaba silencioso.

—Hola, Pancho —dijo Tomatis.

—Hola —dijo Pancho.

Beba tenía puesto el mismo vestido ajustado de la noche anterior; sonreía con cierta timidez; las otras mujeres eran semejantes entre sí y Pancho las distinguía solamente por el vestido; eran rubias y más bien bajas, y las dos tenían el pelo corto, recogido en la nuca; una tenía un vestido estampado con grandes flores azules, y la otra un traje marrón semejante al que Dora llevaba la tarde anterior. Dora se las presentó como Yoli y Zulema, y Pancho las saludó quedamente, sin estrecharles la mano. Dora parecía satisfecha y excitada.

—En la cocina hay vino —dijo—. ¿Vamos a buscar?

Barco fue con ella. Los restantes quedaron de pie, en círculo, sin decir nada. Pancho miró a Tomatis, descubriendo que éste lo miraba fijamente, con una semisonrisa. Tomatis tenía el rostro muy sereno, y estaba vestido con suma elegancia: un saco azul y unos pantalones de franela oscura, un pullover blanco deslumbrante, y asomando por debajo del escote del pullover, el cuello de una remera azul. Su rostro tenía una expresión suave y delicada. Se acercó a Pancho y le oprimió el brazo.

—¿Otra vez en la montaña rusa? —dijo.

—Tcht —dijo Pancho retirando el brazo con fastidio. Después se acomodó los anteojos negros y quedó mirando el piso de mosaicos amarillos y rojos.

Tomatis se separó de él y se dirigió a las mujeres.

—Así que abogacía —dijo.

La chica de trajecito marrón respondió. Tenía una voz nasal, pausada y muy agradable.

—Sí —dijo.

—Felizmente —dijo Tomatis, sonriendo de un modo misterioso.

Beba preguntó la hora; Tomatis miró la hora, con rápida obsequiosidad, pero Pancho no se movió; parecía no haber oído, y miraba el piso de mosaicos.

—Diez menos cinco —dijo Tomatis—. ¿Espera a alguien?

—Sí. A mi novio —dijo Beba.

Tomatis volvió a sonreír de un modo misterioso.

—Felizmente —dijo.

Hubo un silencio algo desconcertado. Barco entró como una tromba. Estaba trajeado y bien peinado, las mejillas prolijamente rasuradas. Traía un montón de vasos en una mano, altos, de vidrio verde, y una botella de vino blanco en la otra.

—Ayudame, Carlos —dijo. Tomatis le sacó los vasos de la mano y le dio uno a cada uno, reteniendo uno. Barco echó vino hasta la mitad en cada uno, llenó el suyo, y dejó la botella vacía sobre la mesa.

—Salud —dijo, y se mandó un trago. Se aproximó a Pancho y agarrándolo del brazo lo separó del grupo. Tomatis quedó conversando con las chicas. Pancho tenía el vaso en la mano, sin beber. El vino rubio parecía más oscuro en el interior del vaso de vidrio verde.

—¿Cómo andás? —dijo Barco.

—Mal —dijo Pancho.

—Se nota. ¿Y esos anteojos?

—Nada —dijo Pancho.

Barco volvió a beber. Quedó pensativo.

—Dora me contó que la largaste —dijo después.

—Sí —dijo Pancho.

—Se cree que es por otra.

—Y, bueno, que lo crea —dijo Pancho.

Barco le sacó el vaso de la mano y le dio el suyo, vacío. Pancho lo tomó distraídamente. Barco bebió un tercer trago.

—Qué cosa, las mujeres —dijo, pensativo.

Pancho no le respondió. En ese momento golpearon la puerta, justo en el momento en que Dora entraba en la habitación trayendo una segunda botella de vino. Dora dejó la botella de vino blanco sobre la mesa y se arrimó a Pancho, sonriendo.

—Debe ser Rey —dijo Pancho sin sonreír—. Lo invité esta mañana.

Tomatis volvió la cabeza, interrumpiendo la conversación con las mujeres.

—¿Ah, sí? —dijo—. ¡Qué bueno!

—Yo no lo conozco —dijo Dora—. ¿Por qué no vas a recibirlo?

—Yo voy —dijo Tomatis, viniendo velozmente hacia la puerta. Ahí se detuvo.

—Vení —le dijo a Dora.

Dora lo siguió. Barco sonrió y habló en voz baja.

—Nos va a dejar sin una gota de vino –dijo.

—Capaz que venga Leto también –dijo Pancho–. Estaba con él esta mañana.

—¿Y de dónde lo conoce?

Se oyó un murmullo de voces proveniente de la puerta de calle. Pancho echó una ojeada a la habitación: sobre la cama de Beba había dos carteras de mujer y dos paraguas, y unos abrigos e impermeables cuidadosamente acomodados. Leto entró lentamente, con las manos metidas en los bolsillos de su impermeable; tenía el pelo mojado y una mancha húmeda en el cuello. Inspeccionó con cierto desapego el interior de la habitación. Barco lo saludó. Las mujeres lo miraban. Leto avanzó moviendo las piernas torcidas, enfundadas en sus pantalones de franela gris, que emergían por debajo del impermeable. Al caminar dejó impresas en el mosaico sus huellas húmedas.

—¿Y los demás? –dijo Barco.

—Ahí están, saludándose –dijo Leto.

Se desabotonó lentamente el impermeable. Miró hacia la mesa y después a Pancho.

—¿Me permitís el vaso? –dijo.

Pancho se lo dio. Leto fue con él hacia la mesa y en el trayecto, sacudiendo de un modo leve la cabeza, emitió un "Buenas noches", apagado, en dirección a las tres chicas. Echó un largo chorro de vino blanco en el vaso y se volvió hacia Pancho y Barco.

—Vino con su mujer –dijo.

Barco hizo una mueca, incrédulo.

—Hasta ayer era soltero –dijo.

Leto bebía en ese momento, y sacudió la cabeza sin dejar de beber.

—No lo dudo –dijo después–. Se han casado ante Dios esta mañana.

Barco metió la mano en el bolsillo interior del saco, al parecer buscando cigarrillos.

—Dios no existe –dijo, sacando un paquete de Saratoga.

—Es una forma de decir –dijo Leto, sacando del paquete el cigarrillo que Barco le ofrecía y llevándoselo a los labios. Barco sacó uno para él y se guardó el paquete en el bolsillo interior del saco. Pancho había cruzado los brazos a la altura del pecho y miraba el piso, fijamente.– Hoy se juntaron en mi presencia en el Montecarlo –dijo Leto–. La ceremonia fue a las ocho de la mañana. Conversaron en la mesa de al lado cerca de media hora, mientras yo dormía, y después volvieron a la mesa en que habíamos estado los tres, ya casados.

Barco hizo el gesto del hombre que se da por vencido, y sacudió la cabeza.

–Un verdadero récord –dijo con asombro–. Supongo que se conocerían de antes.

Leto habló con aire grave, el cigarrillo sin encender pendiendo de sus labios.

–Y, sí. Supongo que sí –dijo.

–Qué bueno –dijo Barco, sacando de súbito, como en un pase mágico, del bolsillo lateral de su saco, un pequeño encendedor dorado. Lo hizo funcionar bajo las narices de Leto, y éste se inclinó para tocar la llama con el extremo del cigarrillo que pendía oblicuamente de sus labios. Cuando alzó la cabeza echó una bocanada de humo. Barco encendió su cigarrillo echando también una bocanada de humo, y se guardó el encendedor en el bolsillo.

Clara Rosemberg tenía, debajo del sencillo trajecito gris, una blusa rosada con un vuelo que parecía aplastar más su exiguo pecho de niña. Entró en medio de Dora y Rey, que, recién afeitado y bañado, parecía observar a los presentes con cierto destello malévolo en los ojos. La cabeza de Carlos Tomatis asomó detrás, por encima de la de Dora.

–Buenas noches –dijo Rey. Clara emitió una sonrisa tímida en vez de saludar. Su agradable rostro tostado se contrajo ligeramente. Rey se movía con aplomo dentro de su traje de franela gris; tenía un impermeable doblado sobre el brazo.

Pancho avanzó, súbitamente, y bajo la mirada asombrada de Barco estrechó la mano de Clara y Rey. Enseguida Barco hizo lo mismo; las chicas se acercaron. Parecían cohibidas en medio del tumulto de saludos.

—Pónganse cómodos –dijo Dora.

Se hizo un círculo nuevamente, más amplio que el del principio, entre las dos camas, bajo la luz eléctrica. Afuera el cielo estaba de un color pardo, casi dorado, visible sobre el patio a través de la puerta abierta. En el círculo, Pancho quedó entre Rey y Barco. Eran los más altos de la reunión, pero debido al cuerpo agobiado de Pancho, Rey y Barco podían hablar por encima de su cabeza.

—Pero aquí está toda la ciudad –dijo Rey.

Barco sonrió.

—Pensé lo mismo cuando lo vi entrar –dijo.

—Buenos y malos –dijo Rey, sonriendo, echando un vistazo alrededor.

—El mundo no se divide en buenos y malos –dijo Barco–. Se divide en neuróticos, psicóticos y dementes. Hay que sustituir el juicio ético por el mero diagnóstico.

—Muy ingenioso –dijo Rey–. Téngalo anotado.

—No hace falta. Lo sé de memoria. Siempre lo digo en público –dijo Barco.

En ese momento el círculo se dispersó. Quedaron Rey, Clara, Barco y Pancho, de cara unos a otros; los demás formaron un grupito en el fondo de la pieza, cerca de la cama de Dora. Ésta salió para la cocina. Rey dijo "A ver" y dando unos pasos rápidos arrojó su impermeable sobre la cama de Beba, sin ningún cuidado, sobre el resto de abrigos y carteras. Enseguida regresó; Clara lo tomó del brazo y se apoyó en él con cierta timidez. El rostro de Pancho aparecía sombrío, desdibujado bajo los anteojos oscuros. La barba sombreaba sus mejillas, y su escaso pelo descolorido se arremolinaba en la coronilla de la cabeza. Barco en cambio, aparecía limpio y fresco; su rostro perfectamente rasurado revelaba salud, paz, y cierta alegría. Su alto cuerpo era macizo y sólido, enfundado en un traje beige.

—Grande la casa –dijo Rey, echando una mirada alrededor.

Barco en ese momento se llevaba a la boca el cigarrillo

consumido hasta la mitad; lo sostenía entre el índice y el medio, y oprimiéndolo con los labios lo dejó colgar de ellos, cerrando un ojo por los efectos del humo, una columnita azul de humo pesado, que se elevaba hasta la altura de sus ojos rectamente, y allí se deshacía en arabescos.

—Las chicas deben tener miedo de noche —dijo.

Cruzado de brazos, Pancho miraba el suelo, en silencio; Clara sonrió.

—Todo el mundo tiene miedo de noche —dijo Rey.

—No todo el mundo —dijo Barco, sacando el cigarrillo de sus labios mirándolo con impaciencia, y arrojándolo al suelo; en seguida lo pisó con la punta del zapato.— Ciertos sectores —dijo.

—Puede ser —dijo Rey.

Dora entró con unos vasos y se aproximó. Clara sonrió complacida.

—Qué bueno —dijo, recibiendo uno de los vasos. Dora entregó el otro a Rey y ofreció el tercero a Pancho. Éste hizo un movimiento débil con la cabeza, indicando que no quería. Un pequeño destello de angustia iluminó fugazmente los ojos de Dora; después su rostro volvió a sonreír, y yendo hasta la mesa regresó con una botella de vino blanco y comenzó a llenar los vasos; primero el de Clara, después el de Rey, y por último el de Barco, en el que quedaba todavía un trago de vino que se había servido anteriormente. Rey y Clara bebieron casi al mismo tiempo; Barco permaneció con el vaso en la mano, sonriendo pensativo. Dora se quedó un momento junto a ellos, y como nadie hablaba fue con la botella en dirección al otro grupo. De aquel rincón de la pieza llegaba de vez en cuando la voz de Tomatis, ligeramente burlona, y las voces ingenuas y límpidas de las chicas.

—¿Y usted en qué sector está? —dijo Rey.

—Yo no; yo no le tengo miedo a la noche —dijo Barco—. Tampoco me gusta para vivir; prefiero la luz del día.

—De día todos los gatos son pardos —dijo Rey. Clara rió, casi secamente.

Barco se mostró interesado.

–¿En qué sentido? –dijo, inclinándose algo hacia adelante.

–Hay un ocultamiento de la interioridad, de día. Toda la vida interior se retrotrae al ámbito de la moral y las buenas costumbres.

Los ojos de Clara seguían en el rostro de Barco el efecto producido por las palabras de Rey. Parecía dudar de que producirían efecto.

–No, no es así –dijo Barco, inmediatamente–. El reino de la noche ha terminado.

–¿Qué quiere decir eso? –dijo Rey–. Eso no quiere decir nada.

–Quiere decir que la época en que interioridad se confunde con angustia está tocando a su fin, mal que nos pese –dijo Barco.

–Eso es ridículo –dijo Rey–. El mundo puede estallar en cualquier momento.

–Es posible; no lo dudo. Pero la orden oficial será dada dentro del horario administrativo. Y eso es de día –dijo Barco.

Rey miró el contenido de su propio vaso y después se lo bebió; lo hizo con rapidez y seriedad. Clara siguió sus gestos con la mirada. Parecía temer que sucediera algo.

–Siempre vomitando pildoritas paradójicas, usted –dijo Rey, después de beber.

–No vaya a creer –dijo Barco.

Pancho abrió la boca de golpe, como si el maxilar inferior se le hubiese desarticulado; después alzó la mano y la sacudió pesadamente delante de su rostro. Todos aguardaron, mirándolo. Pancho no dijo nada; volvió a cerrar la boca, y se cruzó de brazos, quedando callado e inmóvil. Barco carraspeó; en el rostro de Clara asomó un asombro incrédulo, casi infantil.

El rumor leve de la llovizna continuaba, en toda la ciudad.

–Sin embargo –dijo Rey– creo que usted tenía todo preparado para cuando el mundo estalle.

–No hay que hablar tan convencido de que eso va a suceder –dijo Barco–. Da la impresión de que usted lo deseara.

Rey sacudió la cabeza, alegremente.

—Éste es un poco como tu marido —le dijo a Clara.

Por debajo del color cognac de sus mejillas, la piel de Clara enrojeció.

—Es un hombre diurno —dijo Clara, tratando de ocultar su sonrojo.

—Un poco obligado por las circunstancias —sonrió Barco.

Al hacerse silencio, se oyó la voz de Tomatis, suave y burlona, en el fondo de la habitación.

—¿Ah, sí? Felizmente —dijo.

Nadie habló ni se movió; no se escuchaba más que el rumor de la lluvia, en toda la ciudad. De pronto, Tomatis se separó del otro grupo y vino hacia los cuatro, deteniéndose entre Clara y Barco, frente a Pancho.

—¿Hablaban de mí? —dijo.

—No —dijo Barco—, del resto de la humanidad.

—Qué aburrido —dijo Tomatis.

—No tanto —dijo Barco—, si pensamos que entre el resto de la humanidad hay gente que te conoce.

El rostro de Tomatis sonreía apacible: los ojos, los labios, la frente y el mentón sonreían. En la misma mano en que tenía el vaso sostenía el cigarrillo.

—De veras —dijo—. No se me había ocurrido.

—No les hagas caso —dijo Rey a Clara—. Todos estos chistes tienen olor de santidad. Tienen la venia del Papa para hacerlos.

—Nos las tiramos de santos, dice Rey —informó Tomatis a Clara, moviendo la cabeza hacia ella, y después hacia Rey:— Él está cansado de todo eso.

—Usted no tanto —dijo Rey—. Es demasiado débil.

—¿Cansado de qué? —dijo Clara.

—No sé qué quiere decir con eso de débil —dijo Tomatis, sonriendo siempre. Y dirigiéndose a Clara, agregó:— De todo eso, qué sé yo. El mundo, la gente, qué sé yo.

—Usted piensa así, en el fondo —dijo Rey, mirando el interior de su vaso. Después lo elevó hacia la luz eléctrica y lo observó al trasluz, como un químico observa una reacción en una probeta. Después bajó el vaso y se bebió todo el contenido, chasqueando la lengua al terminar–. Lo que pasa es que es tan egoísta que ciertas facetas de usted mismo lo fascinan hasta tal punto que le hacen olvidar cualquier cosa.

–Por lo visto no me tiene en un gran concepto –dijo Tomatis.

–Bueno, al margen de eso –dijo Rey–. Describo objetivamente. El egoísmo puede ser algo saludable en ciertos casos; lo mete en la vida a uno.

–En ese punto –dijo Barco con gran lentitud–, usted y Tomatis coinciden milímetro por milímetro.

–Sostiene que usted y yo estamos cortados por la misma tijera –informó Tomatis a Rey.

Clara se llevó la mano al pecho acomodándose el volado de su blusita rosa. Después se desprendió de Rey y se dirigió al grupo de chicas, diciendo que ya venía.

–Puede ser que sí –dijo Rey, con cierto aire de duda–. En algunos aspectos.

Después de un momento agregó:

–Me voy a Buenos Aires.

–¿Ah, sí? –repitió Tomatis–. ¿Por mucho tiempo?

Pancho se volvió hacia la puerta, mientras Rey respondía "Definitivamente, creo", y contempló el patio. Del cielo dorado la llovizna continuaba cayendo. Pancho atravesó el hueco de la puerta y salió a la galería. Hacia el fondo, la luz encendida de la cocina arrojaba sobre el mosaico de la galería un trapezoide alargado de tenue claridad. Pancho se detuvo en el sector más oscuro de la galería y se apoyó de espaldas contra la pared. El piso de mosaicos relucía apenas, recibiendo en forma indirecta el reflejo de la luz del dormitorio y tal vez de la cocina. La atmósfera era fría. Saliendo de pronto del dormitorio, Dora pasó en dirección a la cocina junto a él, casi rozándolo, sin verlo. Cuando la vio entrar a la cocina, Pancho la siguió. En la puerta se detuvo, contemplándola. Inclinada junto a la mesa, Dora acomodaba unos trocitos de milanesa en un plato; en otros había sándwiches, rodajas de fiambre, masitas untadas con patefuá, queso y aceitunas negras. La cocina estaba en desorden; el fogón y la mesa llenos de platos y botellas. La luz producía unos reflejos cálidos en los blancos azulejos. Dora se volvió y vio a Pancho.

—Hola —dijo.

Pancho la miró sin responderle. La boca volvió a abrírsele, de golpe, como si la mandídula se le hubiera desarticulado.

—Aquí están las masitas de ayer —dijo Dora, señalando uno de los platos, y después sonrió.

Pancho permaneció callado, mirándola. Después se volvió y recorrió otra vez la galería hacia el dormitorio. Al entrar comprobó que los grupos se habían dispersado y vuelto a juntar de distinta manera, y que Rey y Tomatis conversaban con Leto junto a la cama de Beba, sobre la que al llegar los invitados iban dejando sus impermeables y sus carteras, y que el resto de la gente se hallaba reunida en un grupito junto a la pequeña mesa cuadrada sobre la que había una botella vacía y otra hasta la mitad de vino blanco. Pancho se paró junto a Barco: éste hablaba con una de las dos rubias, la del trajecito marrón; la del vestido estampado había tomado del brazo a Beba y reían juntas. Clara Rosemberg escuchaba en silencio, con aire melancólico. Todos tenían un vaso de vino blanco en la mano. Barco se reía.

—¿En qué parte del parque dice usted? —dijo Barco.

—Entrando por la calle Santiago del Estero —dijo la chica del trajecito marrón, con su voz agradable, haciendo un ademán con una mano blanca y delicada, un ademán en el aire, como si la calle Santiago del Estero hubiese estado corriendo en ese momento por detrás de Barco, en la misma habitación.

—Ah, sí —dijo Barco, después de meditar un momento—. Ahora me acuerdo perfectamente. La calle hace una curva rodeando el lago, después se mete entre los árboles, y pasando por un puentecito de piedra llega al otro lado. Y en ese sector está la glorieta. Todas llenas de enredaderas las columnas, ¿no? ¿Parece un peristilo invadido por la selva, no? Ésa debe ser la glorieta que usted dice.

—Sí, ésa, exacto –dijo la chica–. Desde ahí se ve perfectamente el terraplén del ferrocarril.

—Sí, entre los árboles –dijo Barco.

—Exactamente, entre los árboles –dijo la chica.

—La glorieta vendría a estar perpendicular al lago –dijo Barco, extraordinariamente interesado.

—Sí. Sí. Perpendicular al largo –afirmó la chica. Meditó un momento–. Espere, a ver–. Enseguida sacudió con vehemencia la cabeza–. ¡Sí! ¡Sí! Perpendicular al lago.

—Es curvo el peristilo –agregó Barco–. Hay otra parecida en el parquecito de la costanera, cerca del puente colgante.

—Sí –dijo la chica–. Pero me gusta menos. Va mucha gente por ahí.

—Parece que le gusta la soledad –dijo Barco, emitiendo una risa seca.

—Sí. Mucho –dijo la chica, y adoptó una extraña expresión, consistente en arrugar la frente de un modo casi dubitativo, y entrecerrar los ojos. Tenía un blanco cuello largo, y el pelo rubio, recogido en la nuca, parecía sedoso y limpio. Su boquita, ágil y sin pintar, presentaba ciertos rasgos infantiles. Sus ojos eran azules, tirando a verdosos. El largo cuello emergía de entre las solapas cruzadas de su trajecito marrón. Aparentaba unos veintitrés o veinticuatro años de edad.

Barco la miraba sin dejar de reír. Clara miraba a Barco expectante y sorprendida. Las otras dos permanecían tomadas del brazo, escuchando con expresión seria. Beba parecía ignorar por completo a Pancho. Éste miraba los mosaicos rojos y amarillos, con la boca abierta, cruzado de brazos.

—A ver, cuénteme –dijo Barco.

—Qué sé yo –dijo la chica–. La gente hace mucho ruido.

—¿Cómo mucho ruido? –dijo Barco.

—Y –dijo la chica–. Qué sé yo.

Se ruborizó un poco.

—¿Le gusta la poesía? –dijo Barco.

—Mucho –dijo la chica.

La de vestido floreado era un poco más corpulenta que

ella, pero más menuda que Beba. Tenía también el pelo recogido en la nuca, y los párpados de sus ojos estaban pintados de azul. El vestido floreado era a primera vista demasiado liviano para el día. Se ajustaba al cuerpo evidenciando unas formas más bien opulentas y agradables. Clara Rosemberg paseaba su mirada asombrada de Barco a la chica, a cada pregunta y a cada respuesta.

—Es raro que no la haya visto por la facultad en todo este tiempo —dijo Barco.

—Yo sí lo he visto a usted, me parece, el año pasado —dijo la chica.

—El anteaño puede ser —dijo Barco—. Hace dos años casi que no rindo una materia.

Barco reía constantemente y de vez en cuando se mandaba un trago de vino. Dora se asomó por la puerta de la galería y llamó a Beba. Beba salió en dirección a la cocina acompañada por la chica de vestido estampado.

—¿Y cuántas le faltan para recibirse? —dijo la chica.

—Una —dijo Barco.

—¡Una! ¡Qué picardía! —dijo la chica—. ¿Y cómo no la rinde?

—No tiene gracia recibirse —dijo Barco—. Eso lo hace cualquiera. La cuestión es no recibirse faltándole a uno una materia.

—Es verdad —dijo Clara—. Cómo no la rinde.

Bebió un trago y después miró a uno y otro lado como si buscara algo. De pronto miró a Pancho; éste permanecía con los brazos cruzados sobre el pecho, la boca abierta, mirando el piso de mosaicos, lleno de huellas y manchas húmedas.

Barco señaló a Clara sacudiendo el índice delante de su rostro.

—Usted no está muy convencida de eso que dice —dijo Barco, y cabeceando hacia la chica rubia agregó—: Ella en cambio sí.

—Puede ser —dijo Clara, riendo.

La chica volvió a ruborizarse y miró a Clara. Barco sacó el paquete de Saratoga del bolsillo interior de su saco y oprimiéndolo por la base con el pulgar hizo emerger dos cigarrillos por encima del resto y los ofreció, primero a Clara, que hizo un movimiento de negación con la cabeza, y después a la chica, que vaciló durante un momento y por fin aceptó. Barco sacó directamente con los labios uno para él, y volvió a guardarse el paquete. Mientras sacaba el encendedor dorado del bolsillo lateral de su saco, miró a Pancho, pero no dijo nada. Después hizo funcionar el encendedor que, produciendo un seco sonido metálico, emitió una llama azulada, serena y brillante. Elevó el encendedor hacia la chica, que encendió su cigarrillo con gran lentitud. Mientras la chica echaba su primera bocanada de humo, un denso chorro azulado, Barco encendió su cigarrillo y volvió a guardarse el encendedor dorado en el bolsillo lateral del saco beige.

La sobrecama que cubría la cama de Dora era color azul, y sobre ella, hacia el lado de los pies, la pequeña repisa hecha con madera de cajón forrado ahora con papel azul, parecía haber sido acomodada recientemente. Junto a la cama de Dora el ropero de madera terciada, con un espejo ordinario, proyectaba su sombra en la pared. La cama de Beba tenía una sobrecama verde oscuro, semioculta por los impermeables y las carteras. Cerca de la cama de Dora conversaban Rey, Leto y Tomatis. De pronto Leto miró a su alrededor y se separó de los otros dos, sentándose en una silla solitaria en medio de la habitación, entre los dos grupos. Quedó pensativo, con la copa en la mano. Afuera la lluvia continuaba cayendo con un rumor leve y uniforme desde el cielo sombríamente dorado.

—Usted sí está convencida, ¿no es cierto? –dijo Barco a la chica, sacándose el cigarrillo de los labios y volviéndose hacia un costado para escupir una brizna de tabaco.

—Por supuesto que estoy convencida –dijo la chica.

Dora entró en ese momento, llevando un mantel blanco y un plato con trozos chicos de milanesas. Detrás suyo venía la chica de vestido estampado con dos platos: uno con las masitas untadas con patefuá el otro lleno de aceitunas negras.

—¿Alguien saca las botellas? —dijo Dora.

Rápidamente, Barco fue hasta la mesa y sacó las botellas, teniéndolas en la mano hasta que Dora extendió el mantel con alguna dificultad. Clara vino en su ayuda, sacándole de la mano el plato de milanesas. Con las dos manos libres, Dora extendió el blanco mantel, acomodándolo con una delicada pericia. Enseguida volvió a salir. La chica de vestido estampado y Clara Rosemberg dejaron los platos sobre el mantel y Barco las dos botellas que había estado sosteniendo con una sola mano. Al advertir que una estaba vacía, la recogió de nuevo y dando dos largos pasos fue a dejarla detrás de la puerta, junto a la pared. Regresó lentamente, con aire tranquilo, sosteniendo el vaso y el cigarrillo con la misma mano. Su sólido rostro redondo revelaba inteligencia y paz. El de Clara Rosemberg, en cambio, sólo una tranquilidad fluctuante, como interferida de vez en cuando por unas corrientes periódicas de turbia duda. El de la chica rubia no revelaba ni paz ni duda, sino sólo cierta cordialidad vacua. Beba entró en ese momento trayendo un plato con pedacitos de queso y uno con sándwiches de miga.

—¿Y qué poesía le gusta más? —dijo Barco.

—Y —dijo la chica—. Qué sé yo. Pablo Neruda, que sé yo. ¿Leyó los *Veinte poemas de amor y una canción desesperada*?

—*Veinte poemas de amor y una canción desesperada*, ahá —dijo Barco.

Meditó un momento, bajo la mirada burlona de Clara.

—¿Qué piensa del amor? —dijo de pronto.

La chica se puso colorada, y vaciló sonriendo con timidez.

—¿Y del matrimonio? ¿Y del sexo, ese tema prohibido? —continuó Barco, imperturbable.

—¡Qué abrumador es usted, eh! —dijo la chica.

Barco meditó un momento, con aire sorprendido, sin sonreír.

—No —dijo—. Yo preguntaba.

Pancho se separó del grupo y fue a sentarse en el borde de la cama de Dora, cerca de Leto. Éste lo miró, pero no dijo nada. Estaba semisonriente, pensativo. Dora entró nuevamente en la habitación, con otro plato de sándwiches y dos botellas de vino blanco.

–Por qué no vienen a la mesa –dijo en voz alta.

Pancho sintió en ese momento un leve tirón en el labio inferior. Le hizo una seña a Leto, con la mano. Leto se puso de pie y avanzó hacia Pancho, quedando junto a él, con aire aburrido, sosteniendo en la mano su vaso de vidrio verde casi vacío.

–Decile a Barco que venga un momentito –dijo Pancho en voz muy baja.

Leto se inclinó hacia él y entrecerró los ojos y abrió la boca, haciendo un esfuerzo para oír mejor.

–¿A quién? –dijo.

–A Barco. Que no te oigan. Andá decile. Que venga un momentito –dijo Pancho.

Leto asintió y se dirigió a Barco. Pancho siguió su trayecto con la mirada, viendo cómo Leto le decía algo al oído a Barco, y cómo éste, después de murmurar unas palabras hacia la chica y Clara Rosemberg, se encaminaba hacia donde él estaba.

Barco se detuvo junto a él. Pancho alzó la cabeza y miró a todos los presentes.

–Están mirándome, Horacio.

Barco habló en voz muy baja, después de echar una mirada en derredor.

–Nadie te mira –dijo.

–Sí, sí –dijo Pancho–. Están mirándome.

–Te digo que nadie te mira.

–Me tiembla mucho el labio, Horacio –dijo Pancho–. No me pierdas de vista. Si llego a desvanecerme, que no me den nada de tomar. ¿De acuerdo?

Barco echó otra mirada a su alrededor.

–No me vengas con historias ahora –dijo–. Nadie te va a dar nada de tomar.

—Sí –dijo Pancho–. Sí. Carlitos se ha pasado del otro bando.

—¿Querés un trago? –dijo Barco.

—Ojo, Horacio, eh –dijo Pancho.

El labio inferior le dio un tirón violento, y enseguida dos más, más suaves.

—¿Ves? –dijo. Se apretó la mandíbula con la palma de la mano, y quedó así un momento. Después bajó la mano–. No te descuides, Horacio. Que no me pongan boca abajo. Que no me den nada de tomar.

—Nadie te va a poner boca abajo –dijo Barco.

—Ya no somos tres como antes –dijo Pancho–. Ahora él se ha pasado al otro bando. Nosotros dos somos los únicos que quedamos de este bando.

—No digas pavadas –dijo Barco–. No te hagas el loco.

—No me hago, Horacio. No me hago, te lo juro. Están mirándome te digo. No te fastidies. No quise arruinarte la diversión; lo único que te pido es que no los dejes que me den nada de tomar, ni que me pongan boca abajo. A él sobre todo.

—Bueno –dijo Barco.– Vení. Vamos a la mesa.

Pancho se incorporó dócilmente, y acompañó a Barco hasta la mesa. El resto de los presentes confluyó en la misma dirección y otra vez se hizo un círculo, esta vez estrecho, alrededor del blanco rectángulo de la mesa. Pancho quedó tímidamente de pie junto a Barco; tenía a la chica del vestido estampado a su lado. Barco quedó junto a Clara Rosemberg. La chica rubia se hallaba enfrente de él, entre Leto y Tomatis. Dora servía vino en todos los vasos. Después dejó la botella sobre la mesa y se acomodó entre Clara y Rey.

—Hola, Horacio –gritó Tomatis.

—Hola –dijo Barco sonriente.

—¿Cómo estás? –dijo Tomatis –. ¿Bien?

—Bien, sí –dijo Barco.

—Felizmente –dijo Tomatis, sacudiendo la cabeza.

—Gracias –dijo Barco–. Cuando mueras, te vamos a colocar en la tumba el siguiente epitafio: *Fue más vivo que ninguno.*

—Gracias —dijo Tomatis—. ¿Y sobre la de Rey? ¿Qué pondrías sobre la tumba de Rey?

Barco meditó sonriendo.

Él se lo buscó, pondría —dijo.

Rey sonrió, carraspeando.

—Mucho —dijo.

Tomatis se inclinó hacia la mesa y recogió un pedacito de queso, mandándoselo a la boca.

—¿Y sobre la de Pancho? —dijo, masticando.

Pancho tironeó a Barco hacia sí y le habló al oído.

—¿No te digo? ¿No te digo, Horacio? —dijo.

Barco se separó de él.

—Pancho es inmortal —dijo.

—Yo pondría un epitafio sobre la tuya —dijo Tomatis, inclinado otra vez, recogiendo una aceituna negra.

—Perdonen, tengo apetito —dijo, mandándose la aceituna a la boca—. Un hermoso epitafio:

Encallado yace Barco
Nunca más va a navegar.

Meditó durante un momento, masticando, escupió el carozo sobre la mesa, bebió un trago de vino, sonriendo malévolamente para sí mismo, y después continuó:

En palabras no fue parco
y podemos afirmar,
que lo que ha hecho este Barco
más que encallar, es callar.

El súbito silencio atento que recibió las palabras de Tomatis fue quebrado por algunas risas. Rey sonreía pensativo, como para sí mismo, con la cabeza baja. Un nuevo silencio se produjo. Súbitamente la chica rubia del trajecito marrón se dirigió a Tomatis.

—¿Qué se experimenta siendo escritor? –dijo.

—Falta de plata, corazón –dijo Tomatis.

Rey lanzó una risotada y la chica también, poniéndose roja.

—Bueno, tranquilo, Carlos –dijo Barco.

Todos se servían alimentos inclinados hacia la mesa, menos Pancho, que permanecía inmóvil junto a Horacio Barco. Éste sonreía, sin mirarlo. Parecía gozar con los chistes de Tomatis. Rey rodeó con sus brazos los hombros de Clara y la atrajo hacia él.

—¿Qué esperaba que sintiera? –dijo Tomatis a la chica del trajecito marrón –¿Cómo se llama usted?

—Yolanda –dijo la chica.

—¿Y le dicen? –dijo Tomatis.

—Yoli –dijo la chica.

—Ah, Yoli. Cuánto me alegra –dijo Tomatis con aire afectado.

—A Yoli le gusta la poesía –dijo Barco.

—A Barco también –dijo Tomatis mirando a Yoli.

Rey le dio una palmada en el hombro a Tomatis.

—¿Cómo marcha su novela? –dijo.

—Bien –dijo Tomatis–. No escribo nunca.

—No le haga caso –dijo Barco–. Es una manera de darse importancia.

—¿Cómo? –dijo Rey.

—Queda mejor así, no escribir nunca –dijo Barco.

Rey tomó un trago de vino y arrugó la cara. Buscó a Dora con la mirada.

—¿No tendrá un poco de cognac o ginebra? –dijo.

—Ginebra –dijo.

—Preferiría –dijo Rey levantando su vaso y mostrándoselo.

Dora salió para la cocina. Pancho la miró y tocando el brazo de Barco la siguió; al comenzar a caminar a través de la galería oscura la llovizna le salpicó el rostro. Beba buscaba algo en el aparador de la cocina, en cuclillas, en los cajones inferiores. Se incorporó después de cerrar el cajón, con una verde botella de ginebra en la mano. Al ver a Pancho se sobresaltó. Éste entró en la cocina y quedó inmóvil, apoyado en la pared de blancos azulejos junto a la puerta.

—¿Necesitás algo? —dijo Dora.

—No —dijo Pancho. Quedó con la boca flojamente abierta.

—¿Qué tenés, Pancho? ¿Qué te pasa?

—Nada —dijo Pancho.

—Llevo la ginebra y vengo, ¿querés? —dijo Dora.

—No; no vengas —dijo Pancho—. Que no venga nadie, mejor. No me molesten.

—¿Te sentís bien?

—Sí, bien —dijo Pancho, con voz débil.

—Llamame si querés algo —dijo Dora.

—No —dijo Pancho.

Dora salió; Pancho se sentó. Apoyó el codo en la sucia mesa y la mejilla en la palma de la mano. Permaneció así alrededor de quince minutos; afuera llovía sin cesar, y el agua producía un murmullo sordo y monótono sobre el techo de cinc de la cocina; todo el piso estaba lleno de manchas y huellas húmedas. El rostro de Pancho, detrás de los lentes oscuros aparecía sombrío con su barba creciente; los rasgos parecían toscamente esculpidos en una basta piedra pálida. Tenía las manos agrisadas y huesudas, y su escaso cabello arremolinado parecía débil y terroso, como si estuviera encaneciendo lentamente. La luz eléctrica producía reflejos cálidos en la superficie brillante de los azulejos. Después de un largo rato entró Rey; venía con un Geniol en la mano, sonriendo. Se detuvo delante de Pancho.

—No producen ningún efecto —dijo, mostrándole el Geniol— pero el rito hay que efectuarlo todos los días.

Pancho emitió una sonrisa débil.

—Dígale a Horacio Barco que venga.

—Cómo no; enseguida —dijo Rey.

Sacó un vaso del fogón, lo llenó de agua y se aproximó otra vez hasta quedar junto a Pancho; éste no lo miraba; miraba fijamente un punto impreciso en la oscuridad del patio.

—¿No se siente bien?— dijo Rey.

Pancho alzó la cabeza.

—Perfectamente –dijo, y se quedó mirándolo.

Rey no dijo nada. Miró a Pancho. Estuvieron contemplándose durante un momento.

—Ya se lo llamo –dijo por fin Rey; dio media vuelta y se retiró.

Casi enseguida entró Barco; traía una expresión preocupada, casi enojada.

—¿Qué pasa ahora? –dijo.

Pancho se puso de pie y fue a su encuentro tomándolo del brazo.

—No te enojes, Horacio. No pierdas la noche por mí. No vayas a olvidarte, eso era todo. Tengo miedo de desvanecerme, o algo así. Sería terrible que me dieran algo de tomar. –Hizo un gesto de repugnancia.– Puf… me da asco.

—No seas maniático, Pancho. Nadie quiere darte nada de tomar.

Pancho miraba a Horacio Barco con cierta ansiedad.

—Vos no te das cuenta –dijo–. Te engatusan y no ves nada. Y él es, sobre todo, el que quiere joderme.

—Estás mal de la cabeza.

—Mañana salgo para Buenos Aires –dijo Pancho.

—Me lo figuraba –dijo Barco–. Vení, volvamos al dormitorio.

—No me dejes solo ahí adentro, Horacio.

—No –dijo Barco.

Pancho sonrió.

—¿Te acordás cuando íbamos a robar naranjas a la quinta de tu tío Luis en Guadalupe?

Barco sonrió también, tristemente, y habló con voz suave.

—Sí, me acuerdo –dijo.

—Nos mataban si nos pescaban –dijo Pancho.

—Nunca nos pescaron –dijo Barco.

—Menos mal –dijo Pancho sonriendo. El labio inferior comenzó a temblarle con suavidad, sin parar–. Me tiembla, Horacio –dijo.

Barco le rodeó los hombros con el brazo y le dio unas palmaditas.

—Tranquilo —dijo.

—Me tiembla mucho, Horacio. Mucho. Mucho —dijo Pancho.

—Ya se te va a pasar. Hacé un esfuerzo.

Pancho apretó los labios y los tuvo apretados durante un momento, tan apretados que la palidez de su rostro se acentuó más todavía. Después aflojó y esperó un rato. Sonrió apenas.

—Ya está. Vamos si querés.

—Vamos —dijo Barco, soltándolo.

—No me dejes solo, eh —dijo Pancho.

—No —dijo Barco con voz cansada—. No te voy a dejar.

Atravesaron otra vez la oscura galería en dirección al dormitorio y el agua les dio en el rostro. Caminaban con pasos regulares, y Barco entró primero en el dormitorio, seguido por Pancho. Ahora algunos se habían sentado en sillas y en el borde de la cama de Dora, dejando los vasos, las botellas, y un plato de sándwiches en el suelo, entre la cama y las sillas. En la cama estaban sentados Tomatis, Yoli y Clara Rosemberg, y en las sillas Dora y Leto. Rey permanecía de pie, apoyado en la pared, en el espacio libre entre las dos camas, con los brazos cruzados. Junto a él sobre una silla, estaban la botella de ginebra, y un vaso. La chica del vestido estampado y Beba se habían sentado separadas del grupo, en la cama de Beba, después de haber encimado cuidadosamente los impermeables, los paraguas y las carteras, y conversaban con gran animación, ignorando por completo al resto de los presentes. Todo el piso estaba lleno de huellas y manchas húmedas, y alrededor de la mesa, en el suelo, había migas de pan, restos de ceniza, y manchas de vino pisoteadas. Barco y Pancho se acercaron al grupo grande. Tomatis alzó la cabeza: tenía un aire fatigado y plácido, y su hombro se tocaba con el de Yoli. Barco miró las rodillas de ésta al aproximarse; eran blancas y redondas, como de mármol, y sus muslos eran gruesos. Las rodillas de Clara, en cambio, eran irregulares y pétreas, color cognac. Dora permanecía en la silla en una actitud pensativa, con la mejilla apoyada en la palma de la mano; su cabecita de muchacho parecía como vencida; sus grandes rodillas tostadas parecían una síntesis de las de Clara y Yoli. Pancho se apoyó en el ropero, cruzándose de brazos, y permaneció mudo contemplando a los demás. Barco quedó de pie junto a Dora. Tomatis miró de reojo a Pancho y sonrió como para sí mismo.

—Rey se va a Buenos Aires —dijo—. ¿Sabías?

—Oí algo, sí —dijo Barco, interrogando a Rey con la mirada.

Rey recogió el vaso de ginebra de sobre la silla. Bebió. Todos lo miraban.

—Sí —dijo—. Clara y yo nos vamos. Esta semana, creo —carraspeó.

—Los vamos a extrañar —dijo Tomatis.

Leto se volvió con displicencia hacia Rey y estiró la mano.

—Alcánceme la botella de ginebra, por favor —dijo.

Rey recogió la botella de ginebra y se la dio. Leto levantó un vaso del suelo y se sirvió un chorro de ginebra. Le devolvió a Rey la botella y éste volvió a dejarla sobre la silla. Leto tocó a Tomatis en la rodilla.

—Dame un cigarrillo —dijo.

Tomatis sacó un paquete de Chesterfield del bolsillo interior de su saco y le dio un cigarrillo a Leto, guardándose otra vez el paquete sin convidar a nadie más; enseguida se volvió hacia Rey.

—Es una lástima, verdaderamente —dijo; después miró a Barco.— Parece que va a hacer televisión.

—Tengo entendido que eso da mucho dinero —dijo Barco.

—Sí, un poco —dijo Rey.

—Claro, uno no descubre muchas cosas importantes haciendo televisión —dijo Barco.

—No se trata de descubrir —dijo Rey—. Se trata de sobrevivir.

—Sobrevivir, claro —dijo Barco.

—Parece ser —dijo Rey, alzando la cabeza, semisonriente, y hablando a la concurrencia en general que Barco y yo estamos condenados a no coincidir jamás.

—Es que se trata de sobrevivir para algo, ése es el problema —dijo Barco—. Sobrevivir por el sólo hecho de negarse a sucumbir, no constituye ninguna ética.

Rey lanzó una carcajada.

—Barco es incapaz de perdonarme nada —dijo—. No me traga. Ésa es toda la cuestión.

Barco se rió también, y se puso en cuclillas; entre los vasos del suelo buscó uno vacío, lo llenó de vino blanco, y se incorporó con el vaso en la mano.

—Usted parece muy austero en todo —dijo Rey.

—No soy austero —dijo Barco—. No importa ser austero. Basta conocer la medida exacta de cada uno, aunque sea monstruosa.

Rey se palpó el pecho, buscando cigarrillos, seriamente, sin mirar a ninguna parte. Tomatis se rió, al parecer pensando en algo del todo ajeno a la cuestión.

—Tengo un amigo parecido a usted —dijo Rey—. Tiene otro estilo, eso sí.

—Creo que lo conozco —dijo Barco.

Leto lo miró con curiosidad.

—¿Quién es? —dijo.

Barco lo palmeó, por encima de la cabeza de Dora.

—No importa ahora —dijo.

—Dígale. Dígale —dijo Rey.

—No; no importa ahora —dijo Barco.

—No, dígale —dijo Rey.

Clara se puso de pie, alisándose la pollera, y habló a la concurrencia en general.

—Mi marido —dijo—. Marcos Rosemberg. César tiene un complejo de inferioridad moral respecto de mi marido. —Se dirigió a Barco:— Así que alégrese. Respecto de usted también debe tenerlo.

Rey empalideció, mirando a Clara.

—Es muy vanidoso. Estas cosas le hacen daño –dijo Clara.

Rey trataba de sonreír con dificultad.

—¿Estás cobrándote lo de ayer? –dijo.

Nadie sonreía, ni decía nada. Solamente Rey y Clara hablaban en voz alta, de pie los dos, gritando casi, mirándose, a dos metros de distancia uno del otro, por encima de la cabeza de Ángel Leto.

—No. No estoy cobrándome nada –dijo Clara.

Rey sacó un paquete de cigarrillos Pall Mall y con rápidos movimientos dejó uno en sus labios volviendo a guardar el paquete.

—No sé si no estás cobrándote. A veces uno no se da cuenta –dijo.

Encendió un fósforo que aplicó a la punta de su cigarrillo, echando una bocanada de humo, y cuando comenzó a sacudirlo para apagar la llama, Leto se levantó de un salto, dijo "Espere", y encendió el suyo, inclinándose para tocar con el extremo del cigarrillo la punta de la llama. Cuando Rey tiró el fósforo apagado al suelo, Leto ya se había sentado otra vez.

Los ojos de Clara destellaban; el resto de los presentes miraba a cualquier parte. Solamente Pancho parecía no haber modificado su actitud en absoluto. Permanecía con los brazos cruzados, la espalda apoyada en el ropero, con la boca abierta mostrando unos sucios dientecitos desparejos.

—Digo lo que me parece, César –dijo Clara–. Soy libre de decir lo que me parece.

Rey sonrió señalando con la punta del cigarrillo a la gente reunida junto a la cama.

—Está haciendo un mea culpa –dijo, con gran tranquilidad, con tono frío e informativo–. Está un poco obsesa porque ha abandonado a su marido por mí; me detesta un poco por eso. Porque me ama más que a él. Eso es una especie de vejación y menosprecio para toda su vida pasada –Rey alzó la mano hacia Clara–. ¿No le ven la cara? Así ha estado todo el día: carcomida por el desprecio y la duda. Acaba de abandonar a su hijo y a su marido, y lo único que se le ocurre es detestarme…

Rey hizo silencio, un momento.

—Detestarme —dijo después, en voz muy baja, mirando a Clara.

Clara cerró los ojos, sonrió, y murmuró:

—Perdonen. El Chiche y yo estamos condenados siempre a dar el espectáculo; pero en el fondo nos queremos. Le damos intensidad a todo esto con nuestras declaraciones, no. Salgo un momento. Vuelvo enseguida. ¿Me acompaña, Dora?

Dora se levantó, casi de un salto. Salieron juntas taconeando sobre el mosaico y doblaron al llegar a la galería en dirección a la cocina y, más allá, al cuarto de baño. Rey mantenía en su rostro una sonrisa forzada.

—Qué le vamos a hacer —dijo.— Así es la vida.

Tomatis alzó los ojos rientes y malévolos, los grandes ojos dorados flanqueando la nariz ganchuda.

—¿A qué hora es el segundo varieté? —dijo.

La chica del vestido estampado y Beba habían hecho silencio y miraban la escena con curiosidad, como tratando de comprender el sentido de lo que pasaba.

Rey hizo una mueca a Tomatis. Éste emitió una sonrisa comprensiva.

—Yo también soy partidario de ventilar todo en público —dijo—. La intimidad me parece algo canallesco.

—Algo de eso hay —dijo Rey soplando la brasa de su cigarrillo.

Se inclinó para recoger su vaso de ginebra. En ese momento llamaron a la puerta, cuatro golpes resonantes sobre el llamador.

—Es para mí —dijo Beba, poniéndose de pie sin sonreír, y desapareciendo de la habitación; el ruido de sus altos tacos negros se oyó alejándose por la galería en dirección a la puerta de calle.

—Para todo hay un nombre, después de todo —dijo Tomatis—. Si uno no lo hace, tiene el alma cerrada, y si lo hace, es un exhibicionista. La culpa de todo la tienen esos canallas de psicólogos, psiquiatras y psicoanalistas.

Se oyó el ruido de la puerta cancel golpeando al ser cerrada. Pancho se separó del ropero y fue a pararse junto a Barco. Caminó con gran dificultad, cruzado de brazos, con la cabeza baja, como si estuviera dando un paso ya deliberado y estudiado de antemano. Barco volvió la cabeza hacia él, con cierta seriedad.

—Hola —dijo Pancho, en voz baja.

La mano de Tomatis se movió en el aire, hacia Barco y Pancho.

—Pancho y Barco se perdonan todo —dijo—. Se cuidan uno al otro.

—Vamos, Tomatis —dijo Barco—. No hagas una escena de celos ahora.

—Conozco tus intenciones —dijo Pancho impacientándose y tartamudeando. Alzó uno de los dedos mochos hacia Tomatis:— T-t-e conoz-c…o —dijo.

Barco lo tironeó del brazo. Pancho se calló.

—Ahí está —dijo Tomatis, riendo—. Lo que faltaba. Que me hagas protagonista de tus fantasías.

—Te conozco. Te conozco bien, —dijo Pancho.

—¡Shht! —dijo seriamente Barco a Pancho.

Pancho se calló. Tomatis sonreía. Se inclinó y recogiendo uno de los vasos se mandó de un trago todo el contenido, quedando con el vaso en la mano. Yoli se inclinó por delante de Tomatis y contempló el patio a través de la puerta abierta.

—¿Seguirá lloviendo? —dijo.

En ese momento, Beba entró en la habitación acompañada por un hombre alto y grueso, de duro y espeso bigote negro, el pelo negro perfectamente asentado sobre la cabeza. Beba lo traía del brazo; cuando se fueron aproximando al grupo, se notó que el tipo caminaba con cierta rigidez forzada, y que sus ojitos oscuros estaban enrojecidos y brillantes. Parecía algo ebrio. Beba y el hombre se detuvieron junto al grupo, cerca de Barco y de Pancho.

—Les voy a presentar a mi novio, Miguel Ángel —dijo Beba.

Se oyeron algunos "Mucho gusto", "Encantado", "Buenas noches". El tipo miraba con seriedad al grupo, una seriedad vigilante de borracho.

—Mucho gusto —dijo, moviendo la cabeza para echar una ojeada general a los presentes.

Comenzó a desabrocharse el impermeable con lentitud, sin dejar de mirar hacia todos lados; se lo sacó entregándoselo a Beba. Ésta fue a depositarlo junto a los otros, sobre la cama. Miguel Ángel avanzó un poco; estaba vestido con un traje cruzado color gris, a rayas blancas; su cuerpo se hacía más grueso a la altura de la cintura, pero parecía haber engordado recientemente. Debía tener entre treinta y cinco y cuarenta años. Contrastando con lo grave y pesado de su cuerpo, su voz era aguda e infantil.

—Divirtiéndose. Qué tal, Tomatis —dijo.

Tomatis se puso de pie y le estrechó la mano.

—Cómo le va, Peyretti —dijo, sacudiendo la mano del recién llegado por encima de la cabeza de Leto.

—Este Carlos conoce a media ciudad —dijo Barco.

Pancho se separó de junto a Barco y Peyretti, y fue otra vez a apoyarse contra el ropero. Desde allí podía observar a todos los presentes. Beba se aproximó taconeando y moviendo las altas caderas; llegó junto a Miguel Ángel y se colgó de su brazo. Éste le acarició la nariz con el dedo y le sonrió.

—¿Y dónde está la agasajada? —dijo.

Rey y Tomatis cruzaron una mirada irónica. Rey permanecía encogido, apoyado contra la pared, y se acariciaba el labio inferior con la yema del pulgar, el pulgar de la misma mano con la que sostenía el cigarrillo: una columna de humo, lenta y serpeante, ascendía desde la brasa y encima de la cabeza de Rey se deshacía en una nubecita evanescente. Tomatis dejaba colgar las manos entre las piernas, como cansado. Se limitó a alzar la cabeza y sus ojos se entrecerraron, y después volvieron a abrirse, mirando a Rey, lanzando unos destellos rientes y malévolos. Después volvió la cabeza hacia el recién llegado, con expresión seria.

—En la cocina, creo –dijo.

Rey también se dirigió a Miguel Ángel.

—Así creemos, por lo menos –dijo, sonriendo simpáticamente.

Miguel Ángel Peyretti sonrió también simpáticamente.

—Yo la llamo –dijo Beba, desprendiéndose de él y yéndose de la habitación. El ruido de sus tacos se oía al final de la galería cuando Tomatis reinició la conversación.

—¿Y cómo marcha esa política? –dijo. Enseguida informó a todos los presentes–. Peyretti es diputado –dijo.

—Qué quiere que le diga –dijo Miguel Ángel, sonriendo pensativo–. Desde afuera se ve de una manera, y desde adentro de otra.

—Haga de cuenta que nadie lo está escuchando –dijo Rey.

—Exacto –dijo Tomatis.

—Carlos –dijo Barco–. Echame un poco de vino en ese vaso y dámelo.

Sobre una baldosa amarilla, entre los zapatos de gruesa suela de goma de Tomatis, había un vaso de vidrio verde, vacío; sobre una baldosa roja, la botella de vino blanco. Tomatis se inclinó recogiendo la botella y echó vino en el vaso. Se lo alcanzó a Barco incorporándose a medias, buscó otro vaso en el suelo volviendo a sentarse, y mientras respondía "De nada" al "Gracias" murmurado por Barco lo llenó de vino y volvió a incorporarse entregando el vaso a Miguel Ángel. Éste lo agarró con una sonrisa pesada.

—Gracias –dijo.

Tomatis no le respondió; se limitó a encogerse de hombros con simpatía.

—Una de las virtudes principales del político es la discreción, qué quiere que le diga –dijo Peyretti. Bebió, y al retirar el vaso de los labios, sus bigotes negros brillaban húmedos.

Rey se acomodó un poco sobre la pared, se apretó más contra ella, y alzó la cabeza hacia Peyretti.

—¿Cómo discreción? ¿En qué sentido? –dijo.

Peyretti meditó un momento y después bebió más vino.

—Discreción, qué quiere que le diga —dijo—. Hay hombres que hablan demasiado.

—Yo, por ejemplo —dijo Barco.

Peyretti se volvió hacia él.

—Malo. Hay que ser discreto —dijo—. El político debe ser discreto.

—Es que yo no tengo nada qué ocultar —dijo Barco.

—Vamos, Horacio, no te mandes la parte de puro, ahora —dijo Tomatis.

—De veras, no tengo nada qué ocultar. Por eso hablo demasiado —dijo Barco.

—Un político es un hombre que tiene una gran responsabilidad sobre su existencia —dijo Peyretti.

—Generalmente no —dijo Rey—. Generalmente es un vividor.

Gravemente, Peyretti abrió los ojos y los cerró, apretándolos con fuerza y moviendo con gesto afirmativo la cabeza, con los ojos cerrados. Parecía haber meditado sobre el problema.

—Sí, generalmente sí —dijo—. Muy acertado lo que dijo. Hoy es diferente, a Dios gracias, qué quiere que le diga. Los hombres de gobierno pensamos de otra manera.

—Se lo puedo explicar fácilmente, si quiere —dijo Barco—. Siempre hay un grupo de hombres que sirven para que las cosas se hagan a medias, cuando tienen que hacerse del todo. Bueno. Ustedes son esos hombres. No los condeno, no se vaya a creer. Ustedes no hacen ninguna trampa. Lo que pasa es que no tienen más que media conciencia. Cómo podría decírselo —dijo Barco, arrugando la frente y abriendo los ojos con expresión reflexiva—. No lo tome a mal; no tengo nada contra ustedes, y usted en especial me resulta simpático.

Peyretti sacudió la cabeza, y sonrió, como el maestro paciente dispuesto a sacar del error al alumno cabeza dura.

—Qué dice a eso, eh —dijo Tomatis, riendo satisfecho, antes de que Peyretti pudiera responder una sola palabra.

—¿Usted es estudiante, no? —dijo Peyretti, aproximándose a Barco y mirándolo severamente a los ojos—. Yo he sido secretario general de la FUL*, dos veces. No quiero jactarme, pero he sido prácticamente la cabeza del movimiento estudiantil del litoral, durante dos períodos. Qué quiere que le diga.

El tumulto de los tacos de las mujeres en la galería hizo que Peyretti interrumpiera el uso de la palabra; en la puerta emergieron, una por una, Dora, Beba y por último, Clara Rosemberg. Peyretti abrió los brazos y dio dos largos pasos hacia Dora, abrazándola. Ésta reía confundida.

—Gracias —dijo Dora.

Peyretti la soltó. Miró a Clara perplejo.

—¿La señorita? —dijo.

—Señora —dijo Dora.

Peyretti le extendió la mano. Clara se la estrechó. Después avanzaron hacia los demás.

—¿Y qué tal vendría un poco de música? —dijo Peyretti.

—Estaría regio —dijo la chica de vestido estampado.

—Seguro que sí —dijo Tomatis—. Bien alto, para que no se oiga ni siquiera el pensamiento.

—Dora —dijo Beba—. ¿Podemos sacar el tocadiscos del ropero?

Dora sacudió la cabeza sin sonreír.

—Sí, sáquenlo —dijo. Se aproximó a Barco y quedó de pie junto a él.

Barco la miró y le guiñó un ojo; Dora sonrió sin alegría. Beba abrió la puerta del ropero mirando a Pancho con disimulo; éste pareció no advertir su mirada. Estaba apoyado contra la arista del ropero con los brazos cruzados, con el aire de no oír ni ver nada de lo que sucedía a su alrededor. Beba se puso en cuclillas, mostrando los muslos, de espaldas al resto, y de entre un montón de trapos, toallas y sábanas, por debajo de los vestidos de todos colores que colgaban de lo alto del ropero, sacó un tocadiscos. Fue hasta el sitio donde se hallaba Rey, arrastrando por el suelo al caminar el cable con el enchufe del tocadiscos.

---

* Federación Universitaria del Litoral. (Nota del editor.)

Le pidió permiso a Rey para poner el tocadiscos sobre la silla.

—Sí —dijo Rey, agachándose para recoger la botella de ginebra de sobre la silla y dejarla en el suelo, junto a la pared. Beba dejó el tocadiscos sobre la silla.

—Gracias —dijo.

El tocadiscos era un aparato con caja de madera, de forma escueta y moderna, con el plato redondo de felpa y la lanza del pick up de dura baquelita blanca. Beba volvió a ponerse en cuclillas, volviendo a mostrar los muslos, y enchufó el aparato en un tomacorriente que se hallaba detrás de la silla, en la pared, a veinte centímetros del suelo. Rey miraba fijamente los gruesos muslos tostados de Beba.

—Espectacular, eh —dijo Clara.

Rey sonrió y besó a Clara en la frente.

—Sí, pero no artístico —dijo.

—Rápido con ese tocadiscos, Beba —gritó Peyretti.

—Ya va, chiquito —dijo Beba.

—Chiquito —dijo Tomatis—. Parece que tiene ganas de divertirse, chiquito, eh.

—Quiero bailar con la del cumpleaños —respondió Peyretti, emitiendo una amplia sonrisa. Su actitud era la del hombre que está por encima de todo, que ha descendido desde encima de todo por condescendencia, amplitud y simpatía humana.

—Muy bien, chiquito —dijo Tomatis—. ¿Puedo llamarlo chiquito? ¿O es un epíteto ocasional?

Peyretti no lo escuchaba; había comenzado a recorrer la habitación con paso oscilante, golpeando las manos. Beba se cruzó con él al ir otra vez hasta el ropero, y acuclillarse nuevamente junto a él. Volvió a rebuscar entre los trapos, y al rato se incorporó abrazando contra su pecho un montón de discos. Peyretti dejó de golpear las manos y volvió al grupo, las manos en los bolsillos del pantalón, oscilando un poco, y cruzándose por segunda vez con Beba. Dio un codazo de camaradería a Barco.

—Yo he sido miembro de la Federación Universitaria Argentina, durante dos períodos –dijo–. No se crea que ha descubierto la pólvora.

–No se preocupe –dijo Barco–. Yo detesto la universidad.

–Sí, de veras –dijo Tomatis, levantándose por fin de donde estaba sentado, al borde de la cama–. La detesta. –Vino hacia Peyretti y Barco, y se detuvo junto a ellos; palmeó a ambos.– Nunca tuvo nada que ver con la FUL.

–Qué quiere que le diga –dijo Peyretti. Sus negros bigotes brillaban húmedos.

Pancho se aproximó al grupo, quedando al lado de Barco con los brazos cruzados. Rey hizo lo mismo: sonrió a Clara, y pasando junto a la silla de Leto, que miraba fijamente el piso, semisonriente, con su vaso de ginebra en la mano, se acercó al grupo quedando entre Tomatis y Peyretti; los cinco se hallaban cerca del ropero, y Tomatis aparecía medio oculto por esos cuatro hombres más bien corpulentos. Parecía el pequeño Jesús entre los doctores. Barco, Rey y Tomatis tenían un vaso en la mano cada uno. Los otros dos no tenían nada.

Peyretti se tocó los bigotes, alisándolos con la yema de los dedos.

–Siempre he sido reformista –dijo, con aire orgulloso, sin falsa modestia.

Cerca de la pared, entre las dos camas, Beba, en cuclillas al lado de Clara Rosemberg, trataba de poner en funcionamiento el tocadiscos. Había dejado la pila de discos sobre los mosaicos rojos y amarillos.

–Reformista de ley –dijo Peyretti.

Se quedó serio, mirando a su alrededor.

–Y todavía sigue siéndolo, me parece –dijo Tomatis.

Peyretti no le contestó; permaneció serio, mirando a uno y otro lado, oscilando un poco por el efecto del alcohol. No tenía el aspecto del borracho perdido, sino el de la persona que conserva un estado permanente de ebriedad leve para mantenerse a cierto nivel de conciencia, cualquiera que sea, por propia voluntad. Su rostro era duro, reconcentrado, pero sus ojitos ágiles lo dispersaban.

—Cuando el peronismo, yo he sacado mucha gente de la cárcel –dijo, con un tono distraído. Su voz aguda e infantil sonó algo más grave.

Tomatis se rió, sin decir nada. Peyretti lo miró fijamente. Sus ojitos permanecieron clavados sobre el rostro de Tomatis durante un momento.

—Me está cargando desde que entré –dijo suspirando–. Tiene razón, en cierta manera, qué quiere que le diga. Usted no sabe qué es la política. Yo lo dejo. Tómeme el pelo, si quiere.

Tomatis dejó de sonreír. Se puso colorado.

—No, Peyretti –dijo–. Vea.

Peyretti sacudió la cabeza, entrecerrando los ojos, dispuesto a escuchar.

—Es así, viejo –dijo–. Seré lo que quiera, pero no imbécil. Usted me ve algo tomado y aprovecha. Yo lo dejo. Me ha visto muchas veces de farra, como si yo viviera para la farra. Mire: no vivo para eso, pero si se me da la gana, puedo hacerlo, ¿no le parece? Usted no es quién para venir a impedírmelo.

Tomatis sonrió carraspeando.

—Lógico –dijo.

Con el índice, Peyretti le dio un par de golpecitos en el hombro.

—Qué quiere que le diga. Cárgueme, si quiere. Déle –dijo–. ¿Quiere que le diga una cosa, en confianza? Este país no se arregla más. Nunca más. ¿Quiere que le diga por qué? No sé. No sé por qué. Pero de que no se arregla más, estoy completamente seguro. –Miró a Barco y a Rey, como escrutando el efecto de sus palabras, y después volvió a dirigirse a Tomatis.– Aquí hace falta una sola cosa: desarrollo. De-sa-rro-llo. Pero nadie quiere que haya desarrollo. ¿Que por qué nadie quiere? No sé; no me lo pregunte. Usted no es más vivo que yo. Por algo estoy en la Cámara de Diputados y usted no. No debe ser porque usted es más vivo. Si usted fuera capaz de responder por qué este país no se va a arreglar nunca, yo le cedería mi lugar, gustoso. Yo me iría a una isla, qué quiere que le diga. A una isla me iría. Nosotros hemos querido fomentar el desarrollo. No nos han dejado. Y ahora viene un tipo como usted y se da el lujo de cargarme. Yo he sido dos veces secretario general de la FUL, sabe. Yo conozco este país. ¿Qué quiere que hagamos si queremos fomentar el desarrollo y no nos dejan? Déle. Cárgueme. Pero lo que es a mí no me agarran más. Hay que juntar mangos y rajar, a una isla, adonde sea. Porque en este país somos todos locos, o somos todos unos hijos de puta, con perdón de la palabra, qué quiere que le diga.

Una música estridente comenzó a sonar desde el tocadisco; Peyretti se calló. La música era un mambo. Tomatis miró a Peyretti con cierto asombro, y después dirigió la vista hacia Rey, y por último hacia Barco. En éstos no halló más que una mirada impenetrable. Peyretti estaba pensativo, tratando de ordenar una reflexión; cuando al parecer tuvo la cosa clara se dirigió a Barco, casi gritando, para hacerse oír por sobre el estruendo de la música.

—¡A una isla me iría, palabra! –dijo, riendo. Después comenzó a golpear las manos al ritmo de la música, dio media vuelta, y se dirigió hacia Beba, bailando. Permaneció conversando con ella, golpeando sin cesar las manos y moviéndose al compás de la música.

—No te pegó de lástima –dijo Barco, mirando a Tomatis con una sonrisa.

—Su discurso no mejora mucho la situación –dijo Tomatis.

Rey se tomó la ginebra de un trago y suspiró.

—Yo me voy, ni sé para qué vine –dijo.

—Una regresión, seguro –dijo Tomatis.

Rey le apoyó una mano en el hombro, afectuosamente. Barco los contemplaba. Detrás de los lentes oscuros, el rostro de Pancho permanecía pálido, fijo e impenetrable.

—Dese un remojón, Tomatis –dijo Rey–. Emborráchese o haga algo. No quiere a nadie esta noche.

—A usted sí –rió Tomatis–. Me es simpático.

—Usted también me es simpático –dijo Rey, retirando su

mano del hombro de Tomatis, y metiéndosela en el bolsillo del pantalón–. Pero hay que reconocer que esta noche está insoportable.

–Otra vez será –dijo Tomatis, encogiéndose de hombros.

Peyretti comenzó a bailar con Beba, desplazándose hacia el centro de la habitación. Las chicas se incorporaron para ver mejor, aproximándose a la pareja. Beba y Peyretti bailaban suelto, golpeando las manos sin cesar, al ritmo de la música. Beba movía las altas caderas sin gracia, mientras Peyretti revoloteaba a su alrededor sacudiendo la cabeza con los ojos entrecerrados, como si estuviera en trance. Parecía sonreír como para sí mismo. La frente le brillaba húmeda. Su grueso cuerpo se movía pesadamente, como consciente de su falta de gracia. Al desplazarse enredaban todavía más, con la suela de los zapatos, el complicado dibujo de manchas húmedas y barrosas y restos de comida, que decoraba el piso de mosaicos rojos y amarillos. Casi todos los presentes los contemplaban con una sonrisa perpleja. Los únicos que permanecían serios eran Pancho y Rey. Éste ni siquiera se dio vuelta para mirarlos, permaneciendo con el rostro vuelto hacia el ropero, de espaldas al espectáculo, en tanto que Pancho, frente a él, de cara hacia Beba y Peyretti, parecía no haber siquiera percibido su presencia, ni haber percibido el sonido de la música. El mambo terminó y Peyretti echó la cabeza hacia atrás, entrecerrando los ojos, y abrió con amplitud los brazos, permaneciendo inmóvil en esa actitud. Dora y las chicas rubias aplaudieron tímidamente; Peyretti les hizo una reverencia y lanzó una carcajada.

–Ahí tienen a la cabeza del movimiento estudiantil del litoral –dijo Tomatis con tono despectivo, en voz baja.

Nadie le respondió.

Enseguida comenzó una música más lenta, con muchos violines. Tomatis le dio su vaso a Barco, que se lo dejó en el suelo, junto al ropero. Se abrochó el saco azul, estirándose previamente hacia abajo el pullover blanco, y sacó a bailar a Yoli. Fueron caminando hasta el centro de la habitación, y allí se abrazaron, apretándose. Tomatis bailaba lentamente, sin decir palabra, sonriente, con los ojos entrecerrados. Barco sonrió, mirando su vaso.

—Esto está degenerando en un bailongo cualquiera —dijo.

Tomatis guiñó un ojo al grupo, al pasar, por encima del hombro de Yoli. Le había puesto una mano en la nuca y apoyaba su mejilla en la de ella. Peyretti y Beba bailaban también abrazados, lentamente.

—Él puede —comentó Barco—. Carlos puede. Tiene la moral más elástica que he conocido. La cuarta parte de lo que hace, yo no podría hacerlo sin vomitar.

Rey se rió, sacudiendo la cabeza, quizás pensando en Tomatis como en un niño incorregible pero simpático, y se volvió para contemplarlo. Tomatis separó la mano de la nuca de Yoli y lo saludó, riendo con disimulo. Barco sonrió.

—Eso lo ha hecho para acomodar mejor la mano —dijo.

Leto, el único que había permanecido sentado todo el tiempo, mirando el mosaico rojo y amarillo, con la botella de ginebra entre los pies, en el suelo, sirviéndose un trago de vez en cuando y bebiéndoselo con una sonrisa pensativa, se levantó y se acercó a ellos. Se paró junto a Pancho, mirando a las parejas que se desplazaban con pasos arrastrados por el centro de la habitación.

—¿Alguien tiene un cigarrillo? —dijo, sin dejar de mirar hacia el centro de la habitación.

Rey sacó su paquete de Pall Mall, y le dio uno; ofreció uno a Barco. Éste le hizo una seña, fue a dejar su vaso en el suelo, junto a la cama, entre los otros vasos y las botellas de vino y ginebra, y regresó agarrando el cigarrillo. Rápidamente sacó el encendedor dorado de su bolsillo y encendió los tres cigarrillos: primero el de Rey, después el de Leto, y por último el suyo.

Los lentos violines dejaron de sonar. Afuera continuaba lloviznando. Tomatis quedó cerca de la cama de Beba, conversando con Yoli. Daba la espalda a sus amigos. Yoli sonreía prestando suma atención a las palabras de Tomatis.

Peyretti dejó que Beba atendiera el tocadiscos y se aproximó sonriente hasta quedar junto a Rey. La chica del vestido estampado se acuclilló al lado de Beba y comenzó a mirar los discos apilados en el suelo. Clara y Dora charlaban sin parar en el otro extremo de la habitación,

−¿Y ustedes no bailan? −dijo Peyretti.

−Se me ha hecho tarde −dijo Rey−. Tengo que irme.

−Yo también −dijo Barco.

Peyretti miró su reloj pulsera.

−Son las doce y media, recién −dijo.

−Es tarde para mí −dijo Barco.

−Hay que divertirse mientras se pueda −dijo Peyretti−. En este país no queda otro remedio.

Barco sonrió pensativo.

−Y, la verdad… −dijo.

−Mañana será otro día −dijo Peyretti. Puso una cara melancólica, tristona, por pura parodia, y canturreó:

el almanaque nos bate que es lunes,
ha terminado la vida baacaanaaa…

Barco aplaudió con suavidad.

−Bravo −dijo.

−Vámonos, Horacio −dijo Pancho.

−La vida hay que tomársela con mucha filosofía −dijo Peyretti, con expresión satisfecha.

−Todo el mundo tiene su filosofía −dijo Barco−. Usted, yo, Rey, Pancho, y Leto, todos tenemos nuestra filosofía. Tomatis tiene su filosofía. Dora, Beba, Yoli, y Zulema también la tienen. Clara Rosemberg tiene una filosofía. No es necesario que uno sepa que la tiene. La filosofía está, mal que nos pese. ¿Quiere que le diga una cosa? A veces pienso que hasta los perros, los monos, y las hormigas tienen también su propia filosofía, aunque sean incapaces de pensar.

Peyretti asintió con suma gravedad.

−Usted se toma las cosas muy en serio −dijo.

−Usted también −dijo Barco−. Desde que lo vi me di cuenta de que se tomaba las cosas muy en serio. Pero se hace el estúpido. Perdone. No lo tome a mal. Después le molestó lo de Tomatis porque usted piensa que Carlitos no se toma nada en serio. En cierto sentido tienen razón. Desde el punto de vista suyo, Tomatis vive al margen de la vida. A mí me toma más en serio. Debe ser porque me considera más peligroso.

—No sé a qué se refiere.

—Horacio, vámonos —dijo Pancho.

—Ya va —dijo Barco a Pancho. Y a Peyretti—. Exacto. Se lo admito. No lo sabe. Eso encaja perfectamente en su filosofía.

—No, vámonos —dijo Pancho, tironeando del saco a Barco.

—Vaya algún día a la Cámara y explíquemelo —dijo Peyretti, con lenta afabilidad—. Usted es un joven inteligente. Antes de que caiga el gobierno, puedo conseguirle algún puesto importante.

Barco sonrió.

—Cuando necesite algo me corro hasta la Cámara y lo veo. Gracias —dijo.

En ese momento, la música comenzó a sonar otra vez, una música rápida ahora: una mujer cantando con resonancia, acompañada por un conjunto reducido. Cantaba en inglés.

—Con permiso —dijo Peyretti.

Se alejó bailando, haciendo chasquear los dedos, los brazos separados de cuerpo.

—Vámonos, Horacio —dijo Pancho.

Barco se volvió hacia él, hablándole en voz baja.

—Ya vamos —dijo.

—No. Vámonos, vámonos —dijo Pancho.

Se sacó por un momento los anteojos negros, y miró a Barco: tenía los ojos húmedos, velados por una especie de niebla que los empañaba: brillaban ligeramente, con resplandores amarillos atenuados.

—Vámonos —dijo.

Barco suspiró.

—Bueno. Vámonos —dijo—. Hasta pronto —dijo a Rey—. No le doy la mano. Diga que ya volvemos.

—Adiós —dijo Rey. Leto miraba distraídamente hacia el tocadiscos.

Comenzaron a caminar hacia la puerta. Tomatis se volvió, mirándolos,

—Horacio —dijo—. ¿Dónde vas?

—Vamos a comprar una botella de cognac —gritó Barco para hacerse oír sobre el estruendo de la música.

—¿Una qué? —gritó Tomatis.

—Una botella de cognac —dijo Barco, en voz alta.

—Traigan dos —dijo Tomatis, haciéndole una seña con la mano. Yoli sonrió. Tomatis la abrazó y continuó bailando con ella.

Barco hizo un movimiento de cabeza, asintiendo. La llovizna continuaba cayendo sobre el patio: el aire negro estaba frío. Cuando llegaron al cancel, Dora los alcanzó: llegó jadeante, con expresión ansiosa. Su cabeza de muchacho se inclinó un poco al enfrentarse con Pancho.

—¿Dónde van?

Barco aguardó que Pancho respondiera; como éste permaneció en silencio, Barco habló con tono resignado.

—Vamos a comprar una botella de cognac y cigarrillos —dijo—. Ya volvemos.

—No es cierto —dijo Dora—. Pancho.

Pancho no respondió; miró el vacío, por encima de la cabeza de Dora. En el rostro de ésta, la ansiedad se convirtió en furia.

—Estás cansado de mí, eh —dijo—. Cansado. Sí. Cansado.

Alzó la mano para pegarle, en pleno rostro; Pancho ni siquiera se movió. Dora detuvo la mano en el aire y se echó a llorar, cubriéndose la cara con las manos.

—Sufre —murmuró—. Pobrecito. Está enfermo.

—Hasta luego, Dora. Ya volvemos —dijo Barco.

Dora seguía sollozando, la cara oculta entre las manos.

—Sufre —dijo—. Sufre.

Barco tocó a Pancho en el brazo y Pancho se volvió para acompañarlo dócilmente. Al llegar a la puerta de calle se detuvieron. La llovizna, silenciosa, caía sobre la ciudad, sin cesar, desde un cielo, a la vez sombrío y dorado.

—Espérame un momento —dijo Barco, y se volvió al interior de la casa.

Pancho bajó la vereda; en la esquina, masas de agua lenta y fina atravesaban tristemente la zona de luz del foco del alumbrado público. Los árboles negros relucían, y las luces traseras de un automóvil que se alejaba calle abajo, dos puntos rojos, se reflejaban en el liso asfalto mojado estirándose hasta convertirse en dos varas paralelas de un rojo intenso y brillante. Barco regresó con su impermeable y se lo puso a Pancho sobre los hombros.

–No te mojes –dijo.

Comenzaron a caminar hacia el centro, bajo los árboles cargados de agua fría.

–Era evidente –dijo Pancho–. ¿Lo notaste? Tomatis no nos soporta. Y ese Rey. No me gusta nada.

–Estás equivocado, Pancho –dijo Barco.

–Yo sé bien, Horacio –dijo Pancho–. No nos soportan. Pero a nosotros no nos pueden hacer nada.

–Cuando vuelvas de la clínica, tu visión del mundo estará completamente ajustada, de nuevo.

–No pienso volver –dijo Pancho–. No quiero más guerra. Hago bien, ¿no es cierto?

Caminaban despacio; parecían no advertir la lluvia que caía corrosivamente sobre sus cuerpos. En silencio, pero lenta y corrosivamente. Ellos parecían pasear a gusto a través de esas calles oscuras.

–Eso lo decide cada uno –dijo Barco.

–Yo no puedo decidir ya –dijo Pancho–. No puedo. De veras, Horacio. No puedo –Sonrió; meditó un momento, recordando algo con placer–. Nunca nos pescaron, ¿eh?

–No –dijo Barco–. No nos pescaron.

–No te parece mal que te haya sacado de la fiesta, ¿no, Horacio? –dijo Pancho.

–No –dijo Barco–. Ya me iba.

–¿Me vas a acompañar hasta casa, no es cierto? ¿Me vas a ayudar a hacer las valijas?

–Sí, te voy a ayudar –dijo Barco.

–Perfecto –dijo Pancho.

Quedó en silencio. Cruzaron la bocacalle y comenzaron

a recorrer la segunda cuadra. El pavimento relucía y el agua, cayendo sin cesar, parecía corroer el asfalto y las piedras.

–Qué alegría –dijo Pancho–. No les damos más pelota a ésos. Lo que es yo, no los pelo. Estoy cansado de todos, Horacio. No aguanto más. Molestan continuamente: te llaman por teléfono, te buscan en tu casa, te piden guita. No quiero ver a nadie más. A vos solo, Horacio. Vos y yo, juntos hasta la muerte. –Pareció dudar un momento; miró a Barco con curiosa ansiedad.– ¿No es cierto, Horacio? Hasta la muerte, ¿no es cierto?

Barco suspiró.

–Sí –dijo–. Hasta la muerte.

Índice

Esta edición
se terminó de imprimir en
Grafinor S. A.
Lamadrid 1576, Villa Ballester
en el mes de febrero de 2001.